FICHA CATALOGRÁFICA

(Preparada na Editora)

Freitas, Valdinei de, 1973-

F93m   *Mais que um presente* / Valdinei de Freitas. Araras, SP, IDE, 1ª edição, 2022.

464 p.

ISBN 978-65-86112-31-3

1. Romance 2. Espiritismo I. Título.

CDD -869.935
-133.9

Índices para catálogo sistemático

1. Romance: Século 21: Literatura brasileira 869.935
2. Espiritismo 133.9

Mais que um presente

ISBN 978-65-86112-31-3

1ª edição - agosto/2022

Copyright © 2022,
Instituto de Difusão Espírita - IDE

Conselho Editorial:
Doralice Scanavini Volk
Wilson Frungilo Júnior

Produção e Coordenação:
Jairo Lorenzeti

Revisão de texto:
Mariana Frungilo Paraluppi

Capa:
Samuel Carminatti Ferrari

Diagramação:
Maria Isabel Estéfano Rissi

INSTITUTO DE DIFUSÃO ESPÍRITA - IDE
Av. Otto Barreto, 967
CEP 13602-060 - Araras/SP - Brasil
Fone (19) 3543-2400
CNPJ 44.220.101/0001-43
Inscrição Estadual 182.010.405.118
www.ideeditora.com.br
editorial@ideeditora.com.br

Todos os direitos reservados. Nenhuma parte desta publicação pode ser reproduzida, armazenada ou transmitida, total ou parcialmente, por quaisquer métodos ou processos, sem autorização do detentor do copyright.

Valdinei de Freitas

ide

Sumário

1 - E o resto é silêncio 9
2 - Inspiração amiga 29
3 - Retorno ao casarão 46
4 - A carta 71
5 - Primeira vez 87
6 - A procura 105
7 - Presença na ausência 131
8 - Despedida 155
9 - Descoberta 181
10 - Descoberta - continuação 211
11 - *Cottoland* 225
12 - Tempestade no horizonte 246
13 - Verdade improvável 256
14 - *Allea Jacta Est* 284
15 - Mãe e filho 321
16 - Pai e filho 342
17 - Esperança, de quem não espera 373
18 - Escuridão e luz 385
19 - Luzia 404
20 - O retorno de Tomás 427
21 - Epílogo 448
Dedicatória - *Meus filhos* 455

1
E o resto é silêncio

CECÍLIA ABRIU os olhos, piscou repetidas vezes para se acostumar com o feixe de luz matinal que penetrava no quarto pela fresta da cortina mal fechada. Necessitou de alguns segundos repetindo o exercício, esfregando os olhos com as mãos fechadas para conseguir captar e divisar corretamente as formas do cômodo. A noite foi péssima. Dormiu muito mal. Acordou algumas vezes pensando ter ouvido o choro do filho Tomás, de dois anos e oito meses, que constantemente tinha noites agitadas, mas, a cada vez que abria os olhos, recordava-se de que o menino fora passar a noite na casa dos avós maternos – os paternos Tomás nem chegou a conhecer, pois já eram falecidos quando nasceu.

Vencida a sonolência dos primeiros minutos, olhou para seu lado esquerdo e notou que o marido Ethan não estava na cama. Nada de anormal, pois ele tinha o hábito de levantar-se mais cedo e preparar o café da manhã.

Permaneceu imóvel durante longos minutos, refletindo, olhar perdido no vazio, voltado na direção do teto. Pensamentos terríveis dançavam de forma frenética em sua mente. Algo a incomodava, muito embora não tivesse motivo aparente para toda aquela preocupação, mas era inútil tentar acalmar-se, mesmo procurando, de todas as maneiras, não pensar em negatividades. Resignada, inspirou profundamente, expirando em seguida.

Conferiu o relógio e concluiu que era hora de abandonar aquela atitude modorrenta. A ansiedade dizia à mente que precisava se levantar para não se atrasar, pois iria acompanhar o marido ao médico. Havia alguns dias que Ethan sentia uma dor leve e inexplicável na parte alta do abdome e, apesar de realizar alguns exames preliminares, nada fora detectado. Nos dias seguintes, porém, ele acordou com a esclera do olho amarelada e relatou uma cor anormal na urina. Nova consulta e o médico diagnosticou-o com icterícia, mas, por precaução, afinal poderia tratar-se de uma hepatite – palavras do doutor Luiz Fernando –, solicitou a realização de uma tomografia computadorizada.

Ethan estava calmo com relação ao assunto, como sempre.

– Nada demais – repetia, esboçando tranquilidade.

Muitas vezes, Cecília irritava-se com a calma excessiva de Ethan, mas era algo passageiro. Sabia que não poderia exigir que o marido mudasse sua natureza, da mesma forma que não modificaria a sua forma de agir, caso o pedido fosse inverso. Assim eram os dois: nas ocasiões em que ela estava preocupada, ele dava de ombros; quando ela tinha momentos de pessimismo, ele continuava despreocupado. Sua mãe dizia que aquela era justamente a chave que fazia com que se dessem tão bem. Um era o ponto de equilíbrio do outro. Completavam-se.

Cecília parou de pé em frente à cama, olhou-se no imenso espelho na parede, consertou a ordem dos cabelos, mas seu rosto tinha aspecto triste. Logo percebeu que necessitaria de um pouco mais de maquiagem para mascarar os efeitos da noite maldormida.

Caminhou até a janela, puxou as cortinas, deixando que a luz do sol varresse totalmente o aposento e, por um segundo, o brilho encheu seu pequeno mundo. Ela lançou um olhar panorâmico na direção da paisagem. De um lado da propriedade, sobressaíam-se as folhas dos plátanos selvagens que Cecília adorava pela beleza e pelo simbolismo: a planta que um dia fora consagrada por Hipócrates, no século V a.c., era venerada em muitos países, como na Grécia, por ser considerada a árvore da regeneração e da saúde. Naquela época do ano, as espécies da propriedade faziam jus à fama. Depois de um inverno rigoroso, no qual perderam toda a folhagem, permanecendo apenas troncos e ramos, como que se despindo do passado, recuperavam-se, estando cheias de rebentos e folhas novas, de um verde-claro belíssimo. Era a vida regenerando-se. Do outro lado, tomava conta da paisagem um canteiro de rosas multicolores, mas com predominância nas brancas, mescladas com as "mariquinhas" (espécie de rosa de tamanho pequeno e com características de trepadeira), circundado por um gramado verde, bem cuidado, que mais parecia um tapete felpudo, penteado suavemente pelo vento suave que lhe acariciou a face tão logo se inclinou levemente para fora da janela.

A temperatura estava agravável, e o clima subtropical, que deveria, em teoria, produzir estações do ano bem definidas, apresentava, na verdade, dois protagonistas, esses bem marcantes, verão e inverno. Outono e primavera não passavam de meros coadjuvantes durante o ano. E aquele novembro era testemunha desse quadro, pois ainda que o calendário indicasse estar sob o comando da primavera, o verão começava a invadir, prematuramente, os domínios da estação das flores.

A Fazenda Ouro Verde era uma gigantesca propriedade rural adorada pelo marido de Cecília porque pertencera aos seus tataravós. O casarão em que moravam foi construído ainda no período colonial. Constituía-se num antigo símbolo de orgulho e nobreza, vestígio de um passado opulento na região e do surgimento de uma elite de grandes fazendeiros plantadores de videiras e donos de vinícolas, conhecidos na região como "Barões da Uva", dentre os quais incluíam-se os tataravós e trisavós, e, já com menos influência e *glamour*, os bisavós de Ethan.

Para Ethan, que viveu toda a sua vida naquele imenso lugar, aquela não era simplesmente uma casa, ela fazia parte da sua vida, afinal havia sido passada de pai para filho durante séculos. Foi com esse argumento que convenceu Cecília a continuar morando no lugar, quando se casaram. Obviamente, ela exigiu adaptações à antiga construção, com a colocação de alguns itens mais condizentes com a atualidade.

– Toc-toc – sussurrou a voz atrás de Cecília.

– Ah, não vi você aí, Ethan.

Dois anos mais velho que Cecília, Ethan herdara, além da propriedade, os traços físicos do pai, descendente de alemão. Chamava a atenção pela postura altiva, cuja imponência provinha de seu 1,92 m de altura, rosto fino, olhos azuis brilhantes, tez clara, cabelos loiros. Entretanto, por trás da aparência séria que lhe conferia um ar de arrogância, havia um homem doce, gentil, extremamente dedicado ao trabalho – era um advogado respeitado na cidade – e à família.

– Qual o motivo dessa ruga de preocupação? – perguntou Ethan, apontando para o centro da testa da esposa. – Você estava tão distante, que nem notou a minha chegada.

– Não tenho a mesma calma que você. Estou preocupada.

– Então é isso? Eu deveria ter imaginado. Já disse a você que não há motivos para preocupação. Estou me sentindo muito bem. Uma "ictericiazinha" besta não é razão para tanto alarde. Logo, logo estarei bem.

– É, você tem razão, mas sabe como sou. Todo tipo de doença me preocupa. Veja como é com Tomás, basta um espirro, que fico em estado de alerta.

– Por falar nele, seus pais ligaram. Ainda está

dormindo. Ficou brincando até mais tarde e dormiu, tranquilamente, toda a noite – disse Ethan, aproveitando a oportunidade para mudar de assunto.

– Meus pais sempre permitindo que Tomás durma até mais tarde. Já desisti de pedir que mantenham a rotina dele.

– Deixe-o aproveitar. Tomás gosta de estar com os avós e é natural que passe um pouco do horário de dormir. Não seja tão rígida. A propósito, está com fome? – perguntou Ethan.

– Estou morrendo de fome.

– Então, vamos comer, que o café já está pronto.

O casal deixou o quarto localizado no andar superior da casa, desceu lentamente os degraus de madeira da escada e seguiu para a cozinha.

Depois do café, Ethan convidou a esposa para caminhar um pouco. Ainda tinham bastante tempo até o horário da consulta médica.

A abóbada celeste exibia um azul sem manchas e um sol cor de ouro quando o casal iniciou a caminhada pelas vielas sinuosas da Fazenda Ouro Verde.

Enquanto os raios do sol iluminavam o rosto de Cecília, o dia limpo acentuava o contraste entre o cinza chumbo das pedras, que serviam de calçamento dos passeios interiores, e o verde lustroso do gramado, além do colorido das flores.

Quando se afastaram um pouco mais do casarão, surgiu na paisagem o arvoredo ornamental, composto por plátanos, bracatingas, cornos floridos, ciprestes, eritrinas verde-amarelas, gravíleas, uma diversidade que encantava pelos formatos dos troncos, folhas e flores. Além das árvores, havia uma nascente da qual brotava água cristalina. Era a cereja do bolo daquele bem cuidado local.

O ar fresco que acarinhava o rosto do casal produzia uma sensação de bem--estar e fazia esvoaçar levemente os cabelos de Cecília, como um leque a flabelar o ar num dia de calor. Daquele ponto, não se ouvia qualquer tipo de som artificial, apenas a sinfonia produzida pelo farfalhar das folhas ao embalo do vento e o canto solitário de um bem-te-vi-pirata pousado no ramo de uma cerejeira engrinaldada com suas flores rosadas.

Distraídos, conversando felizes sobre as últimas peripécias do pequeno Tomás, Ethan e Cecília caminharam até a extremidade oposta da propriedade. Naquele ponto, existia um imenso bosque de árvores frondosas das mais variadas espécies, que se expandia até encontrar-se com um muro de taipa, formado por pedras de basalto encaixadas de forma irregular e que ultrapassava um metro de altura, no qual se via um antigo portão de madeira, decorado com uma linda cortina verde de barba-de-velho por toda sua extensão. Este era o elemento que demarcava o fim da imensa propriedade.

Aquele pequeno momento de descontração e alegria despreocupada seria para sempre lembrado por ambos.

– Amo você, Cecília – declarou-se Ethan, tomado por repentino desejo de declarar-se à esposa.

– Também amo você, querido – respondeu, beijando-lhe levemente os lábios.

– Adoro a simplicidade e a felicidade de momentos como este.

– É verdade – concordou a esposa.

– Imagine como seria se pudéssemos engarrafar uma lembrança como se fosse um perfume e abrir sempre que tivéssemos vontade?

– Seria como reviver o momento – ela completou.

Quando olhava para Cecília, Ethan tinha certeza de que nunca antes na vida amara assim tão profundamente alguma mulher. O que ele não sabia, e não poderia saber, era que os piores dias da sua jornada estavam por vir, quando aqueles pequenos prazeres seriam deixados em segundo plano. Estaria muito ocupado com coisas mais urgentes, como tentar não morrer. A vida é mesmo imprevisível.

Cecília e Ethan retornaram calmamente para o casarão. Aproveitaram aquela breve caminhada para sorver toda a energia revigorante que as flores, as árvores, o ar puro e a natureza do lugar proporcionavam.

Algumas dezenas de minutos mais tarde, o casal deixava a propriedade rumo à consulta médica de Ethan.

– Que Deus esteja conosco e permita que tudo corra bem – disse Cecília, sem conseguir esconder a preocupação, que havia retornado.

– Está tudo bem, acredite – tranquilizou o marido, no mesmo instante em que o carro se moveu lentamente.

– Assim seja!

Consumando a união de duas tecnologias opostas, Ethan apertou o botão do controle remoto e o imponente portão da propriedade, uma peça com mais de cinco décadas, fechou-se atrás do carro. Ele acompanhou o processo pelo retrovisor e, em sequência, tomou o caminho da direita e seguiu por uma estrada de chão batido que serpenteava por entre a vegetação nativa, predominantemente baixa, onde o olhar perdia-se pela paisagem pintada com diversas tonalidades de verde que enfeitavam as suaves coxilhas, complementando a belíssima imagem interiorana.

Dos pontos mais altos do relevo, podia-se avistar taipas de pedra que serviam de marco divisório de algumas fazendas, como uma linha escura costurando aquele tapete esverdeado.

A estrada sinuosa estava deserta. Ethan dirigia em silêncio, ouvindo uma música tranquila – *Only Love*, executada por André Rieu e Johann Strauss Orchestra –, que tocava no equipamento de mídia do carro.

Pouco mais de um quilômetro à frente, defronte ao portão de entrada do maior colégio do município, sem anúncio prévio, numa dessas inexplicáveis histórias de obras inacabadas, a estrada de chão cedia lugar ao asfalto, mas a paisagem ao redor mantinha-se a mesma. A partir daquele ponto, não demorou muito para que surgisse a grande placa que identificava a entrada do Centro Médico São Judas Tadeu, localizado às margens da rodovia, uma boa escolha geográfica, pois facilitava o acesso ao local.

— São Judas Tadeu. Muito apropriado — comentou Ethan.

— Não entendi? — indagou a esposa.

— São Judas Tadeu, o santo das causas impossíveis. Um nome mais do que apropriado para um centro médico.

— Desde quando você virou especialista em santo? Que novidade é essa?

— Não virei. Só sei esse porque é o padroeiro do meu time.

Cecília não comentou, mas esboçou um sorriso amarelo em resposta. Ethan sorriu ao ver a reação da esposa. Adorava provocá-la, amplificando a sua tradicional calma.

O casal dirigiu-se à recepção e rapidamente obteve informações sobre a localização do consultório médico que procuravam. Ficava no terceiro andar e foi facilmente encontrado.

A espera foi pequena, e logo Ethan, acompanhado de Cecília, foi recebido por Luiz Fernando. Aquele primeiro atendimento ocorreu de maneira muito breve e limitou-se a rápidas instruções sobre o exame que seria realizado e a entrega de uma guia requisitória contendo as orientações a serem repassadas ao especialista responsável pela execução da tomografia computadorizada. O exame ocorreria em outro local, mas no mesmo centro médico.

De posse dos documentos, eles pegaram o elevador, desceram até o andar térreo e rumaram para o setor de diagnósticos por imagem. Mais uma pequena espera, e Ethan foi encaminhado para a preparação, onde foi orientado a trocar sua roupa por um folgado roupão de algodão, bem como retirar qualquer objeto que contivesse metal ou outro material capaz de interferir nas imagens. O exame propriamente dito foi realizado em torno de trinta minutos. Ethan não se incomodou com o claustrofóbico tomógrafo, mesmo que apenas seus pés estivessem fora do aparelho. O que realmente o incomodou foi a música que tocava no fone de ouvidos que o técnico pediu que usasse, uma maneira de oferecer distração às pessoas que se sentem desconfortáveis com o protocolo do exame. A intenção foi excelente, mas a ideia de sintonizar em uma rádio FM local que tocava as músicas mais pedidas pelos ouvintes estava longe de ser uma experiência reconfortante.

Ao término da sessão de tortura musical, e já trajando novamente as suas roupas, Ethan foi informado de que o resultado seria enviado de forma on-line para o médico em no máximo uma hora.

O casal, então, seguiu até a lanchonete localizada no *hall* central do andar térreo do centro médico e instalou-se confortavelmente em uma mesa próxima da janela, com vista para a rodovia. A atendente abordou-os com um sorriso nos lábios e dois cardápios na mão, que ambos dispensaram e pediram apenas um café, pois não estavam com fome. Tudo o que queriam era esperar o tempo passar para dar fim àquela jornada e voltar para a rotina de suas vidas. Não imaginavam que a rotina que antes conheciam seria implodida e que precisariam aprender a caminhar entre os escombros da vida.

No horário ajustado, Ethan e Cecília foram conduzidos novamente até a sala do médico, que analisava, concentrado, algo na tela do computador.

– Sentem-se, por favor – disse o doutor Luiz Fernando, apontando para as duas confortáveis cadeiras posicionadas em frente à sua mesa.

Cecília notou que o semblante do doutor estava mais sério do que da primeira vez que conversaram. Em seu íntimo, o sinal de alerta foi ligado, e ela desviou o olhar na direção do antigo relógio de bronze dourado que tiquetaqueava na parede sobre a cadeira do médico, na tentativa de não deixar transparecer a preocupação recém-surgida. Os ponteiros marcavam onze horas e dezessete minutos.

– Senhor Ethan, precisamos conversar.

Marido e mulher olharam-se rapidamente. A frase "vamos conversar", via de regra, antecede notícias ruins, mas seria ainda pior no caso deles.

– Estou aqui com seu exame – continuou o médico – e confesso que o resultado não foi aquele que eu esperava. As notícias, infelizmente, não são agradáveis.

Instintivamente, Ethan e Cecília deram as mãos. Nem um dos dois precisou dizer nada, percebendo que, por trás daquela introdução, havia alguma notícia terrível e que, daquele minuto em diante, tudo seria diferente. Previram que a vida que conheciam deixaria de existir ali mesmo, naquele consultório. O relógio marcava onze horas e dezenove minutos – olhar para a peça passou a ser o refúgio de Cecília. Estava com medo de encarar o médico.

– A tomografia revelou que o senhor é portador de um câncer pancreático. Isso explica as dores e a icterícia. As palavras do médico atingiram o casal como uma bomba. Uma angústia fina, afiada como uma faca, endureceu os traços de seus rostos, deixando-os sob o estranho manto do silêncio tumular que tomou conta do ambiente.

Doutor Luiz Fernando aguardou alguns segundos para que a informação fosse assimilada e prosseguiu.

– Sei que é difícil ouvir uma notícia dessas e, antes que me perguntem, sinto muito em dizer, mas não há dúvida acerca do diagnóstico. A tomografia computadorizada tem a capacidade de mostrar o pâncreas com muita clareza e, apesar de desejar que houvesse alguma dúvida para que precisássemos realizar novos exames, ela simplesmente não existe.

– Como pode isso? Nunca senti nada, exceto de uns dias para cá... – Ethan foi o primeiro a quebrar o mutismo que se apossou do casal. – O senhor mesmo suspeitava que eu tivesse no máximo uma hepatite.

– Foi um pré-diagnóstico. Bem que eu gostaria de tê-lo confirmado no exame, mas não é isso que as imagens estão mostrando.

Quanto às dores que o senhor alega nunca ter sentido, esse é justamente o maior problema do câncer de pâncreas. Ele é um tumor maligno silencioso, pois, em regra, não apresenta sintomas com antecedência. No início de seu desenvolvimento, o câncer pancreático simplesmente não dói, por isso a pessoa não busca atendimento médico.

A dor geralmente aparece somente quando a doença está num grau mais avançado. Na maioria dos casos, os sintomas começam a surgir devido ao acometimento de outras estruturas.

– Como assim, de outras estruturas? O senhor quer dizer... – Ethan interrompeu a frase.

– Outros órgãos – completou a frase o médico. – A tomografia mostra que a doença teve como sítio primário o pâncreas, mas disseminou-se, dentre outros lugares, para o fígado. Esse é o órgão mais afetado. Seu fígado está com o tamanho muito acima do normal.

O médico virou a tela do computador para que o casal acompanhasse as imagens. Cecília tinha esperança de que pudesse haver algum erro e, por mais egoísta que fosse o seu pensamento, procurava algum nome na tela, na ilusória tentativa de descobrir que as imagens pertenciam ao exame de outra pessoa. Era a esperança sobrepondo-se à razão, e permaneceu assim, com o firme propósito de resistir, até o momento em que os olhos confirmaram aquilo que o coração não queria aceitar.

O médico apontou, com uma caneta, os pontos escuros que apareciam na tela. Eram metástases. Puderam contar sete na sequência de imagens que lhes foram mostradas.

Inicialmente, Cecília ouvia a tudo com atenção sôfrega, mas, à medida que a explicação avançava, sentia-se como se estivesse sendo anestesiada lentamente, com um aperto profundo no peito. Não podia, não queria acreditar no que estava ouvindo. Talvez, se mudasse o rumo da conversa, conseguisse impedir o que sabia que estava por vir.

– A situação é grave, então? – perguntou Ethan.

O médico não respondeu imediatamente, procurava as melhores palavras, mas não havia palavras fáceis, e ele sabia disso.

– O termo correto é irreversível. Sinto muito.

Cecília sentiu como se o coração tivesse parado de bater. Nuvens escuras cercaram-no e encobriram-no como fazem com o Sol minutos antes da chegada das tempestades de verão.

O comentário interrompeu seu fluxo de pensamentos e, no novo silêncio que se seguiu, Cecília pegou na mão do marido e apertou-a com força. Mais uma vez, olhou para o relógio, mas a visão ligeiramente turva a impediu de identificar a posição dos ponteiros.

– Existe tratamento? – perguntou Ethan, utilizando-se dos últimos resquícios de racionalidade que lhe restavam.

– Vou encaminhá-lo a um oncologista. Ele é quem determinará, de forma mais precisa, quais serão os próximos passos. Mas acredito que qualquer tipo de cirurgia esteja descartada e que o tratamento deva ser quimioterápico, com objetivo de reduzir a população das células malignas a fim de prolongar e melhorar sua qualidade de vida. Sei que é difícil ouvir isso, mas, como profissional, tenho o dever de apresentar o diagnóstico de forma clara, por pior que ele seja.

– O senhor usou o termo irreversível.

– Sim – confirmou o médico.

– Então... – Ethan precisou respirar fundo para controlar a emoção –, se o caminho é sem volta, não me resta alternativa a não ser perguntar quanto tempo tenho de vida... – disse, completando a pergunta que Cecília gostaria de ter feito, mas a vontade morreu logo ao nascer, por pura falta de coragem.

– O especialista poderá fazer melhor esse prognóstico, mas como sei que, ao sair deste consultório, você não precisará de mais do que quinze segundos na internet para obter essa informação, posso adiantar que o tempo de vida de uma pessoa com câncer pancreático pode ser muito reduzido, variando de seis meses a cinco anos, ainda que realize todo o tratamento indicado. A variação do tratamento e do tempo de sobrevida dependem do que chamamos de estadiamento do tumor, ou estágio, para utilizar uma expressão de mais fácil compreensão.

– E qual o estágio do meu tumor?

Mais uma vez, o médico procurou, inutilmente, encontrar palavras mais leves para responder à pergunta, mas o esforço foi em vão.

– Há quatro estádios, a palavra é essa mesma, estádio. O estádio I é o mais brando; o estádio IV, o mais grave, que é quando há comprometimento de órgãos a distância, como pulmão, peritônio, ossos… fígado – o médico criou um ligeiro hiato na fala antes de citar o órgão que o câncer de Ethan afetara.

– Então, meu câncer está no pior grau possível?

– Infelizmente. Eu não usaria a palavra irreversível de forma irresponsável, ainda que na medicina nada seja impossível, mas as chances de recuperação são meramente estatísticas.

– Um número, por favor? Esse será o tamanho da minha esperança.

– Irreversível, senhor Ethan. As chances de cura são próximas de zero. A luta da medicina, no seu caso, não será voltada para a cura, mas para o aumento da sua taxa de sobrevida, que hoje estimo próxima de seis meses de vida útil, que pode ser prolongada pelo tratamento.

Cecília virou os olhos para cima e piscou forte, desejando acordar daquele pesadelo. Mas isso não aconteceu. Até aquele momento, ela tentava controlar suas emoções, mas, ao ouvir o tempo estimado, seis meses, viu sua respiração ficar mais custosa até se transformar em um fluxo interminável de lágrimas. Aos prantos, ela abraçou o marido.

Acostumado a lidar com situações delicadas, o médico fez sinal para Ethan de que deixaria a sala. Sabia que o casal precisava de um mínimo de privacidade depois da notícia que havia recebido.

Abraçados, Ethan e Cecília choraram. Permaneceram assim por longos minutos. A sentença de morte que ouviram do médico abriu o chão sob seus pés e criou um profundo abismo na vida deles, dividindo-a em duas partes: o maravilhoso antes e o triste depois. E, a partir daquele instante, teve início o doloroso processo de acúmulo de medos, ilusões e saudades.

Cecília e Ethan preferiam o silêncio às palavras. Não tinham forças para dizer nada um ao outro. Todas as esperanças, todo o futuro, todos os sonhos foram desfeitos como um relâmpago. Ambos pensaram no filho Tomás. Cecília imaginava como seria a vida do menino sem a figura do pai, que ele tanto adorava. Ethan, por sua vez, não podia acreditar que não veria o filho, seu pequenino e melhor amigo, crescer. Embora tivesse certeza de que Tomás tinha uma mãe adorável que conduziria seus passos, guiando-o de forma brilhante pela vida afora, ele não teria o pai. Doía-lhe muito pensar nisso.

Quando finalmente olharam-se nos olhos, constataram toda a angústia e toda a tristeza que emanavam da face do outro. A notícia os devastou.

Após algum tempo, o doutor Luiz Fernando retornou à sala. Ethan agradeceu ao médico por tê-los deixado a sós. Ele prestou mais alguns esclarecimentos, escreveu o nome do oncologista em um papel timbrado e despediu-se do casal.

O antigo relógio marcava onze horas e vinte e nove minutos. Cecília jamais esqueceria aquela marca do tempo.

O casal, cabisbaixo, deixou o consultório. Na antessala, a secretária, já alertada pelo médico a respeito do diagnóstico, não teve coragem de encará-los. Apesar dos anos de experiência na profissão, aquela era uma das situações que ela nunca conseguiu se acostumar. A dor de Ethan e Cecília podia ser sentida no ambiente. Toda a sala estava inundada de tristeza.

Visivelmente abatidos, caminharam vagarosamente

para o estacionamento. O choro havia cessado. Cada um, a seu modo, tentava encontrar forças para enfrentar a verdade e encarar a nova realidade que se descortinara de forma abrupta. Quem os visse naquele instante poderia dizer que haviam ganhado vinte anos em uma hora.

Cecília recordou-se da conversa do marido mais cedo, quando falava do desejo de engarrafar uma lembrança em um frasco de perfume.

"Uma pena que isso não seja possível, pois permitiria que fossem descartados todos os frascos com aquilo de que não se quisesse mais lembrar. Como o dia de hoje" – falou para si, em pensamento.

Minutos mais tarde, quando retornavam, uma forte chuva abateu-se sobre a cidade. Os pingos chocavam-se com força no para-brisa do carro e escorriam pelo vidro como lágrimas. O céu chorava. O casal retornou em silêncio. A ausência de palavras que imperava se tornaria uma fiel companheira das próximas e longas horas, cada um remoendo a sua própria dor.

De volta ao casarão, tudo parecia estar diferente. As grandes janelas mais pareciam imensos olhos tristes. As flores não eram mais as mesmas, haviam perdido seu encanto; as árvores também não. Aos olhos de seus moradores, o cenário da Fazenda Ouro Verde perdera sua cor, tinha agora uma imagem descolorida. Num estalar de dedos, a sensação era de que tudo havia mudado. Como se a vida feliz que possuíam houvesse sido substituída por outra, por uma espécie de versão má e traiçoeira que os golpeara de forma implacável, deixando-os sem forças para escalar o abismo de dor em que estavam mergulhados.

Nos dias subsequentes, o casarão imergiu num profundo silêncio. O mundo de Ethan e Cecília adentrou num interminável fluxo de caos. Era como se a vida deles tivesse sido chacoalhada, quebrada, dilacerada. Não havia trégua.

As horas caminhavam lentas, com passos arrastados. Tomás permaneceria na casa dos avós por alguns dias, até que Ethan e Cecília pudessem se recuperar minimamente do luto antecipado, vivido naqueles dias sombrios. Era necessário dar novo significado a todo o restante da existência, mas essa não seria uma tarefa fácil. A dor é como uma alta montanha. Às vezes, as circunstâncias da vida nos obrigam a escalá-la de joelhos.

E o resto... o resto era silêncio, e tudo o que havia sobrado eram repercussões que tornavam algo tão simples, como o singelo ato de levantar-se da cama, uma coisa extenuante.

2

Inspiração amiga

A MADRUGADA alta trazia consigo um céu negro, sem estrelas, conferindo-lhe um aspecto devastadoramente triste.

Ethan levantou-se da cama, caminhou em direção à porta do quarto e pôde observar a si mesmo dormindo profundamente ao lado da esposa.

Sem compreender a cena, examinou seu corpo, tocou-se, mas não sentiu nada de anormal, a mesma conclusão que teve ao observar, com atenção, sua imagem na cama. Assim, mesmo sem entender o estranho fenômeno que era capaz de produzir aquelas duas versões de si, decidiu sair da casa e aventurar-se no negrume que envolvia toda a extensão da propriedade.

O fragor dos relâmpagos e dos raios eram as únicas e brevíssimas refulgências prateadas que quebravam a profunda escuridão produzida pelo manto negro da madrugada, além de revelar o temporal que se aproximava sorrateiro daquele céu opressivo.

O firmamento, nu de estrelas, e o gigantesco tapete escuro em que se transformara o vasto gramado formavam uma imagem que representava, de forma fidedigna, o estado de espírito de Ethan, vazio de esperanças, após o diagnóstico definitivo recebido do médico.

Vez ou outra, o silêncio do ambiente era quebrado pelo ribombar dos trovões e pelo pio agourento das aves noturnas, àquela altura escondidas por entre as árvores, cujos galhos, que lhes serviam de abrigo, assumiam formas assustadoras naquele cenário de trevas. Aliás, trevas era a palavra que melhor definia sua percepção acerca da vida, face à certeza da morte.

Ethan bem que tentou enfrentar seus demônios, mas eles eram muitos e extremamente poderosos, sobrepujando-o com facilidade. Havia uma ferida aberta em sua alma e ele não sabia como estancar o sangramento, além de não ter forças para isso.

Ele seguiu caminhando de forma aleatória até que uma leve luminescência veio de trás do tronco da imensa paineira-rosa, cuja casca rugosa, recoberta de espinhos grandes e piramidais, assumia uma forma ainda mais ameaçadora, principalmente porque a beleza das suas grandes flores cor-de-rosa, de textura aveludada, era absorvida pelo breu ao seu redor.

O perturbado explorador noturno aproximou-se, desconfiado. A cada passo dado, a imagem ficava mais nítida. Ele sentia como se estivesse envolvido num tipo de transe, enquanto a imagem de um menino, com a cabeça voltada para o céu ou para a copa das árvores, começava a surgir, lenta e mansamente, à sua frente, como um desenho que evolui de um rabisco esfumaçado para uma pintura nítida, quase tridimensional.

Era uma visão estranha, mas que não impediu Ethan de se aproximar da misteriosa criança. Haveria algo que não fosse estranho naquela experiência? Ver duas imagens de si mesmo? Sair a andar, sem rumo, numa noite escura de tempestade? "Nada está normal nessa sequência de acontecimentos, preciso reconhecer isso" – pensou consigo.

O menino vestia algo que poderia ser descrito como uma túnica branco-azulada. A aura luminosa que contornava seu corpo e o finíssimo facho de luz que brotava do peito conferiam ao garoto um ar fantasmagórico. Ethan, que não acreditava na existência de vida após a morte, não se incomodou com a presença daquela criança ou sentiu qualquer tipo de receio dela. Ao contrário, uma estranha força o atraía em direção a ela com a mesma intensidade que uma mariposa é atraída pela luz.

A curiosidade formulava algumas perguntas: quem seria aquele menino? O que faria naquela escuridão, em plena madrugada? Que luz era aquela que o envolvia? As dúvidas eram muitas.

"Isso só pode ser um sonho" – concluiu.

Ethan aproximou-se. Estava agora à distância de três passos da estranha aparição. O menino seguia com a cabeça voltada para cima, ignorando sua presença ou aguardando-a.

"Essa criança não deve ter mais do que nove anos" – pensou.

– Olá? – saudou Ethan, reticente, mas sua voz perdeu-se no vazio escuro da noite.

Vagarosamente, ele deu dois pequenos passos para a frente e estendeu o braço direito. Sua ideia, aparentemente insensata, era tocar o rosto da criança. Havia uma leve tensão no ar. Ethan aproximou-se lentamente, enquanto, ao fundo, o estridular de um grilo e o canto distante de um curiango-comum – a ave misteriosa que despertou a curiosidade do antropólogo Luís da Câmara Cascudo – cortavam o silêncio espesso. Porém, quando seus dedos se aproximaram ainda mais, a ponto de sentir um ligeiro frio nas extremidades, o menino baixou a cabeça abruptamente, fazendo com que Ethan recolhesse a mão de forma instintiva.

– Estava esperando por você, Ethan – disse o garoto, com olhar terno e voz suave.

– Como assim, esperando por mim?

– Precisamos conversar.

– Quem é você?

– Chamo-me Julião.

Ethan não disse nada, apenas avaliou, desconfiado, a figura à sua frente.

– Concordo que o nome – Julião – não combina comigo e que soa estranho para uma criança do meu tamanho. Foi isso que você pensou, não foi?

Ethan calou-se, concordando.

— Quando aceitei a tarefa de vir para este plano, preparei-me para seu conhecido traço de interrogador, mas não me passou pela cabeça que ficaria intrigado com a falta de sintonia entre meu nome e o corpo com o qual me apresento. Não posso dizer que não tenha sido alertado para seu perfeccionismo, ceticismo e outros ismos. Mas não se preocupe com isso. Talvez, realmente minha aparência não comporte aumentativos ou, quem sabe, como muitas coisas na vida, nem tudo é o que parece ser.

— Desculpe-me se o ofendi, mas é que Julião parece ser o nome de uma pessoa mais velha... mas espere: como você sabia o que eu estava pensando?

O menino limitou-se a sorrir. Deixou a pergunta ecoar no silêncio.

— Como sabe meu nome?

— Porque eu o chamei aqui.

— Ninguém me chamou. Vim até aqui por vontade própria.

— Se você diz...

— Mas como você me conhece?

Novo sorriso e mais uma indagação perdeu-se no vazio.

— O mais importante é que estou aqui por você — disse o menino em tom urgente.

— Por minha causa? Como, se nem conheço você?

— Sabemos dos problemas que você vem enfrentando. Não nos é desconhecida a sua condição.

– Sabemos? Há mais alguém aqui com você? – Ethan olhou ao seu redor.

– Aqui? – o menino reproduziu o mesmo gestual de seu interlocutor e olhou em todas as direções. – Não. Aqui, estamos apenas eu e você. Mas saiba que há mais Espíritos amorosos envolvidos nessa missão, vamos chamar assim o nosso trabalho, para facilitar a compreensão.

– Que missão?

– Ajudá-lo.

– E quem seriam essas pessoas que o auxiliam nessa missão de me ajudar?

Julião olhou nos olhos de Ethan, encarando-o brevemente. Era um olhar sério, porém sereno. Depois, sua boca se moveu lentamente até formar um sorriso, mas não falou nada.

Era a terceira vez que sua pergunta ficava sem resposta. O menino demonstrava ter uma apurada noção intuitiva sobre quando deveria ficar em silêncio ou quando deveria responder. Para Ethan, essa era uma característica irritante.

O atordoado explorador noturno também estava espantado com a desenvoltura e com o vocabulário de Julião, incompatíveis com a figura infantil com quem dialogava. A impressão era a de que seu interlocutor seria alguém bem mais experiente do que aparentava.

– Então, você sabe da minha doença?

– Obviamente que sim, mas, para ser franco e objetivo, afinal temos pouco tempo, ela não é nossa principal preocupação.

– Não? Então, quais motivos o trouxeram aqui? – perguntou, deixando transparecer ligeira contrariedade.

– Permita-me ser sincero novamente. Sinto muito por usar da verdade assim, de forma tão direta, até fria, mas é preciso que você saiba, meu querido irmão, que o diagnóstico de câncer não o torna um ser único ou especial. Seu sofrimento não merece maior ou menor atenção do que o sofrimento de milhares de pessoas que precisam enfrentar as mazelas que a vida lhes impõe diariamente.

Você tem ideia do número de seres humanos que desencarnam todos os anos em razão do câncer? Saiba que sua situação está longe de ser incomum, quanto mais especial.

– Mas vou morrer. Isso não é suficiente para você, Julião, ou para quem quer que você seja?

– Você vai morrer?

– Sim, vou.

– Pois eu já morri! E isso também não me torna alguém com privilégios especiais. Ademais, saiba que a morte é um prêmio para quem souber honrar com dignidade as cores da vida.

– Você não passa de um produto da minha imaginação. Tenho certeza de que estou no meio de um pesadelo. Vi meu corpo dormindo quando saí de casa, embora eu não saiba como isso seja possível. Se bem que não existe o impossível para os sonhos. Portanto, para alguém que não existe, a morte não é nada. Para mim, que estou vivo, ela é muito real.

O menino sorriu e respondeu pacientemente:

– Meu querido amigo, nós somos tão reais quanto a doença que ataca aquele corpo que dorme na cama ao lado de sua esposa – Julião apontou na direção da casa.

– Como é real, se você acabou de dizer que já morreu? Não acredito em fantasmas. É pura imaginação. A morte é o fim de tudo. Nossa existência inicia com a vida e termina com a morte. Uma é o contrário da outra – filosofou Ethan.

– Ledo engano, meu irmão. Vida e morte não são conceitos antagônicos. Isso porque o contrário da vida não é a morte. A vida não tem antônimos. Vida é sempre vida! A vida pode ser renovada, pode ser transformada, mas jamais deixará de ser vida. O que morre são as formas de manifestação da vida, porque a essência nunca cessa. A vida é eterna, não acaba no sepulcro, mas suas formas de manifestação são finitas. Nosso corpo físico é uma das maneiras pela qual a vida se apresenta. Ele, sim, é finito e perecível. Ele surge com o nascimento e desaparece com o evento morte. Portanto, morte não é o contrário de vida, uma vez que não tem o poder de extingui-la. O contrário de morte é nascimento.

Quer você queira ou não, acredite ou não, tenha consciência de que houve vida no passado, antes do berço. Há vida no presente. Haverá vida no futuro, após o túmulo.

Ethan pensou por breves segundos, jamais tinha analisado a questão pelo ângulo apresentado. Julião percebeu que ele já estava baixando a guarda, mas, num último esforço de teimosia, Ethan argumentou:

– A sua teoria, Julião, só faz sentido se a vida não terminar após a morte. Essa é uma premissa na qual é muito difícil de acreditar.

– Difícil apenas para quem não está disposto a aceitar a verdade bem diante dos seus olhos. Veja bem, Ethan, as questões que assolam o ser humano são perguntas que retratam sua incansável busca pelo sentido da vida no "Como? Quem sou eu? De onde venho? Para onde irei quando tudo isso terminar?". Saiba que a morte é peça-chave nesse intricado mistério. Ela desempenha papel muito importante em todo o processo que culmina com o fechamento de um curto ciclo de alegrias, de tristezas, de erros, de acertos e de aprendizado. É um mecanismo indispensável para transportar a todos de volta à nossa verdadeira casa, o plano espiritual, quando então será planejado o começo de um novo ciclo.

Ciclos! Quando pensar em vida ou morte, pense em ciclos. Ciclos que iniciam, ciclos que terminam, mas que nunca cessam.

Imagine se a morte não existisse? Faça esse breve, porém complexo, exercício. Caso a vida fosse formada por um único e ininterrupto ciclo, o que nos motivaria a viver, a evoluir? Não haveria propósitos que não meramente materiais. Nem o cérebro humano – com armazenamento limitado – conseguiria registrar todos os momentos da vida, e eles acabariam perdendo-se pelas frestas do tempo.

Longa ou curta, a vida recicla-se e eterniza-se por meio das lembranças. Lembranças dos que se despedem, lembranças dos que permanecem. Lembranças dos momentos vividos e do aprendizado adquirido em cada um deles. Esse é o maior patrimônio dos seres humanos: as lembranças!

Ethan ouvia tudo atentamente. Não ousaria interromper o menino em hipótese alguma. Julião, percebendo que atraíra toda a sua atenção, prosseguiu:

– A jornada dos seres humanos tem início com o choro de desespero, de medo, de incerteza, e termina, neste plano, com um último e sereno suspiro. Medo ao chegar; serenidade ao partir. Contraditório, não é mesmo? Talvez, a serenidade decorra do instinto, inato, que pressente o retorno à verdadeira casa.

A morte não reduz o ser humano ao nada, da mesma forma que ele não veio do nada quando nasceu para este mundo. Tudo é continuidade, períodos que se sucedem em ciclos alternados, aqui e além.

– Foi para isso que você veio até mim? Para tentar me dizer que a vida continua e que a morte do corpo não passa do fechamento de um ciclo e do início de outro, em outra dimensão?

– Em resumo, de forma simples, é exatamente isso.

– Que diferença faz eu acreditar ou não na sobrevivência da vida após a morte?

– Toda a diferença – respondeu Julião, serenamente. – Inclusive, esse é o motivo que me trouxe aqui.

– Desculpe, mas ainda não estou entendendo.

– Todos passam pela experiência da morte. O que o difere da maioria das pessoas é que você tem a noção quase precisa de quando isso acontecerá. É uma vantagem considerável, não acha?

– Vantagem? Devo ficar agradecido? – Ethan franziu o cenho, dando vazão a um veio de revolta.

– Talvez devesse – disse Julião em tom enérgico –, mas, para que isso ocorra, é necessário compreender que todos os acontecimentos da vida têm um propósito e que a Lei Divina é justa e impessoal. E não importa o tamanho ou o quão difícil seja a dificuldade, há sempre um aprendizado em curso. Sempre!

E, quando você fala, com ironia, sobre agradecimento, certamente ignora o sofrimento de milhares de Espíritos que retornam ao plano espiritual de forma inesperada. O sofrimento, na maioria das vezes, é intenso.

Não ignoro, e seria insensível se o fizesse, que é muito doloroso deixar prematuramente as pessoas amadas. Entretanto, quantos têm a oportunidade de se despedir adequadamente de seus entes queridos? De praticar um último ato antes de a cortina de sua existência na carne se fechar? Conceder ou pedir o perdão a alguém? Quantos pais, vítimas de mal súbito, acidentes, desencarnações abruptas, retornam ao plano espiritual sem conseguir sequer produzir uma mísera lembrança em seus filhos. Você, Ethan, tem a chance de fazer tudo isso e muito mais. No fundo, analisando a situação sem as lentes do imediatismo, você, de fato, é um privilegiado.

Ethan sentiu-se levemente envergonhado após a fala de Julião. Começava a compreender aonde o estranho menino estava querendo chegar. Mas este ainda não havia terminado o seu quase monólogo.

– O evento morte é inevitável no seu caso. Não há como você fugir dele. Ou seja, o – quando – não nos preocupa, mas, sim, o "como", o estado emocional, energético, com o qual você retornará. Lembre-se de que a vida continua após a morte do corpo físico, e sua readaptação dependerá muito de como voltará. E foi por isso que decidimos lhe oferecer auxílio.

– Em que sentido? – perguntou Ethan, intrigado.

– Temos percebido, ao longo destes dias, o crescimento do sentimento de revolta em seu íntimo. Sei que é difícil aceitar, de forma serena, essa doença tão terrível, principalmente se levarmos em consideração as circunstâncias envolvidas. Entretanto, toda essa carga negativa de sentimentos poderá ter consequências bem desagradáveis para você no futuro.

– O que mais me machuca é perder a companhia de minha esposa e não ter a oportunidade de ver meu filho crescer. Ele sequer se lembrará de mim. Não fosse isso, talvez aceitasse meu destino com mais tranquilidade.

– É por isso que estou aqui, para que possamos encontrar uma forma de minimizar esse seu sentimento.

– Como? Será que eu poderia ficar mais tempo com eles?

– Ethan, estar desencarnado não me concede poderes extraordinários capazes de revogar leis naturais que regem a vida neste planeta. Sua condição de encarnado, que utiliza um corpo perecível, obriga-o a submeter-se a essas leis. O câncer ainda é uma das principais causas de mortes neste mundo, e quanto a isso nada pode ser desfeito.

– Mas, então, como você poderia me ajudar?

– Recorda-se de que um dos maiores patrimônios amealhados durante a curta passagem por esta existência são as lembranças?

– Sim.

– Façamos um exercício: compare sua condição atual com um jogo de cartas. Você abriu as cartas e percebeu que recebeu uma mão muito ruim, e não existe a possibilidade de trocar as cartas recebidas. Com base nessa regra, sobram-lhe duas opções: passar o restante do jogo vitimizando-se, revoltado com o mundo, com Deus, por ter recebido um jogo ruim, ou jogar o jogo, da melhor forma possível, com as cartas que recebeu, apesar de elas serem péssimas.

Ethan, meu irmão, já que você não pode mudar os fatos, por que não tenta mudar as consequências deles? – perguntou, asseverando-lhe Julião, em tom sereno.

Aquela última frase calou fundo no peito de Ethan.

– E como eu faria isso? – indagou, finalmente.

– Aproveite o tempo que lhe resta para marcar a vida de sua esposa e de seu filho, deixando-lhes o maior presente de todos: boas lembranças!

– Meu filho é muito jovem e não guardará lembranças desse período da vida.

41

– O desenvolvimento do cérebro de uma criança atende a uma lei natural relacionada à formação do ser humano. Não podemos mudar isso também. Então, pense um pouco melhor. Ainda que tudo o que faça com seu filho agora transforme-se, no futuro, em *flashes* desconexos de uma memória longínqua, por que você não pratica ações visando a criação de lembranças futuras em Tomás? Fará bem a você e a ele.

– É uma ótima ideia, Julião. Mas como seria isso?

– Raciocine, pergunte ao seu coração e jogue com as cartas que recebeu – repetiu o Espírito, sorrindo.

Imediatamente, Ethan tentou imaginar a melhor maneira de produzir lembranças em Tomás. Olhou para o alto, à direita, e percebeu que as nuvens espessas haviam aberto um pequeno clarão, por onde a Lua aparecera derramando sua luz por todo o bosque, principalmente sobre os antigos pinheiros, cujas folhas pontiagudas, ao luar, pareciam feitas de prata.

– Preciso ir – falou Julião, erguendo-se na ponta dos pés e pousando a destra sobre o ombro de Ethan, que seguia com o olhar voltado para os pinheiros.

Quando finalmente ele voltou sua atenção para o amigo espiritual, a fim de agradecer-lhe o conselho, tomou um grande susto e, instintivamente, deu um passo para trás.

O menino havia desaparecido e, no seu lugar, via agora um homem negro, forte, postura altiva, aparentando não mais que trinta anos, exibindo um largo sorriso cativante.

– Quem é você?

– Acalme-se. Sou eu, Julião.

– Mas você

– Decidi apresentar-me, inicialmente, na figura de um menino, porque tinha certeza de que você aceitaria melhor a minha presença e os meus conselhos. Inconscientemente me relacionaria à imagem de Tomás.

Ethan permaneceu calado, sabia que a avaliação de Julião estava correta.

– Preciso ir, amigo. Você sabe o que fazer. Apenas tente.

– Mas... e se eu falhar?

– Nunca se preocupe em cair. Não há demérito algum nisso. Inaceitável é permanecer em queda. Em contrapartida, há muito mérito em levantar-se e melhorar-se a cada obstáculo, a cada dificuldade. Boa sorte! – e despediu-se, olhando para Ethan com afeição.

Mal terminou de pronunciar aquelas palavras, a imagem de Julião esmaeceu lentamente, até evaporar-se por completo sob a intrusa luz do luar que furava as nuvens.

Depois, tudo aconteceu muito rápido. Ethan sentiu-se sugado por uma força descomunal, contra a qual não teve a menor possibilidade de lutar.

Deu um pulo na cama e despertou em meio à escuridão do quarto. O coração, assustado, batia em descompasso. Do sonho, restou-lhe o suor na têmpora. Ele pegou o celular, que estava depositado sobre o criado-mudo, apertou o botão na lateral e, imediatamente, surgiu uma luz forte que incomodou seus olhos, que se recusavam a se ajustar à claridade. Levou alguns segundos para que isso acontecesse, e só então conseguiu ver as horas. O relógio do telefone marcava três horas e trinta e sete minutos. A madrugada seguia seu curso na direção da aurora.

– O que houve? – perguntou a esposa, acordada pelo sobressalto do marido na cama.

– Não foi nada. Foi só um sonho. Desculpe-me. Volte a dormir, por favor.

Cecília deitou-se novamente. Ethan seguiu sentado na cama, com os olhos arregalados no escuro, e ficou assim por alguns minutos. Quando finalmente ouviu a respiração da esposa ficar mais profunda, dando sinais de que adormecera novamente, deixou o quarto de forma silenciosa, pisando na ponta dos pés, e desceu até a sala principal. Olhou pela janela e ficou a observar o Cruzeiro do Sul, que brilhava num quadrado do céu. Pequenas cintilações riscavam a noite silenciosa.

Ethan sentou-se no sofá e tentou recordar-se do estranho sonho que o havia despertado, mas as lembranças eram confusas, e todos os esforços se mostraram inúteis. Desistiu.

O sono o abandonara. A sala de estar estava completamente envolvida pelo breu da madrugada. Ethan permaneceu sentado na escuridão do cômodo, ouvindo música, pensando sobre sua vida, ou no que restava dela. Foi então que, como um relâmpago, um pensamento fez cessar o período de meditação, e uma ideia iluminou seu cérebro:

– Tomás... Claro! – o tom da exclamação escapou-lhe do campo do pensamento e foi jogado em voz alta, quebrando o silêncio ao seu redor.

Satisfeito com a ideia, Ethan abriu um largo sorriso. Às suas costas, um Espírito também sorria. Sua incursão à crosta terrestre havia sido proveitosa. Antes de partir, porém, Julião aproximou-se de Ethan e sussurrou em seu ouvido:

– Jogue com as cartas que recebeu...

Ethan não percebeu as palavras, mas sentiu um leve tremor que percorreu toda a extensão da coluna. Parou por um instante e depois seguiu rumo ao escritório. Tinha muito trabalho a fazer. Era a primeira vez em dias que se sentia tão animado. Ligou o computador e procurou as pastas nas quais guardava os arquivos com música. Assim que as encontrou, conectou os fones de ouvido e pôs para reproduzir todas as músicas de uma sequência chamada "diversas". A primeira música que ecoou nos ouvidos foi "The Light Of The Spirit", do músico e compositor japonês Kitaro. Então, abriu o processador de textos, configurou a página e, depois de alguns instantes de pesquisa mental, com os olhos voltados para cima, começou a digitar freneticamente.

"É incrível o que um pequeno conforto pode fazer pela alma" – pensou.

3
Retorno ao casarão

O SOL DO fim da tarde banhava toda a extensão da antiga propriedade colonial que, havia pouco mais de uma década, perdera o brilho e o *glamour* de seus tempos áureos, quando Tomás e Cecília cruzaram o grande portão de ferro coberto por ferrugem e trepadeiras, mas que deixavam à vista a inscrição no arco superior, que dizia "Fazenda Ouro Verde".

Venceram o último obstáculo que os separavam das lembranças de um passado não muito distante, mas ainda vívidas na memória de Cecília, que deixara aquele lugar desde a morte do marido e nunca mais tivera coragem para retornar. As recordações eram dolorosas demais. Para Tomás, hoje aproximando-se dos dezessete anos, suas lembranças não passavam de minúsculos e desconexos *flashes*. Vivera muito pouco naquela casa.

Depois de alguns passos lentos, Cecília deteve-se, pôs a mão no peito do filho, interrompendo seus passos, olhou ao seu redor, suspirou profundamente ao constatar o quão cruel fora o tempo com o lugar. O silêncio era alto, assim como alta era a vegetação que se apoderara daquele espaço que um dia havia sido um lindo jardim. Os galhos engrinaldados com musgos e barbas-de-velho e a folhagem acumulada em volta de suas raízes e troncos davam às centenárias árvores um aspecto triste.

– Tristeza! É só o que vejo – disse Cecília, muito embora sua voz não tenha ultrapassado a barreira dos pensamentos.

O lugar transbordava recordações, de certa forma cruéis, que não desejava revolver. Antagonicamente, não eram os dias tristes que a assombravam, mas os momentos de felicidade vividos com o marido. Estas eram as recordações que faziam seu coração doer, porque nunca mais teria a chance de construir outras iguais.

Cecília cedeu aos apelos de Tomás, que ali estivera secretamente dias antes e encontrara algo que mudaria para sempre a forma como enxergava a sua curta existência.

Os dois prosseguiram sua expedição seguindo pelo caminho principal da entrada da fazenda, no passado ricamente ornamentado, mas hoje ladeado por uma densa cerca verde natural, insculpida por arbustos ao longo dos anos de abandono daquela antiga propriedade construída numa região cujo nome permanecerá oculto, pois não passa de reles conceito geográfico, mero figurante no enredo desta narrativa, porém facilmente identificável pelos curiosos mais atentos aos detalhes.

Naquele ponto, a luz do sol era pálida, a pesada vegetação cercava o ambiente de sombras, dando a impressão de que ali se vivia um contínuo anoitecer. Ao redor, havia um tênue agitar-se do ar, mas, depois de alguns metros, a quietude quase celestial foi abruptamente quebrada por Cecília, que, espantada com a imagem que se descortinou diante de seus olhos, exclamou alto, involuntariamente, "meu Deus!".

Tomás deu um salto, assustado com a incompreensível interjeição produzida pela mãe. Não apenas Tomás foi surpreendido, mas seu sobressalto instintivo despertou uma tesourinha sonolenta, recolhida em seu ninho em formato de tigela, construído com gravetos mal amontados no alto de uma árvore próxima. A ave rompeu o silêncio com um pio agudo, talvez protestando em razão do repouso perturbado pelos intrusos. A visitante lançou um olhar terno em sua direção, desculpando-se pela indelicadeza, mas rapidamente voltou sua atenção para a cena que motivara o espanto.

Cecília foi imediatamente tomada por um sentimento de nostalgia ao avistar o casarão, aquele casarão, o lugar onde um dia imaginou que viveria o sonho da felicidade, o seu conto de fadas particular, mas que agora não passava de um rascunho desbotado, um vestígio esmaecido de um passado, com boas lembranças, é verdade, mas com desfecho triste.

– O que houve, mãe? – perguntou Tomás, preocupado.

– Nada, apenas fiquei espantada com o estado deste lugar – desculpou-se, sem revelar totalmente seus verdadeiros sentimentos.

Cecília entristeceu-se com a desagradável sensação de abandono que emanava da silhueta lúgubre e decadente daquela imensa mansão rural, cuja fachada alta e majestosa, de arquitetura barroca, patinada pela ação do tempo, perdera o esplendor do século anterior. O marido ficaria triste se pudesse ver no que se transformara o casarão que tanto amava, a herança mais bela de seus antepassados, de valor inestimável, embora materialmente nem fosse o bem mais valioso que a família, de classe alta, possuía. Cecília sentia-se responsável por isso.

Não conseguia distinguir, na propriedade, nem mesmo o inconfundível e característico aroma das fragrâncias do campo, ainda vívidos em sua memória. Também pudera, o imenso gramado verde cintilante, meticulosamente aparado, que circundava o casarão, polvilhado de canteiros de flores de variadas colorações, havia desaparecido, e o mato brotara luxuriante, numa tristeza em tons de verde, representada pela aleia de juncos, trepadeiras e arbustos daninhos, dispostos sem qualquer senso estético. Todos esses detalhes, porém, passavam despercebidos por Tomás. O jovem tinha uma lembrança sépia de brincar por entre as árvores ao redor do casarão.

Cecília, por outro lado, sentia no ar o odor ocre e pesado do passado que parecia estar entranhado em cada

49

centímetro da propriedade. Ali, a impressão era de que tudo pertencia ao pretérito, que um dia fora perfeito, mas que, definitivamente, não fazia mais parte do presente.

Ela tentava, inutilmente, disciplinar seus sentimentos, mas era impossível não se ressentir pelo abandono que lhe conferia uma aparência decadente, como um velho monumento esquecido – quase um mausoléu ("que palavra adequada", pensou) – do qual restava apenas a saudade de dias felizes ali vividos.

Cecília respirou fundo para controlar a emoção. Não queria preocupar ainda mais o filho, então pôs-se a caminhar atrás de Tomás, que seguia determinado na direção da construção. A mulher pisava delicadamente sobre o tapete de folhas macias e cheiro adocicado que cobria todo o chão, algo impensável no período em que ali vivera, quando o gramado era mantido impecavelmente limpo e cuidado.

Aproximaram-se da entrada do casarão. Subitamente, lágrimas ameaçaram brotar dos olhos de Cecília, talvez um generoso impulso de seu coração, saudoso dos momentos em que batia descompassado, impulsionado pelo amor de uma vida.

– Venha, mãe, quero lhe mostrar onde eu a encontrei – falou Tomás, com alegria incontida.

– Como não pensei nisso antes? – perguntou-se quando soube da descoberta feita pelo filho, principalmente por conhecer o senso lógico do marido.

Cecília não teve escolha e, depois de alguns instantes de hesitação, decidiu seguir adiante e penetrou no interior do casarão, esgueirando-se pelo vão convidativo da porta semiaberta, deixada pelo filho.

Ela entrou com cautela, permitindo que seus olhos se ajustassem à queda brusca da luminosidade. A sensação era de que a casa estivesse prendendo a respiração, tamanho o silêncio que tomava conta do ambiente. Seus olhos vagaram pela gigantesca sala principal sem acreditar no que viam. O abandono criou uma cena paradoxal: tudo estava diferente, mas continuava no mesmo lugar. Os belíssimos móveis em estilo colonial, verdadeiras raridades, pertencentes aos tataravós de Ethan, e que foram mantidos no casarão, continuavam dispostos da forma como se recordava, mas o mofo, a poeira e as teias de aranha, fiéis amigos do abandono, retiraram-lhes as cores, o viço, a vida.

Imediatamente, uma lembrança abriu caminho entre a multidão de pensamentos que desfilavam em sua mente. Cecília recordou-se do dia em que retornara com Tomás da maternidade, da felicidade de Ethan ao ver o filho sendo acolhido pelo casarão que atravessara gerações da família. Hoje, porém, na sala, pairava apenas uma atmosfera de decadência e desolação.

Eles caminharam cuidadosamente até o centro do cômodo. Às suas costas, Cecília sentiu uma lufada repentina de vento que movimentou a porta, fazendo as dobradiças rangerem, reverberando o som pelo ambiente vazio. Olhou para as paredes pálidas, desbotadas, e fixou-se, com pesar, nas janelas que se sucediam, ininterruptas, por toda extensão do casarão. Eram enormes – estendiam-se

51

do assoalho sem brilho até o teto embolorado –, negras, carcomidas pelo tempo, pareciam olhos vazios. Das ricas cortinas que as enfeitavam restavam apenas pequenas tiras nos cantos, farrapos inexplicavelmente rejeitados pelo tempo e pelas traças.

Não havia luzes artificiais no ambiente. A parca iluminação provinha dos finos raios de sol, que se espalhavam pelas paredes após vencerem os galhos das árvores que circundavam a casa e atravessarem os vidros das janelas, opacos em razão da poeira acumulada, mas intactos, surpreendentemente.

Ainda no centro da sala, Cecília voltou subitamente a cabeça para a esquerda. Fixado à parede, envolto por uma moldura camafeu, o antigo espelho chamou-lhe a atenção.

"Há quanto tempo não me miro neste espelho? Ethan gostava tanto dessa peça" – pensou.

– Tudo bem, mãe? – perguntou Tomás novamente. Uma pergunta meramente retórica, pois sabia que a casa trazia muitas e tristes lembranças para ela.

– Recordações apenas – respondeu, com voz triste.

Cecília ficou imóvel. Havia angústia em seus olhos. Lembranças felizes e tristes dançavam lentamente em sua cabeça. Soltou um longo suspiro, culpou o espelho pelas recordações e saiu. O objeto, solitário, continuou com a rotina de mais de uma década e voltou a refletir o vazio.

Mãe e filho seguiram em frente, a sala principal era o primeiro de uma série de cômodos interligados no térreo. Todos exalavam o mesmo aroma forte de abandono.

O espaço seguinte, a sala de jantar, ostentava, no centro, uma grande mesa que poderia receber vinte pessoas. Depois dele, surgiu a pequena sala de leitura, onde jazia, solitária, uma confortável poltrona de couro, coberta por grossa camada de pó.

Por fim, a cozinha, cujos utensílios, apesar da ação do tempo e da sujeira, continuavam impecavelmente organizados.

Tomás chamou a atenção da mãe para seguirem na direção da escadaria que dava acesso ao andar superior, onde ficavam os quartos. Foi lá que encontrou o inesperado embrulho, o presente que lhe fora deixado havia muito tempo.

Os dois subiram rapidamente a escada, Cecília chegou a temer pela resistência dos degraus, mas não houve tempo de manifestar seu medo ao filho, pois ele subiu correndo, sem o menor receio, e, parado no topo, fez sinal para a mãe caminhar mais rápido. Felizmente, a escada, construída em formato curvo, com madeira resistente – angelim vermelho –, sobreviveu intacta ao tempo, sem traumas.

No fim da escada, abriu-se um amplo *hall*, através do qual se acessava os quartos. Logo à sua frente, na parede principal, um item da decoração prendeu-lhe novamente a atenção, tratava-se de uma das principais e mais marcantes peças do ambiente.

Com expressão pesarosa, Cecília aproximou-se do retrato da família. Três pessoas apareciam na imagem: Ethan, ela própria e Tomás, ainda bebê, dormindo em seu colo. Não se recordava das razões que fizeram com que o retrato fosse esquecido na parede quando se mudaram para a nova casa. Quando uma coisa está tão integrada ao lugar, acaba por fundir-se a ele. Talvez por isso tenha ficado na parede, esquecido.

As lembranças, então, afloraram, e a respiração, antes ofegante, transformou-se em discreto choro. Emocionada, fechou, por um momento, os olhos marejados, talvez na esperança de estancar o fluxo, mas foi em vão, e as lágrimas correram soltas, escorrendo pela face como cálidas carícias. Tomás não disse nada, observou-a em silêncio, respeitando o momento da mãe.

Passaram-se alguns segundos, Cecília respirou fundo, recompôs-se, secou o rosto com as costas das mãos, pediu desculpas ao filho, que respondeu não ser necessário com um gesto das mãos e seguiu adiante, na direção dos quartos, dispostos em um longo corredor.

Tomás correu. As portas dos quartos estavam escancaradas, mas o rapaz sequer olhou para o interior dos cômodos à medida que passava por eles, afinal, apenas um deles despertava-lhe o interesse, o último, no fim do corredor, seu quarto.

Cecília apertou o passo e, ao chegar ao quarto de Tomás, parou diante da porta, respirou fundo e entrou silenciosamente, prendendo a respiração, com os olhos arregalados e as mãos ligeiramente trêmulas.

Também ali os sinais do tempo e do abandono imperavam, mas tudo estava disposto da forma como se recordava.

Desviou rapidamente a atenção para a janela. Da entrada do quarto, conseguia avistar, à distância, o campo vibrante, onde o capim verde balançava com a brisa, e uma colina que se desfazia sobre o azul do horizonte longínquo. Do lado oposto, por entre as árvores, destacava-se a copa robusta do velho carvalho.

No segundo andar, além da magnífica vista da propriedade, os raios de sol penetravam, com maior facilidade, pela grande janela, aproveitando-se para infiltrar-se através do vão deixado pela ausência de uma das folhas da veneziana. A janela, profanada pelo tempo, afastava daquele cômodo o cheiro de mofo, além de poupar suas paredes de qualquer marca indesejada produzida pela umidade.

O quarto destoava um pouco dos outros cômodos do casarão, aliás, como todos os outros quartos que um dia foram habitados por seus moradores. Cecília precisou usar de todo o seu poder de persuasão para convencer Ethan a não mobiliar os quartos com móveis que seguissem o padrão dos demais ambientes do casarão. E o quarto de Tomás era exemplo disso. Quem olhasse apenas aquele cômodo não diria, certamente, que estava no interior de uma casa tão antiga.

Como no restante da casa, tudo permanecia no seu lugar. O berço estava intacto, muito embora o tule do mosquiteiro, que caía do dossel, decorado com a inicial do filho, estivesse sujo e esfarrapado. Também os nichos fixados na parede, o espaçoso guarda-roupa e um grande baú no qual os brinquedos do menino eram guardados, permaneciam

55

em bom estado de conservação, apenas levemente desgastados e com mais de uma década de poeira acumulada.

Ao rever o antigo quarto de Tomás, Cecília relembrou-se dos momentos felizes ali vividos, foram muitos e intensos. Recebeu mais amor do que alguém poderia supor e esperar. Por outro lado, no auge da doença do marido, muitas vezes o cômodo também foi, ao lado do filho, na época com quase quatro anos, seu refúgio nos momentos de angústia, de tristezas, colecionando madrugadas quando o pranto, impiedoso, espantava seu sono.

Cecília permaneceu quieta por algum tempo, sem se preocupar com o lento escorrer dos minutos. Em meio às rememorações, não percebeu o olhar terno do filho na sua direção, até que o estalido provocado pelo vento na vegetação a fez retomar as rédeas do tempo.

– Foi aqui que eu a encontrei – disse Tomás, apontando para o baú de brinquedos.

– No baú? Não entendo como não a encontramos no dia em que nos mudamos.

Decidi que não levaria nenhum móvel desta casa para que não carregasse nenhuma lembrança dolorosa. Seu pai sabia disso, mas seus brinquedos preferidos não tínhamos como deixar para trás.

– Também não sei. Talvez porque um envelope pardo, da mesma cor do fundo do baú, embaixo de muitas folhas de papel, com desenhos coloridos com giz de cera, tenha passado despercebido na hora em que os brinquedos foram levados.

Cecília franziu a testa e moveu seus olhos para cima na tentativa, inútil, de se lembrar do dia em que se mudaram. Na verdade, sequer se recordava de quem havia separado os brinquedos no dia da mudança, talvez os pais. A única lembrança efetiva era de que esse tinha sido um dia muito triste.

– É possível – foi a resposta ao filho, que deu de ombros.

– Mas o que o fez vir ao casarão? Por muitas vezes, eu e seus avós dissemos que nunca mais voltaríamos, desde o dia em que resolvemos deixá-lo. Inclusive contamos algumas histórias sobre ele.

– Eu sei que não deveria ter vindo aqui. Nunca acreditei nas histórias estranhas que vocês contavam. No fundo, eu sabia que tudo não passava de um truque para me afastar do lugar.

– Você não é mais uma criança e não posso negar que está certo. Quando resolvemos nos mudar, não queríamos que viesse aqui. Contar histórias sombrias, digamos assim, foi a maneira que achamos adequada para afastá-lo de tudo isso.

– Não compreendo suas razões para deixar esta casa. Tudo porque meu pai morreu?

– Não é tão simples assim, filho.

– Tenho poucas recordações de meu pai, só memórias breves, desconexas. A maioria do que sei sobre ele foi por você ou por meio de fotos.

Na verdade, talvez a única lembrança genuína que

tenho é dele sentado na cama ao meu lado, sempre com um sorriso no rosto, aguardando que eu pedisse que contasse uma história.

– Seu pai fazia isso praticamente todas as noites, neste mesmo quarto – complementou Cecília.

– Ele colocava o braço ao meu redor e, depois de ficar alguns minutos em silêncio, começava a contar suas histórias. É tudo do que consigo me lembrar.

Para Tomás, aquelas noites e suas histórias de ninar pareciam vestígios inocentes de uma outra era.

Cecília apenas esboçou um sorriso triste ao se lembrar da cena: o filho acomodado nos braços do pai, paralisado, ouvindo a história.

– A voz dele era impecável e as aventuras que inventava frequentemente o deixavam acordado por um bom tempo, mesmo depois que Ethan já havia saído e apagado as luzes. Muitas vezes, eu retornava ao quarto para ajudá-lo a dormir.

Tomás não se recordava disso. Então, retomou a conversa que havia iniciado anteriormente:

– Quem era meu pai?

Cecília encolheu-se. Tomás nunca havia feito essa pergunta. Não sabia ao certo o que o filho havia lido na carta.

– Ethan, é claro.

– Sim, mãe. Isso eu sei. Mas quem era ele? Quer dizer, como ele era? O que ele fez, que preferiram abandonar esta casa? Se ele gostava tanto deste lugar – apontou para o casarão com um movimento de cabeça –, por que ir embora?

– Ethan não fez absolutamente nada de errado. Muito pelo contrário. – Cecília sorriu e continuou a falar: – Seu pai era uma pessoa maravilhosa. Infinitamente meiga. Uma pessoa rara, apaixonado por nossa família. A ternura com que nos tratava era de comover pedras.

Ele adorava cada centímetro deste casarão, de fato. Repetia incansavelmente que pertencera a seus antepassados, que fora passado de pai para filho por muitas gerações. Isso para ele era motivo de muito orgulho. Ethan adorava a ideia de que sua família viveria na casa que um dia foi de seus tataravós.

– E o que tem de errado nisso? – perguntou Tomás, intrigado.

– Nada! Absolutamente nada! Você precisa entender que cada polegada deste gigantesco lugar, cada móvel, cada objeto, remetem a seu pai. Não bastasse a dor de não tê-lo ao meu lado, seria ainda mais doloroso enfrentar, diariamente, as lembranças que cada pedacinho deste lugar traria.

Ainda sinto muita saudade dele. Saudade do marido, companheiro, confidente, amigo, da pessoa que adorava nossa família, todos juntos. Às vezes, abuso das recordações do período em que ele estava conosco, e até me recrimino pelo excesso, mas me dou conta de que saudade é isso mesmo, repassar antigas lembranças.

Para quem perdeu um pedaço de si, e era isso que Ethan representava na minha vida, retomar uma história interrompida sem a presença de um dos personagens principais exige uma reinvenção total de si mesmo. Eu não conseguiria fazer isso morando nesta casa. Aqui as lembranças gritam; recordações veladas de um último aceno, de um último abraço, de um último sorriso, das últimas palavras trocadas...

A emoção tomou conta de Cecília, e ela não conseguiu continuar. Baixou a cabeça, secou as lágrimas que desciam pela face e permaneceu constrita. Tomás abraçou a mãe na tentativa de consolá-la. Em seguida, ela levantou os olhos para o alto, inspirou profundamente, soltou o ar pela boca e completou:

– O vazio deixado pela sua ausência ainda dói, mesmo passados treze anos. Dia após dia, tenho me esforçado para resistir ao cansaço da espera por alguém que sei que não voltará. Resistir ao silêncio imposto pela ausência, à dor que teima em ficar, mesmo depois de muito tempo, por mais que eu queira me livrar dela.

A solidão expande o tempo – disse ela por fim, suspirando, cansada, como se o peso daqueles anos sem Ethan a puxasse de volta ao passado.

– Não fazia ideia do quanto havia sido difícil para você a perda de meu pai. E, presenciando a sua reação ao voltar aqui, entendo por que tomou a decisão de mudar.

– Foram dias muito difíceis, de muita dor. Mesmo assim, sou grata a Deus pelo privilégio de ter convivido com seu pai, pelos anos que estive ao lado dele.

— Como a senhora tem suportado a ausência dele esses anos todos?

— Você! – respondeu Cecília com convicção.

— Eu? Como assim?

— Com o tempo, você aprenderá que é possível sobreviver ao inimaginável. Um filho é uma inesgotável fonte de amor e conforto. Ao longo destes anos todos, muitos foram os dias em que você era o melhor – às vezes o único – motivo que me fazia levantar da cama pela manhã e sorrir.

Com a partida dele, minha responsabilidade aumentou. Precisei assumir a condição de pai também, muito embora eu tivesse plena consciência de que jamais poderia substitui-lo à altura.

Tomás calou-se e ficou pensativo. A mãe jamais havia falado daquela forma.

— E não pense que com seu pai era diferente. Ele o amava muito. Mesmo nos momentos mais difíceis, quando a angústia de saber que em breve não estaria mais entre nós o machucava, ele ia até seu quarto e, pouco tempo depois, eu os encontrava brincando. Ele sorria, como se a mão pesada da morte não estivesse sobre seus ombros.

Sabe qual o maior medo e, ao mesmo tempo, a maior angústia de seu pai quando descobriu que tinha pouco tempo de vida?

— Não – respondeu Tomás, interessado.

— Os primeiros dias após a descoberta da doença foram terríveis. Sofremos muito. Ficamos reclusos nesta casa e, se pronunciávamos meia dúzia de palavras durante o dia inteiro, era muito. Foi difícil assimilar a notícia e quase impossível, tanto para mim quanto para ele, adaptar-se à certeza da morte.

Mas depois, mesmo com enorme tristeza, ele enfrentou a morte com bravura, usando de todas as armas que tinha. Foi muito doloroso para nós dois porque, no fundo, sabíamos que ele não tinha como se defender da doença que o atacava com brutalidade.

Eu sabia que, no íntimo, seu pai não conseguia aceitar a partida precoce, nem mesmo no fim, mas nunca parou de lutar, e tinha algo que ele sempre me pedia, mesmo esgotado pela dor física e pelo imenso sofrimento emocional, inclusive me fez prometer que não deixaria acontecer, sob qualquer circunstância.

– O que foi? – perguntou, num misto de ansiedade e impaciência, típicas da adolescência.

– Ele tinha muito medo de que o tempo fizesse com que você o apagasse da memória, que esquecesse seu rosto e o quanto ele o amava.

Ethan dizia que o tempo tem a característica de ofuscar os limites da realidade, até que um dia, do seu rosto, restaria na sua memória apenas uma imagem borrada.

Eu até tentava argumentar dizendo que haveria muitas fotos para serem mostradas, mas seu pai não abria mão de seus argumentos assim tão facilmente, muito embora eu não quisesse confrontá-lo com essa questão. Ele tinha seus medos, era compreensível, afinal, estava no fim da vida. Eu não tinha o direito de dizer como ele deveria se sentir em relação a isso. Mas sobre as fotografias ele respondeu:

— Retratos de família? *Depois de anos pendurados na parede ou em porta-retratos, tornam-se invisíveis; ficam tanto tempo no mesmo lugar que deixamos de notá-los, da mesma maneira que, muitas vezes, ignoramos coisas familiares, como almofadas ou parentes.*

Tomás primeiro riu da observação do pai, mas, logo em seguida, interrompeu o sorriso abruptamente e ficou novamente calado. Não vivera tempo suficiente com o pai para que pudesse sentir saudade dele. Para ele, Ethan era apenas um retrato na estante, um personagem distante de uma história que cresceu ouvindo, uma espécie de Peter Pan, que vivia num lugar inalcançável, a sua Terra do Nunca.

— É possível que você não compreenda minha atitude de sair daqui, mas fiz o que meu coração mandava naquele momento, e confesso que estou em paz quanto a isso.

Quando seu pai morreu, precisei tomar decisões, muitas. O mundo não parou para que eu ficasse lambendo minhas feridas. Tem pessoas que, mesmo precisando tomar decisões difíceis, preferem dormir para não tomá-las. Esse não foi meu caso. Fiz o que era preciso, quando foi necessário.

— A senhora queria esquecer meu pai?

— Não. Que ideia! Jamais poderia esquecer a pessoa a quem amei nesta vida mais do que a mim mesma. Mas, se

63

já seria difícil seguir em frente sem ele, em qualquer outro lugar, nesta casa seria praticamente impossível – explicou Cecília, ainda com os olhos marejados.

A vida me impôs a obrigação de agir como responsável por nossa família. Entendi, à custa de muito sofrimento, que não importa quantas coisas horríveis aconteçam na sua vida, você precisa seguir em frente e cumprir com suas responsabilidades. Simplesmente porque não há escolha. A vida é dura, mas é assim. Só que eu não conseguiria fazer tudo isso morando aqui. Por mais importante que ela fosse para seu pai, para mim ela se tornaria um instrumento de sofrimento ainda maior do que já teria de suportar com a perda dele. Você me entende?

– Sim, entendo.

– Agora me diga, o que o fez vir até aqui? – perguntou a mãe, tentando recompor-se.

– Nunca acreditei nas histórias que vocês contavam. Se a ideia era me afastar daqui, posso garantir que o efeito foi inverso. Quanto mais certeza eu tinha das mentiras, mais crescia o desejo de conhecer a casa onde vivi meus primeiros anos. Não vim antes, não por medo ou por falta de oportunidades, mas por respeito a vocês. Até que um dia acordei com a ideia fixa de que chegara a hora de conhecer o casarão. Dessa vez, nem o respeito foi suficiente para afastar o meu desejo.

Disse à senhora que tinha trabalho para fazer na casa do Marcelo e que, talvez, pudesse demorar.

– Aí você veio para cá – complementou a mãe.

Tomás apenas assentiu com um leve balançar de cabeça.

– Eu desconfiei do seu comportamento. Não quando saiu, mas no momento em que retornou, supostamente, da casa de seu colega. Você estava inquieto.

– Estava com o envelope nas mãos. Havia lido apenas uma parte da carta. Fiquei com receio de a senhora notar e pedir para vê-lo.

– Ainda que eu tivesse percebido, não seria capaz de exigir que você me entregasse. Não tenho esse perfil, você sabe.

– É, eu sei. Mas na hora não raciocinei direito. Estava muito ansioso com a quantidade de informações que meu pai deixara na carta.

– Faço ideia de como você se sentiu, ainda que eu não saiba o teor da carta. E como chegou até o envelope?

– Quando me aproximei do casarão, achei ele o máximo e compreendi por que meu pai gostava tanto do lugar. Nem preciso dizer que a curiosidade não me deixaria ir embora sem entrar. Então, fui explorar cada canto da casa. Demorou um pouco até eu subir e olhar os quartos. Não precisei muito para descobrir qual deles havia sido o meu. Então, fiquei observando o lugar para, quem sabe, reavivar a memória e encontrar novas recordações.

– E conseguiu? – interrompeu Cecília.

– Não como eu gostaria. Algumas imagens me vieram à mente, mas nada muito nítido.

Fiquei, por algum tempo, debruçado na janela,

olhando tudo ao redor, até que, do nada, despertou-me um súbito interesse pelo antigo baú. Achei engraçado porque ele não me chamou a atenção quando entrei, mas era como se uma voz me ordenasse a explorá-lo.

Depois, tudo aconteceu muito rápido. Olhei aqueles desenhos mal pintados e fui retirando as folhas até encontrar o envelope, colado no fundo do baú.

Quando peguei o envelope na mão, senti que havia um volume razoável de papel dentro dele. Não havia nenhuma identificação. Era apenas um envelope sem nada escrito. Mas, quando retirei seu conteúdo do interior, tomei um susto com o que estava escrito na primeira página:

"Para Tomás. Finalmente, você me encontrou."

– Com essas palavras? – perguntou Cecília, incrédula.

– Sim, com essas palavras. Na hora, achei que fosse brincadeira de algum de vocês. Sabemos o quanto o vovô é brincalhão, mas, assim que comecei a ler o material, percebi que era uma carta, uma longa carta. Meu pai falava comigo treze anos após a sua morte. Minhas mãos suavam. Fiquei ansioso. Queria que fosse possível ler tudo ao mesmo tempo, mas percebi que deveria me acalmar para compreender, da melhor forma possível, o que papai queria dizer.

– Vamos lá fora? Preciso tomar ar fresco – pediu Cecília, quase implorando.

Tomás concordou com o pedido da mãe. De fato,

naquele ambiente, fechado havia muito tempo, o ar não era dos mais puros. O rapaz desceu correndo na frente. Estava alegre. Cecília, por sua vez, desceu lentamente. Estava curiosa. O que Ethan teria dito ao filho e por que escrevera uma carta e a escondera nesta casa, correndo o risco de que ninguém a encontrasse? Ele sabia, desde o momento em que descobriu sua doença, que eles se mudariam no dia seguinte à sua partida. Cecília recordava-se de que o marido, apesar de idealizar uma vida inteira com a família naquele lugar, dizia que o destino havia conspirado para arruinar seus planos, por isso compreendia, de forma sincera, as razões que, com certeza, fariam com que ela tomasse a difícil decisão de mudar-se após sua morte. *"Eu faria o mesmo se a perdesse"* – foram suas palavras. Ethan, inclusive, oferecera-se para ajudar na escolha da nova casa, mas ela demovera-o da ideia. Na época, ele já estava muito debilitado por conta do câncer.

Tão logo cruzou a soleira da porta, já no lado de fora, Cecília virou-se para o casarão e, como quem executa um ritual, fechou os olhos, ficou parada, sacudindo as recordações de sua mente, frente a frente com aquele lugar de tantas lembranças. Havia finas linhas de saudade em seu rosto.

O momento nostálgico quebrou-se quando uma voz serena pôs fim às suas rememorações.:

– *Há coisas que só se pode ver de olhos fechados...*

Cecília abriu os olhos rapidamente, com a sensação de ter recebido um afago carinhoso. Observou ao seu redor, mas não viu ninguém. Era a mente pregando-lhe uma peça – pensou, sentindo ligeiro arrepio.

Ela não tinha como ver, mas, bem à sua frente, exibindo níveo e cativante sorriso, uma figura invisível tocava o seu rosto, carinhosamente.

– Mãe! – chamou Tomás, que se sentara em um grande tronco, à sombra do centenário carvalho que reinava solitário em um ponto mais afastado da casa.

Cecília caminhou lentamente em direção ao filho e sentou-se ao seu lado. Sua mente ainda vagava distante. Olhou para o alto, a cor rosada do céu aos poucos se apagava. Em breve, as primeiras sombras da noite surgiriam, e o vento, agora mais intenso, provocaria novas escalas de sons ao atravessar as árvores.

– Um dia, você permitirá que eu leia a carta?

– Não tenho motivos para negar isso a você, mãe.

– Fico feliz. Achei que, talvez, quisesse manter seu conteúdo em segredo, por ser algo muito pessoal. Teria todo o direito de fazer isso, e eu entenderia.

– Sim, poderia. A carta foi deixada para mim, essa foi a intenção de papai, mas não farei isso. Acho justo que a senhora leia também. Há coisas sobre ele que precisa conhecer, talvez algo que ainda não saiba. De qualquer forma, tenho convicção de que a carta fará muito bem à senhora, como fez a mim.

– E por que acha isso?

– É uma longa carta. Porém, não quero falar mais nada, prefiro que descubra sozinha – Tomás terminou a frase com um sorriso de canto de boca, voltando a ficar sério em seguida. – Mãe, queria que tudo tivesse sido diferente.

– Daria tudo para que as coisas tivessem acontecido de outra maneira – Cecília deu um longo suspiro.

Importa-se que eu lhe entregue a carta somente em casa?

– A carta é sua. Você decide.

– Está escurecendo. Além disso, acredito que a senhora vai querer um pouco de privacidade durante a leitura.

– Você tem razão. Vamos para casa.

Cecília enlaçou o braço sobre o ombro do filho, e ambos caminharam na direção da saída.

Às suas costas, com um sorriso, não propriamente de felicidade, pois havia também um toque de tristeza, a uma pequena distância física de Cecília e Tomás, porém em planos distintos, um Espírito familiar observava-os enquanto afastavam-se do antigo casarão da família. O olhar era doce, porém constrito e resignado. Havia uma expressão saudosa em seu rosto.

Mesmo depois que mãe e filho finalmente cruzaram a saída da Fazenda Ouro Verde, ele permaneceu onde estava, silencioso. Ouviu quando o antigo portão soltou um rangido que mais parecia um gemido de dor ao ser fechado. A velha tristeza, com que lutava havia anos, voltava sem aviso. Ele pensava na vida que poderia ter tido com Cecília e em tudo o que não pôde viver com Tomás nessa existência. Teria novas oportunidades? Ninguém foi feito para dizer adeus às pessoas amadas, mesmo ele, agora como Espírito. Cecília e Tomás ainda eram uma ferida que sangrava, que purgava.

"Também gostaria que tudo tivesse sido diferente, meus amores" – falou Ethan.

– E quem disse que terminou? – Ethan ouviu a voz, enquanto sentia a mão de Julião, o amigo espiritual que o acompanhava, pousar delicadamente em seu ombro. – As sombras do passado são assim mesmo: misteriosas, sorrateiras. Vão e vem! – disse Julião com voz contida, deixando que as palavras pairassem no ar por largos instantes para que seu interlocutor pudesse compreendê-las.

Diante das circunstâncias, Ethan nada disse, apenas se resignou, em silêncio. A batalha contra antigas dores ainda não estava encerrada. Havia um longo caminho a ser percorrido até que todas as feridas fossem definitivamente curadas.

4
A carta

DIAS ANTES...

Por longos minutos, Tomás permaneceu de pé, estático, perplexo, olhos parados fitando o maço de folhas.

Desde o instante em que despertou naquele dia, uma força – essa era a palavra mais adequada para definir o que sentiu – impulsionou-o a, finalmente, conhecer a casa em que viveu os primeiros anos de sua vida. Sempre tivera vontade de visitar a antiga propriedade. A recordação que tinha do lugar não passava de um retalho de imagens em preto e branco, sobrepostas, desconexas, incapazes de formar uma lembrança completa.

Quando saiu de casa naquela manhã ensolarada, mesmo desobedecendo a regra imposta por sua mãe e seus avós, não tinha a menor ideia de que encontraria o envelope, escondido no antigo baú de brinquedos, no seu antigo quarto. Talvez escondido não fosse a palavra mais adequada para definir a situação daquele inusitado material, afinal estava no fundo do baú, debaixo de uma pilha de desenhos mal coloridos por um Tomás que, na época, não possuía nenhum senso de coordenação, limite de espaço e combinação de cores. O envelope estava lá, para quem quisesse descobri-lo, mas fora ele quem o fez, treze anos depois de a família ter se mudado do casarão.

O que mais o impressionou foi a frase impressa na primeira folha:

"Para Tomás. Finalmente, você me encontrou."

Seu pai havia deixado o envelope, a carta, prevendo que mais ninguém o encontraria, apenas ele. Analisando a situação de forma fria, existia uma chance considerável de que seu plano funcionasse. Ethan sabia que, após a sua morte, a esposa não ficaria na casa e que ninguém mais da família entraria ali, exceto ele, quando estivesse mais velho, impulsionado pelos motores da curiosidade.

– Mas e se outra pessoa da família o encontrasse durante a mudança ou mesmo depois dela? – perguntou-se.

Tomás imaginou que o pai deveria ter previsto essa possibilidade e certamente acreditava que, caso outra pessoa encontrasse o material, entregá-lo-ia ao verdadeiro destinatário, claramente identificado na primeira folha do escrito. Foi um risco calculado. Mas para quê? O que ele teria a dizer ao filho que ele conheceu somente até os três anos e sem ter a menor ideia da idade em que receberia a carta? O pai deve ter previsto isso também. Sabia que, apesar da curiosidade, Tomás só teria coragem para ir a casa quando fosse adolescente, talvez no início da fase adulta. Antes disso, submeter-se-ia às ordens da mãe. Cecília sempre repetia que uma das principais qualidades – ou defeito (palavras dela) – do pai era seu senso de lógica e objetividade.

Eram muitas dúvidas; outras surgiriam, certamente, mas só havia uma forma de Tomás tentar encontrar as respostas que procurava: lendo a carta!

Antes de iniciar a leitura, porém, Tomás examinou tudo à sua volta, procurando encontrar no casarão um lugar tranquilo para que pudesse descobrir, sem correr o risco de ser interrompido, o que o pai havia escrito. Pela janela, o vento fresco que entrava brincou com seus cabelos e foi ele quem forneceu a resposta que procurava. Tomás decidiu que o interior da casa não era o lugar mais adequado para a leitura. Por isso, foi até o lado de fora e acomodou-se sob a sombra do velho carvalho. Certamente, o lugar era mais arejado, ensolarado e agradável.

– Quem me interromperia neste lugar? – o rapaz deu gargalhadas de si mesmo, afinal, naquela propriedade abandonada, independentemente do lugar que escolhesse, não correria o risco de ser interrompido, pois, no quesito silêncio, a propriedade inteira tinha a mesma característica. Para onde quer que fosse, não ouviria sons artificiais, apenas aqueles produzidos pela natureza.

E Tomás sentou-se no banco de madeira construído sob a sombra rodada da centenária árvore. A julgar pela resistência da peça, que se mantinha firme, apesar de os castigos impingidos pelas intempéries do tempo ao longo dos anos, imaginou que tivesse sido construído com madeira da própria árvore ou de alguma outra com resistência semelhante, mas tinha quase certeza de que era carvalho, pois seu tom vermelho-escuro era inconfundível. Além disso, a madeira parecia-se com a que a mãe escolhera para o grande aparador colocado na sala de estar; estava ao seu lado quando, ao telefone, ela insistiu com o fabricante: "quero que seja de carvalho!", pondo fim a qualquer sugestão que pudesse surgir do outro lado da linha sobre a utilização de material diferente do exigido.

Devidamente acomodado, Tomás utilizou-se de uma pedra para impedir que as páginas fossem levadas ou retiradas de sua ordem pelo vento, pois a extensa carta não era encadernada e suas folhas estavam soltas, sem numeração.

– Está aí algo que meu pai não pensou – sorriu o rapaz, satisfeito por ter encontrado uma falha no plano engendrado por Ethan.

Antes de prosseguir, faz-se necessária a abertura de um breve parêntese na narrativa, para apresentar, rapidamente, outro ângulo da história.

Após sua desencarnação, considerando a gravidade da doença, as sequelas deixadas por ela e também a dificuldade de aceitação da sua condição, Ethan permaneceu um longo período recuperando-se em uma colônia espiritual. Mesmo decorridos mais de dez anos, ainda restavam arestas a serem aparadas, todas relacionadas ao sofrimento por ter deixado a companhia de sua família terrena.

    Quando estamos diante de um evento de morte do corpo físico, nutrimos a tendência natural de olhar o processo de separação tão somente pelo ângulo dos chamados vivos, que se defrontam com a difícil situação de não ter mais a presença física do ente querido que partiu. O sofrimento dos que ficam no plano material é algo inquestionável, assim como suas dificuldades para vivenciar e superar o período de luto. Entretanto, não nos damos conta de que, do ponto de vista de quem "morreu", também ocorre um processo similar de "perda", chamemos assim, na falta de termo mais adequado e para facilitar a compreensão. O distanciamento das pessoas amadas que permaneceram encarnadas gera uma situação muito similar ao luto vivenciado por aqueles que ficaram. As dificuldades de recuperação de quem retorna à pátria espiritual são as mesmas e dependem, evidentemente, do estágio evolutivo de cada um e de sua capacidade de compreensão e assimilação da nova realidade.

    Aquele que partiu sente falta dos entes queridos que ficaram na roupagem da carne e sofrem a mesma dor da saudade, cada um a seu grau, obviamente. Em muitas situações, levam longos períodos para terem notícias ou manterem qualquer tipo de contato com os que ficaram no plano terreno. Há ainda aqueles que sequer têm essa oportunidade.

    Para o Espírito Ethan, a luta foi tão feroz quanto a batalha que travou contra o câncer. Foi doloroso demais para o recém-desencarnado aceitar a separação de Cecília e Tomás, pois os laços que os uniam eram muito fortes e provinham de existências anteriores, cujos detalhes são irrelevantes neste momento.

A doença grave que Ethan desenvolveu já estava prevista em seu planejamento reencarnatório. Uma dura prova que o Espírito teria de enfrentar em benefício do seu melhoramento. Depois do desenlace corporal, foram longos anos alternando períodos de serenidade com recaídas que geravam revolta e sofrimento.

Como prêmio por seus esforços (reconhece-se que prêmio não é a palavra mais adequada, mas usa-se assim mesmo para facilitar a compreensão), e também como parte de seu programa de recuperação, Ethan começou a receber autorizações para visitar a família encarnada. Foram visitas curtas, silenciosas, supervisionadas de forma rigorosa por Julião, o Espírito designado para auxiliá-lo na jornada.

Uma das maiores angústias de Ethan residia no fato de que sua partida prematura impedira que o filho o conhecesse de forma consciente, e mas apenas por meio de histórias contadas pela mãe, pelos avós ou por retratos. A carta que deixara para Tomás tinha por objetivo minimizar essa situação, e Julião possuía a convicção de que as palavras do pai provocariam mudanças em Tomás, e que seu efeito reverberaria positivamente em Ethan, facilitando consideravelmente o trabalho de recuperação. Por essa razão, as ações do mentor iniciaram antes mesmo da desencarnação de Ethan. Plantava-se, com isso, um elemento que beneficiaria pai, mãe e filho. O tempo constataria que a avaliação de Julião estava correta.

Ethan esteve ao lado do filho desde o momento em que Tomás decidiu visitar o antigo casarão da família. Julião inspirou o jovem a realizar aquela expedição que culminaria com a localização da carta. Aliás, oportuno frisar que o material só foi esquecido durante a mudança também por influência de Julião, que deu um "empurrãozinho" para que a mãe de Cecília não percebesse o invólucro quando retirou os brinquedos de Tomás da caixa. Era fundamental que isso acontecesse. Encontrada a missiva, os Espíritos continuaram ao lado do rapaz durante o início da leitura da extensa mensagem.

Ethan acompanhava atentamente o desenrolar dos acontecimentos. Queria presenciar as reações do filho. Ele e Julião, porém, por precaução, mantiveram certa distância de Tomás. O mentor não queria correr o risco de que eventual desequilíbrio energético, proveniente de Ethan, pudesse influenciar a leitura, a compreensão ou a espontaneidade das reações de Tomás às palavras do pai.

O objetivo primordial da carta era o de trazer a figura do pai de volta à vida do filho. O propósito começava a cumprir-se. Por meio das palavras escritas naquele maço de papel, Ethan começaria a reatar com Tomás o laço paternal temporariamente rompido pela morte do seu corpo físico.

Fechando o parêntese e retomando a narrativa dos acontecimentos que se desenrolavam no plano material, depois de garantir contra o vento a segurança do precioso material encontrado no casarão e de achar um lugar confortável para se sentar, Tomás deu início à leitura da longa mensagem deixada pelo pai, falecido há mais de treze anos. Incrivelmente, naquele momento, ainda que por um curto instante, o vento parou e as folhas das árvores aquietaram-se. Atenta, uma coruja pousou em um galho próximo e pôs-se a observar. Tinha muito tempo livre até que a noite chegasse, quando ganharia o céu em busca de alimento. O silêncio fez-se profundo. A impressão era de que tudo ao redor havia parado: casa, flores, folhas, árvores, vento, pássaros, insetos, Tomás, todos a postos para ouvir as revelações que emergiam da escuridão do túmulo, materializada sob a forma de uma carta.

A primeira frase deixou claro ao rapaz que o pai não falaria apenas de amenidades. Por mais que a situação – uma carta escrita por alguém que desencarnou há treze anos – pudesse ser adjetivada como lúdica, Tomás foi se lembrando de que a missiva havia sido escrita por uma pessoa relativamente jovem, cuja vida foi colocada de pernas para o ar após o diagnóstico de uma grave doença, uma verdadeira e cruel sentença de morte.

Os sentimentos ocultos por trás de cada artigo, de cada verbo, de cada substantivo, de cada adjetivo que compunham aquela inusitada carta, puderam ser captados pelo rapaz já nas primeiras palavras. Era impossível não levar em consideração o fato de que o material foi produzido por alguém cuja vitalidade esvaía-se a cada segundo, mas que assumira, assim mesmo, no ocaso de sua existência, a responsabilidade de executar uma importantíssima tarefa.

Ethan iniciou a mensagem ao filho dizendo:

"*Nem todos os contos de fadas têm final feliz.*"

Tomás interrompeu a leitura após a advertência inicial. Estaria o pai referindo-se à sua vida, ao fato de ter tido a má sorte de ser diagnosticado com uma doença terminal? Ou aquilo seria uma espécie de alerta, um ensinamento no qual deixava claro que viver nem sempre é um conto de fadas e que cada um precisa aceitar e enfrentar o quinhão de sofrimento reservado pela vida? Qual seria a real intenção do pai? Sem resposta, o rapaz deu de ombros, sentiu mais uma vez o vento fresco tocar carinhosamente seu rosto e prosseguiu com a leitura.

✳ ✳ ✳

"Meu filho, no momento em que você estiver lendo esta carta, eu não mais estarei fazendo parte deste mundo e há muito terei deixado de fazer parte da sua vida. Isso, apesar de óbvio, é preciso ser dito – seu avô sempre repetia: "O óbvio sempre deve ser falado" – porque foi justamente a proximidade da minha partida que me impulsionou a escrever a você. Não tenho ideia de quais lembranças você guardou de mim. Lembranças... falarei muito delas, pois, se a certeza da morte impulsionou a escrita, produzir lembranças é meu principal objetivo.

Esta carta nada mais é do que minha tentativa de dar um passo na direção do futuro que não terei e, com isso, continuar vivendo os últimos atos de meu presente.

Não sei muito bem por onde começar. Isso é o que

acontece quando se tenta contar a história de toda uma existência ou se tenta deixar alguma mensagem produtiva em tão poucas páginas, no pouquíssimo tempo que ainda me resta. Talvez, ela até venha a ser grande demais, mas, independentemente do seu tamanho, as palavras nunca serão suficientes para suprir o tempo que não terei com você.

Na minha condição, não tenho o direito de adiar as coisas para amanhã, simplesmente porque não sei quando será meu último dia, embora saiba que esteja próximo. Angustia-me ter que jogar com os segredos do destino e tentar descobrir quando será o meu último hoje. Não desejo a ninguém esse passatempo. Assim é a vida! Ela é o que é. A minha, por exemplo, está terminando enquanto escrevo.

Não tenho certeza de que haja outra existência depois desta. Uns dizem que sim. Da mesma forma, não posso ficar convicto de que não existirei mais e de que serei apenas um bocado de pó. Definitivamente, certeza não posso ter. Confesso que não quero e não tenho tempo para pensar nisso. Já me basta o assombro de conviver com a realidade de que o mundo em que hoje vivo continuará existindo e que não terei mais lugar nele. Qualquer que seja a verdade, este não será mais meu lugar. Existe tanta coisa que dificulta essa percepção. Tudo aqui é tão bom. Causa-me desespero pensar que, a partir de um dia, não haverá outros dias e que o futuro será, talvez, um eterno nada.

Pode parecer estranho a você que eu fale assim, mas,

quando a morte é esperada, acabamos por nos habituar à semelhante realidade. Aceitação é o termo.

No curso do tempo, a dura realidade acomoda-se vagarosamente em nossa vida, e vamos nos preparando para recebê-la sem surpresas. Por isso, não se espante quando eu falar da minha morte com a mesma naturalidade de quem conversa sobre sessão de esportes do jornal de hoje. É um assunto recorrente e trivial. Acredite!

Meu primeiro impulso, quando surgiu a ideia de deixar uma mensagem, foi gravar um vídeo. Seria mais prático e funcional, pois eu adicionaria uma quantidade infinitamente maior de informações em menos tempo e com menos esforço físico, uma característica relevante se considerar o enorme valor que o tempo adquiriu na minha vida. Para muitas pessoas, esse seria o método ideal, mas não penso dessa maneira. Desisti rapidamente da ideia. Primeiro, porque eu não ficaria à vontade e talvez não conseguisse transmitir o que desejo, da forma que desejo. Segundo, porque nada substitui o poder da leitura e da memória que um texto produz ao permitir que o leitor viaje em pensamento, ao impulso das palavras. A leitura desperta a imaginação, estimula a memória e nos permite apresentar, de maneira mais lúdica, o desconhecido. O vídeo não teria esse poder. Não mesmo! Por fim, acho que você não gostaria de me ver assim. Prefiro que sua memória guarde a imagem de quando eu não estava doente. Sua mãe deve ter mostrado muitas fotos. Dito isso, vamos a elas, às palavras.

Morrer faz parte do ciclo natural da vida. É um

clichê? Sim, e muito batido. Mas, na situação em que me encontro, isso também é necessário ser dito. Além do mais, sempre fui apaixonado por clichês. Admiro e tenho muito respeito por velhas sabedorias.

Há quem defenda que escolhemos vir para este mundo. Se isso for verdade, quando se escolhe nascer, automaticamente já escolheu morrer. As duas circunstâncias estão inevitavelmente ligadas. Todos sabemos que um dia nossa vez chegará, mas Deus sabe (Deus, aqui, é só uma força de expressão, porque não decidi se ainda acredito Nele) o quanto fiquei triste ao descobrir que deixaria este mundo antes mesmo de conseguir fazer com que você construísse lembranças minhas, de seu pai – gosto de repetir essa palavra: pai.

Quero que saiba que tenho lutado de todas as maneiras para permanecer vivo ou, ao menos, para ficar o maior período possível perto de você e de sua mãe. Para isso, submeti-me aos mais duros tratamentos disponíveis. Lutei com todas as minhas forças e com todas as armas que foram colocadas à minha disposição. Não foi o suficiente – mais uma obviedade que precisa ser falada.

Eu sei que Cecília deve ter contado muitas histórias a meu respeito, aliás, tome cuidado com as histórias de sua mãe quando ela se refere a mim, pois tende a exagerar. Ela tem mente de artista e, certamente, deve ter mostrado muitas fotos minhas, nossas, mas não é a esse tipo de lembrança que me refiro. Falo daquelas que você mesmo constrói a partir de suas próprias experiências. Aquelas que seu cérebro guardará em algum cantinho para sempre. Essas, a vida não me permitiu produzir. Fiquei muito triste diante dessa perspectiva. Chorei muito. Ainda choro...

Nunca fui muito religioso, mas cheguei a indagar ao Padre Zeca, amigo de nossa família – não sei se você chegou a conhecê-lo –, que veio nos visitar após tomar conhecimento da minha doença, por que Jesus desperdiçou seu tempo realizando milagres inúteis, como multiplicar pães e peixes, caminhar sobre as águas, transformar água em vinho, mas não foi capaz de deixar que eu ficasse um pouco mais de tempo com meu filho. Ele não me respondeu, apenas deu um tapinha no meu ombro, resignado. Sabia que nada do que dissesse me contentaria. Ele estava certo. Eu sei que foi uma observação provocadora e egoísta, mas que mal havia nisso? Ficar mais alguns anos ao seu lado e partir tranquilo, sabendo que você se lembraria de mim depois que eu não mais existisse. É um pedido razoável. Além do mais, é justo que cada um tenha direito à sua própria alegria. A minha era que você conhecesse efetivamente seu pai.

Aqui preciso fazer uma pausa para respirar... Gostaria de saber quem foi o autor da estúpida expressão "homem não chora"? Certamente foi uma pessoa que pensa, mas não sente. Sim, porque, desde que nascemos, choramos por algo que não possuímos, algo que desejamos ou algo que queremos ter ainda mais. No meu caso, choro pelo tempo, por não possuí-lo, por desejá-lo um pouco mais.

Durante os altos e baixos produzidos por meu estado de saúde e pelo futuro impiedoso que me aguarda, tenho chorado muito. As lágrimas já se acostumaram a rolar por esse rosto cansado e cada vez mais magro.

A vida é mesmo misteriosa, Tomás. Não podemos ter a pretensão de tentar compreendê-la. Tudo o que sei sobre essa vida é que minha porta de saída dela já está escancarada e que, por isso, preciso ser rápido, mas sem deixar nada importante para trás. Já me basta a infinidade de coisas que a doença me obrigou a abandonar.

Desde o primeiro instante em que me sentei em frente ao notebook para escrever esta carta, fiquei pensando em como me apresentar a você, meu filho, e quais ensinamentos poderia transmitir sabendo que esta seria minha última, ou melhor, minha única oportunidade. Pense, Tomás: se você soubesse que deixaria de existir amanhã, que mensagem escreveria para as pessoas que mais ama? Entende meu dilema?"

✳ ✳ ✳

Tomás parou a leitura – faria isso muitas vezes no curso da carta – para refletir sobre as palavras do pai.

Encarando o problema pelo ponto de vista dele, percebia o quanto sua tarefa realmente era difícil. Não conseguia se lembrar, assim, rapidamente, de algo relevante que quisesse fazer ou transmitir a outra pessoa caso descobrisse que seu tempo de vida estivesse no fim.

Por instantes, Tomás permaneceu reflexivo. Seria capaz de ouvir até os batimentos acelerados de seu coração.

Os minutos passaram. O vento seguia soprando de forma agradável, produzindo um farfalhar reconfortante na folhagem da copa das árvores, até que se deu conta do silêncio e, dentro dele, da sua própria presença; então, retomou a leitura da carta.

※※※

"Não fique preocupado com minhas dúvidas e inquietações, Tomás. Tentarei não tornar sua leitura cansativa, mas me perdoe se, em algum momento, eu me tornar prolixo. Estou tentando ser objetivo. Eu juro!

Dentre todas as incontáveis experiências que poderia descrever nesta carta, escolhi compartilhar com você uma história, mas já o alerto de não criar grandes expectativas, pois não se trata de um conto com mocinhos e bandidos, com dramas e suspenses, ou qualquer coisa que você esteja acostumado a ler nos livros ou assistir na TV. Trata-se de uma história singela, algo que aconteceu há muito tempo, quando eu era jovem. Talvez essa experiência lhe seja útil de alguma forma, não sei. Dizem que todas as relíquias deixadas pelos mortos são preciosas quando em vida eles foram estimados. Não sei o quanto sou estimado por você, mas o simples fato de ler estas palavras me serve de alento. Seu interesse significa que alguma importância, ainda que pequena, eu tive na sua vida.

Naquela época, eu era ingênuo e impulsivo. Achava-me invencível e acreditava que poderia mudar o mundo ou ser o senhor dele. Imagino que, de alguma maneira, você se sinta assim algumas vezes, mas pode ficar tranquilo, isso passa. Tudo na vida passa. Aprendi essa lição com a experiência. A experiência, por falar nela, ensina-nos a sermos sábios, mas suas lições têm um custo alto: o tempo! A experiência nos traz sabedoria, mas nos devora os anos.

    Já estou escorregando na minha própria regra e me perdendo em filosofias inúteis. Desculpe-me. Preciso me condicionar a manter o foco e evitar divagações. Então, sem mais perda de tempo, vamos ao ponto. A partir de agora, apresentarei a você a história da "menina dos livros". E, como toda boa história, deve começar com:

    Era uma vez..."

5
Primeira vez

"ERA UMA VEZ um jovem sonhador...

O ano é 1992; o mês, novembro. No último dia antes da chegada de dezembro, eu completaria vinte e três anos.

Na época, frequentava o último semestre da Faculdade de Direito e trabalhava como auxiliar de meu pai no escritório de advocacia. Era um dos maiores escritórios da cidade. Seu avô, doutor em Direito Penal, era respeitadíssimo no meio jurídico e acadêmico.

Cresci em meio aos livros jurídicos e às conversas sobre casos importantes nas muitas reuniões realizadas em nossa casa. Era inevitável, quase imperativo, que eu fosse atraído para o mesmo caminho profissional de meu pai, seu avô.

Era sexta-feira, depois de uma cansativa semana de trabalho – ser o filho do dono do escritório não me concedia privilégios –, e resolvi dar um passeio, aproveitando a pausa no calendário da universidade pelos próximos sete dias, no Lago São Francisco, aquele localizado no parque central da cidade. Imagino que hoje você conheça o lugar. Sempre foi um dos meus programas favoritos passar os fins de tarde ou as tardes dos fins de semana em meio à beleza das árvores, dos pássaros, do vasto tapete verde-esmeralda de grama, andar pela pista de caminhada ao redor do lago – principalmente no outono, quando os plátanos, que crescem em abundância na região, mudam de cor – ou simplesmente ficar sentado em um dos seus muitos bancos e paradouros contemplando as águas calmas do lago e a beleza natural do parque à sua volta. Não só meu, mas de muita gente. O lugar virou um ponto de encontro de moradores e de turistas que aproveitam o espaço para brincar com os filhos, para namorar ou para não fazer nada e relaxar à sombra das árvores, em meio ao espetáculo ofertado pela mãe natureza.

Apreciar as belezas naturais é uma espécie de arte que, aos poucos, vem se perdendo. Veja nossa cidade: encravada em meio aos campos de cima da serra, coxilhas, florestas, rios, cachoeiras, cânions, com seus paredões de pedra que formam uma espécie de muralha natural. Até a neve dá o ar de sua graça de vez em quando. Muitos não dão importância para esses predicados da natureza. Preocupadas apenas com suas prioridades, sua rotina, seus problemas, as pessoas vêm perdendo a sensibilidade para apreciar o que há de belo ao seu redor. É difícil despertar a atenção para a paisagem quando se está focado apenas nas pedras do caminho.

Não bastassem as belezas naturais, nossa cidade poderia ser adjetivada como pitoresca e rústica. Os moradores conservam a alma interiorana e as coisas sempre parecem andar devagar, numa rotação própria. A lentidão, no melhor sentido da expressão, incorporou-se à atmosfera do lugar. Não bastasse tudo isso, já ia me esquecendo, o clima é bom e não há trânsito. Leva-se alguns minutos para se chegar a qualquer lugar. Quando era mais novo, sonhava em me mudar um dia para uma cidade grande, mas, no fim, percebi que meu lar era aqui.

A verdade, Tomás, caso sua mãe não lhe tenha contado, é que nunca segui o padrão de comportamento dos jovens da minha idade. Sempre disse isso a ela. Nasci em família com muitas posses e, apesar de não abrir mão do conforto e das facilidades que essa condição me proporcionava, sempre tive prazer pela conquista dos objetivos pelo meu próprio esforço, não apenas com o dinheiro do seu avô que, sem hipocrisia, facilitava bastante a minha tarefa. Via meus amigos combinarem de sair para festas, baladas, mas preferia a reclusão de nossa casa para me dedicar, de corpo e alma, aos estudos. Teria muito tempo para aproveitar os prazeres da vida – ao menos era isso que eu imaginava.

Mas, voltando ao meu passeio ao Lago São Francisco, deixei o carro no estacionamento situado nas proximidades da entrada do parque e iniciei a curta caminhada até o acesso principal, não sem antes acoplar o fone de ouvido ao meu tocador de música – música é uma de minhas grandes paixões –, o moderníssimo MiniDisc, uma estrondosa novidade para a época, já que a maioria dos jovens da cidade usavam walkmans, que tocavam fita K7. Você sabe o que é isso, né? Fita K7? Bem, considerando a rapidez com que as coisas evoluem e dependendo de quando esta carta chegará até você, há uma probabilidade considerável de que não tenha a menor ideia do que seja uma fita K7. Aliás, fico tentando imaginar como se ouve música aí, no "seu agora". Lembro-me de quando anunciaram a invenção de um arquivo de áudio digital que batizaram com o estranho nome de MP3. O arquivo era adjetivado por muitos como "a revolução". Particularmente, achei muita pretensão de seus inventores dizer que aquela mídia tornaria obsoletos os tocadores de CD, na mesma proporção em que esses transformaram em fósseis jurássicos os tocadores de fita K7. Eu estava errado, como você pode perceber.

Por falar em música, meu gosto nessa área também destoava bastante dos outros jovens da minha idade, ou, pelo menos, da imensa maioria deles. Enquanto meus amigos ouviam música pop, rock, rock progressivo – nem sei a diferença entre um e outro –, dentre outros estilos do momento, eu preferia – ainda prefiro até hoje – ouvir música instrumental e clássica. Meu gosto para música instrumental hoje não choca ninguém, afinal sou um velho aos olhos das pessoas, mas, na época, era algo irreal para um jovem. Esse tipo de música tem o dom de me acalmar, de me emocionar e de me fazer sonhar. A música é uma forma de arte e a arte, uma forma de oxigênio. Respiramos melhor com a alma se na vida tivermos um pouco de boa música. Sua mãe vive dizendo que sou um sonhador. E quem sabe ela tenha razão. Mas, voltando ao assunto, justamente por ter um gosto musical tão diferente, e para evitar qualquer tipo de olhares ou comentários, eu fazia questão de ouvir música, mesmo em casa, somente com fones de ouvido. Talvez, você me ache um pouco estranho. É possível que eu seja mesmo. Sim, eu sou! Fazer o quê?"

✳✳✳

Tomás ficou impressionado com o gosto musical e com o jeito reservado do pai. Não pelas características propriamente ditas, mas pela coincidência, pois parecia que o pai, mesmo treze anos antes, conseguia olhar para o futuro e descrevê-lo. Também ele, incrivelmente, era uma pessoa reservada e, principalmente, tinha um gosto musical incomum. Preferia música clássica e instrumental aos ritmos mais tradicionais. Assim como o pai, achava-se diferente dos amigos por essas e outras nuances de sua personalidade. De alguma maneira, a carta tirava-lhe um pequeno peso da mente. Mostrava-lhe que ele não era o único que pensava e portava-se de maneira diferente da maioria. Aliás, que mal havia em ser diferente? Por que é errado não seguir o padrão comportamental estabelecido pela sociedade para uma pessoa da sua idade?

Além de aliviado, as palavras do pai intrigaram-no:

"Como é possível que eu tenha herdado traços da personalidade de meu pai sem sequer tê-lo conhecido? Haveria outras coincidências?" – perguntou-se em voz alta.

Dias mais tarde, a mãe explicaria que, com relação à coincidência no que se referia ao gosto musical, antes de adotar o hábito de contar histórias para dormir, enquanto Tomás ainda era pequeno demais para entender, o pai tinha o hábito de niná-lo todas as noites ao som de suas músicas preferidas. Talvez, isso possa tê-lo influenciado. Era uma explicação aceitável na visão de Tomás.

Feita a pausa, Tomás prosseguiu com a leitura.

※ ※ ※

"Com os fones ajustados aos ouvidos, apertei o *play* no aparelho e a música tocou suave. Segui caminhando despreocupado rumo ao lago. Apesar de gostar muito da paisagem outonal, estávamos na primavera. Nessa época, as açucenas, os imensos canteiros de lavanda e os ipês amarelos, que se espalhavam por toda a região do lago, explodiam em uma harmonia de cores que, aos olhos de muitos, rivalizava com o pôr do sol do outono, sempre abrilhantado pelos plátanos, com suas folhas em tons amarelo-ouro, dourado e laranja.

Enquanto caminhava ao som relaxante da música que ecoava suavemente nos fones, eu podia sentir o ar impregnado pelo perfume das flores e de algumas árvores de pinho. No céu, o azul reinava soberano. Vez ou outra, era manchado por uma pequena nuvem visível no horizonte.

Segui andando de forma despretensiosa. Minha ideia era encontrar um banco desocupado e relaxar, embalado pelas imagens da natureza e com uma boa trilha sonora de fundo. Não demorou muito para encontrá-lo. Sentei-me, ajustei os fones aos ouvidos e fiquei a admirar o lago à minha frente. Como não havia nem uma brisa, a superfície da água, parada e lisa, transformava-se em um espelho que refletia as árvores maiores situadas na margem oposta, dando a impressão de que elas cresciam em direções contrárias. A imagem era um repouso para os olhos.

    Permaneci ali sentado, à beira do lago, imóvel, olhar perdido no horizonte a comandar os pensamentos que vagavam distantes. A música que tocava era *"Once Upon a Time In The West"*, linda canção, diga-se de passagem. Não sei se você a conhece, Tomás, é de composição do italiano Ennio Morricone, criada especialmente para a trilha sonora – a música tema – de um filme do fim da década de sessenta, que no Brasil recebeu o nome de "Era uma vez no Oeste". Há várias versões dela, uma mais bela que a outra.

    Apertei o botão para repetir a música e, absorto, lancei um olhar admirado na direção da mais famosa das árvores do parque, uma majestosa chorona ou árvore da chuva. A árvore, de porte elegante, com suas flores cor-de-rosa, existente em nosso parque, foi reconhecida como a maior árvore da espécie, pois, com 14 metros de altura, uma copa que mede 40 metros de diâmetro, é capaz de produzir, dependendo da posição do Sol, um sombreamento de quase um quilômetro quadrado. Dá para acreditar? Essa é mais uma informação que você já deve conhecer.

    A gigantesca árvore era realmente impressionante. Impossível não admirá-la. Entretanto, sob sua imensa copa, no ângulo de visão da minha direita, uma cena atraiu-me a atenção com a mesma intensidade com que um beija-flor é atraído por um brinco-de-princesa, convertendo a atriz principal do parque em mera coadjuvante: uma jovem, que parecia minúscula perto da árvore, recolhia alguns livros que estavam no chão e acomodava-os nos braços. Depois disso, dirigiu-se até a pista de caminhada e começou a andar na minha direção, trazendo consigo a pilha de livros, certamente maior do que conseguia carregar sem desconforto.

Discretamente, com o rosto levemente virado para outra direção, segui seus movimentos apenas com os olhos. Ela andava com relativa dificuldade. Pela distância, não consegui ver quantos livros trazia, tampouco ler os títulos, mas certamente havia mais de dez obras equilibrando-se em seus delicados braços.

Apesar de o espaço que nos separava e de os livros cobrirem parcialmente seu rosto, foi impossível não perceber a beleza daquela menina. O que será que pretendia com tantos livros, naquele lugar? Não que fosse incomum pessoas aproveitarem o sossego do parque para se perderem nas páginas de um bom livro, eu mesmo fazia isso com muita frequência. O que me intrigou foi a quantidade de livros que ela trazia.

Abandonei minhas divagações e, discretamente, passei a observar as ações daquela linda jovem. Ela caminhava pela estrada estreita que circundava toda a extensão do lago e, a cada passo, aproximava-se do ponto em que eu me encontrava sentado.

Não demorou muito para que a linda jovem (já usei essa expressão no parágrafo anterior, mas optei por repeti-la para que não paire dúvida sobre sua beleza) passasse exatamente na minha frente. Eu permaneci imóvel a observá-la. Quem olhasse com atenção para a minha face naquele momento perceberia, certamente, a expressão embasbacada.

Talvez ela tenha percebido o meu estado contemplativo, porque virou o rosto na minha direção. E foi como em um daqueles instantes mágicos que a vida nos traz de presente. Uma brisa tocou no meu rosto e o mundo ficou em silêncio ao meu redor quando nossos olhares se cruzaram rapidamente, mas tempo suficiente para que eu conseguisse registrar cada detalhe da sua face angelical. Seu aspecto parecia frágil. Os olhos verdes brilhantes e profundos, de inquestionável elegância, contrastavam harmoniosamente com os cabelos ruivos, lisos, presos em um rabo-de-cavalo que acentuava a beleza de seu rosto doce, em formato de lua. Seu olhar grave, que tinha algo de hipnótico, produziu uma sensação estranha naquela fração de segundos em que nos olhamos. Aquele momento poderia ter durado mais tempo – falei para mim mesmo, sem emitir qualquer som.

Nada mais existia ao meu redor. Petrificado, coração acelerado, com uma finíssima gota de suor frio a escorrer pela têmpora, uma ordem ecoava insistente na minha cabeça, ordenando que me levantasse e fosse ajudar a moça. Não entendia de onde vinha aquele comando. Talvez minha intuição estivesse tentando alertar-me sobre algo que eu não compreendia, mas que não deveria ser subestimado.

Não obedeci. Permaneci estático. Não tive forças sequer para lançar gesto de saudação ou um mísero e tímido sorriso que demonstrasse à jovem que sua presença havia sido notada por mim.

Há situações na vida em que a sobrecarga de informações pode fazer com que seja impossível pronunciar palavras. Eu estava diante de uma delas. Tudo o que consegui fazer foi observar quando ela, também sem esboçar nenhuma reação perceptível – certamente em retribuição ao meu comportamento ausente – retomou seu caminho, perdendo-se por entre as curvas e as árvores da estradinha que levava para a saída principal do parque. E eu continuei no mesmo lugar, sem ação, observando, um a um, os seus graciosos passos.

Quando o torpor momentâneo se dissipou, movido por um impulso incontrolável, saí correndo na direção da saída, na tentativa de encontrá-la. Impulsionado por uma força invisível, com passadas longas e decididas, alcancei rapidamente o portão de entrada do parque e olhei para todas as direções tentando encontrá-la. Nada!

"Para onde será que ela foi? Não pode ter ido muito longe, ainda mais carregando aqueles livros" – sem perceber, falei em voz alta, enquanto tentava retomar o fôlego.

E, sem raciocinar, não havia tempo para isso, já no lado externo do parque, optei por seguir pela direita, sentido que sempre apresentava maior movimento de pessoas, pois era naquela direção que havia pontos de ônibus. Nada! Voltei e segui correndo, desta vez para o lado oposto. A finíssima gota de suor de antes encontrou-se com alguns afluentes que provinham de várias direções e, agora, transformou-se num grande veio de transpiração que escorreu pelo pescoço, empapando a gola da minha camisa. A incursão naquele lado também foi em vão. Ela simplesmente havia desaparecido.

– Impossível! Como alguém, caminhando com dificuldade, consegue desaparecer tão rapidamente, como num passe de mágica?!

Mágica... talvez fosse isso. Talvez ela não fosse real e não passasse de um produto da minha imaginação – concluí, como forma de justificar a minha frustração por não tê-la alcançado.

Então, veio-me à mente uma falha imperdoável que havia cometido. Veja você, Tomás: corri como um desesperado tentando encontrar a "menina dos livros" – assim que eu a chamaria até descobrir o seu nome – e, quando cheguei à saída do parque, busquei em meio às pessoas o quê? Uma garota carregando livros. Essa era toda a informação de que eu dispunha. Quando a vi, meu olhar perdeu-se nas nuances do seu rosto, nos detalhes de seus olhos, dos seus cabelos, mas, apesar de todo o esforço, não conseguia me lembrar do tipo de roupa que ela vestia, muito menos a cor. Meu cérebro, travesso, simplesmente não registrou essa informação.

– Seria um vestido verde-turquesa? Uma calça jeans azul desbotada com uma camiseta vermelha? – chutei a esmo, numa vã tentativa de provocar minha mente para que liberasse alguma informação que eventualmente tivesse sido gravada no subconsciente. Foi inútil. Meu cérebro não estava disposto a colaborar. Então, desisti de continuar vasculhando a memória. Tinha que aceitar o óbvio: eu não sabia a roupa que ela vestia, muito menos a cor. Ela poderia estar trajando uma fantasia cor-de-rosa de princesa que, mesmo assim, eu não lembraria, pois seu rosto foi tudo o que meus olhos viram no momento.

A "menina dos livros", portanto, não havia desaparecido como num passe de mágica, muito pelo contrário, a solução do meu mistério talvez fosse mais simples. É provável que eu a tenha visto, mas não a tenha enxergado, se é que você me entende. Considerando o tempo que demorei para sair atrás dela e a quantidade de pessoas no local, bastaria que ela estivesse de costas, em meio às outras pessoas, num ângulo ou a uma distância que, não me fosse possível ver os livros ou seu rosto, eu não teria condições de identificá-la.

– Não é possível que eu não tenha visto a cor da sua roupa – recriminei-me novamente, dando um leve tapa na testa.

Desiludido, retornei ao lugar em que havia me sentado. Por alguns minutos, fiquei olhando para as águas calmas do lago, organizando cuidadosamente meus pensamentos na tentativa de reconstruir a cena, a fim de me lembrar de algo que pudesse ter escapado a mim.

Retrocedi e, mentalmente, pausei as imagens dezenas de vezes, mas não consegui me lembrar de nada relevante. Faltavam detalhes; sobravam recriminações.

Eu, que sempre me vangloriava de adotar, e de colocar em prática, o lema "é preciso sempre aproveitar as oportunidades que aparecem", como pude ignorar a situação que se apresentou e deixar que o egoísmo tomasse conta dos meus atos? Imperdoável! Não conseguia entender por que desobedeci a voz da consciência quando ela me ordenava que ajudasse a moça. Que tipo de pessoa eu sou? Que tipo de pessoa ela deve ter imaginado que eu seria? – pensei, sem compreender por que a opinião dela a meu respeito passou a ser tão importante.

Confesso, Tomás, que fiquei completamente sem ação, paralisado. O tempo parecia ter parado enquanto meu cérebro, aturdido, enviava constantes comandos para que eu saísse daquele estado catatônico, mas nenhum deles foi suficientemente potente para produzir qualquer tipo de movimento. Acredito que, por isso, minha mente deve ter ativado algum tipo de modo de alerta e, em curto espaço de tempo, mapeou, de forma pormenorizada, apenas a face daquela misteriosa jovem e sua pilha de livros. Espero que você nunca tenha o desprazer de passar por uma experiência como essa, de ficar sem ação, com cara de copo d'água –Tomás riu da expressão usada pelo pai –, pois, quando acaba, tudo o que sobra é o constrangimento. Não foi a melhor sensação que já tive na vida.

Depois de um longo período de recriminações, as dúvidas retornaram: quem seria aquela moça de aspecto frágil, de olhar hipnótico, com um toque de mistério?

Impressionante como um acontecimento aparentemente trivial mexera tanto comigo. Fiquei a pensar se algum dia teria a oportunidade de reencontrar a "menina dos livros".

Meus pensamentos protagonizavam uma batalha entre a razão e a emoção. O conflito era ferocíssimo. Por um lado, sentia-me devedor de um sincero pedido de desculpas. Precisava, de alguma forma, desfazer a imagem egoísta, incapaz de movimentar o corpo no espaço para auxiliar uma garota que precisava de ajuda com a pesada – creio eu – e desconfortável carga, seus livros. Por outro lado, a razão, feroz inquisidora, com o dedo em riste, perguntava-me por que raios eu nutria um sentimento de culpa? Eu sequer conhecia a moça. Naquele imenso parque, várias pessoas cruzaram seu caminho e também omitiram o auxílio que ela não solicitou em nenhum momento.

Naquele instante, uma leve brisa começou a agitar o ar, embalando as folhas e os galhos da vegetação ao redor do lago. O Sol, que se poria daí a pouco, iniciava sua trajetória descendente, e seus raios dourados se refletiam na água do lago. Inspirei longamente, resoluto de que não havia razões para me martirizar pela omissão.

Talvez nunca mais a encontre, pensei, dando de ombros, na tentativa de informar meu cérebro de que o assunto estava encerrado e de que não deveria mais me preocupar com a postura adotada diante da "menina dos livros". Apesar da tentativa, eu não estava sendo suficientemente convincente e não conseguia esconder o ceticismo quanto à minha suposta determinação de colocar um ponto final naquele episódio.

A verdade era que, no fundo, eu me sentia verdadeiramente envergonhado, como se tivesse quinze centímetros de altura. Não sabia se conseguiria superar minha falta de ação. A vontade era de encontrar alguma pedra grande e enfiar-me embaixo, e ficar por ali por um tempo razoável. Uns dez anos, quem sabe.

Você deve estar me achando exagerado, mas, infelizmente, meu dilema não seria resolvido assim tão facilmente. Era inútil lutar, pois havia algo, alguém, alguma força invisível, não consigo descrever, que fez crescer, dentro de mim, um único e premente objetivo: eu precisava reencontrar a "menina dos livros".

Eu e meu dilema decidimos ir para casa, de mãos dadas. Ele, o dilema, era lindo, tinha olhos verdes e cabelos ruivos e, a partir daquele momento, seria uma presença constante nos meus pensamentos. Provavelmente, isso seja o que alguns chamam de destino. Se for verdade, estava claro que eu não poderia fugir do meu.

Segui na direção da saída a passos lentos. O horizonte estava avermelhado, o último sinal da aproximação da noite. A vermelha é a última onda de luz que consegue cruzar a atmosfera. Depois disso, o céu fica preto com a ausência de luz. Continuava a pensar na "menina dos livros". Dei duas leves batidinhas na cabeça para tentar afastar aquele pensamento e me convencer de que o encontro, casual e sem palavras com aquela linda garota, não tinha importância alguma. Exceto pelo fato de que, por razões que eu não conhecia, aquilo tinha toda a importância.

Recoloquei os fones de ouvido. *Once Upon a Time In The West* ainda se fazia ouvir. Esqueci-me de desativar o modo "repetir". A música nunca mais seria a mesma, pois meu cérebro a relacionaria com o ocorrido no parque. No futuro, sempre que ouvisse os primeiros acordes da canção, lembraria, inevitavelmente, a primeira vez que a vi, a "menina dos livros"."

※ ※ ※

Tomás levantou-se, largou o maço de papel sobre o banco e pôs novamente a pedra em cima do precioso material para evitar que o vento, que passava lento pelas árvores, pudesse retirar as folhas de sua ordem cronológica. Colocou as mãos no quadril e fez um leve alongamento enquanto processava tudo o que havia lido até ali.

O rapaz abaixou-se, pegou uma pequena pedra e a atirou na direção de um tronco que, havia muito, jazia sobre a relva verde que abraçava seus contornos. A pedra não atingiu o alvo. Tomás olhou para uma segunda pedra, mas desistiu de realizar nova tentativa.

Por toda a sua vida, sempre que ouvia histórias sobre o pai, a imagem apresentada estava atrelada à figura de outra pessoa. Ethan não era simplesmente Ethan, era o pai de Tomás, o marido de Cecília. Não havia o pai sem alguém. Isso criou, em torno da imagem paterna, uma aura praticamente sobre-humana.

Não conseguia enxergar o pai como um ser humano comum, que teve, na vida, alegrias, angústias, medo, paixões. Ele sempre foi pintado em cores vivas como o homem que lhe deu a vida, que o amava, mas a quem uma doença grave levou embora jovem demais. A carta quebrava, definitivamente, essa imagem, retirava o pai de um pedestal quase angelical e o humanizava. Tomás alegrou-se por conhecer esse "novo pai".

O que Tomás não conseguia decifrar eram as razões que fizeram com que ele, em sua última carta, dentre milhares de histórias possíveis, escolheu justamente uma em que se mostrava interessado por outra mulher. Mais humano que isso impossível! Seria um segredo que manteve oculto toda a vida, mas que, somente no fim dela, resolveu revelar? Tomás, então, lembrou-se da primeira frase do pai na carta:

"Nem todos os contos de fadas terminam com um final feliz."

Inicialmente, achou que o pai estivesse se referindo à sua doença ou, de maneira filosófica, à vida. Mas será que a introdução dizia respeito à "menina dos livros"? Teria sido um grande amor não correspondido?

A curiosidade crescia, a ansiedade também. Eram muitas informações simultâneas. Muita coisa nova para assimilar. Tomás tinha desejos conflitantes. Apesar da vontade de terminar o quanto antes de ler a carta, também não queria que a leitura acabasse rápido, pois seria como um novo adeus ao pai. A carta o tornava presente. A referência masculina que praticamente não tivera ao longo da vida.

Tomás respirou fundo. Começava a sentir-se cansado. Então, decidiu interromper o fluxo da história e ir para casa. Reiniciaria de lá a leitura da carta.

Pegou o celular, abriu o aplicativo de serviço de *streaming* digital, que lhe dava acesso a milhares de músicas, e acionou o mecanismo de busca. Bastou que fossem digitadas as duas primeiras palavras para surgir o resultado da pesquisa com algumas versões da música buscada.

Colocou os fones de ouvido e tocou a tela do telefone no local exato em que era exibida a versão original da música. Instantaneamente, surgiram os primeiros acordes. Era a canção que o pai ouvia quando encontrou, pela primeira vez, a "menina dos livros". Olhou para o alto. O céu continuava esplendorosamente azul. Tomás respondeu ao pai, ainda com os olhos voltados para cima – sempre diziam que era no céu que ficavam as pessoas boas que haviam morrido.

– Realmente, é uma linda música, pai. Ah! É assim que ouvimos música hoje em dia – sorriu, apontando o celular na direção do céu, como que apresentando a tecnologia ao pai.

– Eu sabia que você gostaria – respondeu Ethan, ao seu lado – não no céu –, com lágrimas nos olhos, mas com um sorriso no rosto, completando aquele diálogo entre Espíritos – todos somos –, hoje em planos diferentes, que só a infinita bondade divina é capaz de proporcionar.

Mesmo sem ter consciência da presença do pai e de suas palavras, o jovem sentiu um leve arrepio. Atribuiu ao vento que, com seu sopro suave, acariciava seus cabelos. Instintivamente sorriu. Então, abaixou-se, retirou a pedra que segurava a carta, deu uma leve batida, com os papéis, no assento do banco de madeira para endireitar as folhas, recolocou-as no envelope e rumou calmamente na direção da saída. *Once Upon a Time In The West* ecoava em seu aparelho celular.

6
A procura

APROXIMAVA-SE do meio-dia, o Sol estava prestes a atingir seu ponto mais alto no céu. O branco das esparsas nuvens intrometia-se no azul intenso que predominava, quando Tomás chegou a casa.

O rapaz comparava, mentalmente, o antigo casarão com a casa onde morava. A sensação era de atravessar um portal do tempo. Em pouco mais de vinte minutos, ele deixara uma casa da época do Brasil Império, do auge do período colonial, com pelo menos trezentos anos, exalando passado por todos os seus cômodos, e fora transportado para uma construção moderna, construída e equipada com toda a tecnologia que o século XXI coloca à disposição de seus contemporâneos. Para onde olhasse, havia botões, telas, luzes, tecnologias medidas por siglas – 4K, Ultra HD, Qled – que se tornariam ultrapassadas em poucos meses.

No antigo casarão, o pai havia dedicado anos de sua

vida para preservar, com sucesso, a essência da construção idealizada por seus antepassados. Na nova casa, a mãe trabalhou duro para criar um ambiente onde as pessoas se sentissem confortáveis no exato instante em que a porta fosse aberta. Ela supervisionara cada detalhe que dava vida ao lugar – com um terço do tamanho da antiga propriedade. Tomás estava ligado emocionalmente a mundos opostos.

Ele cruzou a soleira da porta sem alarde, como era seu costume, mas a mãe já o aguardava. Segundos antes, Cecília seguia apressada na direção da cozinha para ver se Zefa – a empregada da casa – precisava de ajuda para finalizar os preparativos do almoço, mas obrigou-se a interromper o trajeto, mudando de direção, quando o celular emitiu alerta avisando que o circuito de câmera detectara, por meio do sensor de movimento, que o portão de entrada da propriedade estava sendo aberto. Quando checou as imagens, constatou que era o filho. Cecília suspendeu, temporariamente, a ida até a cozinha para falar com Zefa. A empregada era uma antiga conhecida e, depois que ficou viúva – sem familiares próximos, suas três filhas casaram-se e foram morar em cidades distantes –, foi convidada para trabalhar na casa. Reticente no início, acabou aceitando a oferta. Era uma boa maneira de se ocupar, o que ajudaria a vencer o luto pela perda inesperada do marido, além de ganhar o dinheiro tão necessário para complementar sua renda, proveniente do mísero salário mínimo que recebia da previdência social a título de pensionista. Não bastassem as razões de caráter pessoal, gostava muito de Cecília. Sabia que ela, depois que passou a acumular o papel de mãe e pai, necessitava de alguém para auxiliar nos afazeres domésticos em razão de seus compromissos profissionais. Era a união do útil, do necessário e do agradável.

Desde o falecimento de Ethan, Cecília não teve outro relacionamento, tampouco teve vontade. Sabia que as pessoas, com algum disfarce, ao menos quando estava presente, conversavam sobre isso, alguns com preocupação sincera. Um ou outro falava-lhe pessoalmente sobre o tema, mas ela encerrava o assunto antes de ele tomar corpo. Sua resposta era sempre a mesma: estava ocupada tentando criar o filho Tomás e não tinha tempo de pensar no assunto. Não era mentira, mas uma meia-verdade. Ela ocultava o fato de que havia se fechado para novos relacionamentos. Aquele aspecto da sua vida morrera com Ethan.

– Você está aí?! – disse Cecília, num misto de interrogação e exclamação, ao ver o filho fechando a porta. – Conseguiu terminar o trabalho?

– Sim. Acabou sendo mais tranquilo do que eu e Marcelo imaginávamos. Pensei que fôssemos terminar somente à noite – primeira mentira de Tomás.

– Como vai Lorena? Por conta da correria, não tive mais tempo de visitá-la.

– Está bem, eu acho – respondeu Tomás, dando de ombros. – Mandou um abraço para a senhora e disse que qualquer dia aparece para botar a conversa em dia – segunda mentira. – O almoço demora?

– Estava indo à cozinha para ver isso. Por quê? Vai sair novamente?

– Não, acho que vou tomar um banho antes de almoçar.

– Pode ir, sem problema. Mesmo que esteja pronto, peço a Zefa que espere por você, e comemos juntos. Apenas tente não demorar muito.

– Tudo bem, mãe. Obrigado!

Tomás venceu os primeiros degraus da escada que levava ao piso superior, onde ficava seu quarto, e respirou aliviado em razão de a mãe não ter perguntado sobre o conteúdo do envelope que trazia debaixo do braço. Mesmo sem conhecer todo o teor da carta, imaginava que ela não gostaria nem um pouco de saber da história da "menina dos livros". Seria uma decepção, porque, pelo jeito que ela falava de Ethan, deveria tê-lo como alguém acima de qualquer suspeita. A carta, porém, revelava que ele tinha lá seus segredos.

– Espere! – chamou Cecília, mudando o trajeto e voltando-se para a direção do filho.

Tomás diminuiu a passada, mas antes subiu outro degrau. Depois, parou e virou-se para olhar para ela.

Nos poucos passos que a mãe deu para cobrir a distância que os separava, Tomás ficou engendrando uma desculpa convincente para a inevitável pergunta que viria. Em hipótese alguma revelaria o conteúdo do envelope, não sem antes conhecer a história completa da "menina dos livros".

– O que é isso? – perguntou ela, apontando na direção de seu braço.

Tomás engoliu em seco.

– Isso o quê? – respondeu, inquieto, fazendo-se de desentendido para ganhar tempo.

Cecília aproximou-se do filho e esticou a mão na direção do envelope. Tomás já se preparava para revelar a melhor das desculpas que pôde arrumar de improviso. Fechou os olhos, respirou fundo, mas ficou surpreso quando a mãe deu um leve puxão na sua camiseta e retirou algo que havia grudado nela.

– Por onde você andou? Esteve no mato? Veja quanto pega-pega na sua roupa – complementou, abrindo a mão e deixando à mostra as sementes da erva daninha.

– Ah, é isso? – Tomás respirou aliviado, tentando esconder o óbvio desconforto que deixava transparecer.

– Sim, por quê? Teria mais alguma coisa? – perguntou Cecília, agora sim desconfiada.

– Não, não. É que do jeito que você me chamou e pela forma como veio na minha direção, pensei que tivesse um escorpião ou algum outro animal peçonhento grudado na minha roupa. Não tenho ideia de como isso foi parar aí – terceira mentira.

– Escorpião? Engraçadinho.

Cecília pegou o celular, abriu a calculadora e teclou alguns números. Tomás ficou olhando sem entender absolutamente nada.

– É – disse ela, por fim –, pelos meus cálculos, você é um mentiroso, pois parece que foi fazer algo mais do que o trabalho da escola. Mas, enfim, o senhor já é bem grandinho. Vá lá tomar seu banho de uma vez para não atrasar muito o almoço e aproveite para retirar as demais sementes da sua roupa. Não tirei todas elas.

Tomás sentiu uma onda de alívio, e um profundo suspiro escapou de seus pulmões. Sem perceber, tinha parado de respirar. Então, aproveitou a deixa e subiu as escadas correndo. Por um minuto, achou que seu segredo corria perigo, mas a mãe não notou o envelope, e isso lhe poupou o dissabor de contar a quarta mentira do dia, o que o fez se lembrar de um antigo ditado, talvez árabe, não tinha certeza, que dizia: "para sustentar uma mentira, são necessárias muitas outras". Era exatamente o que estava fazendo: para ocultar a grande mentira, a carta, tecia, lentamente, uma extensa teia de pequenas inverdades.

Entretanto, apesar do mal-estar que sentia por conta da situação – não tinha o hábito de omitir nada da mãe –, Tomás estava convicto de que as circunstâncias justificavam a omissão – assim chamava suas mentiras.

A falta de sinceridade é um mal, porém a sinceridade em excesso é devastadora. A mentira, portanto – pensava Tomás –, por mais paradoxal que possa parecer, muitas vezes é indispensável para manter nossos relacionamentos saudáveis. Era preciso, entretanto, ter a clareza necessária para estabelecer até onde cada um tem permissão de sair por aí contando mentiras. Há uma linha – tênue – que não deve ser ultrapassada. Trata-se da linha que separa as mentiras inocentes das mentiras mordazes. Tomás acreditava, piamente, que suas "omissões" não haviam cruzado a linha. E nem haveriam de cruzar, pois contaria toda a verdade quando a situação chegasse nesse patamar.

Cecília permaneceu na base da escada olhando Tomás subir apressado. Sabia que escondia algo. As pessoas sempre diziam que criar filhos e ter preocupação eram sinônimos, mas no seu caso, desde a morte de Ethan, as preocupações foram potencializadas. Com o tempo, desenvolveu aguçadíssima percepção com relação ao filho. Notava algo diferente só de olhar para Tomás, e aquela agitação toda era algo que passava bem longe do padrão comportamental dele.

Em seu quarto, depois de trancar a porta por dentro, Tomás guardou o envelope em uma das gavetas da cômoda, misturado ao conjunto de apostilas escolares do ano letivo e a outros papéis relacionados às aulas. Aquele era um lugar onde a mãe não costumava mexer, diferentemente se tivesse acomodado seu precioso achado em alguma das gavetas com roupas.

Protegida a carta, Tomás colocou sobre a cama uma calça de moletom cinza e uma camiseta preta sem estampa e foi para o chuveiro. A água morna era reconfortante. Estava realmente cansado, mas seu coração ainda batia acelerado pela ansiedade de prosseguir com a leitura. Tomou banho rapidamente, voltou para o quarto, colocou a roupa que havia separado, pegou o primeiro par de tênis que seu olhar avistou na sapateira, calçou-o e desceu.

O almoço transcorreu de forma tranquila. Na maior

parte do tempo, só se ouvia a sinfonia dos talheres a tocar nos pratos; no restante dele, Cecília, para alívio de Tomás, perguntou apenas sobre questões relacionadas à escola, pois havia recebido o formulário de pré-matrícula que necessitava ser preenchido, sem falta, durante o fim de semana, pois o prazo era exíguo.

– Algum programa para a tarde, Tomás? Gostaria de ir ao shopping comigo?

– Não tenho compromisso, mas prefiro ficar em casa hoje.

– Em pleno sábado à tarde?

– Sim, estou cansado.

– Você anda muito preguiçoso ultimamente.

– Ser preguiçoso é uma forma de arte. É preciso aproveitar as oportunidades para desfrutar os momentos de preguiça – sorriu Tomás.

– Uma arte? Então, você seria uma espécie de Leonardo da Vinci da preguiça.

– Prefiro Beethoven e hoje ficarei no quarto compondo minha sonata à preguiça – Cecília riu. Sabia o quão irritantemente sagaz e espirituoso o filho conseguia ser. Puxara ao pai. Ethan tinha a capacidade de formular respostas espetaculares num estalar de dedos, de bate-pronto.

Os dois continuaram o almoço e mais nada foi dito. Era como se todos os assuntos em comum houvessem se esgotado. Alguns minutos depois, Cecília pediu licença, levantou-se da mesa e avisou que iria até a cozinha para despedir-se de Zefa, que já estava de saída e só voltaria na terça-feira. A empregada trabalhava aos sábados pela manhã e ganhava a segunda-feira de folga, como forma de compensação.

O rapaz terminou rapidamente a refeição, levou seu prato para a cozinha, despediu-se de Zefa, que conversava com a mãe, e saiu na mesma velocidade que entrou. As duas cortaram o assunto e seguiram, com fisionomia de surpresa, os movimentos de Tomás, que desapareceu quase instantaneamente das suas vistas.

Com pressa, olhar fixado no topo da escada, com passadas largas, vencendo os degraus de dois em dois, ele chegou ao andar superior e foi para o quarto. Estava ansioso para retomar a leitura da carta.

Fechou a porta por dentro, retirou o envelope de seu esconderijo, abriu as cortinas para melhorar a iluminação do ambiente – através do vidro, ele podia ver o horizonte verde das coxilhas – e sentou-se na escrivaninha para reiniciar a leitura. Antes, porém, ligou a pequena caixa de som, habilitou o *bluetooth* no celular, que se conectou imediatamente a ela. Mais alguns segundos deslizando o dedo pela tela do aparelho, e a música começou a tocar. Ele reduziu o volume, deixando-o numa altura agradável, e, ao som de *"The Lonely Shepherd"*, do alemão James Last, versão executada pela *London Symphony Orchestra*, recomeçou a leitura da carta.

※ ※ ※

"Mas que diabos está havendo?

Essa pergunta resumia meu estado mental durante

os dias que se seguiram ao encontro com a "menina dos livros" naquele fim de tarde. Não importava se eu estivesse estudando para fundamentar a defesa de um caso do escritório, protocolando um recurso cujo prazo se esgotaria naquele dia ou tomando café com rosquinhas na padaria da esquina. Não conseguia afastar a lembrança dela, a recordação daquele olhar. Não importava a atividade, era como se eu não estivesse totalmente presente na cena. A outra parte de mim ainda estava sentada no banco em frente ao lago, aguardando que a "menina dos livros" retornasse ao lugar. Estava vivendo minha vida no modo de pilotagem automática.

À medida que as horas passavam, as razões para aquele sentimento estranho pareciam ainda mais confusas, como se estivessem se perdendo nos recessos do tempo. Definitivamente, concluí, eu estava exagerando bastante em relação a tudo aquilo. Não dar atenção devida a uma pessoa desconhecida faz parte da natureza humana. Além disso, aquela situação, muito provavelmente, não havia significado nada para ela, enquanto eu estava perdido, ausente, sem condições de seguir minimamente com a minha vida comum, de um jovem comum, de uma cidade comum do interior.

"Que diabos está...?" – a pergunta, repetida, foi interrompida pela imagem dela, que surgiu em meu pensamento mais uma vez, no meio da fala.

Tinha a sensação de estar enlouquecendo e de que não conseguiria viver uma vida normal caso não a reencontrasse. E foi isso que decidi fazer.

A minha jornada era ingrata. Apesar de a cidade ser pequena, eu não fazia ideia de por onde começar a busca. Era como procurar agulha em um palheiro. Entretanto, algo dentro de mim dizia que os ventos do destino soprariam a meu favor. Sentia um pequeno lampejo de injustificada esperança de que reencontraria a "menina dos livros". O mero reflexo de esperança já foi suficiente para me alegrar extraordinariamente.

Então, sem criatividade, como um criminoso, resolvi voltar à cena do crime. Fiz isso diversas vezes no fim de semana. Alternei horários – no sábado, fui no início da tarde; no domingo, no meio da manhã –, mas retornei nos fins de tarde em ambos os dias, pouco antes de o Sol se pôr, mesmo período do dia em que a vi pela primeira vez. Mas ela não apareceu. Fiquei decepcionado. Uma onda de calor me queimava o rosto enquanto o céu azul-escuro estendia-se sobre as águas do lago, pontilhadas por uma réstia de sol que produzia o efeito de lantejoulas.

Quando a noite começava a forçar caminho sobre a luz do dia, desistia de aguardar pelo afago da sorte. Aquilo era tão estranho, que eu não encontrava respostas. Sem ideias, com a cabeça vazia, optei por deixar o parque.

Aturdido, sentei no carro. Fechei os olhos. Ao fazer isso, a imagem da "menina dos livros" caminhando na minha direção apareceu, nítida, como se estivesse novamente vivendo a cena. Eu não queria ir para casa, mas também não queria ficar ali. Então, virei a chave e dei a partida. Com o barulho do motor ao fundo, percebi que tinha uma decisão a tomar: para onde iria agora. Sem respostas, arranquei com o carro, escutando o ranger dos cascalhos embaixo dos pneus, e saí a dirigir sem rumo, afinal, qualquer lugar serve para quem não sabe para onde vai.

Como um autômato, vaguei sem prestar muita atenção no caminho por cerca de vinte, trinta minutos, sei lá! Quem se preocupa em contar o tempo? Às vezes, tinha a sensação de que já havia passado por determinada árvore, casa ou outro ponto de referência, mas não tinha certeza, pois realmente não estava atento a detalhes. Receoso da possibilidade de causar algum acidente, dado o meu grau de distração, decidi estacionar na tímida pracinha localizada no centro da cidade, bem em frente à igreja matriz. Esperar mais alguns ou muitos minutos para tentar reorganizar minhas ações não faria nenhuma diferença.

A noite estava escura, a brisa quente e os *flashes* distantes, de clarões silenciosos que surgiam por entre as nuvens mais afastadas, eram o prenúncio da possibilidade de chuva muito em breve.

O centro da cidade, estranhamente, estava pouco movimentado para um domingo à noite, dia em que as famílias normalmente lotam a praça. Talvez o fluxo maior de pessoas estivesse concentrado nos poucos restaurantes e pizzarias existentes na cidade, todos situados a pouco mais de uma quadra dali.

O cenário era característico das pequenas cidades interioranas: uma pequena praça, construída no ponto mais central do município, em frente à igreja matriz, muitos bancos, bem iluminada, decoração tímida, mas que alguns chamariam de charmosa. Os passeios eram calçados com bloquetes de cimento retangulares, dispostos de maneira uniforme. Havia grandes árvores que produziam um sombreado abundante em dias de sol, misturando-se a outras espécies menores, ornamentais, além de algumas flores, sem qualquer critério estético, como se alguém tivesse simplesmente enterrado, a esmo, mudas de árvores e flores sobre um gramado – este sim, bem-cuidado – de um verde intenso. O artista frustrado que reside dentro de mim observava atentamente o contraste entre o cinza-claro desmaiado dos passeios e a paleta de cores formada pelo gramado e pelas flores.

Estava me sentindo muito cansado, talvez um cansaço mais emocional do que físico. Mesmo assim, segui caminhando a passos lentos por alguns minutos, depois sentei-me num banco próximo ao espaço destinado às crianças, onde pais brincavam com seus filhos nos escorregadores, gangorras e balanços. A sinfonia de sons do ambiente era composta, em sua maioria, pelo riso divertido dos pequeninos, mas que, às vezes, ficava em segundo plano diante do choro de protesto daqueles que não queriam dividir o brinquedo com outras crianças ou quando, contra a vontade, eram retirados da brincadeira pelos pais que precisavam ir embora.

Algumas pessoas ficam incomodadas com essa dualidade de sons. Não é o meu caso. Crianças sorrindo, brincando, chorando, fazendo barulho é, e sempre será, sinônimo de vida.

Sempre gostei de crianças, identifico-me muito com elas. Por várias vezes, em momentos de lazer, estive participando de brincadeiras com os filhos de alguns amigos de seu avô ou até de mesmo de desconhecidos, que me olhavam com desconfiança quando eu me intrometia nas brincadeiras. A empatia era mútua, porque as crianças logo percebem quem realmente se entrega totalmente às suas vontades. Eu tinha um talento inato para lidar com elas e sempre fui bem-aceito em seu círculo, inclusive pelas crianças mais velhas e pelos pré-adolescentes. Convivi com bebês que se tornaram adolescentes. Parece que o destino, por intermédio do Ethan jovem, começava a preparar o Ethan velho para o que estava por vir.

A partir do diagnóstico da minha doença, eu sabia que seria improvável que chegasse a ser pai de uma criança de mais de cinco anos. Foram aqueles filhos dos amigos e dos desconhecidos que me proporcionaram a dádiva de vivenciar, minimamente, a experiência de acompanhar as suas vidas durante a infância e a transição para a pré-adolescência, algo que não poderia ter com você.

Os primeiros dias após o diagnóstico foram muito difíceis para todos nós, mas depois, com o tempo, você vai assimilando a realidade – imutável –, volta a racionalizá-la e a reagir ou, ao menos, a enfrentá-la de maneira proativa.

Desde que adoeci, prometi a mim mesmo obedecer à Cecília e atender a todos os seus desejos. Por que decidi fazer isso? Porque eu considero uma obrigação, algo que devo a ela. Até hoje, ela nunca reclamou de nada, mas sei que devo continuar me esforçando ao máximo para diminuir o pesado fardo que a minha doença impôs em sua vida, agora e, principalmente, quando eu não estiver mais aqui.

Não sei como é seu relacionamento com Cecília hoje, mas gostaria que levasse em consideração, em qualquer divergência ou discussão que tiverem, que as coisas não devem ter sido ou ser fáceis para ela. O peso que a vida colocou sobre seus ombros é enorme e difícil de carregar.

Depois do impacto inicial do diagnóstico, ela vem tentando ser uma mulher forte para me ajudar no processo de tratamento.

Ela não sabe, mas já a surpreendi chorando escondida muitas vezes. Um dia, encontrei-a sentada sob o grande carvalho. Fiquei observando à distância, oculto atrás de outra árvore, e vi quando ela baixou a cabeça e a colocou entre as mãos. Os suspiros eram profundos e pesados, como se os tivesse segurado por muito tempo. Por diversas vezes, iniciei o movimento de ir à sua direção para abraçá-la, mas, assim como das outras vezes, optei por respeitar seu momento, porque sei que faz isso às escondidas para não me preocupar. Ela está cansada, posso sentir. Sua mãe é muito especial. Nunca se esqueça disso.

Sei que já falei sobre o assunto, mas gostaria de repetir que fiz de tudo para tentar prolongar ao máximo meu tempo com você e com sua mãe. Submeti-me a todo tipo de tratamento, inclusive aqueles em fase experimental, para ver se conseguiria retardar o avanço da doença. Resistir não era uma mera escolha, mas um imperativo de sobrevivência.

Hoje foi muito difícil sentar-me em frente ao com-

119

putador e escrever para você. Estou muito debilitado por conta dos efeitos da última sessão de quimioterapia. Não bastasse isso, recebi a má notícia de que o tratamento mais recente que realizei não funcionou. Resta-me pouco tempo. Sinto-me sem forças em determinados momentos para lidar com meu próprio sofrimento e com a tristeza dos que me rodeiam.

De volta à pracinha do meu relato, permaneci longos minutos sentado, olhando para as árvores, mas com o pensamento dando voltas, sem ideias, como um cachorro que corre atrás do próprio rabo.

Na outra ponta da praça, chamou-me atenção um pipoqueiro que abria os trabalhos de domingo à noite, certamente esperando pelo movimento após a missa. Levantei-me e segui na direção dele. À medida que me aproximava, comecei a sentir o aroma inconfundível de pipoca, que aliás é uma dessas coisas cujo cheiro é infinitamente mais gostoso que o próprio sabor, assim como o café. Não havia ninguém na fila, provavelmente porque o pipoqueiro, um homem idoso, estava trabalhando na primeira "panelada".

– Boa noite – saudou-me, enquanto, ao fundo, ouvia-se o espocar dos milhos batendo contra a panela de alumínio.

– Boa noite. O cheiro está bom.

– Muito obrigado – respondeu, sorrindo.

– Como é seu nome? – perguntei.

Antes de prosseguir, Tomás, vou lhe dar um conselho – haverá outros – que espero que sirva na sua vida.

Sempre, sem exceções, trate as pessoas pelo nome. Pergunte, caso ela não esteja usando um crachá. Quando adotar esse hábito, você perceberá, nos olhos, no semblante das pessoas, o quanto elas gostam de serem chamadas pelo nome. Em muitos casos, fará com que não se sintam invisíveis ou inferiores. Muitos se sentem assim, acredite. Faça esse teste e perceberá o quanto um gesto tão simples é capaz de arrancar sorrisos. Sentirá uma sensação muito boa.

Retomemos a história:

– Meu nome é Sebastião – falou, sem parar de girar a pequena manivela acoplada na tampa da panela de pipocas.

– O meu é Ethan, muito prazer.

Enquanto Sebastião finalizava a primeira remessa de pipocas, conversamos por alguns minutos. Ele me contou sobre sua vida e as dificuldades que o obrigavam, mesmo aposentado, a trabalhar para complementar a renda. Também falou, com satisfação, das alegrias que o trabalho lhe proporcionava pelo contato que tinha com as pessoas, principalmente com as crianças.

Paguei pela pipoca, despedi-me de Sebastião e segui caminhando pela pracinha em direção ao carro. A conversa com o simpático pipoqueiro havia me dado um novo ânimo.

Foi então que aconteceu! Não era possível. Talvez, fosse meu cérebro tentando me pregar uma peça. Imediatamente, meu coração acelerou e as mãos começaram a suar. Esfreguei os olhos. Era verdade, não uma miragem. Ela estava ali, sentada no banco posicionado sob um imenso flamboyant, carregado com suas flores de cinco pétalas de coloração vermelho escarlate. Foi como se tivesse surgido do nada, porque não havia ninguém naquele banco antes, disso eu tinha certeza. Provavelmente, deve ter chegado quando saí para falar com Sebastião. Interrompi meus passos e fiquei olhando para ela sem saber o que fazer.

Não sei por quanto tempo fiquei ali parado, sem ação, mas, para minha sorte, ela estava concentrada na leitura de um livro, sem perceber o que ocorria à sua volta, principalmente meu olhar de desespero.

Era a segunda vez que isso acontecia. Estar diante dela disparava sirenes dentro de mim que faziam com que eu perdesse todo o controle da situação, bloqueando meus pensamentos, meus movimentos. Já havia pensado sobre isso após o encontro no lago e, por mais que eu tentasse descobrir a razão daquilo, não conseguia encontrar a resposta. Nenhuma pessoa havia produzido tamanho desassossego em mim antes. Por que era diferente com ela?

Respirei fundo, olhei ao redor, sem muitas opções e tempo – não queria ser notado por ela antes de me recompor e pensar no que fazer – e, com passadas largas, mas sem correr para não chamar sua atenção, rapidamente me sentei no banco mais próximo.

Levou alguns segundos para conseguir estabilizar a respiração. Era incrível a minha sorte. Mais um encontro casual. Quem sabe o destino houvesse determinado que eu só a veria dessa maneira, sem planos ou buscas. Além do livro que estava lendo, havia, ao lado de uma pequena bolsa, três outros exemplares.

Dessa vez, meu cérebro, mais calmo, possivelmente porque eu ainda não tivesse olhado para seus olhos hipnotizantes, conseguiu registrar todos os detalhes, inclusive a roupa informal que vestia: tênis branco, jeans azul-claro e camiseta branca sem qualquer estampa, apenas com alguns enfeites que formavam uma espécie de espiral na parte da frente. Não pude identificar o material, mas notei que brilhavam em razão da bruxuleante luz branca proveniente de um dos pequenos postes de iluminação existentes na praça.

Ela parecia uma mulher sensível, frágil como uma flor de estufa. O futuro diria que sou um péssimo analista de perfil, mas não quero me adiantar à ordem dos fatos.

Admirei-a discretamente por longos segundos. Desde o instante em que a vi, dei-me conta de que a olhava sem parar e poderia ficar fazendo isso por toda a noite. Porém, sem qualquer aviso prévio, ela levantou o rosto. Lembro-me do verde-mar dos olhos dela se elevando lentamente, até que se depararam com os meus a observá-la. Aqueles olhos! O tempo congelou. Surpreendido em flagrante, abri a boca querendo dizer alguma coisa inteligente e inesperada, mas tudo o que fui capaz de pronunciar foi um lacônico...

– Olá!

Só isso, Ethan? Dois dias procurando pela "menina

dos livros", algumas frases ensaiadas, e tudo o que você disse foi... olá? – recriminei-me em pensamento.

Ela posicionou o marcador de página no local em que a leitura foi interrompida e fechou o livro. Eu continuava com os olhos fixos em seu rosto. Ela me olhou de forma terna, como se reencontrasse um velho e querido conhecido. A luz branca que vinha do poste de iluminação e escorria por seus cabelos ruivos repentinamente se apagou. Senti um frio inesperado. Seu rosto, agora sob a influência das cores da noite, era ainda mais bonito. Seus traços ficaram mais delicados. Os olhos verdes refulgiam na semiescuridão como os olhos de um gato em perigo. Havia um brilho macio naquele olhar. Por um instante, pensei que ela iria simplesmente se levantar e sair, mas nossos olhos se encontraram novamente, e ela sustentou o olhar fixo em mim por um pouco mais de tempo. Senti que ela me estudava. Havia, definitivamente, alguma coisa em mim que a interessava.

Houve uma nova pausa, provavelmente de apenas um segundo ou dois segundos. Um piscar de olhos que demorou anos, mais as três palavras que se seguiram, fizeram meu corpo inteiro gelar.

– Oi. Tudo bem?

Quando ela falou, as palavras foram pronunciadas lentamente e um sorriso surgiu em seu rosto. Será que ela havia me reconhecido, lembrando-se da primeira vez que nos vimos? Eu devo ter corado diante daquela possibilidade.

A luz do poste acendeu novamente. Senti o sopro

fresco da noite um pouco mais forte e fiquei em silêncio, absorvendo suas pequenas lufadas antes de dizer qualquer coisa.

– Tu-do ótimo... E com vo-cê? – respondi, com um leve gaguejar, sentindo a adrenalina correr pelo corpo e sem conseguir esconder o sorriso que involuntariamente se abriu no meu rosto.

Estava nervoso. Ela percebeu e sorriu novamente. Depois, olhou para cima, preocupada, e então tudo aconteceu rapidamente. Foi naquele instante que a vida me ensinou uma dura lição: nunca, jamais, em hipótese alguma, comemore a sua boa sorte sem que todos os acontecimentos tenham se realizado.

Sem qualquer anúncio prévio, o céu se abriu e um verdadeiro dilúvio caiu sobre a cidade. Tenho dúvida se não caiu unicamente na pracinha. Quem sabe somente sobre nós dois. Talvez apenas no banco dela. Anestesiado, eu não sentia nada. A água caía a cântaros do céu, como se estivéssemos debaixo de uma mangueira aberta.

– Preciso ir – disse ela enquanto recolhia os livros e os colocava com incrível velocidade dentro da bolsa.

– Espere! – chamei, levantando-me do banco.

– Não posso! – respondeu ela, correndo na direção da rua, sem olhar para trás.

Ela corria com a bolsa colada contra o peito. Sua ação demonstrava claramente que não estava preocupada em se molhar, mas em proteger os livros na bolsa. Toda a sua atenção e cuidados estavam voltados para eles. Certamente não queria que fossem danificados pela chuva. Deveriam ser muito importantes.

Dessa vez, de forma consciente, não fiz nenhuma menção de segui-la. Minha intuição dizia que ela havia se lembrado de mim e que demonstrara breve interesse ao me observar. Isso ficou claro quando nossos olhares se cruzaram. Por outro lado, o mesmo olhar dizia que eu não fosse atrás dela, quando respondeu "Não posso!".

Parado na chuva, vi que ela corria na direção da igreja. Então, ouvi vozes e risos atrás de mim. Virei-me por instinto. Uma jovem, acompanhada de seu namorado, ria de seu companheiro, que tentava, desastradamente, talvez pela pressa, abrir um guarda-chuva. Quando me virei novamente, ela havia desparecido. Era impressionante sua capacidade de desaparecer bem diante de meus olhos. Parecia um fantasma. Olhando com mais atenção, deduzi que, muito provavelmente, ela tivesse corrido na direção da ruela da lateral direita da igreja.

Era possível que um carro a esperasse ou que seu carro estivesse estacionado naquele lado. Pode ser que tenha buscado a proteção oferecida pela marquise do pequeno camelódromo que ficava logo à frente – tergiversei em voz alta.

Eu a perdera novamente. Minha cabeça ficou vazia por um instante. Desapontado, permaneci de pé. Olhei ao meu redor e não encontrei mais ninguém. Sebastião havia fechado seu carrinho de pipocas e buscado abrigo na entrada da igreja. Quanto a mim, não me importava com a chuva que seguia caindo forte. Talvez a água carregasse, através do pequeno córrego que se formou junto ao meio-fio, toda a decepção que eu sentia.

    Não demorou para que a frustração se transformasse em irritação quando, não mais do que dez minutos após a chegada da chuva, o céu a recolheu com a mesma rapidez com que a despejou sobre nós. Logo em seguida, já se podia ouvir o estridular dos grilos em meio à folhagem e o coaxar distante de um sapo.

    Parece que o turbilhão de água que desabou sobre nós veio apenas para afastar a "menina dos livros" de mim mais uma vez. Seria esse um sinal dos Céus de que eu não deveria mais procurá-la? Fosse isso ou não, o fato é que eu não estava disposto a abrir mão dos meus objetivos. Algo me dizia que a "menina dos livros" mudaria a minha vida para sempre.

    O pequeno e metódico mundo em que me acostumara a viver estava sendo colocado de cabeça para baixo. Era preciso retomar as rédeas da situação, recuperar a razão e tentar encontrá-la novamente.

    Algum tempo depois, como o fim de uma música em que o som vai gradativamente diminuindo, minha raiva transformou-se em lamento. Carente de opções, decidi voltar para casa. A imagem dela me fez companhia durante o trajeto. Pensava nas poucas palavras trocadas com a "menina dos livros" e no quanto sua voz era encantadora.

"– É tão lindo este lugar à noite – falei.
   – É verdade – ela respondeu.

– O que você está lendo?

– Um romance.

– Importa-se que me sente ao seu lado para ver o livro?

– Claro que não. Pode sentar-se.

Minha mente acelerada criava diálogos imaginários, diálogos adiados pela chuva inoportuna.

Em casa, acomodado no meu quarto, reconheci que não havia mais nada a ser feito naquele dia. A solução era dormir – não consegui, obviamente – e recomeçar a procura no dia seguinte. Pode ser que o destino tenha resolvido fazer travessuras comigo, mas não me impediria de reencontrar a "menina dos livros". Desistir não era uma opção, e os contratempos só faziam aumentar a minha determinação.

Seria possível, de fato, amar alguém à primeira vista? Determinar o instante exato do despertar do amor por alguém? Era como se a conhecesse havia muito tempo e a tivesse esperado por toda a vida. Nossos olhares pareciam ter se reconhecido após longa espera. É possível amar alguém após o primeiro olhar? – perguntei-me novamente. Naquele longínquo 1992, esse era o meu dilema, e eu não tinha uma resposta minimamente satisfatória para ele.

Preciso encerrar por hoje, Tomás. O corpo há muito me cobra repouso. Faltam-me forças. Descanse você também."

✳✳✳

Seguindo o conselho do pai, Tomás interrompeu a leitura. Os olhos estavam um pouco cansados. Precisava fazer uma pausa.

Foi até a estante, retirou o marcador de páginas que estava no interior de um livro já lido – O Pequeno Príncipe –, posicionou-o entre as folhas soltas da carta para delimitar o ponto em que havia parado. Feito isso, guardou o material no mesmo esconderijo de antes, a gaveta da cômoda, entre as apostilas escolares. Espreguiçou-se, dando uma leve alongada, e foi até a janela do quarto. No meio do céu, o Sol brilhava forte, iluminando, com sua luz amarelada, o horizonte arborizado. Na parte do gramado da propriedade, de onde conseguia avistar as sombras das árvores, estas ainda estavam pequenas. O calor era intenso e só começaria a diminuir em algumas horas, quando as sombras começassem a ficar gradativamente maiores por sobre o tapete verde do relvado. Com exceção do pio distante de alguns pássaros e da canção de uma nota só produzida por uma cigarra, tudo estava quieto ao redor.

Debruçado no parapeito da janela, observando o morro arborizado e em suave declive, que se destacava no horizonte, o rapaz pôs-se a pensar no dilema do pai. Seria mesmo possível amar à primeira vista?

A impressão, pelo que lera na carta até agora, era de que o jovem Ethan estava apaixonado pela "menina dos livros". O que Tomás não sabia era se a história contada fazia parte do mundo real ou não passava de ficção. Ainda não compreendia as intenções do pai com aquele conto.

Tomás fechou a janela e deitou-se na cama com os

braços cruzados atrás da cabeça. No silêncio do quarto, uma ideia passou pela sua mente na velocidade de um raio. Passou, esse era o tempo verbal correto, porque ele a descartou de imediato, afinal, sondar a mãe, ainda que de forma discreta, sobre uma paixão que o pai tivera antes de conhecê-la seria muito perigoso. Estava diante de um campo minado no qual não poderia se meter. Uma leve desconfiança da mãe poderia desencadear uma série de eventos de consequências imprevisíveis, com efeitos indesejáveis. Não seria justo com o pai, morto, revelar um segredo confiado por meio da carta.

     O rapaz continuou deitado, pensativo, até que adormeceu.

7
Presença na ausência

TOMÁS ACORDOU desorientado. Levou alguns segundos para recobrar a percepção de tempo e espaço e concluir que ainda era sábado à tarde e que estava em seu quarto. Pela janela aberta, não havia sinal de brisa, e as cortinas dormiam, imóveis. O relógio do celular avisava que eram dezessete horas e vinte e um minutos, isso justificava a fome. Aproveitou para conferir as mensagens. À exceção da mensagem da mãe, avisando que chegaria somente à noite, as demais ele apagou sem ler, todas conversas inúteis nos muitos grupos dos quais fazia parte. Detestava os grupos do aplicativo. Na maioria das vezes, era adicionado sem autorização; nas outras, por obrigação.

Aproveitou-se da ausência da mãe – não estava disposto a dar mais explicações por estar no quarto –, desceu até a cozinha, montou um generoso sanduíche de pão italiano, ajeitando, de forma simétrica, o queijo, o presunto, o tomate e a alface. Pegou uma garrafa de água mineral com gás e voltou para o quarto, onde repetiu o cerimonial de antes: trancou a porta com a chave por dentro, retirou a carta do esconderijo, dirigiu-se até a escrivaninha, encontrou o ponto em que havia parado a leitura e reiniciou-a. Entre uma página e outra, mordia o sanduíche.

✳ ✳ ✳

"Hoje é meu aniversário. O último!

Estou sozinho em um quarto de hotel. Quis o destino – sempre ele – que a única data disponível para o novo tratamento a que aceitei me submeter fosse justamente o dia do meu aniversário.

Há pouco, uma forte tempestade se abateu sobre a cidade. Raios, relâmpagos, trovões, até uma rápida chuva de granizo causou transtornos a pedestres e motoristas. Meu quarto fica no 15º andar e, da janela, acompanhei as pessoas que, da minha visão, mais pareciam formigas, correrem de forma desordenada em busca de proteção. Felizmente, em seguida, tudo parou e surgiu um belíssimo arco-íris que aparentava emoldurar a selva de pedra até onde minha vista alcançava. Suas cores eram tão vívidas, que davam a impressão de que poderiam ser tocadas com as mãos.

O episódio me fez refletir e olhar para dentro de mim. A natureza nos lembra de que a alegria sempre pode vir após o desespero. Pensei no câncer. Talvez, depois da tempestade que caía na minha vida, um arco-íris estivesse à minha espera.

Meus pensamentos, então, foram interrompidos. Na

rua, do nada, o arco-íris foi embora e a chuva voltou, desta vez mais forte.

A mudança brusca no tempo me fez reformular a filosofia anterior, pois percebi, então, que a alegria – o arco-íris – muitas vezes não passa de ilusão temporária.

Eu sei que era um pensamento negativo, até fúnebre, mas não me culpe por ficar depressivo. Essa doença é terrível.

Saiba que sua mãe insistiu para me acompanhar nessa viagem. Ela esteve comigo em todos os tratamentos realizados até agora, mas, dessa vez, não aceitei sua companhia. Precisei ser firme. O médico garantiu que os efeitos colaterais seriam leves e que eu aguardaria por algumas horas no hospital até ter condições de voltar para o hotel. Além do mais, tenho a exata noção do tamanho do sacrifício que Cecília faria para estar aqui. Ela tem seus compromissos profissionais. E não podemos nos esquecer de você, Tomás. Sempre é bom lembrar que você também faz parte desta história: o Tomás bebê, que chegou numa manhã fria, antes do prazo previsto pelos médicos, e nos brindou com uma overdose diária de felicidade, modificando nossa vida para sempre.

Como poderei lhe agradecer pelos quase quatro anos que pude fazer parte da sua existência? Pelas incontáveis horas de alegria? Pelo sorriso fácil e gostoso que me enchia de felicidade, mesmo nos dias em que o corpo, curvado pela dor, chorava?

Caso haja vida depois da morte, como dizem alguns amigos, levarei comigo, na memória, o som alegre da sua gargalhada. Como posso lhe agradecer por ter tornado alegres meus últimos momentos nesta vida?"

✲✲✲

"Você está fazendo isso neste momento, pai" – disse Tomás, emocionado, interrompendo a leitura.

✲✲✲

"Em razão da viagem, decidimos comemorar meu aniversário na véspera, eu, você e sua mãe. Fomos até uma cidade litorânea relativamente próxima e almoçamos em um restaurante com ampla área de lazer. Nós nos divertimos muito, você mais do que todos.

No dia seguinte, antes de amanhecer, despedi-me de vocês dois – você ainda dormia – e segui para o aeroporto. A partida, bem no dia do meu aniversário, era um lembrete desagradável de que eu estaria ausente nesse e em todos os aniversários futuros.

No aeroporto, enquanto aguardava o horário do voo, comecei a rabiscar num papel algumas das incontáveis coisas que o tempo me impediria de fazer com você.

Não terei tempo de conhecer seus sonhos.

Não terei tempo de viajar com você.

Não terei tempo de ouvir seus segredos; de pai para filho, de homem para homem.

Não terei tempo de assistirmos juntos, no estádio, ao jogo de futebol do nosso time.

Não terei tempo de vê-lo entrar na universidade, formar-se.

Não terei tempo de ensiná-lo a fazer a barba.

Não terei tempo de andar de carro com você ao meu lado, no banco da frente.

Não terei tempo de conferir suas notas escolares.

Não terei tempo de conversar com você sobre literatura brasileira, a saga dos Terra e dos Cambará, em O Tempo e o Vento; ou discutir se Capitu traiu Bentinho, em Dom Casmurro.

Não terei tempo de brigar com você por ser um adolescente que se comporta como um adolescente.

Não terei tempo de, ainda que eu mesmo não saiba, ajudá-lo a estudar regência verbal.

Não terei tempo de lhe mostrar meu primeiro fio de cabelo branco.

Não terei tempo de retirar as rodinhas da sua bicicleta e ensiná-lo a andar sem elas.

Não terei tempo de andar ao seu lado na montanha-russa, porque só aceitam passageiros com mais de um metro e quarenta centímetros de altura no parque.

Não terei tempo de ser avô.

Não terei tempo de vê-lo crescido e, ainda assim, chamá-lo de – meu pequeno.

A lista cresceria ao infinito caso eu continuasse relacionando as atividades, porém o mais doloroso é não ter tempo para garantir que você não me esqueça. Não ter tempo de estar presente na sua vida, a ponto de, na escola, quando a professora pedir que desenhe sua família, no rudimentar desenho de bonecos palitos, no papel estejam apenas você e sua mãe."

✻ ✻ ✻

Tomás tirou os olhos do papel, olhou na direção da janela, fitando o vazio. Seus dedos tamborilavam na escrivaninha enquanto surgiam lembranças de quando era criança, nos primeiros anos de escolinha. A figura do pai sempre fazia parte da sua representação de família no desenho, mas era retratado com asinhas e auréola de angelicais. Essa era a imagem que sua mente infantil fazia dele, afinal, quando perguntava à mãe o motivo pelo qual os outros amigos tinham pai e ele não, ela respondia – seu pai está no céu e, de lá, como um anjo, cuida de nós.

A leitura prosseguiu.

✻ ✻ ✻

"Queria poder ter certeza de que saberia a exata dimensão do meu amor por você.

É muito difícil aceitar a inevitável despedida. Essa é a maior dor que o câncer tem produzido em mim.

Ontem, sentei-o no meu colo e falei o quanto o amo. Também conversei sobre saudade. Você me olhou, prestava atenção enquanto eu falava. Eu queria muito saber no que estava pensando, o que se passava na sua cabeça. Quem sabe tenha entendido minhas palavras, talvez mais do que eu pudesse imaginar. Quando parei de falar, você segurou no meu polegar e começou a raspar sua unha na minha, do mesmo jeito que fazia quando estava com sono. Pode ser que estivesse tentando me dizer que hoje não era eu quem estava tomando conta de você, mas você de mim. Depois, seus olhos me encararam por alguns instantes, um sorriso se abriu na sua boca e você apertou o meu nariz. Eu o levantei no alto. Você deu uma gargalhada. Aquela era uma de suas brincadeiras favoritas. Depois, abracei-o com mais força e disse:

– Meu pequeno, você é e sempre será meu melhor amigo!

Certamente, você não se lembrará de nada disso; eu, entretanto, jamais me esquecerei.

Por conta de todos os meus medos e fantasmas, seguirei lutando, trocando golpes com a morte. Quero ficar de pé no ringue o maior tempo possível para estar com Cecília e para ajudá-la a cuidar do pequeno Tomás. Você!

Quando fecho os olhos e me ponho a refletir sobre o fim da minha jornada, tenho a convicção de que me dedicar a vocês dois é a única razão que me faz querer estar neste mundo. Amar minha esposa, amar meu filho. Cuidar de suas preocupações – das necessidades, no seu caso. Esse é o sentido do sopro de vida que ainda me sobra."

＊＊

Com lágrimas descendo pelo rosto, Tomás largou a página sobre a escrivaninha e foi até a janela. Respirou fundo. O ar logo invadiu os pulmões. Estava mais fresco em razão da tarde que chegava ao fim. Depois de alguns minutos, retornou para a carta.

✳ ✳ ✳

"Para muitas pessoas, a vida é algo repleto de arrependimentos, principalmente para quem se descobre no fim dela e tem de lutar, inutilmente, contra o desejo utópico de fazer o tempo voltar para reviver e modificar alguns trechos da existência.

Apesar de a vida ter permitido que eu realizasse alguns dos meus sonhos, alguns deles não terei tempo para correr atrás. Vou me despedir desta existência levando arrependimentos por muitas coisas que fiz e por outras tantas que deixei de fazer (mais adiante, falarei sobre meu maior arrependimento). Estas últimas são as que machucam mais. Com a vida chegando ao fim, não tenho mais tempo para aparar muitas das arestas que ficaram pelo caminho, tampouco modificar aquilo que ficou no passado. Ainda posso, é verdade, juntar algumas pontas soltas da minha vida; remediar outras, porém as situações que hoje mais me machucam são irreconciliáveis, páginas viradas de um livro que não permite retroceder para ser reescrito.

Por tudo isso, Tomás, quero que prometa jamais deixar que alguém faça pouco caso dos seus sonhos. Nunca, em hipótese alguma, abra mão daquilo que deseja em nome da vida que outros desejam que você viva. Ela é sua. Viva à sua maneira.

No fim da jornada, as pessoas que têm a oportunidade – essa é a grande vantagem de saber quando vai morrer – costumam fazer um balanço existencial e somente no fim é que se dão conta de que muitos sonhos e desejos foram deixados para trás. Muitos morrerão sabendo que boa parte de seus ideais, de seus projetos, não aconteceram por decisões equivocadas ou que nunca foram tomadas.

A saúde, muitas vezes, é traiçoeira, pois nos dá a falsa sensação de liberdade e cria a perigosa ilusão de imortalidade, de que somos seres infinitos, de que as pessoas que estão ao nosso redor estarão sempre ali, até o instante em que a saúde do corpo nos abandona. Então, a percepção do equívoco chega tarde demais, quando não há tempo para desfazer ou mudar as consequências das ações e das omissões.

A vida é breve demais! Fagulhas, faíscas, sopros, sussurros, lampejos. Um piscar de olhos e partimos! Basta que um microscópico vaso capilar se rompa para que tenhamos a real noção da nossa vulnerabilidade e de quão efêmera é a vida que julgávamos infinita.

Sempre ouça seu coração, meu filho. Quando tiver de tomar qualquer decisão ou encontrar qualquer caminho na vida, ouça seu coração. Silencie, torne o mundo ao seu redor silencioso, como se nada mais existisse, e dialogue com ele. Abra seus ouvidos para sua voz interior e jamais abra mão de seus sonhos. Nada é mais importante do que eles.

Vamos voltar à história dela?

As semanas seguintes foram de suspense, esperança e tédio. Desde a última vez que encontrei a "menina dos livros", sempre que o trabalho e a faculdade permitiam, andava pela cidade, principalmente nos lugares onde a avistei anteriormente, na tentativa de dar um empurrão no destino, fazendo com que nossos caminhos se cruzassem novamente.

No lado sul do Lago São Francisco – onde a vi pela primeira vez –, em uma grande área arborizada, com vegetação mais densa e vista privilegiada de quase toda a área do parque, há um charmoso quiosque. Nele, além de serem servidos lanches, sucos e outros quitutes aos visitantes, oferecia-se sombra e proteção contra as intempéries do tempo. Aproveitei-me da excelente localização e visão que aquele local me ofertava e sentei-me em uma mesa mais afastada. Ali montei meu quartel-general de vigilância. Quase todas as tardes, entre o horário de saída do trabalho e o início da faculdade, eu me sentava sempre no mesmo lugar e ficava a observar o parque, as pessoas.

Depois de alguns dias, Daniele, a proprietária do quiosque, que também fazia as vezes de atendente, além de me tratar pelo nome, não anotava mais meu pedido. Cumprimentava-me na mesa já trazendo um sanduíche natural e um suco de abacaxi, sem açúcar. Não sou de muitas variações de cardápio. Não me importo de comer a mesma coisa sempre.

Eu e Daniele criamos o que poderíamos qualificar como intimidade. Sempre que o movimento estava baixo, muito comum nos fins de tarde, pois sua hora do rush era mais cedo, ela sentava-se comigo na hora do lanche e ficávamos conversando sobre trivialidades. Durante a conversação, eu permanecia atento ao movimento em torno do lago.

É bom deixar claro que ficar diariamente no parque implicou numa pequena e vantajosa mudança na minha rotina. Antes de conhecer a "menina dos livros", depois que saía do escritório, lá por volta das dezessete horas, eu rumava até o único shopping center da cidade. Aproveitava as facilidades do local para lanchar, verificar o material da aula da noite, estudar ou apenas matar tempo até o horário do início da aula, oficialmente agendada para as dezenove horas e trinta minutos. Todas essas atividades eram passíveis de serem feitas ali no parque, na "minha mesa" do quiosque. Como você sabe, Tomás, caso nada tenha mudado, não foi propriamente um grande sacrifício ficar ali, ao contrário, pois, do ponto de vista geográfico, a universidade ficava mais perto do Lago São Francisco do que do shopping, situado no lado oposto da cidade.

Devo confessar que, sem a "menina dos livros", a vista tornou-se cinzenta. O lago não tinha mais o mesmo encanto de antes. Virou elemento secundário de um cenário em que a peça principal estava ausente.

Cada vez que me sentava no improvisado ponto de observação, ouvia a voz que vinha na minha cabeça sussurrar: "você não deveria fazer isso". Talvez, fosse um alerta – eu o ignorava sempre – de que aquele não era o lugar mais sensato para passar meu tempo.

Tudo começara com um trivial e despretensioso encontro e, desde aquele momento, algo crescera dentro de mim e aumentou exponencialmente de tamanho. Criou asas e estava prestes a fugir do controle.

Alguém poderia dizer que tudo isso era exagero, mas

eu não tinha amigos próximos e precisava lidar sozinho com os extremos de ser jovem e de estar mergulhado em incertezas, não só do meu dilema, mas da vida como um todo. Um dia, você compreenderá melhor, ou pode ser até que já compreenda, o que estou dizendo.

No fundo, sentia que toda aquela determinação de nada adiantaria, pois o destino havia decretado que nossos encontros aconteceriam fortuitamente, e a espera poderia ser considerada uma forma de trapaça. Mas estava decidido a continuar com a busca. Nutria a certeza de que nossos caminhos, casualmente ou não, estavam fadados a se cruzarem.

De meu observatório improvisado, dia após dia, sentia as horas passarem vagarosas, com a mesma lentidão de uma semana de chuva, e, a cada dia sem notícia, voltava para casa desiludido, sem saber o que pensar, sem novas ideias ou com estratégias indefiníveis e inconstantes, como nuvens em dias de vento.

Naquela mesa, na minha entediante espera, fui testemunha de todo tipo de mudança climática.

Com a suave melodia cantada pelo tempo, presenciei, na maioria dos dias, o sol de dezembro arder no céu como uma joia, enquanto, nos galhos eriçados das árvores, os pássaros cantavam, aproveitando as luzes do dia, até que, ao findar a tarde, o crepúsculo grave pintava de vermelho-púrpura o horizonte.

Houve momentos em que as nuvens brancas se adensavam no céu, enquanto, nas árvores, os pássaros ficavam calados, esperando, assim como eu, por um grande acontecimento. No fim, nada acontecia, tanto para eles quanto para mim.

Também fui testemunha de dias em que a escuridão anunciava a aproximação da chegada de uma boa chuva revigorante, mas, no fim, mudava de ideia e tudo o que caía era um chuvisco indeciso, porém constante. Uma vez que outra, o vento balançava os galhos das árvores, promovendo a algazarra de pássaros que quebravam o ruído monocórdio da chuva.

Assisti tempestades em que os relâmpagos crivavam o céu carrancudo, clareando a escuridão fora de hora, enquanto as trovoadas faziam estremecer a janela de vidro do quiosque.

Certa vez, todo o parque foi coberto por uma angustiante e espessa neblina, que deixava visível apenas parte do tronco das árvores. Não estivéssemos no Brasil, eu diria que aquela era uma típica tarde londrina.

Não posso me esquecer da tarde em que choveu granizo. Pegou todos de surpresa. Foi um corre-corre frenético. Bem acomodado e protegido, egoisticamente sorri quando cadernos, bolsas e pastas transformaram-se em precários escudos de proteção. Não me recrimine. Tenho consciência de que não deveria ter achado graça daquilo, mas a cena foi engraçada, e os pedregulhos que caíam eram inofensivos por serem do tamanho de ervilhas. No fim, ninguém se lembrou dos pedacinhos de gelo. Todos riram da situação e foram embora com uma história para contar.

Assim, arrastaram-se os dias, depois as semanas. Um

mês! Por mais frustrante que fosse a minha situação, ao contrário do que muitos poderiam imaginar, eu conservava a capacidade de sorrir e sempre oferecia um sorriso às pessoas que passavam pela minha mesa, por mais que não tivessem a menor ideia do meu pequeno drama.

No trigésimo terceiro dia, aproveitando-se do fraco movimento, Daniele perguntou-me, enquanto organizava o sanduíche, o suco e o guardanapo na minha mesa:

– Quem você pretende encontrar no parque, Ethan?

A pergunta me pegou de surpresa. Desconfortável – devo ter corado –, ajeitei-me na cadeira.

– Desculpe. Não entendi sua pergunta, Daniele.

– Já faz algum tempo que você vem praticamente todos os dias aqui. A forma com que olha para o lago, para a pista de caminhada, para as árvores, é diferente daqueles que se sentam apenas para apreciar a paisagem. Mesmo nas vezes em que conversamos, seu olhar vive inquieto, sempre procurando algo ou alguém. Desculpe se estou sendo invasiva, mas como você está sempre aqui, e conversamos sobre vários assuntos, já me sinto íntima.

– Está tão na cara assim, é?

– Mais do que imagina – ela sorriu.

– E eu que achava que estava sendo discreto.

– Tão discreto quanto o estouro de uma manada de búfalos – a jovem sorriu novamente, agora com a expressão de desapontamento que fiz enquanto ela estava no meio da frase.

Ainda que a maior parte do tempo você esteja de

bom humor e sorrindo, por trás dessa máscara, a minha percepção é de que há traços de tristeza, solidão, angústia.

– Devo reconhecer que você é boa em analisar pessoas.

– Já me disseram, mais de uma vez, que tenho uma habilidade inata para isso.

– Você está certa desde o início, reconheço. Procuro por alguém, uma jovem, que encontrei no parque em determinada oportunidade.

– E por que quer encontrar a moça?

– Pergunto-me isso todos os dias, pois a vi apenas em duas ocasiões – sorri, sem graça.

– Qual o nome dela? Tanta gente vem aqui. Quem sabe não seja alguém que eu conheça?

– Aí é que está. Não sei o nome dela. Eu a chamo apenas de a "menina dos livros".

– Como não sabe? Você disse que se encontrou com ela duas vezes.

– Sim, eu falei. O que eu não disse foi que não tive nenhuma conversa decente com ela. Na verdade, trocamos pouquíssimas palavras.

– Isso só deixa a situação ainda mais estranha. E por que você a chama de a "menina dos livros"?

– Porque ela carregava nas mãos uma montanha de livros quando a vi.

– Que original! Desculpe, não deveria zombar de você.

145

– Não, tudo bem. Originalidade não é meu forte. Basta ver o que me serve todos os dias – Ethan sorriu, apontando para o sanduíche e para o suco.

– Espere, vamos fazer um pequeno resumo da sua situação – Daniele colocava em evidência todo seu senso prático. – Você está vindo aqui, acredito que já faz um mês, na esperança de rever uma pessoa que viu apenas duas vezes, trocou poucas palavras, não sabe o nome e por isso a chama de moça dos livros?

– Menina – corrigiu Ethan.

– Menina, moça, garota... tanto faz.

– Colocando as coisas com essa objetividade, parece ainda mais estranho e me faz parecer um maluco.

– Muito estranho. Que bom que você concorda. Mas e como ela é? Sem os livros, por favor.

Descrevi resumidamente as características da "menina dos livros" para Daniele, ocultando, é claro, os adjetivos que eu acrescentava quando me recordava de cada traço do seu rosto.

– O que mais chamou a atenção nela, Ethan?

– Ela é misteriosa, e eu gosto de mistérios, eles sempre levam a surpresas.

– Apesar de cabelos ruivos serem a exceção, não consigo me lembrar de ter visto alguma jovem ruiva carregando livros. Tanta gente carrega livros, inclusive você. Achei que pudesse ajudá-lo, mas vejo que não.

– Não se preocupe. Eu não esperava mesmo que você se lembrasse. Muita gente passa por aqui.

– Posso lhe dar um conselho?

– Claro, por favor.

– Não entenda mal o que vou dizer, mas você não precisa passar todas as tardes aqui. Venha sempre que tiver vontade, mas nunca por obrigação ou na expectativa de encontrá-la. Ninguém foge do seu destino. Se estiver escrito que os caminhos de vocês devam se cruzar, não será preciso correr atrás.

Mário Quintana, que eu adoro, tem uma frase que serve perfeitamente para você. Não sei se me lembro das palavras exatas, mas é mais ou menos assim:

"Você pode correr atrás de uma borboleta em todo o campo e nunca pegá-la, mas, se você se sentar calmamente na relva, ela virá pousar em seu ombro."

– É uma boa filosofia.

– Sim. A boa notícia, meu amigo, é que você está apaixonado por essa jovem. A má notícia é que você está apaixonado por essa jovem.

– Apaixonado? Já ouvi piadas melhores, Daniele. Você entendeu tudo errado. Na primeira vez que a vi, aconteceu um pequeno incidente e, desde então, sinto a necessidade de desfazer a má impressão que ficou.

– Se você quiser chamar assim, Ethan, e continuar se enganando, fique à vontade. Eu vejo o jeito como você olha ao redor, procurando por ela. O homem é sempre traído pelo olhar. Os olhos sempre dizem a verdade.

Daniele levantou-se ostentando um sorriso ambíguo, deu uma leve batidinha no meu ombro, pediu licença

147

e dirigiu-se até o quiosque para dar atenção a uma jovem que se aproximava.

– Amor? Será? – pensei.

Não pode ser, sentenciei. As pessoas levam algum tempo para se apaixonar, bem mais tempo que dois breves e casuais encontros, meia dúzia de frases trocadas, a maioria saudações protocolares.

No caminho para a faculdade, continuei tentando me convencer de que não estava apaixonado por ela, mas aí seu rosto surgiu vívido em meu pensamento mais uma vez. Ela exibia o mesmo sorriso de quando me cumprimentou na pracinha.

Eu já havia lido algo sobre lei da atração entre os seres humanos, que os cientistas já conseguiram identificar a existência de uma estrutura localizada atrás do nariz que seria capaz de fazer a conexão entre os feromônios e outras substâncias químicas com o cérebro dos humanos, da mesma forma que acontece com os animais, mas essa era uma área muito espinhosa e bastante controvertida, e nenhum desses conceitos complicados chegava perto de explicar a maneira como me sentia quando estava perto da "menina dos livros".

Tudo o que sabia é que queria estar próximo dela, que constantemente me pegava relembrando sua voz e estremecia só de escutá-la na memória. Minhas últimas linhas de defesa estavam desmoronando, isso eu podia sentir. Definitivamente, eu estava apaixonado pela "menina dos livros".

Naquela noite, a aula foi pouco produtiva. Meu

corpo estava presente, mas minha mente vagava, perdida. Sentia o impacto da ausência.

– Apaixonado – repetia sem parar, em pensamento.

Mais tarde, em casa, deitado, abraçado pelo conforto da minha cama, segurava um antigo livro, uma coletânea de poemas do poeta jacobino inglês John Donne (1572 – 1631), que dias antes havia encontrado na biblioteca. Abri as primeiras páginas, folheei até parar no sumário. A ponta dos dedos guiou a leitura dos títulos até parar em "Presence in Absense". Interrompi a busca e meus olhos correram para a direita em busca do número da página. Manuseei as folhas do livro rapidamente até parar naquela que buscava, a 149. Era um poema curto.

Um a um, os versos juntaram-se até tornarem-se estrofes. Com os olhos arregalados, sentei-me na cama. O texto, escrito havia mais de quatrocentos anos, parecia ter sido feito sob encomenda para mim, da mesma forma como foram criados muitos dos trabalhos do autor, que fabricava poesias sob encomenda para membros da nobreza a fim de garantir sua subsistência, até tornar-se pastor protestante. "Faz parte do jogo da vida" – pensei.

"Ausência, escuta o meu protesto
Contra a tua força,
Distância e duração;
Para os corações constantes
Ausência é presença;
O tempo espera.
Meus sentidos querem seu movimento para fora,

149

Os quais, agora dentro,
A razão vence,
Redobrada pela secreta imagem dela;
Tal como os ricos que sentem prazer
Mais em esconder que em manipular tesouros.
Pela ausência este bom recurso ganhei:
Que posso alcançá-la
Onde ninguém a pode ver,
Em algum recanto fechado do meu cérebro:
Ali a abraço e a beijo;
E assim apreciá-la, e ninguém sente falta dela."

Depois de longo minuto com olhar fixo para a página do livro, fechei-o com força. A capa dura produziu um baque surdo. Ajustei os fones de ouvido, esperei a música começar a tocar, depois cruzei as mãos atrás da cabeça e fiquei em compasso de espera, aguardando a chegada do sono. Pensei no conselho de Daniele. Talvez, ela tivesse razão, eu deveria parar de procurar a "menina dos livros" e deixar a vida seguir seu curso. Talvez, não. Ela era meu destino, e não se pode simplesmente colocar o destino de lado. Não sem consequências.

Não sei por que uma lembrança aleatória surgiu na minha cabeça. Era algo que havia lido não sei onde, nem quando: dizem os poetas que o verdadeiro amor sempre acaba em tragédia. "Que recordação sem sentido" – pensei. Então, dei de ombros e falei sozinho.

– Por mais que eu goste de poesias, é preciso reconhecer que os poetas têm um mundo só para eles, que passa ao largo da vida, a real. Um mundo povoado por sonhos, fantasias e quimeras, onde se refugiam quando a vida lhes vira as costas.

A minha realidade era cristalina. A venda que havia em meus olhos foi retirada. Eu agora enxergava com nitidez. O último mês havia produzido marcas indeléveis na minha alma, marcas que me acompanhariam pelo resto da vida. O encontro com ela me transformou numa pessoa completamente diferente.

Reduzi um pouco o volume da música – Tenessee, de Hans Zimmer –, fechei meus olhos chamando o sono, que veio logo."

* * *

Tomás largou as folhas sobre a cama, pegou o celular e rapidamente localizou a música que o pai havia mencionado. Procurar as músicas mencionadas na carta tornava-se um hábito aos poucos. Tomás criou uma *playlist* no aplicativo do celular, com o título "menina dos livros". O gosto musical parecido facilitava o trabalho.

Devidamente aconchegado na cama, acessou a lista de músicas recém-criada e colocou-a para reproduzir. Num átimo, a canção, serena, invadiu o ambiente, mas o encanto foi logo quebrado por leves batidas na porta.

– Tomás, você está aí? Tudo bem? – perguntou a mãe. Havia preocupação no tom da sua voz.

Ele deu um salto na cama. A carta do pai estava espalhada e não havia tempo para arrumar tudo. Precisava abrir a porta e agir com naturalidade para a mãe não desconfiar.

Tomás levantou-se, foi até a porta, respirou profundamente duas vezes para retomar o fôlego e a calma, então abriu-a.

– Fiquei preocupada, você raramente tranca a porta por dentro – disse Cecília, entrando no quarto.

– Devo ter feito sem perceber, mãe. Estava estudando.

Cecília analisou rapidamente a cena, viu papéis espalhados pela cama, mas não foram eles que prenderam a sua atenção.

– Essa música – a tristeza, fruto da saudade, impregnada na frase, chamou a atenção de Tomás. Ele notou que lágrimas discretas que pediam passagem umedeceram os olhos da mãe, fazendo-os brilharem instantaneamente.

Cecília sentiu a emoção chegando de forma atropelada. Ouvir aquela música trazia lembranças do marido. Além disso, encontrar o filho ouvindo a mesma música de que o pai gostava produziu um duplo efeito emotivo, difícil de controlar.

– O que tem a música?

– Ethan adorava – a voz estava levemente embargada.

– Nossos gostos musicais são bem-parecidos, você sabe, mãe – desconversou Tomás.

Embora tivesse a mesma predileção musical do pai, especificamente quanto à música que ouvia, isso ocorreu por influência direta dele, ainda que estivesse morto havia quase catorze anos. Soava estranho, de fato era, mas a explicação – simples – para a escolha da música, ironicamente, estava sobre a cama, bem ao alcance da mãe.

– Sim, claro. Nisso vocês são idênticos – falou baixinho, um pouquinho acima do tom suave da melodia da música.

– Como passou a tarde? – perguntou Cecília, mudando o rumo da conversa, muito embora a música, que continuava reverberando em seus ouvidos, monopolizasse a atenção de seu cérebro.

– Neste quarto. Estudei. Dormi. Estudei.

– Parece que teve uma tarde divertida, então.

– A senhora não imagina o quanto.

– Está com fome? Posso preparar alguma coisa para nós, ou quem sabe peçamos pizza?

– Pizza! – respondeu Tomás, de imediato, enquanto organizava as folhas da carta com falsa naturalidade. Era a segunda vez que a mãe chegava muito próximo de descobrir seu segredo.

– Calabresa, como sempre?

– Sim, não sou muito de variar o cardápio – sorriu.

– Como seu pai. Quando gostava de algo, pedia sempre a mesma coisa.

– Até hoje, eu não sabia disso – Tomás optou por um comentário ambíguo, em vez de mentir. Afinal, realmente havia descoberto hoje mais essa coincidência. Muito embora a informação tivesse vindo da carta, não da mãe.

– Você se parece em muita coisa com seu pai. Vou fazer o pedido da pizza, então. Depois, enquanto ela não chega, aproveito para tomar um banho. Estou precisando depois do tanto que caminhei hoje. Desça assim que puder.

– Certo, mãe.

Depois que Cecília saiu e fechou a porta do quarto, Tomás respirou aliviado. A carta e a história da "menina dos livros" permaneciam da forma que deveriam ser: um segredo.

✳ ✳ ✳

– Seu filho é esperto – sorriu Julião.

– Puxou ao pai – Ethan respondeu.

– Seu segredo – Julião fez sinal com os dedos para indicar "entre aspas" – estará bem guardado. Mas sabemos que, mais dia, menos dia, ela terá acesso à carta.

– Sabia que isso aconteceria desde o momento em que tive a ideia de escrevê-la. Não fará mal à Cecília conhecer todos os detalhes, muito pelo contrário.

– Você teve a ideia? – Julião soltou uma gargalhada.

– Tudo bem, a ideia foi sua – falou Ethan, dando-se por vencido.

– Creio que nossa tarefa está encerrada por hoje. Vamos? – convidou o mentor.

– Você manda. Sou apenas um simplório aprendiz – respondeu Ethan, fazendo uma exagerada reverência.

Sorrindo, os dois deixaram o ambiente. Tudo corria conforme planejado pelos amigos espirituais encarregados da recuperação de Ethan. Mas ainda era muito cedo para comemorar. Dias difíceis estavam por vir.

8

Despedida

DE VOLTA à leitura das cartas...

"Era uma manhã típica de um domingo de dezembro nos campos de cima da serra. Faltavam nove dias para o Natal. O Sol âmbar – pendendo mais para o amarelo do que para o laranja – já estava postado no céu azul sem nuvens. Seu brilho se esgueirava pelas frestas da persiana quando me levantei, sonolento. Com os pés descalços – a temperatura estava agradável –, desci pela escada e segui o rastro do aroma de café emanado da cozinha.

À medida que me aproximava, o som de xícaras tocando os pires ficava mais forte, assim como o aroma do café.

– Bom dia, Ethan – disse mamãe, tão logo apareci na porta da cozinha.

– Bom dia, filho – papai falou com um *delay* de

alguns segundos após a primeira saudação porque estava terminando de mastigar um pedaço de bolo de milho.

Zilda, sua avó, Tomás, era descendente de italianos nascidos na Sardenha, sul da Itália, e mantinha as características físicas mais marcantes do povo daquela região, ou seja, cabelos pretos, olhos castanhos, pele clara. Já Félix, seu avô, descendia de alemães nascidos em Leipizig, na Saxônia, região leste da Alemanha. Foi dele que herdei meus traços físicos.

A união entre italianos e alemães é algo bem corriqueiro por aqui, afinal, como você sabe, são dois povos com presença ativa na colonização da região.

– Dormiu bem? – perguntou ela.

– Relativamente bem.

– Aconteceu algo?

– Não, imagine. Apenas despertei uma ou duas vezes sem motivo aparente. Não se preocupe.

Ocultei a informação de que tive pesadelos praticamente a noite inteira porque mamãe dava muita importância a eles.

Do pequeno trecho que me recordo do sonho, eu e papai estávamos subindo, chorando, uma coxilha nas imediações de um imenso vale.

– Sente-se aí e venha tomar café conosco. Pegue um pedaço de bolo antes que seu pai coma tudo.

– Seja rápido, porque é isso que vai acontecer – ele

complementou, sorrindo, com um farelo de bolo no canto da boca.

Então, sentei-me, servi-me de generosa xícara de café, um pedaço do bolo, que estava simplesmente delicioso – sua avó era ótima na cozinha –, e ficamos ali, conversando animadamente, algo possível de acontecer apenas aos domingos devido à dificuldade de conciliar as rotinas de cada um.

A expectativa, naquele domingo comum, era de se ter uma manhã tranquila. O que eu não poderia imaginar é que aquela cena nunca mais se repetiria e que aquele domingo comum, que tinha tudo para realmente ser tranquilo, apesar de iniciar de forma agradável, começaria a dar errado pouco tempo depois."

※ ※ ※

Sentado em sua escrivaninha Tomás soltou a carta sobre a bancada, levantou os olhos e pensou sobre o trecho lido. Podia antever que o domingo citado pelo pai havia sido marcado por algo triste. E não estava errado em sua dedução.

Assim como na carta, a sua manhã de domingo havia começado de forma calma. Na noite anterior, ficou conversando com a mãe, assistiram a um filme, tudo enquanto comiam pizza, um programa que havia algum tempo não faziam.

Quando decidiu voltar para o quarto, achou por bem deixar a leitura da carta para o dia seguinte. Então, foi até a estante e pegou o livro que estava lendo antes da descoberta da carta: Dom Casmurro!

– Que coincidência! – falou para si, lembrando-se da citação feita pelo pai.

Para sua sorte – assim pensou –, o dia amanhecera frio e chuvoso, atípico para a época do ano. Lá fora, a chuva caía de forma pesada, criando uma cortina d'água que ocultava as coxilhas ao redor. O vento sul, que envergava consideravelmente o galho das árvores e fazia deitar as plantas rasteiras, também impulsionava a chuva. Os pingos chocavam-se com violência contra o vidro da janela.

Tomás ficou satisfeito ao ver aquele cenário quando abriu a cortina, porque era a desculpa perfeita para permanecer no quarto lendo a carta do pai sem ter que dar muitas explicações.

Ele recomeçou a leitura ávido por mais informações sobre a "menina dos livros", mas aquele trecho revelaria mais um triste acontecimento na vida do pai...

✳ ✳ ✳

"Tudo aconteceu muito rápido.

Depois do café, fomos caminhar os três do lado de fora do casarão. Mamãe orgulhava-se de manter tudo de forma impecável. O gramado era conservado sempre na mesma altura, as flores e árvores recebiam o tratamento específico para cada espécie. Era revigorante aproveitar um dia de sol naquela parte da propriedade.

Caminhávamos tranquilamente nos passeios que

circundavam o pomar, cuidadosamente cobertos por uma fina camada de cascalho. Naquele ano, ameixeiras, pitangueiras e pessegueiros estavam excepcionalmente carregados de frutos, prontos para serem colhidos. A visão e o aroma eram espetaculares. Mamãe caminhava orgulhosa por entre os galhos envergados pelo peso das frutas.

Colhi uma ameixa especialmente vistosa, precisei dar um pequeno pulo para alcançar o galho e, depois, fazer força para envergá-lo a fim de pegar a ameixa mais apetitosa, ao menos para meus olhos, muito embora tivessem outras mais fáceis de serem alcançadas, talvez com a mesma cor e tamanho. Mas eu queria aquela! Quem nunca fez isso que atire a primeira pedra.

Esfreguei a fruta na camiseta, deixando-a com aspecto lustroso, e dei uma generosa mordida enquanto apertava o passo para alcançar meus pais, que já haviam passado, naquela altura, pelas jabuticabeiras cobertas de flores – era a segunda florada do ano – e caminhavam por entre os parreirais de uvas, cujos cachos ainda não estavam no ponto de colheita, embora tivessem um tamanho considerável. Minha mãe sempre repetia que o cultivo de uvas requeria paciência, principalmente naquela fase. Era preciso esperar a natureza fazer a sua parte e torcer para que houvesse chuva suficiente para manter o solo úmido, além de sol e calor que garantissem a fotossíntese e os processos químicos que amadurecem os grãos de uvas.

Aumentei o ritmo das passadas para alcançá-los. Longo na entrada dos parreirais, mamãe mandou confeccionar uma belíssima peça artesanal insculpida a partir de um bloco sólido de madeira, no qual cunhou a frase "Bendita seja a mão que colhe a uva", de Hafiz, poeta persa do século XIV.

– Mais um mês e estarão boas – ouvi minha mãe dizer, enquanto me aproximava do casal.

De repente, ela parou sem motivo aparente e apoiou a mão esquerda em uma das estacas de bambu que davam sustentação ao parreiral.

– Tudo bem, Zilda? – meu pai perguntou.

A respiração estava pesada. Ela demorou alguns segundos para responder – parecia desorientada – e, quando o fez, a fala saiu enrolada.

– Estou tonta. Não consigo enxergar direito – disse, com muita dificuldade.

– Apoie-se em…

Papai não conseguiu completar a frase, pois ela perdeu o equilíbrio, a força nas pernas, e caiu.

Tentamos levantá-la, mas ela gritou de dor.

– Peça ajuda ao doutor Friedel e ligue para a emergência. Ele pode nos auxiliar com o primeiro atendimento até que o carro chegue – gritou ele.

Saí correndo na direção do casarão, que parecia estar mais distante do que realmente estava.

Entrando em casa, corri em direção à sala. Tentava manter a calma, embora fosse quase impossível. Peguei a agenda de telefones, que estava ao lado do aparelho, e procurei o número do médico.

– Encontrei! – disse a mim mesmo, enquanto já girava o disco do telefone, inserindo o primeiro número. O telefone chamou uma vez – espera –, duas vezes – espera –, três vezes. O intervalo entre uma e outra chamada era angustiante, porém, antes que a quarta chamada se completasse, ouvi a voz do outro lado da linha.

– Alô?

Era o próprio Dr. Friedel.

Expliquei a situação o mais rápido que pude. Não me recordo se a fala saiu atropelada ou não. O fato é que ele compreendeu a gravidade da situação e desligou o telefone, depois de dizer: – "Estou indo para aí agora. Pedirei a Ethel que ligue para o serviço de ambulância do hospital".

Coloquei o telefone no gancho. Achei ótimo que o médico pediria à esposa, também médica, que ligasse para o hospital, pois falariam a mesma língua. Enquanto pensava, já corria de volta na direção das videiras. Quando me aproximei, a cena que meus olhos vislumbravam – que jamais esquecerei – permitiam-me, infelizmente, prever o que estava por acontecer.

Meu pai estava sentado, suas pernas serviam de apoio para a cabeça de mamãe. Os olhos dela estavam abertos e fixos para cima, na direção de um grande cacho de uvas, embora fosse impossível dizer se ela realmente estava olhando para ele. Papai tentava falar com ela, mas não tinha resposta.

Quando me aproximei, ele me olhou. Não precisou dizer nada, eu já sabia o que seus olhos perguntavam.

– Doutor Friedel está a caminho – falei.

– Você ouviu, Zilda? A ajuda está chegando. Aguente mais um pouco. Fique conosco.

O estado dela era grave. Não precisava ser médico para concluir isso. Muito difícil não pensar no pior.

Não havia mais dor, mas podíamos sentir sua vida se esvaindo. Não havia pânico em seu olhar, apenas serenidade. Até que os olhos foram se fechando bem devagar, a respiração diminuindo. É difícil transformar a cena em palavras, principalmente para um cético como eu, mas a impressão era de que uma força, uma energia, tivesse tomado conta do lugar. A paz que ela aparentava sentir, suas feições, o ambiente, diziam isso, podiam ser captadas por nós. Então, um véu de escuridão foi descendo sobre seus olhos, que se fecharam por completo para este mundo, e ela expirou pela última vez. Certamente, se pudesse ter escolhido, seria daquela forma que ela gostaria de partir: recostada no companheiro de toda uma vida, ao lado do filho, sob a sombra do parreiral, tendo as árvores e flores que ela cuidava com tanto orgulho como testemunhas. Tudo o que mais amava na vida estava ali, no momento da despedida.

    Meu pai segurou-a delicadamente, endireitou-se e acomodou sua cabeça lentamente no chão. Depois, virou-se e, ajoelhado, pegou uma de suas mãos, enquanto, com a outra mão, deslizou os dedos pela face dela. Havia serenidade em seus movimentos. A voz, embargada e rouca, não conseguiu produzir muito mais do que um leve sussurro, quase inaudível, como se o vento que soprava em volta pegasse as palavras e as devolvesse:

– Adeus, meu amor.

Era a primeira vez que a morte aparecia tão perto na minha vida. A imagem e a curta frase de despedida penetraram sob a minha pele, e eu soube que não sairiam mais. Ficariam ali para sempre, uma marca indelével na minha alma.

Minutos depois, quando Dr. Friedel chegou, não havia mais nada que pudesse ser feito. Mais tarde, ele nos informaria de que minha mãe havia sofrido um AVC. Era para ter sido apenas um domingo comum."

※ ※ ※

Tomás respirou fundo. Era um relato forte. Não conhecia os detalhes da morte da avó. Respirou mais uma vez, largou a página que havia encerrado, pegou a próxima e continuou a leitura.

※ ※ ※

"Permita-me avançar no tempo e pular toda a parte burocrática relacionada à morte, ao velório, às despedidas e ir direto para o cemitério, após o sepultamento de minha mãe. O domingo ainda reservava algumas surpresas.

Mamãe havia sido sepultada na grande capela que a família mantém no cemitério da cidade. Ali jazem os restos mortais da maioria de nossos antepassados. A cerimônia foi breve e as pessoas já começavam a ir embora. Passos lentos e cadenciados, olhos marejados e fisionomias consternadas marcaram o ritmo da caminhada. Dr. Friedel se ofereceu para levar meu pai para casa. Ele aceitou. Estava muito triste, mas se mantinha sereno. Eu me encontrava realmente preocupado com ele, principalmente pensando no momento em que ficaria sozinho em casa. Meu pai já não era mais um menino.

Apesar da minha pouca idade na época, já havia aprendido com a vida que as pessoas lidam com a dor de diferentes maneiras e que, depois de um tempo vivenciando o luto, pouco a pouco, inevitavelmente, todas começam a aceitar suas novas vidas, cada uma a seu tempo. Meu receio era de que ele pudesse esconder seus sentimentos e viver uma espécie de dor sem palavras.

Eu preferi esperar que todos saíssem e permanecer ali sozinho por mais um tempo.

O cemitério, construído numa das partes mais altas e afastadas da cidade, era circundado por morros, cânions e vales. À sua volta, pinheiros e araucárias se multiplicavam até onde a vista alcançasse. Havia, de forma esparsa, algumas árvores de grande porte também, mas eram poucas.

Respirei profundamente. Pude sentir o cheiro de pinho impregnado no ar. A brisa fazia as plantas se mexerem discretamente, como se estivessem vivas. Indiscutivelmente, o lugar poderia ser qualificado como de paz e descanso.

O silêncio ganhava força na mesma proporção em que as pessoas deixavam o cemitério. Eu permanecia em frente à capela, sem me ater ao que ocorria à minha volta. Pouco tempo depois, quando me dei conta, notei que as vozes, os murmúrios, desapareceram por completo. Todos tinham saído – não sei quanto tempo levei para me dar conta disso –, mas a visão periférica identificou um vulto à minha direita. Quando me virei, cheguei a perder o fôlego e fiquei sem reação diante da improbabilidade do que meus olhos enxergavam. O cemitério foi construído há mais de cem anos. Por isso, por toda a parte, era comum deparar-se com um choque de épocas. Modernos mausoléus disputavam espaços com lápides centenárias, escurecidas pela ação das décadas. Em muitas delas, não era possível sequer identificar as datas ou o nome da pessoa, cujos restos mortais ali jaziam. Além disso, capelas ricamente decoradas podiam ser vistas dividindo espaço com sepulturas retangulares sem nenhum aparato arquitetônico, mostrando que também na morte é possível identificar diferenças sociais.

Sempre tive fascínio por cemitérios, principalmente pelos mais antigos. Vejo os chamados "campos santos" como espaço de construção de histórias reais e fictícias. Cada lápide tem algo para contar, seja mediante uma linguagem verbal produzida pelos epitáfios, seja por meio de comunicação não verbal, externada por símbolos, afrescos, arquitetura, dentre outros elementos. Os túmulos podem revelar aspectos da vida, da personalidade do falecido, além de representar ritos de passagem da vida para a morte, expressão de sentimentos, confissões de cunho religioso ou a mortal preocupação de se manter presente no mundo.

E foi entre duas lápides carcomidas pelas intempéries do clima serrano, que certamente datavam do século XIX, pois ambas traziam a cruz das almas – ou cruzeiro, cruz mor, como chamam alguns – fixada em uma pedra colocada sobre uma plataforma com três degraus, característica bem comum das lápides daquele período, que eu a vi.

Ela estava parada, olhar terno, fixo na minha direção. Parecia ter surgido do nada, mas talvez fosse apenas isso, uma impressão, porque, desde o instante em que a tristeza tomou conta daquele domingo, a dor me tirou o interesse pelo que acontecia ao meu redor.

A "menina dos livros" ali, no cemitério, justo no dia do sepultamento de mamãe, era algo surreal, improvável, impossível. O destino – seria mesmo ele? Já não tinha mais certeza – decidiu que nossos encontros seriam, além de casuais, também inusitados. Era ela. Sem dúvida nenhuma, era ela, mas algo estava diferente. Na mão esquerda, segurava um pequeno livro, preto, de capa dura, cujo título estava encoberto pela mão. Usava um vestido preto – não me peça que o descreva, Tomás, porque eu não conseguiria. Era um vestido. Essa informação já basta – o sapato da mesma cor. A cor era apropriada para a ocasião, mas não era isso que estava diferente. Era o rosto. Sim, o rosto. Estava pálido, aumentando o contraste com os cabelos ruivos e os olhos verdes, como a água do mar em dias nublados.

Eu a procurei durante muitos dias, um desejo quase incontido de reencontrá-la, mas aquela, definitivamente, não era a melhor ocasião para revê-la. Porém, há situações que não podemos mudar, e, apesar de não saber como ou de onde ela havia surgido, a realidade – ou não – era que ela estava parada na minha frente. Estávamos sós.

Eu não sabia muito bem o que esperar daquele inesperado e improvável encontro. Internamente, liguei o sinal de alerta. A maior probabilidade era uma ilusão de ótica produzida por um cérebro com o funcionamento prejudicado devido à carga emocional proveniente das circunstâncias do dia.

Então, sem desviar o olhar ou mudar a fisionomia, ela caminhou na minha direção. Ao observar sua aproximação, houve um momento, apenas um momento, talvez pelo modo como ela caminhava, olhando fixamente para mim, que a cena parecia não acontecer no presente, mas já ter acontecido no passado. A sensação era de "déjà-vu".

Ela parou bem na minha frente. Das outras vezes, não cheguei a estar tão próximo da "menina dos livros".

– Sinto muito por sua perda – disse ela. Havia compaixão em seu olhar.

– Muito obrigado pela preocupação – respondi. A voz saiu baixa. Não tinha ânimo para nada diferente disso.

– Desculpe-me por invadir o seu silêncio. Imagino que esteja aqui porque queira ficar sozinho.

Por alguns segundos, meu olhar se perdeu na direção da imensidão verde, com foco numa grande araucária que se destacava das demais árvores. Abaixei, peguei um galho seco no chão.

– Não há necessidade de desculpas. Na verdade, nem eu sei por que fiquei aqui. Talvez porque não quisesse ir para casa ainda, enfrentar a realidade. Não foi um dia fácil.

– Tenho certeza de que não. Nessas horas, o silêncio é nosso melhor conselheiro. Por isso, peço desculpas novamente por invadir seu espaço e atrapalhar seu momento de introspecção.

– Não, tudo bem. Não se preocupe com isso – joguei fora o galho seco que estava na mão.

Você se importa de caminhar um pouco? – sugeri.

Ela pensou por um instante. Algo a preocupava. Deu mostras de que recusaria o convite.

– Não tenho muito tempo. Mas posso acompanhá--lo, se formos breves.

Caminhamos sem falar por algum tempo.

O cemitério, por ser o único da cidade, tinha problemas de espaço. Andamos passos lentos – pelas ruelas estreitas, desviando de anjos de cimento, flores artificiais desbotadas, sempre observados por fotografias sem cor, encarceradas em suas molduras de vidro.

– Sempre que venho a cemitérios, fico pensando nas histórias de vida por trás de cada fotografia. Veja essa – apontei na direção de uma lápide datada de 1901, cujo epitáfio, escrito num português antigo, permanecia perfeitamente legível:

"*Aqui, repousão os restos inanimados de Dona Martta Pereira da Silva e de seu filho João da Silva Guim.es fallecidos a 1ª aos 11 de Julho de 1901 e o 2º a 1ºde maio de 1902. Seu esposo, e pai Sebastião José da Silva Guim.es lhes mandou erigir esta lapida em testem.o de sua pungente dor e saudosa memória. Pede ao leitor um P.N e Ave Maria.*"

Um marido e pai tentando demonstrar, mediante a inscrição de um túmulo, a dor e a saudade pelos entes que partiram. Nota-se também uma dose de preocupação ao pedir orações ao leitor desconhecido.

Essas histórias sempre despertaram minha atenção. Ironicamente, hoje, aqui estou eu, despedindo-me de minha mãe. Alguém um dia verá sua foto, seu epitáfio, e tentará imaginar que história contariam.

Ela não teceu qualquer comentário. Lá estava ele entre nós novamente: o silêncio. Então, seguimos andando. Era possível sentir no rosto o vento suave que soprava. Caminhávamos muito próximos, deixando espaço suficiente para que não nos esbarrássemos acidentalmente.

De repente, ela parou, olhou na direção de um túmulo. A foto em preto e branco mostrava um senhor falecido aos 63 anos. O epitáfio, escrito em letra cursiva, dizia:

– "Que a terra me seja leve" – ela leu.

– Remorso – eu disse, interpretando a frase.

– Há muitas histórias aqui, mas também há mistérios, segredos, mais nos vivos que nos mortos – disse ela, após leve suspiro. Havia tristeza em sua voz.

– Mistérios precisam ser revelados.

– Ou protegidos – replicou ela.

Então, foi como se uma sombra tivesse cruzado seus olhos verdes, como nuvens que se arrastam sob um céu nebuloso. Ela se virou e me olhou de forma terna. Eu devolvi o olhar. Era possível sentir que os dois olhares se igualavam na tristeza, numa dor sem palavras.

– Você está bem? – perguntei, intrigado.

Ela interrompeu os passos e pensou por um momento, como se estivesse escolhendo as palavras cuidadosamente. Até que respondeu, enigmática:

– Dizer que os últimos dias foram agitados, ou emotivos, seria subestimar consideravelmente os acontecimentos. Mas seria egoísmo querer falar disso com alguém que acabou de enterrar a mãe. Tudo fica insignificante diante do que você está passando.

– Pode falar se quiser – menti, na tentativa de ser gentil, mas já odiando o toque de culpa presente no meu tom de voz.

– Melhor nao – ela respondeu. Sabia que eu não seria um bom ouvinte. – E como você está se sentindo? – ela devolveu minha pergunta. – Fique à vontade para não responder. Não me ofenderei se não quiser falar.

– Não sei dizer. Foi tudo tão inesperado. Apesar da sensação de vazio, neste momento estou muito preocupado com a maneira como meu pai vai lidar com a perda dela. Enfrentaremos tudo isso juntos. Apenas gostaria de saber o que fazer.

Vamos seguir por aqui? – apontei na direção da parte mais antiga do cemitério, conhecida na cidade como "cemitério velho". Ainda que não houvesse nenhuma divisão demarcatória entre os dois lados, o nome derivava do fato de ter sido a primeira parte ocupada.

Ela parou subitamente.

– Por aí, não.

Era perceptível que algo naquela direção a incomodava. Não compreendi a reação, mas estava cansado e triste demais para esboçar qualquer ação que lançasse algum tipo de luz sobre a questão. Até porque, essa não era a única interrogação envolvendo aquele encontro. Havia outras; eu colecionava questões sem respostas a cada encontro fortuito: quem seria a "menina dos livros"? Por que, numa cidade tão pequena, era difícil de encontrá-la? Por que saiu correndo quando choveu? O que fazia no cemitério no dia do sepultamento de minha mãe? Veio por minha causa? Como sabia quem eu era? Como soube dos acontecimentos?

– Tudo bem, como quiser – foi tudo o que eu disse. Há situações em que é melhor não dizer nada ou o mínimo possível.

– Preciso ir – ela voltou a olhar na direção do cemitério velho.

Foi realmente uma mudança brusca de atitude. Mas o que eu poderia fazer? Ela percebeu minha expressão confusa.

– Desculpe. Preciso ir mesmo. Disse a você que não tinha muito tempo. Fique bem!

– Vamos nos ver novamente? – foi tudo o que consegui perguntar.

– Parece que sim – disse ela, dando-me as costas.

– Como posso encontrá-la?

A última pergunta ficou sem resposta.

Estranhamente, ela seguiu justamente na direção do

cemitério velho, para onde se negara a ir segundos antes. Cheguei a caminhar naquela direção, mas ela já havia desaparecido da minha vista. A construção desordenada de túmulos e capelas criava um verdadeiro labirinto, impedindo que se enxergasse muito longe. Além disso, uma voz dentro de mim alertava-me para que não permitisse que as emoções controlassem minhas ações, e eu, racionalmente, não conseguia ver nenhum resultado positivo em sair perambulando por entre as sepulturas atrás dela. Nem estava com ânimo para segui-la. Há momentos em que se deve dar um passo adiante; outros, não. Então, dar um passo para trás era a escolha mais inteligente a ser feita. Pensaria sobre o assunto depois, com calma. Decidir ir para casa a fim de ver como meu pai estava. Essa era a maior urgência na minha vida.

Como você já deve ter percebido, Tomás, todos os meus encontros com a "menina dos livros" estavam fadados a iniciar de forma casual e a terminar bruscamente. Teria de me acostumar com isso. Mais uma coincidência? Ou seria um mistério? A explicação era bem mais simples do que se poderia imaginar, embora alguns pudessem ter dificuldade para acreditar nela. Mas não posso cair na tentação de me adiantar.

Quando estava a caminho de casa, lembrei-me de que, mais uma vez, não havia perguntado seu nome.

Eu poderia encerrar aqui o relato de hoje. O computador estava desligando quando me recordei da conversa que tive com seu avô no momento em que cheguei a casa naquele dia. Julgo que suas palavras serão úteis para a sua vida, como foram para a minha. Então, voltei ao teclado para relatar a nossa conversa.

Chegando a casa, encontrei meu pai taciturno, sentado no sofá da sala de estar. Em suas mãos, o porta-retratos que decorava a sala. Nele havia uma foto dele com minha mãe.

Sentei-me ao seu lado, deixei o corpo afundar no estofado e pus a mão em sua perna.

Havia no ar um silêncio infeccionado pela ausência. Um estranho silêncio que reverberava por toda a extensão daquele imenso lugar, que parecia ter ficado ainda maior.

– Como você está, pai? – perguntei, finalmente.

– Bem, na medida do possível. E você?

– Igual – falei a verdade, embora desconfiasse que ele estivesse mentindo e que sua resposta servia apenas para desviar o assunto. O futuro confirmaria minhas suspeitas.

– Ela estava tão feliz. Não se queixava de nenhuma dor ou desconforto. E aí acontece uma coisa inesperada dessas – disse ele, pausadamente, entre um suspiro e outro.

– Ainda não consigo acreditar que ela não está mais aqui. Parece que tudo foi um pesadelo, que ela está lá em cima e que, a qualquer momento, vai descer por aquela escada – respondi.

– Espero estar preparado para viver num mundo em que Zilda não exista. Foi uma vida juntos. Ela foi minha primeira namorada.

À medida que vamos envelhecendo, é inevitável não pensar na morte. Sempre pedi a Deus que eu fosse primeiro que ela. Sua mãe era mais forte que eu. Tenho certeza de que lidaria muito melhor com a situação. Mas aqui estou eu, sozinho.

A conversa seguiu, ele me contou coisas de quando eram jovens, das dificuldades dos primeiros anos de casados, nada que já não tivesse contado algumas vezes, mas percebi que ele queria falar dela, então agi como se fosse a primeira vez que ouvia a história. Até que ele tocou num assunto inédito. Nunca tinha visto meu pai, sempre tão fechado, falar daquela maneira.

– Hoje temos uma excelente condição financeira, Ethan – iniciou ele –, mas nem sempre foi assim. Com muito trabalho, apoiando-se um ao outro, eu e sua mãe construímos tudo o que temos. Entretanto, tanto eu quanto Zilda nunca nos apegamos ao que a vida nos proporcionou em termos de bens materiais. Trabalhamos duro para adquirir uma estabilidade financeira, mais do que seria necessário para vivermos confortavelmente, porém isso sempre foi recebido por nós dois como uma consequência, jamais como a motivação principal do nosso esforço.

Ele fez uma breve pausa. Respirou fundo e secou, com as costas da mão, uma lágrima. E continuou:

– Foram as coisas mais simples que me convenceram de que Zilda seria a mulher com quem eu dividiria toda a minha existência. Ao longo dos quase cinquenta anos que estivemos juntos, nunca privamos um ao outro de externar nossos sentimentos, eles que talvez sejam nosso bem mais precioso. Sempre disse à Zilda o quanto a amava e a sua importância na minha vida. Ela fazia o mesmo. Nunca ficou nada por dizer, uma qualidade a ser destacada, um abraço pendente. Foi assim do primeiro ao último dia. Quis Deus que ela desse seu último suspiro nos meus braços.

Você deve estar se perguntando por que estou dizendo tudo isso, não é? Já chego lá. Nós, advogados, adoramos longas introduções, você sabe disso.

Quando se chega à minha idade, -sepassa-se a ser convidado para muitos velórios. Tenho presenciado amigos com dificuldade de enfrentar o luto em razão da culpa, do remorso ou do arrependimento. Na maioria das vezes, os anos de convívio reprimiram as palavras, os abraços, os beijos, e só foram se dar conta disso na hora em que não era mais possível voltar atrás.

Não sei como vou lidar com a perda de sua mãe, mas nesse aspecto estou tranquilo. Não carrego a culpa por não ter dito a ela tudo o que sentia e o quanto sua existência tornou a minha melhor. Jamais sentirei remorso por ter negado o perdão quando me senti ofendido ou também de tê-lo pedido quando errava. Esse arrependimento não carrego.

Pense nisso, meu filho. Nunca deixe de dizer às pessoas que você as ama, o quanto elas são importantes e o quanto a sua vida é melhor por causa delas. Nunca negue um carinho, um abraço. A vida tem o péssimo hábito de levar as pessoas que amamos de forma inesperada, como fez hoje com sua mãe. Enfrentar a perda já é suficientemente difícil para ter de carregar nas costas também o pesado fardo do arrependimento.

A pior parte de perder de repente alguém que você ama é a dúvida se essa pessoa sabia o quanto você a amava. A dúvida se fez e disse coisas boas o suficiente para compensar todas as coisas ruins feitas e ditas ao longo da vida, afinal, não sabemos se haverá uma segunda chance para reparar os erros. E mesmo que haja, até que a oportunidade chegue, o convívio com o remorso será doloroso.

Aprender como expressar os sentimentos talvez seja um dos maiores desafios da nossa vida. E, possivelmente, o mais urgente deles, pois não sabemos o tempo que ainda temos.

Ele tocou no porta-retratos e fez um leve carinho na foto de mamãe, acariciando seu rosto sobre o vidro. Depois continuou:

– Nunca adiamos um plano sequer. Sempre fizemos as viagens que queríamos fazer. Sempre visitávamos as pessoas que tínhamos vontade de visitar. Sempre ficamos em casa quando desejávamos não fazer nada. Vivíamos o momento. Fazíamos juntos aquilo que nosso coração mandava. Nunca deixamos nenhum plano para amanhã, justamente porque amanhã poderia não mais existir para um de nós dois. Hoje, ele chegou.

Aprendemos, ao longo dos anos, depois de muitos erros, que, para se ter um bom casamento, é necessário equilibrar os desejos, sem permitir que as vontades de um prevaleçam e sobreponham-se aos desejos do outro. Casamento é um contrato bilateral. E um contrato nada mais é do que um acordo que depende, pelo menos, de duas manifestações de vontade para que se forme. Enquanto os parceiros mantiverem o equilíbrio, cumprirem a sua parte do pacto, tudo estará bem.

Como em qualquer outro tipo de sociedade, Ethan, o casamento, para ter sucesso, exige a subordinação, de forma equilibrada, das próprias necessidades às da outra pessoa. Nós, advogados – aqui posso incluir você –, fazemos isso todos os dias, não fazemos? Um bom acordo é aquele em que cada uma das partes cede em alguns pontos e fica satisfeita em outros. Equilíbrio! Mantenha-o e manterá seu casamento feliz por muito tempo. Até hoje, eu e sua mãe cumprimos, de forma rigorosa, a nossa parte no contrato. Por isso, éramos felizes.

Jamais me esqueci dessas palavras, Tomás. Desde que me casei com sua mãe, temos mantido a nossa parte no acordo. Minha vontade nunca avançava sobre os desejos dela. Isso até agora, porque o câncer bagunçou a balança, e hoje vejo sua mãe abrir mão da própria vida para que meus últimos dias sejam melhores. Sou muito grato a ela por mais esse gesto de amor, mas sei que não é justo. Já conversamos sobre isso. Reconheci que tenho quebrado o equilíbrio matrimonial, mas ela discordou do meu ponto de vista, dizendo que tudo o que fez, faz e fará está escrito nas letras miúdas do contrato, aceitas de bom grado quando disse sim ao meu pedido. Essa é sua mãe!

Quanto ao seu avô, a morte voltou à nossa casa para buscá-lo dois anos depois. Apesar da tranquilidade quanto à vida que levou com sua avó, ele jamais conseguiu vencer o luto. Todas as noites, a luz do abajur, que ficava ao lado dela na cama, permanecia acesa. Foi a maneira que ele encontrou para lidar com a sua ausência. Da mesma forma, ele mantinha um rádio sintonizado na estação de que ela mais gostava sempre ligado. Só desligava quando se preparava para dormir ou durante a madrugada, após ter adormecido com ele ligado. Assim tentava enganar o silêncio que a ausência dela produzia.

Papai jamais voltou a botar os pés sob os parreirais onde mamãe morreu. Eu mesmo levei algum tempo, por culpa da rotina e das novas obrigações assumidas. Precisei tomar conta da limpeza de toda a área quando percebi que, abandonada, foi tomada de assalto pelas ervas daninhas, que se proliferaram por toda a parte, crescendo como uma floresta amaldiçoada, verdadeiras sentinelas guardando um castelo de silêncio e de dor.

Ao longo dos dois anos, ele recebeu muitas críticas e conselhos para não agir daquela forma e seguir em frente com sua vida. Explicações de cunho religioso foram despejadas aos montes. Porém, M o que as pessoas não entendem é que, quando se está no meio de um processo de luto, a última coisa que se quer ouvir são conselhos ou conceitos religiosos.

Por várias vezes, eu mesmo tentei fazer com que ele desistisse dessa decisão, mas seu avô era uma pessoa muito inteligente, e eu não tinha argumentos nem força suficientes para fazer com que ele mudasse de ideia. Era o jeito dele de viver a saudade de sua avó. Não se pode impor a alguém a sua forma de lidar com a perda.

O fato é que ele sempre quis a mulher de volta, porém a verdade era dolorosa demais. Ele repetia, com uma brutalidade contundente, que os mortos nunca voltam e que mamãe o havia deixado sozinho naquela casa.

Aos poucos, ele foi se afastando do escritório, e sua vida acabou se tornando estéril, sozinho a maior parte do tempo. Dia após dia, seu ritmo diminuía, como um velho relógio cansado que vê seus ponteiros andarem cada vez mais devagar, até parar para sempre.

O relógio da sua vida também parou de bater em um domingo aparentemente normal. Seu coração, esgotado, decidiu que não mais bateria. No atestado de óbito constava "parada cardiorrespiratória por causa desconhecida". Mas, para mim, ele morreu de saudade e de amor. Por certo, nenhum médico atestaria isso.

Eu não acredito em vida após a morte, mas, se ela existir, como dizem meus amigos espíritas, certamente ele reencontrou a única mulher da sua vida."

✳ ✳ ✳

O texto da carta havia sido interrompido no meio da página, reiniciando a história apenas na página seguinte. Tomás já havia identificado o padrão de escrita do pai. A carta não tinha uma divisão de títulos ou capítulos, mas cada interrupção indicava que o pai, por cansaço, pela doença ou por qualquer outro motivo, havia parado de escrever. O curso da narrativa seria retomado em outro momento, talvez em outro dia.

Tomás decidiu aplicar o mesmo padrão na leitura.

Por isso, fez uma pausa. Ainda chovia. O rapaz desceu e foi procurar pela mãe. Não tinha outra intenção a não ser se aproximar cada vez mais dela. A carta revelava, aos poucos, o quão especial Cecília havia sido na vida de Ethan. O pai fazia questão de frisar isso, o que forçava Tomás a concluir que algo havia dado errado com relação ao seu amor pela "menina dos livros". Inevitável não recordar novamente a frase inicial da carta:

"Nem todos os contos de fadas terminam com um final feliz."

Era preciso muita força de vontade para não ceder à curiosidade e prosseguir com a leitura. Mesmo assim, manteria o ritmo estabelecido no início. Leria a carta com calma, sem atropelo, para não deixar passar nenhum pormenor ou perder algum ensinamento em razão da pressa de descobrir como terminaria a história da "menina dos livros".

9

Descoberta

TOMÁS DESCEU as escadas à procura da mãe. A sala de estar estava vazia, e na cozinha ela também não estava. No quarto, era pouco provável que estivesse àquela hora, quase no fim da manhã. Diante do silêncio que imperava, só restava um lugar em que ela poderia estar, e foi para lá que seguiu, o escritório – biblioteca, como chamava a mãe –, que ficava no piso inferior da casa. Ela passava muito tempo lá, na maioria das vezes preparando suas aulas. Desde antes da morte do marido, ela dava aulas de língua portuguesa na universidade local.

A porta não estava totalmente fechada, havia uma pequena fresta pela qual a luz escapava do interior do cômodo. Com o nó do dedo indicador, deu duas leves batidas à porta, colocou a cabeça para dentro do cômodo e avistou a mãe atrás do notebook. Ela levantou a cabeça por trás da tampa do computador, interrompendo o que fazia.

– Bom dia, mãe.

– Bom dia, filho.

– Está ocupada? – perguntou, entrando no cômodo.

A biblioteca talvez fosse o lugar da casa preferido de Cecília. Um espaço amplo, bem iluminado, pintado em tons de bege. Ela explicou, certa vez, que a cor marrom representa compromisso, praticidade, ponderação e responsabilidade. Logo, o bege, por ser matiz do marrom, teria todas essas características, porém de forma suave, transferindo leveza ao ambiente. A parede principal, de frente para quem ingressava no ambiente, era totalmente ocupada por livros, dispostos em uma estante de linhas modernas, dividida em trinta espaçosos nichos assimétricos – cinco dispostos verticalmente e seis na horizontal. Em frente à estante, havia uma espaçosa mesa de madeira, cujas linhas davam a impressão de que estava suspensa no ar. Sobre ela, a decoração era franciscana, exceto por uma pequena caixa feita de madeira, com logogramas gravados na parte superior. Completavam os móveis da biblioteca um grande sofá e algumas poltronas ladeadas por pequenas mesas, que serviam de apoio ao eventual leitor, todos seguindo o mesmo padrão de cores do ambiente.

– Estava aqui tentando organizar algumas ideias que me vieram à mente. Quando elas surgem, prefiro registrá-las logo para que não se percam. Já não tenho mais a memória de antes – ela sorriu.

– Então, não quero atrapalhar – disse Tomás, dando meia-volta.

– Não, não, tudo bem. Apenas me dê um segundo.

Ela começou a digitar freneticamente, interrompendo o fluxo apenas uma vez, quando levantou os olhos para cima tentando escolher a melhor forma de colocar as palavras.

– Pronto! – exclamou, fechando a tampa do notebook.

– Tem certeza de que não estou atrapalhando?

– Absoluta. Eram apenas algumas anotações mesmo. Como está se virando com esse tempo horroroso? – perguntou, apontando para a grande janela que ficava à sua esquerda. A persiana, parcialmente aberta, revelava a vista do amplo jardim da casa.

– Estava no quarto até agora, lendo.

– E qual a leitura da vez?

Tomás hesitou por um instante, mas, diante da pergunta, teria que ocultar sua real atividade mais uma vez. A série de omissões e mentiras começavam a deixá-lo incomodado.

– Dom Casmurro. Na verdade, estou nas últimas páginas. – Não era propriamente uma mentira, mas outra meia-verdade.

– Machado de Assis? Hum. E já chegou a alguma conclusão?

– A senhora está me perguntando se Capitu traiu mesmo Bentinho?

183

– Saiba que esse é um dos grandes mistérios da humanidade – ela sorriu.

– Sério? Para mim, ficou claro que ela traiu o coitado – respondeu Tomás.

– Nem todos chegam a essa conclusão assim tão rapidamente. O ciúme nos faz enxergar coisas que não existem, mas que "queremos" ver. Pertenço à minoria que pensa dessa forma. Capitu é inocente. Quando puder, leia novamente o livro. Talvez, sua conclusão mude. E não se esqueça de que a história é narrada sob a perspectiva dele, perspectiva, diga-se de passagem, contaminada pelo ciúme.

– Duvido que eu mude de ideia. A senhora está sendo corporativista – Tomás riu.

– Ouvi essa mesma conclusão, assim, de forma definitiva, de seu pai e digo a você o mesmo que disse a ele à época: o corporativismo pode ser aplicado a você também.

– Papai teve a mesma conclusão que eu?

– Sim. E fiz a mesma proposta a ele de que relesse o livro.

– E o que ele respondeu?

– Que a vida era muito curta e que a fila de livros aguardando para serem lidos era grande demais para desperdiçar tempo com releituras.

– Uma boa maneira de pensar – ele riu.

– Ele sempre dizia que Deus nos manda ao mundo com uma espécie de temporizador para marcar o tempo de vida que nos resta. A contagem regressiva inicia-se no exato instante do nascimento. Por isso, dizia ele, seria um insulto ao Criador desperdiçá-lo com inutilidades.

Depois de dizer isso, Cecília silenciou e estampou no rosto uma expressão pesarosa.

– O que houve? – Tomás perguntou.

– Lembranças... Depois que seu pai recebeu o diagnóstico do câncer, o cronômetro transformou-se numa espécie de inimigo contra quem lutava para fazê-lo andar um pouco mais devagar.

No fim, ele conseguiu atrasá-lo um pouco – havia traços de melancolia na sua voz.

– Conseguiu?

– Sim, com certeza.

– Quanto tempo mais?

– Impossível dizer, Tomás. Nosso único parâmetro foi o prazo que o oncologista nos passou: três ou quatro meses de vida.

– Tão pouco assim? Nossa! Em todos os textos que li sobre o câncer que papai teve havia uma espécie de consenso de que o prazo seria de seis meses, pelo menos.

– Sim, é verdade. Quando o tumor foi descoberto, seis meses foi o prazo que o médico nos deu. Mas, quando procuramos o especialista, a estimativa inicial foi reduzida praticamente à metade, devido ao avanço da doença. Foi mais um duro golpe.

– Seis meses já seria pouco – falou Tomás.

– Aceitar um prazo tão curto já foi difícil, imagina

185

reduzi-lo ainda mais. Porém, como já conversamos, seu pai não se entregou facilmente à doença. Você não faz ideia da quantidade de tratamentos a que ele se submeteu e o quanto eram debilitantes seus efeitos colaterais.

– Tudo o que sei de meu pai, da sua doença, foi por intermédio de vocês. Lógico que tenho ideia das dificuldades, da mesma forma que compreendo que fui poupado por vocês dos detalhes dolorosos.

– Sim, Tomás. Qual a finalidade de relatar sofrimentos? Que benefício traria a você? Difícil transmitir em palavras tudo o que ele passou. Intimamente, cheguei a questionar se todo o sofrimento em decorrência dos tratamentos experimentais a que ele se submetia e tudo o que isso implicava – viagens, dores, efeitos colaterais, falsas esperanças – valia realmente a pena, mas jamais tive coragem de dizer isso a ele. Ethan estava determinado a ficar mais tempo conosco e disposto a pagar o preço que fosse necessário.

– Mas por que a senhora tinha dúvida se valia a pena, se tudo o que ele queria era prolongar a vida?

– Não entenda mal o que eu disse. Sei que pode parecer uma afirmação egoísta, mas tenha em mente que jamais me preocupei comigo durante toda a doença de seu pai. Por outro lado, só eu sabia o estado em que ele ficava após cada tratamento, fisicamente falando. Sem contar a frustração, a depressão pelos insucessos. Por isso, Tomás, compreenda que só é possível avaliar o quão errado foi meu pensamento com as lentes do presente, simplesmente porque hoje nós já conhecemos todos os fatos.

Ethan sempre recebeu, como resposta aos tratamentos realizados, um lacônico "não funcionou" e, fisicamente, ele definhava dia após dia. Hoje, sei que o prazo inicial dado pelo oncologista foi triplicado e ele ficou entre nós pouco mais de nove meses. A cura não veio; a sobrevida, sim. Mas essa conclusão só é possível ser traçada com segurança agora, no futuro, quando temos em mãos o conhecimento prévio do passado. Na época, tudo o que eu tinha era um Ethan cada vez mais debilitado e os incontáveis "não funcionou" que ouvíamos, e o tamanho de sofrimento a cada resposta negativa ao seu esforço.

Fico muito feliz por estar errada no meu modo de pensar e agradeço a Deus por não ter dito isso a Ethan. Eu poderia, mesmo com as melhores das intenções, ter abreviado sua vida.

Tomás preferiu ouvir o inédito relato sem pronunciar uma palavra sequer.

– A partir do terceiro mês – continuou Cecília –, quando entramos no prazo fatal estimado pelo médico, ou, pelo menos, na margem estabelecida, já que previu três ou quatro meses de vida, passamos a viver a dolorosa expectativa de que sua morte poderia acontecer a qualquer momento. Então, fomos vivendo aquela sobrevida dia após dia, um a um. Você não faz ideia do quanto foi angustiante – para ele e para mim também – acordar todos os dias e se perguntar, silenciosamente: será hoje? No fim, descobrimos que a morte mantém seu próprio cronograma, e nada aconteceu no prazo fixado pelos médicos, para a nossa felicidade.

– Compreendo perfeitamente o que a senhora diz, mãe. E não acho que tenha sido um pensamento egoísta. Qualquer pessoa no seu lugar pensaria dessa maneira – disse Tomás, finalmente quebrando o silêncio.

– A maior prova de amor que seu pai deu a mim e a você foi aceitar, de forma serena, todo tipo de sofrimento, mesmo sabendo que não seria curado da doença, mas que isso aumentaria suas chances de ficar mais tempo conosco. Não há como dimensionar a grandeza de seu gesto.

Por isso, mantenho essas memórias vivas em meu coração. Elas significam muito para mim. Acontece que... – ela fez uma pausa emocionada – quando relembro tudo isso, consigo sentir todo o seu amor novamente. Foi a coisa mais bonita e emocionante que alguém já fez por mim.

– É a primeira vez que a senhora fala de papai para mim dessa maneira.

– De que maneira? Sempre falei sobre Ethan com você.

– Sim, com certeza. Mas a senhora, sempre que o assunto era meu pai, falava sobre seus gostos, suas características, seus desejos, a doença, de forma superficial, porém nunca se aprofundou na relação de vocês. E não entenda isso como uma crítica.

– Não poderia imaginar que você tivesse interesse nessas particularidades.

– Para ser bem sincero, nem eu. Sempre vi o assunto como algo íntimo, que não me dizia respeito.

– De certa forma é. E, sendo sincera, você tem razão

quando diz que muitos assuntos relacionados ao nosso casamento dizem respeito apenas a mim e a seu pai, e assim devem continuar.

– Compreendo e dou razão à senhora. Nem poderia ser diferente.

A maneira lacônica com que a mãe se referiu aos assuntos que só diziam respeito a ela e ao pai deixou um ponto de interrogação pairando na mente de Tomás.

"Será que ela sabia da paixão do pai pela "menina dos livros"? Tudo indicava que sim" – perguntou-se em silêncio.

– Sei o que está pensando, Tomás – disse ela, sustentando o olhar na direção do filho.

– Como assim, sabe?

Ele não conseguiu esconder a expressão de assustado e, na fração de segundo que se seguiu à pergunta, por ser próprio da natureza do ser humano sofrer com antecedência por situações que, na maioria das vezes, só existem em sua mente, seu cérebro projetou a imagem da mãe descobrindo a carta escondida em seu quarto, a história da "menina dos livros", as mentiras sobre suas atividades nos últimos dias.

– Como deixei no ar a existência de eventuais situações da nossa vida conjugal que dizem respeito somente a nós, você está pensando sobre a imagem do Ethan perfeito se desfazendo.

– Mais ou menos – disse Tomás, utilizando-se de mais uma meia-verdade, ou melhor, uma quase meia-verdade.

– Natural que, ao longo dos anos, você tenha ouvido apenas histórias enaltecendo as qualidades e as virtudes de seu pai, que não eram poucas. Mas o que eu quis dizer é que, como qualquer outro casal, em vários momentos do casamento tivemos nossas diferenças e desentendimentos, algumas ações ou omissões de seu pai; outras por minha culpa. Sinto muito se você o tenha idealizado como uma pessoa perfeita.

– Então, a senhora está querendo me dizer que meu pai não era perfeito? – a ironia em sua voz não foi percebida por Cecília.

– Não era. Tinha muitos defeitos.

– Quer dizer, então, que nesses anos todos fui enganado, e que meu pai não era capaz de caminhar sobre as águas?

– Eu aqui falando sério, e você me vem com gracinhas – sorriu Cecília.

– Da próxima vez, não tente adivinhar meus pensamentos, dona Cecília – falou Tomás, dando uma piscadela para a mãe. Bem, acho melhor deixar a senhora trabalhar e voltar para a minha leitura.

– Tudo bem, filho. Vou tentar adiantar alguma coisa aqui e depois chamo você para o almoço. Ah! Não preparei nada. Tudo bem se improvisarmos algo na cozinha, até mesmo um sanduíche?

Tomás, que já havia cruzado a porta e começava a fechá-la, voltou a cabeça para o interior da sala e respondeu:

– Por mim, está ótimo, mãe.

Ela sorriu, em agradecimento. Queria aproveitar ao máximo o domingo para avançar com o material que produzia para suas aulas.

Nenhum dos dois percebeu que, no escritório, dois Espíritos observavam atentamente o desenrolar daquela conversa.

– Fico feliz que eles estejam cada vez mais próximos, Julião. Ainda que o relacionamento dos dois nunca tenha sido ruim, é importante essa união, o carinho mútuo, principalmente de Tomás para com Cecília.

– O relacionamento não foi ruim nessa vida, você quis dizer.

– É a vida que conheço.

Julião ignorou a última fala de Ethan.

– Estamos vendo mais um benefício produzido pela carta. Por meio dela, Tomás descobriu valores e virtudes em Cecília que não conhecia. Ainda que nessa existência, como mãe e filho, a relação deles seja amorosa, há resquícios de vivências anteriores que, em determinados instantes, limitam e bloqueiam os sentimentos entre ambos. Mas o que estamos vendo aqui – ele apontou com a cabeça na direção de Cecília – já é um grande avanço.

– Talvez um dia você me conte detalhes sobre os laços que unem nossa família desde as existências anteriores.

– No momento exato, você terá acesso a essa informação. Tenha paciência, é tudo o que lhe peço agora. E, antes que venha com a velha cantilena: "sim, eu sei, mas não é fácil", quero que saiba que um dia já estive na mesma situação, mas hoje tenho condições de compreender as razões pelas quais os Espíritos responsáveis cansavam-me a paciência pedindo-me para ter paciência – Julião sorriu.

– E como você reagia quando falavam de paciência?

– Eu ficava em silêncio, mostrando uma suposta resignação, quando, na verdade, não entendia o motivo da demora, pois, na minha cabeça, eu já estava pronto para ouvir sobre meu passado, embora não estivesse. Assim como você está fazendo agora.

– Culpado! – disse Ethan, esticando os braços para a frente com as mãos juntas, como alguém que pede para ser algemado.

– A ideia não é ruim – respondeu Julião, com bom humor.

Depois, Ethan virou-se na direção de Cecília e ficou a observá-la, admirando-a como muitas vezes fizera. Se ela pudesse vê-lo naquele momento, certamente reconheceria o olhar apaixonado de sempre. E ficaria encabulada como sempre.

Julião acompanhou o desenrolar da cena sem nada dizer, atento, mas respeitando o sentimento envolvido, pois, como ele repetia à exaustão, saudade é uma dor que dói nos dois lados.

Cecília, captando a energia emanada por Ethan, interrompeu o que fazia e, inexplicavelmente – ao menos para o seu ponto de vista –, surgiu-lhe no pensamento a imagem do marido. Ela fechou a tampa do notebook, colocou o cotovelo sobre a mesa, apoiou a cabeça nas mãos e sorriu por instante. Mas era um sorriso magoado, como aquele que alguém nos dá para dizer que está bem, apesar de a realidade ser bem diferente.

Quando Julião percebeu que a troca de energias cruzava a tênue linha que separa a saudade da obsessão involuntária e que o silêncio começava a se transformar em desconforto, colocou a mão no braço de Ethan e interrompeu bruscamente o processo. Ethan olhou para o mentor, que disse, de forma calma, porém imperativa:

– Venha comigo.

Ethan olhou para Julião; depois, para ela. Não protestou. Compreendia o que tinha ocorrido e também o significado daquele acontecimento. Então, limitou-se a baixar a cabeça e seguir Julião para o lado de fora da casa.

No plano material, livre das energias do marido, Cecília encontrava algum descanso para a mente. Ela secou uma lágrima que escorria pelo rosto, respirou fundo, abriu novamente o computador e tentou se concentrar no texto que havia na tela, mas não conseguiu. Então, levantou-se, abriu totalmente a persiana e ficou olhando a chuva incessante, que cercava de névoa todo o horizonte, escondendo a paisagem, além do vento esquivo que deslizava pelo ar, driblando as árvores.

Na sua percepção incompleta da situação, imaginava ter sofrido um rompante de saudade de Ethan. E, voltando o pensamento para a chuva, lembrou-se da frase de Fernando Pessoa que lera recentemente no livro "Poemas Inconjuntos *in* Poemas de Alberto Caeiro":

"Um dia de chuva é tão belo como um dia de sol. Ambos existem; cada um é como é."

A frase do poeta português resumia a forma como via a sua própria vida. Assim como os dias de alegrias são belos, é preciso encontrar a beleza da vida também nos dias de tristeza. Ambos existem; e cada um é como é.

Totalmente alheio ao intercâmbio de energias entre planos que ocorreu após ter deixado o escritório, Tomás, sentado na escrivaninha, retornou à leitura da carta.

※ ※ ※

"Hoje, estou me sentindo péssimo. Na verdade, faz três dias que estou assim, mas hoje é o pior deles. Sinto náuseas, tonturas. Não consigo ficar sentado por muito tempo, pois nessa posição a dor, localizada na região superior direita da barriga, vai crescendo até se tornar insuportável. Então, levanto-me e deito um pouco no sofá, aqui mesmo no escritório. A dor recua e se transforma num pequeno desconforto. Volto a escrever, e o processo recomeça. O médico já havia me alertado que isso poderia acontecer. É o fígado, o órgão mais comprometido do meu organismo, mais até que o próprio pâncreas, onde tudo começou, segundo me foi explicado. Preciso continuar a escrita, não posso parar. Meus dias estão acabando, estou sentindo. Necessito encontrar forças para acelerar. Não falo nada à Cecília sobre a minha percepção da aproximação do fim porque não quero deixá-la ainda mais preocupada. Não é justo, eu sei, mas decidi que será assim. Ela sabe da gravidade, das dores, e que as areias da ampulheta da minha vida estão se esgotando. Mas não precisa saber a exata extensão disso. Vamos, então, retornar à história da "menina dos livros".

Desde a morte de minha mãe, entre quedas e tentativas de nos reerguermos, tentávamos retomar gradativamente a rotina, embora a de meu pai, como já adiantei, jamais seria a mesma até seus últimos dias.

Fazia duas semanas que ela havia partido. A busca pela adaptação à nova realidade e a preocupação constante com a saúde física e psicológica dele monopolizaram meus dias.

Nem as chegadas do Natal e Ano-Novo sobreviveram ao turbilhão de sentimentos e emoções em que estávamos imersos. As datas vieram de forma discreta e partiram em silêncio, pelo menos aos olhos dos enlutados moradores do casarão.

Não tive, e também não busquei, notícias da "menina dos livros", mas ela, aos poucos, voltava a fazer parte dos meus pensamentos. Decidi que, daquele ponto em diante, adotaria uma postura mais ativa com relação a todo o mistério que a envolvia. Não esperaria passivamente pela movimentação das engrenagens do destino. Eu a encontraria de qualquer maneira, nem que para isso tivesse de colocar a cidade de cabeça para baixo. Deitei-me, naquela noite de domingo, decidido a iniciar minha jornada no dia seguinte. Ideias iam e vinham, e os pensamentos espantaram o sono.

Meu pai havia retornado ao trabalho e pedido –

determinado talvez fosse o termo correto – que eu tirasse a semana inteira de folga do escritório. Sem condições, ele havia se afastado desde a morte de mamãe, período em que fiquei à frente de tudo, mesmo não sendo advogado, mas coordenando as atividades dos profissionais que faziam parte da banca. Não foi uma tarefa difícil, pois todos no escritório nutriam verdadeiro carinho por papai e, naturalmente, não mediram esforços para facilitar meu trabalho, evitando que ele fosse incomodado no período inicial de luto.

Como papai não me deu opções de escolha, decidi aproveitar o período de folga para varrer a cidade atrás da "menina dos livros". Com a ideia fixa, mas sem nenhuma estratégia – pensaria nisso no dia seguinte –, deitei-me em busca de sono. A casa estava silenciosa, podia ouvir minha respiração, lenta e cadenciada, até que finalmente adormeci diante do cansaço invencível. Provavelmente em razão das preocupações e incertezas, fui acossado por pesadelos, e a noite foi péssima. Não foi um bom começo.

No sonho, eu encontrava a "menina dos livros" nas proximidades do lago, no mesmo lugar onde a vi pela primeira vez. Ela me olhou, estendeu a mão e eu a segurei. Então, ela começou a me guiar na direção das árvores.

A névoa espessa, que envolvia a paisagem com seu manto cinzento, impossibilitava distinguir o que havia ao meu redor, mas, mesmo assim, ela continuava me puxando para o interior do bosque. Um arrepio de medo transpassou meu corpo, e certamente devo ter revirado na cama nesse momento. Assim que avançamos rumo ao coração da mata, fomos envolvidos pela completa ausência de luz. O ar estava pesado e anunciava um perigo próximo. A sensação era de que ela me guiava na direção de algo ruim, na direção da maldade.

Nunca tinha visto uma escuridão tão profunda. O máximo que meus olhos captavam eram vultos negros que eu imaginava ser o tronco retorcido das árvores. Imaginava, apenas. Ela continuava a me guiar para a escuridão. Eu a seguia, desorientado, como alguém que sai a tatear pelo quarto escuro. Então, ouvi gritos de dor, de desespero. Foi aí que me dei conta de que não era na direção do mal que estávamos andando. Era para a morte. A acolhedora morte que me aguardava com toda a sua paciência.

Então, ela sussurrou no meu ouvido com a voz encantadora de sempre, apontando na direção de um céu negro, vazio de estrelas:

"Olhe para ele. Sob esse céu, jazem não só as pessoas que já morreram, mas também aquelas que ainda não nasceram para este mundo e aquelas que ainda morrerão. Estamos todos nele. Esse é o verdadeiro cemitério do mundo, sob o qual estamos todos."

Acordei enroscado no lençol, grudado no suor do meu corpo. Passava das duas da manhã quando me levantei, fui até a janela, abri a cortina e fiquei a olhar para a paisagem silenciosa da madrugada. Custou-me encontrar o sono novamente."

***

Tomás interrompeu brevemente a leitura e inspirou

profundamente, uma, duas, três vezes. A cena descrita no sonho o deixou angustiado, parecia que o ar não era suficiente. Depois, voltou para a carta.

※ ※ ※

"Quando o amanhecer de segunda-feira substituiu a escuridão da noite, senti os primeiros raios de sol batendo no meu rosto. Eles atravessavam o vidro da janela, desprotegida da cortina, que esqueci aberta durante o longo período de insônia. Apesar das breves horas de sono desfrutadas, decidi manter o planejado para o dia.

Passei rapidamente pelo chuveiro, vesti-me com roupas confortáveis – não sabia por quanto tempo ficaria fora –, peguei uma maçã na cozinha e saí. Minutos depois, já circulava de carro pela cidade na tentativa de encontrar inspiração para traçar um plano de ação, porque, até aquele instante, não tinha nenhum. Estava às cegas. Esse definitivamente não era eu.

Estacionei o carro, atravessei umas das faixas da avenida principal da cidade e segui caminhando pelo canteiro central que dividia as duas pistas. A pavimentação asfáltica era exceção na cidade, a maioria das ruas, inclusive a principal das avenidas, era coberta por paralelepípedos oblíquos – aqueles cujas faces laterais não formam ângulos retos.

O canteiro central, por sua vez, tinha a mesma largura das pistas da avenida. O passeio para pedestres, calçado com pedras retangulares irregulares, era ladeado, tanto na esquerda quanto na direita, por fileiras de bordos vermelhos e plátanos – os menos observadores poderiam imaginar tratar-se da mesma planta, mas, apesar da semelhança, são de famílias diferentes. As árvores formavam uma espécie de cordão de isolamento verde em ambos os lados, protegendo os transeuntes de qualquer imprevisto no trânsito.

Naquela hora do dia, estava mais para sete e meia do que para oito horas, o movimento de carros e pedestres ainda era pequeno.

Segui caminhando sem direção definida, olhando para os estabelecimentos comerciais. A vista não trazia nada digno de grande nota: o banco criado por uma cooperativa fazia divisa com uma loja que prometia ter presentes para todos os tipos de pessoas. Mais adiante, via-se uma loja de móveis e eletrodomésticos sem qualquer sinal de movimento, inclusive de vendedores, enquanto, ao seu lado, uma papelaria estava com as portas ainda fechadas. Em seguida, cruzei com um jovem trajando uniforme de uma loja de brinquedos. Ele passou apressado e nos cumprimentamos com um leve balançar de cabeça.

Mais alguns metros de caminhada, e finalmente encontrei algo que captou minha atenção. Uma cafeteria que eu não conhecia e que deveria ter sido inaugurada há pouco tempo. O estabelecimento estampava em sua vitrine um grande adesivo com a imagem da personagem Dona Florinda, do seriado mexicano Chaves. No adesivo, ela exibia um sorriso e um olhar apaixonado, como se tivesse terminado de dar um longo suspiro. Logo abaixo da foto, um de seus famosos bordões: "não quer entrar para tomar uma xícara de café?".

– Muito criativo! – sorri. – A ação e o marketing havia funcionado, pois aceitei o convite da tão gentil personagem. Já ia me esquecendo de dizer que o nome da cafeteria era Dona Florinda. Não sei se o estabelecimento ainda existe, Tomás.

Escolhi uma das mesas situadas no lado externo do estabelecimento, dispostas sobre um deque de madeira. Não demorou muito e a atendente trouxe o cardápio. Pedi para deixá-lo na mesa, pois, por ora, aceitaria apenas o convite da Dona Florinda da vitrine.

– Que tipo? – ela perguntou, entendendo meu pedido.

– Um Cappuccino, por favor, Jaqueline – falei após me inclinar levemente para ler o nome no crachá.

– Muito bem! Só um instante e já trago – disse, exibindo um grande sorriso no rosto.

Pouco tempo depois, ela voltou. Ainda trazia na face o mesmo sorriso.

– Aqui está! Qualquer coisa que precisar, é só me chamar. Qualquer coisa – frisou, piscando para mim.

Fiquei sem ação. Não é sempre que uma mulher bonita – ela era bonita – flerta com você numa segunda-feira, antes das oito horas da manhã. Eu avisei, Tomás, que tratar as pessoas pelo nome produz efeitos surpreendentes. Ainda dou risada quando me lembro dessa história."

※ ※ ※

– Uma cantada? Vou aceitar seu conselho e começar

a chamar mais as pessoas pelo nome – disse Tomás, sorrindo, numa conversa imaginária com o pai.

Depois, pensou a respeito da cafeteria, a tal Dona Florinda. Nunca tinha ouvido falar dela. Provavelmente, deveria ter fechado há muito tempo.

✳✳✳

"Enquanto sorvia o café – muito bom, por sinal –, observava, despreocupadamente, o movimento na rua. O fluxo de carros e pedestres começava a aumentar. Tinha esperança de que uma daquelas pessoas que seguiam para o trabalho fosse a "menina dos livros", e, então, minha busca estaria encerrada antes mesmo de começar. Mas a razão logo tomou o controle da situação e deixou claro que eu precisaria me esforçar um pouco mais.

Jaqueline retornou e perguntou se havia decidido pedir mais alguma coisa. Dessa vez, não havia segundas intenções na abordagem, estava apenas fazendo seu trabalho.

– Posso levar o cardápio? – apontou ela para o encarte, após eu ter dito que ficaria só com o café.

– Claro, por favor – respondi.

Porém, quando peguei o cardápio para entregá-lo à Jaqueline, uma imagem, que até então não havia despertado minha atenção, praticamente saltou sobre mim.

– Espere – disse de forma abrupta, assustando a moça, que recolheu a mão instintivamente. – Desculpe se a assustei – sorri, tentando consertar a situação. – Importa-se se eu ficar com ele mais um pouco?

– Como quiser – disse ela em tom amável.

Depois que ela saiu, examinei a imagem com mais atenção.

– Como não havia pensando nisso antes? Que estúpido que sou – recriminei-me em voz alta.

Uma prática muito comum em nossa cidade era inserir algum tipo de informação turística nos cardápios de lanchonetes, restaurantes, ou manter uma coletânea de fôlderes trazendo dicas "do que fazer" na região. No cardápio que eu tinha em mãos, na última página, bem abaixo da seção de sucos e bebidas, havia a foto de dois locais que confesso ter frequentado muito pouco ultimamente, para não dizer quase nada: a biblioteca pública, inaugurada poucas décadas depois da fundação da cidade, tombada como patrimônio histórico e um dos principais pontos turísticos para amantes da leitura, e o encarte apresentava, além dela, a livraria "Casarão", outro deleite para os aficionados por leitura, cujo interior poderia ter saído dos livros de J. K. Rowling, como um dos cenários de Harry Potter.

Onde mais eu deveria iniciar a busca pela "menina dos livros" se não pela biblioteca ou pela livraria? Talvez, com um pouco de sorte, alguém a conhecesse ou, com mais sorte ainda, ela trabalhasse em um desses lugares – pensei.

Quando saí apressado da cafeteria, não sem antes pagar a conta e elogiar a gentileza de Jaqueline para o proprietário, não tinha ideia de que minhas suposições estavam absolutamente corretas e que um insípido cardápio me entregaria a chave que abriria a caixa do meu mistério particular."

※ ※ ※

Tomás ajeitou-se na cadeira depois da revelação. Ninguém mais do que ele estava curioso para conhecer o desfecho daquele relato que, aos poucos, transformava-se numa verdadeira saga.

※ ※ ※

"Pelo simples fato de que a Biblioteca ficava a menos de uma quadra de onde eu estava, decidi começar minha busca por ela.

Refiz apressado o caminho de volta. Passei pelo local onde havia estacionado o carro, mas segui em frente por cerca de trezentos metros. Depois, bastaria cruzar a avenida central e seguir por uma rua secundária, à direita, que já seria possível avistar a antiga construção onde foi instalada a biblioteca. Estava ansioso, meu coração batia com força.

Quando efetuava a travessia da avenida pela faixa de pedestres, quase fui atropelado por um motorista desatento. Ele botou a mão para fora pedindo desculpas. Apenas sorri e aceitei suas desculpas com um aceno.

Não podia me dar ao luxo de me distrair. Não naquele dia. Eu havia farejado o que acreditava ser a melhor pista da "menina dos livros", e nada me desviaria dela. Precisava manter o foco.

Mais um muito de caminhada e cheguei ao destino. Havia alguns anos que não entrava na biblioteca, mas bastaram alguns passos para perceber que nada mudara consideravelmente. A casa que servia de sede havia sido construída em 1903, ano da emancipação política do município. Obviamente, a centenária construção, que enfrentou o severo clima dos campos de cima da serra por quase um século, precisou de muitos reparos ao longo dos anos.

Logo na entrada, no setor onde novos usuários eram cadastrados, executava-se o controle de empréstimos, devoluções e renovações, minha primeira esperança foi sumariamente descartada. A "menina dos livros" não trabalhava ali. Como eu descobri? Chamando a atendente que estava na recepção pelo nome, Ana Maria, e apresentando-me. Bem, não foi só por isso, mas esse detalhe quebrou o gelo e abriu o caminho para a informação principal de que eu precisava. Ela me disse que a biblioteca contava com apenas duas funcionárias, ela e a bibliotecária, que apareceu na recepção para deixar um livro que precisava ser catalogado enquanto conversávamos.

Confesso, Tomás, que meu ímpeto inicial ficou levemente abalado, talvez por ter criado a expectativa de que a resposta para minha busca estivesse bem debaixo do meu nariz e ter constatado que as coisas não seriam tão fáceis, muito pelo contrário.

De posse de um pequeno guia que informava sobre as seções existentes em cada andar – a biblioteca tinha dois andares –, e sem alternativa, saí a explorar o labirinto formado pelas estantes de livros.

Percebia-se, na disposição das seções, que o primeiro andar se destinava ao público mais jovem, inclusive crianças, por isso era comum a maior circulação de pessoas; consequentemente, mais barulho. Naquele andar, o visitante encontrava as seguintes seções: livros didáticos, história, geografia, aventura, infantil, infantojuvenil, ficção, policial, romance, suspense, terror.

Como a primeira seção não prendeu muito minha atenção, segui para o piso superior, bem mais amplo, não pelas dimensões, que eram idênticas às medidas do andar abaixo, mas pela menor quantidade de livros e, consequentemente, de pessoas circulando. Ali havia seções com periódicos, livros de poesia, religião, filosofia, psicologia, direito, biografias e memórias, contos e crônicas, economia, autoajuda, literatura nacional, literatura estrangeira e também uma de romances, porém voltados ao público adulto.

Fui até a estante com livros de literatura nacional, passei o dedo pelas lombadas e retirei da prateleira *Incidente em Antares*, de Érico Veríssimo. Tinha conhecimento de que a obra fora o último romance escrito pelo escritor gaúcho e uma de suas últimas criações. Fiz a leitura dinâmica da contracapa e reconheci o estilo inconfundível do autor.

Peguei o exemplar, desci as escadas e perguntei à Ana Maria se poderia ler o livro em uma das mesas do piso inferior, apesar de ele pertencer à seção do segundo andar, justificando que esperava uma pessoa e que dali poderia avistá-la quando chegasse. Ela assentiu, pedindo apenas que, antes de sair, eu deixasse a obra no andar de cima, sobre uma das mesas, sem a necessidade de guardá-la na estante.

Sentei-me em uma mesa redonda, com duas cadeiras, próxima à escada. Dali eu teria a visão completa das pessoas que entrassem na biblioteca, além daquelas que buscassem o andar superior. Então, iniciei minha espera e, para passar o tempo, abri o livro escolhido. Havia pouca gente na biblioteca naquele momento.

As horas passaram e apenas três pessoas entraram no lugar depois que eu cheguei. Decidi que ficaria ali até o fim da manhã. Enquanto isso, embrenhei-me nos problemas cotidianos da cidade de Antares, localizada, segundo o autor, na divisa do Rio Grande do Sul com a Argentina. Acompanhava atentamente a feroz luta pelo poder entre duas famílias tradicionais, os Vacarianos e os Campolargos. O bom e velho Érico prendia totalmente minha atenção, ou quase, pois a cada movimento ou som vindo da entrada, eu levantava a cabeça na esperança de vê-la entrando pela porta da biblioteca.

Eu sei, Tomás, que a estratégia escolhida não era das mais produtivas, tampouco das mais emocionantes. Mas o que eu poderia fazer? Não tinha mais nada em mente.

O relógio marcava 11h25. Eu já estava ficando cansado. Olhei pela janela e vi que um manto de nuvens claras se espalhou lentamente no céu, ocultando temporariamente o Sol. Decidi colher informações com Ana Maria.

– Parece que minha colega não veio – puxei assunto.
– Ou talvez eu não a tenha visto entrar.
– Como ela é?

Mais uma vez, executei a prazerosa tarefa de fixar seu rosto em minha mente e descrevê-lo, outra vez ocultando os adjetivos.

— Poucas pessoas estiveram aqui hoje, mas ninguém com essas características. Ela não passou por aqui. Do contrário, eu me lembraria.

— Sua memória é tão boa assim?

— Sim e não.

— Como assim? – sorri.

— É uma cidade pequena e quem trabalha com o público naturalmente acaba por conhecer muita gente. Mas você há de convir que nem todos os habitantes da cidade são frequentadores assíduos da biblioteca, o que reduz bastante a quantidade de rostos para serem lembrados. Você, por exemplo, não me lembro de tê-lo visto recentemente por aqui. – Devo ter corado após a última observação.

— Você tem toda a razão sobre mim. Faz alguns anos que não venho. Trabalho, faculdade, casa e lá se foi o dia, para começar tudo de novo no próximo. Hoje estou aqui porque é meu dia de folga.

— A rotina faz a gente passar pela vida sem aproveitá-la.

— Você tem razão.

— Aliás, pela descrição que você fez da sua amiga, posso garantir que ela não vem muito aqui.

— Como você sabe?

— Mulher, jovem, ruiva, olhos verdes. Um biótipo que foge do padrão para uma cidade cujos habitantes, em sua maioria, são descendentes de alemães e italianos.

– Não tinha pensando nisso.

– Mas é claro que sempre há a remota possibilidade – ela riu – de eu estar enganada.

– Remota? Você é confiante – sorri de volta.

– Ethan, esse é seu nome, não é?

– Isso.

– Olhe, Ethan, a única vez na vida que me enganei foi no dia em que achei que estivesse enganada – rimos os dois.

– Gostei de você, Ana Maria. Muito simpática.

– Obrigada. Não é sempre que recebemos elogios. Na maioria das vezes, são só reclamações. Um título que não temos, alguém querendo levar um livro que está emprestado, já são motivos suficientes para caras feias e reclamações. Enfim, ossos do ofício.

– Posso imaginar. Desculpe tomar seu tempo. Mas preciso ir agora. Vou até lá em cima para devolver o livro.

– Não quer levar? Esse é um dos títulos que podem ser tomados por empréstimo.

– Para falar a verdade, à tarde irei até a livraria e tentarei comprá-lo. Caso não consiga, voltarei aqui.

– Encontrará muita coisa do Érico por lá, mas, se estiver em falta, não deixe de voltar. Esse livro é maravilhoso. E não precisa ir até o segundo andar, pode deixar aqui comigo, que guardo mais tarde.

– Muito obrigado pela gentileza. Até outro dia. Bom trabalho para você.

– Obrigada. Até mais."

※ ※ ※

Tomás percebeu que o pai interrompeu a escrita no meio da página, o que significava, como já havia identificado, que a atividade se encerrara naquele dia. Como o texto da carta foi construído no computador, alguns poderiam questionar por que ele não retomava o texto no mesmo ponto da página em que havia parado, mas esse não foi o padrão escolhido. Tomás já o havia identificado.

"As interrupções e reinícios na página seguinte são propositais" – Tomás falou em voz alta para si.

O rapaz percebeu que o pai fazia questão de enfatizar as pausas, a fim de que ele compreendesse as dificuldades que enfrentava na produção do material.

Entretanto, Tomás percebeu, dessa vez, algo diferente no padrão de escrita. O pai interrompeu o fluxo da narrativa antes de concluir o raciocínio, de fechar a porta da história aberta no início do "capítulo". Isso só poderia significar uma coisa: algo muito sério motivou a repentina interrupção. Não se pode virar as costas para as palavras de Ethan na abertura do capítulo, quando relatou dores e dificuldades físicas além do habitual.

– É incrível! – pensou Tomás, sem compreender o que sentia.

Ao mergulhar de cabeça na leitura da carta, Tomás criava a falsa sensação de que o relato se desenvolvia no tempo presente, parecia que o "pai da carta" não estava morto havia tanto tempo. Ao contrário, estava bem vivo, contando sua história. Por isso, a pausa o deixou verdadeiramente angustiado com sua situação, consternado com seu sofrimento, por mais surreal que isso pudesse parecer.

O objetivo da carta estava sendo atingido. Por meio dela, reatavam-se os laços de amor entre filho e pai. Uma ligação interrompida de forma precoce pelo câncer.

O jovem compreendeu que a melhor maneira de pôr fim àquela angústia e encerrar a lacuna temporal criada era prosseguir imediatamente com a leitura.

10
Descoberta – continuação

TOMÁS AJEITOU-SE na cadeira, pegou a folha seguinte da carta, passou os olhos superficialmente pelo texto e reiniciou a leitura. Já nas primeiras linhas encontrou a explicação do pai sobre o ocorrido. As razões eram simples; tristes, porém simples.

✳✳✳

"Faz dois dias que não escrevo. Por conta das dores, fui hospitalizado. A energia do meu corpo exauriu-se, o câncer começou a reivindicá-lo com mais veemência. O médico achou por bem introduzir a medicação, principalmente analgesia, através de terapia intravenosa, porque o processo traria mais conforto para mim, além de produzir máxima resposta clínica.

Escrevia sobre minha procura da "menina dos livros", iniciada, sem sucesso, pela biblioteca pública, quando senti uma dor forte e insuportável na região do abdômen. Naquele dia, eu já estava sentindo dores, mas eram toleráveis. Porém, a intensidade aumentou e transformou-se em uma dor aguda e profunda, numa escala de intensidade inimaginável. Foi como se um pontaço de lança tivesse transpassado meu corpo, fazendo com que minhas forças se esvaíssem. Olhei-me no espelho. A transformação foi muito rápida. A cor havia abandonado meu rosto. Os olhos vazios pareciam mais profundos. Sentia muita dificuldade para respirar, porque a dor aumentava consideravelmente quanto eu puxava o ar com mais força. Com muito esforço, consegui salvar o texto e desligar o computador. Sua mãe não poderia saber, em hipótese nenhuma, o que eu estava fazendo. Depois disso, num esforço sobre-humano, caminhei alguns passos até a porta e gritei por auxílio. Tive sorte que Cecília lia na sala quando ouviu meu chamado.

    Estou me sentindo bem melhor agora, mas creio que minhas idas ao hospital deverão se tornar mais constantes daqui para a frente. Não há como mudar isso. Tudo o que está acontecendo já era esperado. O tempo tem pressa. O câncer não faz concessões.

    Continuemos, então, de onde a dor me obrigou a parar.

    A primeira tentativa de localização da "menina dos livros" não rendeu frutos, mas ainda me encontrava convicto de que estava no caminho correto. Depois do almoço, meu próximo destino seria a livraria Casarão. A voz na minha cabeça repetia, empolgada, que lá eu a encontraria.

Naquela mesma tarde, eu constataria que meu subconsciente, a voz, ou seja lá qual for o nome que se dê para isso, estava correto, ou melhor, parcialmente correto.

O almoço foi rápido. A ansiedade havia voltado. Eu criara grandes expectativas, quase uma certeza, em torno da ideia de que o principal habitat da "menina dos livros" era em meio aos livros. Parece óbvio e redundante isso, mas a vida nem sempre é dada a obviedades ou redundâncias.

Na rua, o ar ainda estava morno, mas uma brisa começava a soprar. Peguei o carro e, cinco minutos depois, já estacionava na rua lateral da livraria, um antigo casarão – não por acaso ela se chamava Casarão, – de arquitetura alemã, estilo enxaimel, telhado bastante inclinado, uma das marcas registradas da arquitetura daquele país, acostumado com o alto volume de chuvas. As paredes eram montadas com peças de madeira da cor branca, encaixadas entre si, janelas marrons e tirantes da mesma cor, também em madeira, posicionados na vertical – alguns inclinados –, produzindo um caráter estético único e tradicional.

A ansiedade e a impaciência fizeram com que eu chegasse cedo demais. Segundo o pequeno cartaz fixado na entrada, a livraria abriria em uma hora. Sem opções, resignado, sentei em um banco de madeira, do outro lado da avenida, sob a sombra de um bordo vermelho, e me pus, mais uma vez, em compasso de espera. Os minutos se arrastaram com uma lentidão inimaginável. Eles simplesmente não andavam. Até tentei aproveitar o tempo para organizar meus pensamentos, mas não conseguia fixá-los em nada. A ansiedade estava me consumindo.

A segunda decepção do dia – certamente a maior – aconteceu cinco minutos antes do horário previsto para a abertura da livraria, quando uma senhora idosa, acompanhada de um casal de jovens, abriu suas portas para o público. Então, constatei, Tomás, que nada viria fácil para este ser humano aqui. Isto não é uma queixa. É só uma constatação da verdade.

A "menina dos livros" não trabalhava naquele local e encontrá-la ali poderia ser analisado apenas sob o prisma das probabilidades estatísticas, como na biblioteca. Mesmo assim, decidi prosseguir com o plano. O que eu tinha a perder? E, por falar em estatísticas, depois de tê-la encontrado no cemitério, no dia do sepultamento de mamãe, nada mais poderia ser qualificado como improvável.

Aguardei alguns minutos para entrar, mas, quando cruzei a porta e olhei para o interior da livraria, dei-me conta de quanto tempo fazia que não entrava ali. Os motivos eram perfeitamente plausíveis: primeiro, porque minhas leituras, desde o pré-vestibular, resumiam-se a materiais didáticos, e, após o ingresso na faculdade, só havia tempo para consumir livros jurídicos, que usava os de meu pai. Em segundo lugar, ainda que eu quisesse um título diferente, minha mãe era amante da leitura e sua compulsão tornou farta a biblioteca de casa. Mamãe, sim, não passava uma semana sem vir ao Casarão.

Eu tinha recordação de que o lugar era grande, mas a longa ausência fez com que eu perdesse a real noção da dimensão da livraria. Eu diria que ela é desproporcional para o tamanho da cidade, mas como recebemos um bom fluxo de turistas o ano todo, principalmente no inverno, devido ao frio e à possibilidade de neve, é possível imaginar que a maior fatia de vendas é proveniente dos visitantes, não dos moradores locais. Espero que ela ainda exista "no seu hoje", Tomás."

※ ※ ※

Tomás já tinha ouvido a mãe falar, muitas vezes, sobre a livraria Casarão, do quanto era encantadora, mas, após o falecimento da proprietária, o lugar fechou e os herdeiros venderam o imóvel. O antigo casarão ainda existe, mas é ocupado por uma imobiliária, a maior da região.

Papai ficaria decepcionado se soubesse disso – pensou.

※ ※ ※

– Posso ajudar? – perguntou um dos atendentes.

– Não tenho nada definido em mente, Marcelo – desviei o olhar na direção do crachá do funcionário –, por isso vou andar por aí.

– Fique à vontade, mas, qualquer dúvida, é só chamar – disse, de forma atenciosa.

Agradeci e comecei a explorar o primeiro dos três andares.

Na essência, basicamente, a organização da livraria era similar à da biblioteca, isto é, livros dispostos em seções. A única diferença é que ali eles estavam à venda.

No interior, o esmero e o cuidado com a decoração e com os detalhes criavam uma atmosfera que fazia com que o visitante sentisse que havia entrado em uma máquina do tempo e recuado pelo menos cem anos, a começar pelo assoalho, com tábuas largas e grossas, de coloração irregular, uma das muitas partes da casa original que resistiram, intactas, por mais de um século, e acrescentavam um toque ímpar de rusticidade ao ambiente.

Outra peculiaridade era que os livros não estavam dispostos em longas estantes, mas divididos numa série de pequenas peças, além de alguns aparadores, todos construídos com madeira de lei, polida, característica que deduzi após analisar detidamente a espessura, a coloração marcante, e calcular o peso de cada peça. Quem quisesse se sentar para analisar, de maneira confortável, algum livro, tinha à sua disposição mesas e cadeiras construídas do mesmo material. Fiquei espantando com o peso de uma das cadeiras.

O acervo da livraria nem era tão grande. Fossem os livros condensados em móveis mais modernos, cuja funcionalidade aproveitasse todos os espaços, certamente não encheriam um andar. Entretanto, era a maneira com que as obras eram dispostas, pequenas estantes, pouca quantidade de livros pelos móveis, diversos andares e a decoração em volta, que tornava a experiência tão fascinante.

À medida que andava, comecei a perceber detalhes que não tinha notado das outras vezes em que ali estivera, certamente fruto da sensibilidade adquirida ao longo dos anos. Um colega, acadêmico de teologia, certa vez me contou que hoje vê nuances e detalhes, nos textos bíblicos que antes seus olhos não viam. Sensibilidade, explicou-me. Quanto mais você se dedica ao estudo contínuo de determinado assunto, mais adquire conhecimento sobre o tema e, consequentemente, maior sensibilidade, desenvolvendo a capacidade de identificar detalhes que antes passavam despercebidos. No meu caso, a percepção certamente não era fruto de estudos ou do conhecimento de decoração ou arquitetura, mas do fato de também morar em um antigo casarão. Isso me permitia perceber sutilezas que antes não me chamavam a atenção.

Além das estantes, o ambiente era ricamente decorado com antigos relógios, quadros com molduras seculares, afrescos, luminárias centenárias, mas a principal peça era um raríssimo piano de cauda, construído em 1863 pela Blüthner, líder no mercado alemão, talvez mundial, a partir da metade do século XIX, após o boom causado pela revolução industrial. Não vá pensar você, Tomás, que seu velho pai é especialista em pianos, muito pelo contrário, mal consigo diferenciar as teclas pretas das brancas, essas informações estavam escritas em um cartaz fixado na parede perto da qual o piano foi acomodado. Ao redor dele, havia um pequeno cercado de madeira, com uma tabuleta solicitando que a peça não fosse tocada.

O padrão decorativo e o bom gosto seguiam por todos os três andares. Por falar nos demais andares, no segundo, as obras de Érico Veríssimo ocupavam um lugar de destaque, uma pequena sala, apartada das demais seções, denominada "Retalhos do Tempo", com decoração própria que remetia às descrições feitas pelo escritor gaúcho da cidade de Santa Fé, o fictício lugar onde a narrativa de "O Tempo e o Vento", sua obra-prima, desenvolveu-se. Ali encontrei facilmente um exemplar de "Incidente em Antares".

Segui trilhando pelos andares, estantes e escaninhos da livraria, mas, apesar do encantamento que o lugar provocava e do considerável número de pessoas que circulavam por ele, não encontrei nenhum indício do verdadeiro motivo que me levara até o local. Como eu disse há alguns parágrafos, a chance de encontrá-la entre os visitantes do dia era estritamente de caráter matemático. Mais uma vez, eu estava totalmente dependente do acaso, de um encontro fortuito. Começava a ganhar força na minha mente a conclusão de que eu dera excessiva importância para a intuição surgida na cafeteria no início do dia. Estar à mercê da sorte me incomodava, pois gosto de manter as rédeas de minhas ações. Procuro sempre me antecipar aos problemas e elaborar saídas alternativas, planos A, B, C, tantos quantos forem necessários. Para alguém com essa virtude – ou defeito –, tornar-se refém do incerto, do imprevisível, do imponderável, era angustiante.

Pensei um pouco, tentando elaborar mentalmente o próximo passo a ser dado, mas as ideias não vieram. Quando o assunto era a "menina dos livros", elas simplesmente fugiam em debandada. Vencido pela inevitabilidade das circunstâncias, aceitei jogar o jogo proposto pelo destino e me entreguei ao acaso.

Tudo o que restava, então, era seguir minha exploração entre as estantes e observar, sem interesse específico, os títulos expostos. Enquanto andava, programei mentalmente meus próximos destinos, retornar até a cafeteria Dona Florinda, pedir um café e observar os transeuntes, o movimento na rua. Depois, ao cair da tarde, voltar ao parque, encontrar um banco vazio próximo ao lago e observar a paisagem. Isso nunca chegou a acontecer.

No último andar, os livros estavam divididos por países: literatura francesa, portuguesa, inglesa, italiana, alemã – as últimas duas em maior quantidade. No centro da sala, em destaque, uma mesa, que deveria medir perto de cinco metros – precisei dar cinco passos para cobrir toda a sua extensão –, exibia obras de autores da região. Uma pequenina placa informava que o móvel era datado do início do século XIX, estilo Luís XVI, e seu tampo fora construído a partir de um único elemento feito de nogueira maciça.

Achei louvável a ação promovida pela livraria de conferir um lugar de destaque para obras de autores locais, possibilitando que seus livros pudessem chegar às mãos das pessoas dos mais diversos lugares do país que visitavam a cidade, algo impensável para a maioria deles, dada a reduzida capacidade de impressão e distribuição.

O acervo era variado. Dentre outros temas, encontrei romances, história da colonização da região, biografias de personalidades locais, um relato sobre o maior crime ocorrido na cidade. Achei muito interessante um livro que contava a história da saga da família responsável pela criação do povoado que deu origem à cidade: a dura vida na Itália, o sonho de fazer fortuna no Brasil, a difícil viagem, as decepções ao aportarem em terras tupiniquins.

Do lado oposto da mesa, um singelo exemplar atraiu meu olhar. Era uma pequena brochura. A capa exibia um céu crivado de estrelas cintilantes com um pequenino e distante planeta ao centro. Seu brilho era mais intenso que o das estrelas. O livro intitulava-se "*Cottonland*" – Mundo de Algodão, traduzi mentalmente. Fiquei intrigado com o título. Pela capa, imaginei se tratar de um livro infantil ou algo do gênero, mas, impulsionado pela curiosidade, peguei-o nas mãos, passei os dedos sobre a capa e senti o alto-relevo das letras. Ato contínuo, virei-o para ler a contracapa. Foi com relativo espanto que percebi não se tratar de literatura infantil, muito pelo contrário, mas da biografia da breve vida de uma menina falecida aos sete anos.

Minha atenção, então, foi desviada para um pequeno grupo de moças que chegaram ao topo da escada, quase todas ao mesmo tempo. Acompanhei o movimento das jovens, até que uma imagem me deixou boquiaberto. Acho que prendi a respiração, não lembro, mas uma delas, ainda no topo da escada, de costas para mim, fazendo sinal para alguém no andar de baixo, tinha cabelos ruivos, longos. Não conseguia enxergá-la totalmente, pois as amigas, aglomeradas na saída da escada, cobriam parcialmente meu ângulo de visão. Mesmo assim, consegui perceber que ela trazia um livro nas mãos.

"Minha sorte mudou. Meu palpite estava certo. Sabia que a encontraria aqui" – pensei. Não tive dúvida e, sem perda de tempo, com um largo sorriso no rosto, abri caminho pelas demais moças e me aproximei. Diferentemente das outras vezes, eu não perderia a oportunidade.

– Com licença – chamei sua atenção com um leve toque no ombro.

Ela virou-se e olhou para mim com relativo espanto em razão do inesperado chamado.

– Olá. Conheço você? – perguntou, retribuindo o sorriso.

– Desculpe incomodá-la. Pensei que fosse outra pessoa – falei sem jeito, sem conseguir esconder a decepção.

– Não tem problema – disse ela, já saindo na direção das amigas que se espalhavam pelo andar.

Fiquei sem ação por alguns segundos. Depois, olhei para *Cottonland*, que ainda segurava nas mãos. Despretensiosamente, abri a orelha do livro. Engoli em seco. Os dois olhos devem ter brilhado naquele momento. Olhei ao redor e avistei uma cadeira de madeira encostada na parede. Precisava me sentar. Meu coração bateu forte. Então, andei, atônito, na direção do móvel para me acomodar e examinar, com mais calma, o que tinha nas mãos. Olhei o livro novamente enquanto cobria a curta distância até a cadeira. Não sentia meus pés pisarem no chão. Passo. Batida do coração. Passo. Batida do coração. Sentei, finalmente. Do lado de fora, o vento começava a soprar mais forte, embalando, de forma coreografada, o grande plátano que ficava nos fundos da livraria, fazendo com que as folhas de um galho mais atrevido roçassem a vidraça da janela. O som era suave e gentil. A velha árvore tentava me acalmar.

221

A foto da "menina dos livros" impressa na parte interna da brochura. Ela era a autora. Amanda Lins! Li, reli, pronunciei, repeti diversas vezes... Amanda Lins! Jamais imaginaria que seria por meio de um livro que descobriria seu nome. Que ironia! O destino devia estar às gargalhadas naquele instante.

A orelha do livro não trazia muitas informações sobre a autora, Amanda Lins, a "menina dos livros", apenas que era irmã da criança cuja história apresentava sob a forma de romance.

Desci rapidamente as escadas, na mão os dois livros. Pedi desculpas ao Érico, mas *Incidente em Antares* teria que ficar para depois, porque, naquele momento, só uma coisa me interessava: ler a obra da "menina dos livros", ou, Amanda Lins. Nunca consegui me adaptar a esse nome. Cada vez que o pronunciava, a impressão era de que falava de outra pessoa, não da minha "menina dos livros" – perdão pelo pronome possessivo.

Dirigi-me ao caixa para efetuar o pagamento e tive a oportunidade de conversar com a proprietária da livraria, senhora Lúcia. Teci longo elogio pelo lugar e aproveitei para perguntar sobre *Cottonland* e Amanda Lins.

– Não tenho muitas informações sobre a autora. Faz algum tempo, talvez seis meses ou um pouco mais, que comprei alguns exemplares para colocar à venda e, como ela não é cliente assídua da livraria, combinamos que viesse aqui depois de alguns meses, e, caso os livros fossem vendidos, eu reporia o estoque. Mas, desde então, ela não mais apareceu. Esse seu era o último.

– Ela é daqui mesmo? – perguntei, esforçando-me para diminuir o real interesse que tinha na autora.

– Sim, e não, pelo que me recordo.

Não falei nada, mas Lúcia percebeu, através de meu olhar interrogativo, que não compreendi a informação. Então, complementou:

– Ela comentou ser natural de nosso município, parte de sua família ainda reside aqui, mas ela, há alguns anos, foi morar em Santa Cristina do Pinhal.

Imediatamente, meu cérebro processou aquela informação. Talvez, isso explicasse a dificuldade de encontrá-la com mais frequência, pois ela morava a quase cinquenta quilômetros dali.

– A senhora leu o livro?

– Li e adorei. A autora tem uma sutileza ímpar com as palavras. É um livro leve, apesar de baseado em uma história triste.

– Colocarei na minha fila de leituras – fingi despreocupação, quando, na verdade, a ansiedade me corroía as entranhas. Queria chegar a casa logo para começar a leitura.

Encerrei a conversa com Lúcia agradecendo pelas informações e elogiando, mais uma vez, a livraria. Ela agradeceu pelas palavras e me convidou a voltar com mais frequência. Eu prometi que o faria.

As informações que Lúcia me passou colocavam um pouco de luz sobre algumas questões, além de fornecerem uma pista importante sobre a "menina dos livros". A primeira coisa a fazer era ler seu livro e ver se o conteúdo acrescentaria mais alguma peça ao meu quebra-cabeça. Depois disso, seria hora de colocar o cérebro para funcionar a fim de encontrar uma maneira de descobrir seu endereço em Santa Cristina do Pinhal. Não seria uma tarefa fácil, mas deixaria para me ocupar disso no seu devido tempo.

Quando entrei no carro, olhei pelo espelho retrovisor, vi minha própria imagem e fiquei, por alguns momentos, fazendo um pequeno exercício de imaginação: olhar para mim mesmo como se fosse pelos olhos de outra pessoa. Tudo o que enxerguei foi ansiedade no rosto refletido no espelho. Então, coloquei a sacola com os livros no banco do carona, liguei o carro e segui para casa. Tinha um livro para ler."

11

Cottonland

NÃO HÁ consenso entre os especialistas sobre a razão pela qual os gatos ronronam. Inclinam-se alguns para a teoria de que esse comportamento primitivo, aprendido já aos dois dias de vida pelos bichanos, teria como finalidade chamar a atenção da mãe para a hora da amamentação, hábito que o felino leva para a vida adulta. Associam o som ao ato de comer desde a infância.

 Aproximava-se do meio-dia quando Tomás, como um gato faminto, guiado pelo ronronar frenético produzido pelo estômago, desceu rapidamente a escada à procura da mãe e de alimento. Cecília, como uma felina atenta e protetora, percebeu a aproximação do filho pelo barulho que seus passos produziam nos degraus ou talvez, instintivamente, tenha percebido os rom-rons do filho, faminto, em busca de alimento.

 – Que ótimo que você apareceu. Estava quase

subindo para chamá-lo – disse Cecília, postada ao pé da escada.

– Estava envolvido com a leitura. Não vi a hora passar.

– Tudo bem. Preparei dois sanduíches e um suco. Não é a melhor opção para o almoço, reconheço, mas assim consegui avançar com o texto para as minhas aulas.

– Para mim, está ótimo.

Os primeiros minutos da refeição foram de silêncio. Ambos estavam concentrados em seus respectivos sanduíches. Tomás, então, quebrou o mutismo.

– A senhora já ouviu falar de uma cafeteria chamada Dona Florinda?

– Qualquer pessoa da minha geração já ouviu.

– E o que aconteceu com ela?

– Sabe a loja de instrumentos musicais na avenida principal?

– A senhora fala da "Cor do Som"?

– Sim. Ali funcionava a cafeteria. Mas fechou há muito tempo. Não sei dizer o motivo. Como você soube dela?

– Ouvi comentários na escola e achei engraçado o nome.

– Seu pai era fã. A cidade oferecia lugares muito melhores no quesito "café", mas, se eu não protestasse, ele só tomaria café na Dona Florinda.

– Vai ver tinha alguma garçonete bonita interessada

nele – Tomás sorriu, sem desviar o olhar da mãe para observar sua reação.

– É uma boa teoria. Não tinha pensado nisso.

Pela resposta despreocupada, estava claro que a mãe não sabia da ligação afetiva que o pai tinha com o lugar, tampouco de Jaqueline, a garçonete.

Terminado o almoço, mãe e filho ficaram conversando em frente à TV, que exibia um documentário sobre a segunda grande guerra. Nenhum dos dois prestava total atenção ao programa.

– Sei que você não gosta muito da ideia, mas esta semana, no máximo na outra, preciso ir ao cemitério organizar a capela da família. Você me faria companhia?

– Por mais que cemitérios sejam um desperdício de espaço, apesar de respeitar as tradições e aqueles que pensam diferente de mim, ou seja, todo mundo, posso ir com a senhora.

– Desperdício de espaço? Não acha um tanto radical seu pensamento?

– Radical, não. Talvez prático. Veja bem, dona Cecília, o cemitério é desnecessário, qualquer que seja o pensamento a respeito da morte. Para os que defendem que a morte é o fim de tudo, não haveria necessidade de manter um local para cultuar os mortos, uma vez que aquele indivíduo, por essa teoria, deixou de existir para o mundo. Sua consciência não sobreviveu. Sobraram apenas resquícios físicos da sua passagem pela Terra.

Por outro lado, para aqueles que acreditam na

existência de vida após a morte, seja lá qual for sua crença acerca do "pós-vida", seria igualmente inútil o culto realizado em um local específico, já que seu ente, de acordo com suas próprias convicções, não estaria mais ali.

– É uma visão bem cartesiana da situação, mas permita-se participar de um pequeno exercício comigo:

Imagine que você esteja diante de um prédio. Para acessar sua entrada, existem duas maneiras: as escadas e uma rampa. As pessoas que gozam de boa saúde subirão pela escadaria. Por outro lado, os portadores de alguma dificuldade acessarão o prédio pela rampa. No fim das contas, todos entrarão no prédio. Correto?

– Correto – respondeu Tomás, sem compreender aonde a mãe queria chegar com aquela história de escadas e rampas.

– Muito bem. Traga essa imagem para a nossa discussão. Todas as pessoas sentem saudades daqueles que já se foram, mesmo que não acreditem na existência da vida após a morte. Todos, sem exceção, em algum momento, dirigirão pensamentos, palavras, preces a seus entes queridos, qualquer que seja a sua crença. Correto?

– Correto – Tomás concordou mais uma vez.

– Portanto, considerando que todos agirão da mesma maneira – uns mais, outros menos –, qual o problema de fazer isso no cemitério, que seria a rampa na analogia? O fato de você, Tomás, ser uma pessoa que não precisa do cemitério como instrumento de recordação, de oração, de saudade, não lhe dá o direito de taxar como inútil a ação daqueles que precisam dele para atingir o mesmo fim que você consegue fazer à distância. Você usa as escadas; eles, a rampa, por necessidade ou por opção.

Não há maiores nem menores, mais capacitados ou menos capacitados. Cada um caminha da forma que se sente mais confortável ou da forma que necessita. O importante não é a maneira, mas o ato de caminhar, se é que você me entende.

Essa analogia serve para a maioria das disputas de natureza religiosa. Veja a eterna discussão sobre destinar orações e pedidos para santos. Não necessitar de elementos intermediários para se conectar com uma força maior, a quem destina suas orações, não implica dizer que estejam equivocados todos aqueles que preferem ou necessitam de uma estátua, de um rosário, para criar um ambiente mental mais adequado para fazer suas preces.

Qual o problema de agir dessa maneira, ainda que sua crença ateste que ela seja desnecessária? Primordial é a oração, a criação de um ambiente mental que permita se conectar com Deus, com Jesus, com os bons Espíritos por meio da oração, não a forma como isso é feito.

Com o tempo, Tomás, todos "subirão pelas escadas", pois entenderão que a rampa não será mais necessária. Mas, enquanto isso não acontece, respeitemos aquelas pessoas que ainda precisam da rampa para atingir seu objetivo. Entenda que muitas pessoas ainda acreditam que não é possível se conectar a seus entes queridos se a prece não for feita no cemitério. Quem somos nós para julgá-las?

– É uma boa tese, dona Cecília. Não tinha analisado por esse ponto de vista. Pensarei sobre ela – disse Tomás, com sinceridade.

– Fico feliz. Aplique essa analogia a eventuais futuras discussões, mesmo que mantenha seu atual ponto de vista, e conseguirá compreender as razões das outras pessoas, e se tornará alguém mais tolerante e menos radical.

– Obrigado pela lição. Sem ironia.

Depois de conversar com a mãe por mais alguns minutos, Tomás voltou para o quarto e retornou para sua leitura. Pela quantidade de folhas que restavam, percebeu que estava, talvez, no último terço da carta.

✳ ✳ ✳

"Antes de retornar à história do ponto em que parei, há algo que deveria ter dito quando falei sobre a cafeteria, mas acabei esquecendo. Eu sei que bastaria voltar no texto e inserir o trecho esquecido, mas não vejo problema em falar disso agora, nessa ordem.

Depois que encontrei o livro e, consequentemente, a primeira pista concreta da "menina dos livros", voltei à cafeteria e deixei um pequeno bilhete de agradecimento à Jaqueline. Tudo bem que ela não tenha ideia do quanto, involuntariamente, ajudou na minha busca ao trazer aquele cardápio; mesmo assim, agradeci, de forma genérica, pelo atendimento. A mesma coisa fiz com relação à Ana Maria, a atendente da biblioteca, e Lúcia, a proprietária da livraria.

E por que estou contando isso? Porque demonstrar

gratidão às pessoas é uma das atitudes mais simples e poderosas que nós seres humanos somos capazes de expressar uns pelos outros.

Sempre que possível, devemos agradecer o que os outros fazem por nós, esforçando-nos ao máximo para evitar exceções. Podemos fazer isso com um simples sorriso, com algumas palavras ou por meio de ações. O que está claro é que a gratidão é sempre o que de melhor podemos oferecer por algo que recebemos. Ofertar um agradecimento ou qualquer outro ato de recompensa é reconhecer que a pessoa fez algo que nos trouxe felicidade.

Pessoalmente, prefiro externar minha gratidão por bilhetes de agradecimento. Entretanto, independentemente da forma que escolha, sempre demonstre gratidão. Pense nisso, filho.

Bem, feito esse parêntese, deixe-me voltar à história. Às vezes, parece estranho escrever isso. Apesar de estarmos tão próximos – você está dormindo no seu quarto agora –, a distância que nos separa neste texto só pode ser medida em anos ou em dimensões, você pertence a este mundo, enquanto eu... bem, não tenho ideia de onde estarei no instante em que estas palavras forem lidas. Pensar nisso me deixa emocionado, mas também traz um sentimento de vazio.

Minutos depois de iniciar o trajeto de volta para casa, o vento começou a soprar forte, e uma tempestade agitou-se no céu, escurecendo aquela, hoje longínqua, tarde de segunda-feira, deixando todos inquietos. No caminho, observei várias pessoas recolhendo rapidamente as roupas colocadas para secar nas cercas e cordas. Não demorou para que uma chuva descomunal desabasse, martelando as ruas e os telhados da cidade. Era uma tempestade bíblica, parecia que toda a água do céu estava caindo de uma só vez, numa torrente furiosa, como se Deus estivesse zangado e quisesse nos afogar. Relâmpagos estalavam e trovões estrondeavam no céu.

Passava das quatro horas da tarde quando cheguei a casa. A chuva ainda caía forte. Desci do carro e, assim que senti os primeiros pingos caírem sobre minha cabeça, tive uma ideia infantil. Devolvi a sacola plástica com os livros para o interior do carro e fiquei na chuva, braços abertos, piscando os olhos contra ela e permitindo que a água lavasse minha alma e levasse, quem sabe, minhas dúvidas e inquietações. Por cerca de dez minutos, fiquei parado, dando vazão à doce saudade. Lembrava-me das tardes de infância, dos banhos de chuva e de mamãe dizendo que pegaria um resfriado. A lembrança desfilava em minha mente com incrível nitidez. Era como se a imagem dela passasse diante dos meus olhos através dos pingos de chuva presos nos cílios

Mais tarde, seco e de roupa trocada, lembrando-me da antiga receita de mamãe, preparei um chá de limão com mel para evitar o resfriado. Em seguida, no conforto da sala, peguei o livro, abri novamente na orelha e fiquei por alguns segundos admirando a "menina dos livros" na foto. Ela correspondeu. Seu olhar fixo me seguia.

– Quais segredos aquele livro escondia? Assim são os livros: alguns são nossos velhos camaradas, antigos confidentes; outros, novos conhecidos, que ainda não revelaram seus segredos. Mas todos amigos, não obstante.

Então, iniciei a leitura do livro escrito pela "menina dos livros" – meu cérebro recusava-se a chamá-la de Amanda Lins.

Lúcia, a proprietária da livraria, não havia exagerado quando elogiou a autora, enaltecendo a delicadeza das palavras mesmo diante da tristeza que permeava a história.

A leitura fluiu rápida. À medida que algum trecho chamava minha atenção, prontamente eu o destacava com uma caneta marca-texto de cor laranja. Pouco a pouco, as páginas dos livros começaram a ficar rabiscadas com o adereço alaranjado.

Inicialmente, notei que a "menina dos livros" não revelou o nome da irmã em momento algum. Durante toda a obra, preferiu usar o pronome pessoal "Ela", grafando o E em maiúsculo. Talvez, a ideia tenha sido a de manter o nome em sigilo para preservar sua memória. A irmã – conta a narradora – desenvolveu uma doença rara, degenerativa, sem cura. Não havia mais detalhes acerca da moléstia. Aliás, elementos técnicos eram raros na obra, possivelmente por não serem o foco dela.

Apesar de não se tratar de um livro religioso, eu diria que sua linha de pensamento se aproximava muito da visão que os espíritas têm sobre a morte. A narrativa, feita em primeira pessoa, sob a perspectiva da autora, desenvolvia-se em três cenários alternados: o quarto da criança, o jardim da casa (os dois primeiros). A menina conta à irmã mais velha sobre a existência de um mundo paralelo chamado *Cottonland* (o terceiro cenário), um lugar onde não existiam fronteiras, línguas, doenças, dores, discórdia, ódio, sofrimento, guerras. "Ela" revela que, desde a piora de seu estado de saúde, em razão da doença, era transportada para aquele mundo todas as vezes que adormecia e que lá voltava a ser uma menina saudável.

A cada despertar, "Ela" conta à irmã histórias envolvendo o fantástico mundo que visitava durante o sono. Os pormenores com que descreve a vida em *Cottonland* e o cotidiano de seus habitantes impressionam. A riqueza de detalhes desperta dúvidas na cabeça da irmã mais velha – a autora – que antes tinha certeza de que *Cottonland* não era real.

Em certo ponto da história, a menina anuncia à cética irmã que o Rei de *Cottonland* baixou um decreto real autorizando sua entrada no reino, na qualidade de acompanhante da irmã mais jovem, durante sua próxima visita, como forma de demonstrar que *Cottonland* não era um mundo de ficção. Surpreendentemente, naquela mesma noite, a autora, também em sonho, foi levada, em companhia da irmã, para *Cottonland*. O mundo que se descortinou à sua frente, outrora adjetivado de fictício, a seus olhos parecia mais real do que poderia supor. Ela passou muitas horas em *Cottonland*, onde teve a oportunidade de interagir com os felizes habitantes daquele apaixonante mundo.

A irmã mais velha fica impressionada com o fato de que "Ela" tinha uma vida totalmente saudável naquele reconfortante lugar, completamente livre da grave doença que a incapacitava na vida real. Assim que penetrava no novo mundo, a irmãzinha se via liberta das dores, que milagrosamente desapareciam.

O tempo passa e, noite após noite, as duas irmãs continuam encontrando-se em *Cottonland*, onde passam a viver uma espécie de vida paralela. Tudo é belo por lá. A autora dedica algumas páginas para descrever o diferente mundo.

Entre uma visita e outra a *Cottonland*, a autora conta suas impressões, dores e a angústia de presenciar, impotente, o sofrimento da irmã pequena diante da insensível doença. Por várias vezes, ela se utiliza do texto para desabafar e expressar sua revolta contra Deus.

O livro também fala de saudade, de perda e da dor pela ausência física. Veja alguns trechos que sublinhei, Tomás:

"Caso realmente exista uma nova vida após a morte, como dizem alguns pensadores, talvez eu tenha a oportunidade de lhe dar mais um beijo, mais um abraço."

"O cheiro Dela está no quarto, nas roupas, em todo o lugar. Passei a mão em seus vestidos como se, ao tocá-los, pudesse acariciá-la."

Um dia, durante uma das viagens, em sonho, sua majestade, o Rei de *Cottonland*, informa à irmã mais velha que, em três dias, sua pequenina irmã se tornará a mais nova habitante de seu reino e não mais retornará à vida debilitada que levava na Terra. Além disso, nesse mesmo prazo, a autorização que lhe foi concedida para penetrar em seus domínios será revogada. Não terá mais permissão para estar em *Cottonland* e visitar a irmã mais jovem.

Amanda, a autora, acorda intrigada e amedrontada do teor do sonho. Em seu íntimo, temia que, em três dias, algo pudesse acontecer à irmã. Estava certa. Surpreendentemente, três dias mais tarde, "Ela" dormiu para sempre, e a "menina dos livros", a irmã mais velha, em seus sonhos, perdeu a capacidade de visitar *Cottonland*, para onde acreditava que a irmã tivesse ido após a morte.

Nas horas em que a saudade apertava, conta a autora no livro, imaginava a irmãzinha feliz, brincando pelos campos verdejantes e floridos, na companhia dos alegres habitantes de *Cottonland*.

"*Há momentos, quando estou sozinha no jardim de casa, que tenho a impressão de ouvir sua risada.*

Será ela? – pergunto-me, com voz baixa, como o som do vento que balança as folhas das árvores. Mas, diante do silêncio, vejo-me só, como se fosse a última da espécie no mundo todo. Então, ouço sua risada novamente.

'Ela' está feliz."

Assim, a "menina dos livros" encerra *Cottonland*.

O livro, de fato, é encantador, Tomás. Obviamente, meu apressado resumo corresponde à ínfima fração de seu conteúdo. Seria impossível para mim reproduzir todos os sentimentos e os encantadores detalhes que só o livro traz. Guardei meu exemplar original com muito carinho. Caso um dia você tenha interesse por ele, procure-o na biblioteca da nossa casa. Tenho certeza de que ainda está por lá."

※ ※ ※

Tomás levantou a cabeça, interrompendo a leitura.

"Como não tinha pensando nisso?" – perguntou-se, dando um leve tapa na testa.

Era perfeitamente natural o pai ter conservado e guardado o livro, considerando a importância que a "menina dos livros" tivera em um período da sua vida, ainda que algo muito sério tivesse acontecido a ponto de interromper ou não permitir o promissor romance.

O relato apaixonado de Ethan sobre a jovem havia despertado em Tomás a curiosidade de ao menos conhecer seu rosto, várias vezes descrito na carta e sempre muito adjetivado pelo pai.

Tomás pegou o celular e digitou "Cottonland" no mecanismo de busca, mas, apesar de algumas referências sobre o livro, não havia fotos. Também pudera, na época em que foi escrito, a internet ainda não havia sido popularizada. Além disso, tratava-se de um livro local, sem grande difusão.

Decidiu, então, procurar o livro na biblioteca, mas deixaria para fazer isso quando a mãe não estivesse em casa, para não chamar sua atenção. Afinal, não seria tão simples encontrá-lo em meio às centenas de livros que faziam parte do acervo da família. Levaria tempo e, com certeza, despertaria a curiosidade sempre aguçada de Cecília. Mantinha-se firme no propósito de ocultar da mãe a história contida na carta, ao menos por enquanto.

❅ ❅ ❅

"O livro não me trouxe qualquer nova informação sobre a "menina dos livros", além daquelas que eu já possuía. Era preciso planejar o próximo passo, mas, como sempre acontecia quando o assunto era ela, não tinha ideia do que fazer.

A impotência me incomodava. Mas não era só isso. O sonho da noite anterior estava vívido na minha memória. A voz na minha cabeça se mantinha calada e não me dava uma mísera dica.

Olhei na direção do relógio pêndulo no canto da sala. Seus ponteiros avisavam que nos aproximávamos das oito horas da noite. Subi para o meu quarto. Abri a janela e percebi que a chuva havia cessado. O céu não estava mais furioso, e a tempestade dissipara-se. Por entre as nuvens, que se afastavam, a constelação do Cão Maior, com a estrela Sírius – a mais brilhante do céu noturno – com sua luz branca em destaque, cintilava na abóbada celeste. Apesar de a chuva ter ido embora, ainda ouvia seus resquícios que gotejavam do telhado. Era a sinfonia do tédio.

O dia foi produtivo, isso eu não podia negar, tampouco me queixar, pois, finalmente, encontrara informações concretas sobre aquela menina que me enfeitiçara com um breve e discreto olhar. Eu deveria estar feliz com a descoberta, porém, sem explicação, quanto mais eu me aproximava dela, maior era a angústia. Estava diante de sentimentos antagônicos.

Coloquei a cabeça fora da janela para respirar o ar noturno, na tentativa de me aliviar do peso opressivo no peito causado pelas incertezas, pela ansiedade e por outras sensações que eu mesmo não conseguia definir. Um mau pressentimento se intensificou no meu estômago.

Talvez, estivesse dando importância demais para um sonho sem sentido. A "menina dos livros" era apenas isso, uma menina, e por quem eu estava perdidamente apaixonado; uma menina que havia perdido sua irmã para uma doença rara e que havia escrito um livro sobre sua curta vida. Meu cérebro, simpatizante por quimeras, foi quem criou essa aura de mistério em torno dela.

Hoje, sabendo o que sei sobre os acontecimentos do dia seguinte, certamente não teria formulado essa conclusão. As artimanhas do destino são mesmo intrigantes. Quando aprenderei?

Foi difícil encontrar o sono naquela noite. Vi os minutos se transformarem em horas, alternando entre a cama e a janela, meu observatório noturno. Era a segunda noite consecutiva que encontrava dificuldades para dormir. Dessa vez, porém, não houve sonhos, o que não deixava de ser um alívio, pois, quando finalmente dormi, foi de forma profunda, e só acordei com a luz matinal que entrava pela finíssima fresta na cortina, que novamente eu não havia fechado direito durante a madrugada.

Lá fora, a névoa que havia baixado e o vento insistente que soprava deixaram o amanhecer mais frio, atípico para o verão, mas que não surpreendia os moradores da região serrana, acostumados com as constantes e repentinas mudanças de humor do tempo. Confesso que senti desejo de voltar para o conforto da cama, mas tinha muito a fazer. Papai havia mandado confeccionar uma placa memorial de bronze com uma foto de mamãe, além das tradicionais datas de nascimento e de morte. Por fim, logo abaixo das datas, a singela frase "Viverás sempre dentro de nós". Ontem, ele solicitou que eu supervisionasse a sua colocação no mausoléu da família. Depois disso, minha ideia era retornar à biblioteca e conversar com Ana Maria sobre *Cottonland*, e, quem sabe, obter alguma informação que me ajudasse a encontrar o endereço da escritora, a "menina dos livros". Era um começo, e eu estava animado.

Poucos antes de sair de casa, o telefone tocou. Era o funcionário da loja que instalaria a placa informando que haveria um pequeno atraso de cerca de meia hora em relação ao horário combinado. ,Logo imaginei que "cerca de meia hora" significaria, na verdade, uma hora, pelo menos. Assim, diante do imprevisto, decidi mudar a ordem programada e ir primeiro à biblioteca.

Ana Maria cumprimentou-me com um largo sorriso assim que cruzei a porta de entrada.

– Não encontrou *Incidente em Antares*? Sinto dizer que ele foi emprestado ontem à tarde.

– Que azar – falei.

– Creio que o livro será devolvido somente daqui a

dez dias. Esse é o prazo que concedemos para empréstimos, podendo ser renovado por mais dez dias.

– Que azar... eu teria, caso não o tivesse encontrado na livraria – complementei a frase anterior, rindo da brincadeira.

– Ah, então você achou o livro? – ela levantou os braços de forma teatral.

– Sim, mas o que me trouxe aqui foi outro motivo. Estou tentando obter mais informações sobre o livro de uma escritora da região. *Cottonland*, de Amanda Lins.

– *Cottonland*? Sei qual é. Mas o que gostaria de saber especificamente?

"É uma longa história, Ana Maria. Mas, em resumo, há pouco mais de um mês, num fim de tarde aparentemente despretensioso, no Lago São Francisco, uma linda jovem, carregando uma pilha de livros, passou na minha frente. Por razões que não consigo explicar, ela me encantou. Foi amor à primeira vista. Desde então, tenho procurado por ela, desesperadamente, por toda a cidade. No dia em que fui até a livraria, descobri, casualmente, que se trata da autora desse livro. Assim, sem ter por onde começar minha busca, vim até aqui para, quem sabe, encontrar alguma informação sobre ela. Você sabe onde posso encontrá-la?"

Essa foi a pergunta que eu gostaria de ter feito, mas não tive coragem, então precisei inventar uma história.

– Tenho uma amiga que está atravessando um momento difícil por causa da perda da filha. Eu li *Cottonland* e achei que o livro poderia lhe trazer algum conforto ao conhecer a experiência de outra pessoa que vivenciou o mesmo problema.

– Com certeza, Ethan – não me esqueci de seu nome –, porque a autora, por intermédio fazendo uso do mundo de *Cottonland*, faz uma sutil analogia ao plano espiritual – assim interpretei. Ela relata sua experiência com a dor da perda e traz ensinamentos consoladores.

– Por isso resolvi presenteá-la com o livro. Mas como a autora é daqui, pensei que talvez pudesse encontrá-la para lhe pedir uma dedicatória, considerando a especial condição da pessoa que receberá o presente.

– Que ótima ideia. E você imaginou que, por trabalharmos com livros, saberíamos onde encontrá-la?

– Foi a primeira coisa que me veio à cabeça. Lúcia, da livraria Casarão, disse que a autora mora em Santa Cristina do Pinhal, mas não soube dar maiores detalhes.

– Temos o livro aqui na biblioteca, ela doou para o nosso acervo. Foi a única vez que a vi. Isso deve fazer sete, oito meses, mais ou menos...

– Talvez tenha sido no mesmo dia em que deixou livros no Casarão para venda, pois Lúcia comentou que esteve lá apenas uma vez, há seis meses aproximadamente. Desculpe-me por ter atravessado sua fala.

– Não tem problema. Mas é provável que tenha sido no mesmo dia, afinal ela não mora aqui.

Quando fez a doação do livro, conversamos rapidamente. Ela me pareceu uma pessoa bastante reservada. Como se tratava de escritora nascida em nossa cidade, falamos da existência de uma lei municipal de incentivo aos artistas locais – escritores estariam englobados no conceito. Por meio dessa lei, seria possível realizar um evento oficial de lançamento do livro aqui mesmo na biblioteca, custeado pelo município, mas teria que ser durante o horário de expediente. Lembro-me de que ela gostou da ideia, mas disse que seria impossível em razão do horário, pois sua vida girava em torno da faculdade e do trabalho em uma floricultura em Santa Cecília do Pinhal. Também falou que só conseguiu trazer o livro naquela tarde porque aproveitou a vinda até aqui para fazer uma grande entrega de flores.

– Uma floricultura? – pensei alto.

– É a única informação que tenho dela. Não sei se é de grande ajuda, porque não sei o nome da floricultura e não faço a menor ideia de quantas haverá por lá. Sem contar que não sabemos se ela continua trabalhando no mesmo lugar.

– É um ponto de partida. E, como tenho um compromisso por lá, posso visitar algumas floriculturas – espero que não existam muitas. O que tenho a perder?

– Tempo, a princípio. Mas como o motivo é nobre, justificaria o risco de desperdiçar algumas horas da sua vida.

– Com certeza, justifica. Disso você pode ter certeza – respondi, enigmático.

– Espero que tenha sorte, então. Vai precisar.

– *Alea Jacta Est!* – exclamei.

– É isso aí: a sorte está lançada!

– Muito obrigado, Ana Maria.

– Gostaria de ter ajudado mais.

– Ajudou mais do que imagina. Mas agora preciso ir, o relógio me chama. Tenho um compromisso.

– Espero que seja um compromisso agradável.

– Agradável não é o adjetivo que melhor define o que preciso fazer agora.

– Então, desejo-lhe sorte.

– Também não é para tanto. Preciso apenas ir ao cemitério para acompanhar a colocação de uma placa na capela onde minha mãe foi sepultada.

– Sinto muito por sua perda.

– Obrigado. Coisas da vida. Até outro dia.

– Até mais, Ethan.

– Uma floricultura… Esta tarde será perfeita para fazer uma visita a Santa Cecília do Pinhal – falei sozinho, enquanto voltava para o carro.

A decisão estava tomada. Eu só não percebi que o destino, travesso, tocou sutilmente meu ombro e sussurrou avisando que tinha outros planos para mim naquele dia. Algo que colocaria meu senso de racionalidade à prova. O problema é que eu estava empolgado demais para ouvi-lo. Mas não vamos subverter a ordem cronológica dos fatos."

✳ ✳ ✳

Tomás olhou para a carta. A quantidade de folhas

ainda não lidas estava cada vez menor. Estava ávido por descobrir o desfecho da história da "menina dos livros". E agora, para apimentar um pouco mais o seu processo de descoberta, o pai encerrava aquela página de forma abrupta, criando um clima de suspense, que pareceu proposital, bem diferente do restante da carta, pois era nítido que a estrutura dos "capítulos" era determinada por suas condições físicas.

– Boa sacada, pai! – exclamou Tomás, com a cabeça voltada para o alto.

12

Tempestade no horizonte

– JÁ ESTÁ decidido? – perguntou Ethan, lançando um olhar triste, banhado de lágrimas, na direção do amigo e mentor Julião.

– Sim, a decisão não passou de mera formalidade, pois a circunstância foi previamente ajustada e prevista no planejamento reencarnatório.

Resignado, Ethan baixou a cabeça e sentou-se, calado, sobre uma pequena elevação do terreno coberta de grama. O Sol surgia no horizonte, tingindo com tons amarelados o verde lustroso do gramado que escorria pela grande planície existente na colônia espiritual Luzes do Amanhã, local para onde Ethan foi levado após sua desencarnação. Ao seu lado, Julião mantinha uma postura serena. Aguardava, respeitosamente, que o pupilo absorvesse o impacto da notícia.

Após o longo silêncio que se seguiu, Julião passou a explicar com calma. Ethan levantou a cabeça e olhou para o mentor tão logo ele começou a falar:

– Diante da imortalidade da alma, o conceito do que é bom e do que é mau é extremamente relativo.

Equivocamo-nos quando nos rotulamos sofredores, injustiçados por Deus. O erro de avaliação ocorre porque temos a natural tendência – própria do ser humano – de analisar a situação unicamente pela lente do imediatismo.

De volta ao plano espiritual e recuperando a ampla visão da situação, como alguém que observa vales e rios do cume alto de uma grande montanha, aos poucos compreendemos que muitas coisas boas se apresentaram em nossa vida por meio de circunstâncias que julgávamos serem más.

Por isso, não se aflija, meu amigo – Julião pôs a mão direita sobre ombro de Ethan –, compreenderá, em breve, o funcionamento da Misericórdia Divina, que abraça a todos indistintamente. A bondade de Deus faz-se presente mesmo quando somos surpreendidos pelo infortúnio.

– Compreendo perfeitamente suas palavras, Julião, mas espero que releve e também compreenda minha fraqueza, meu momento de tristeza.

– Seria insensível se não compreendesse, principalmente porque também já experimentei o gosto desse amargo remédio ao longo da minha jornada, mais de uma vez, por sinal.

Você compreenderá o alcance dessa decisão muito

em breve. Aproxima-se o momento de descortinar o véu que cobre seu passado reencarnatório. Quando a neblina do esquecimento das vidas anteriores dissipar-se, você terá em mãos uma prova da inequívoca infalibilidade da Lei Divina.

Ethan ficou em silêncio, absorvendo a fala do amigo espiritual. Segundos depois, esboçou um ligeiro sorriso, que chamou a atenção de Julião.

– Sua fala trouxe recordações de minha mãe. Nas vezes em que eu me machucava, e não foram poucas, eu fugia quando chegava o momento de trocar o curativo, porque grudava na pele ou até mesmo na ferida. Ela me alcançava e dizia "é preciso arrancar o curativo, Ethan. Vai doer, mas, pelo menos, acaba de uma vez, e daí você ficará aliviado".

– Guardadas as devidas proporções, é uma boa analogia com o que está por vir. Muito em breve, chegará a hora de puxar o esparadrapo do curativo. Doerá.

Absorto em seus pensamentos, Ethan não percebeu que, às suas costas, dois Espíritos aproximavam-se calmamente. Julião sorriu.

– A propósito, Ethan, você tem visita.

Ethan virou-se e, instantaneamente, sua face iluminou-se, enquanto um sorriso foi crescendo no rosto.

– Pai! Mãe!

A lembrança que Ethan teve da mãe há poucos instantes ocorreu porque captou a vibração emanada do espírito materno que se aproximava.

– Zilda, Félix, como estão? – saudou Julião.

– Maravilhosamente bem, com a graça de Deus – respondeu Zilda.

– Preciso cuidar de meus afazeres. Deixarei vocês matarem a saudade – disse Julião, despedindo-se.

– Há quanto tempo não os vejo! Já estava ficando com saudade.

– Também temos nossas responsabilidades, filho. Mas não faz tanto tempo assim que visitamos você – falou o pai.

– Sempre tenho saudade, papai. Foram muitos anos afastado de vocês dois.

– Vamos andar um pouco? – sugeriu Zilda, e o convite foi prontamente aceito por todos.

Os três Espíritos seguiram pelo extenso gramado, na direção de um pequeno bosque que em muito se parecia com o cenário da região serrana sobre a qual a colônia estava situada. Em determinado ponto, a relva, antes solitária, passou a dividir espaço com frondosas árvores. O cenário completava-se com flores, muitas, por toda parte, que imprimiam um colorido esplendoroso ao lugar. O caminho serpenteava entre pinheiros altos e esguios, as folhas hirsutas forneciam uma malha de sombra onde havia bancos de madeira, alguns deles ocupados por Espíritos em conversação ou por outros que apenas se beneficiavam das cândidas vibrações e da tranquilidade espiritual proporcionada pelo local.

Zilda convidou a todos para sentarem-se. Escolheu

um banco colocado sob uma árvore de copa simetricamente circular, uma espécie ainda desconhecida no plano material.

– Você pode imaginar o motivo que nos trouxe aqui hoje – afirmou Félix, introduzindo o assunto sem rodeios.

– Creio que sim. Eu e Julião conversávamos a respeito quando vocês chegaram.

– Imaginamos, quando os vimos juntos. Julião, é preciso destacar, é um ótimo servidor desta colônia e foi uma excelente escolha para acompanhá-lo no retorno ao plano espiritual. Sua situação era bastante delicada quando aqui chegou.

– Julião também me falou sobre o estado precário em que me encontrava devido às sequelas produzidas pela doença em meu perispírito, mas também por conta da dificuldade de aceitar meu atual estado.

– Mas, voltando ao nosso assunto, filho, como está se sentindo com relação aos acontecimentos que estão por vir? – perguntou Zilda.

– Foi um choque. A notícia me surpreendeu, e não poderia, mesmo se quisesse, negar que fiquei triste ao tomar conhecimento da decisão. Porém, compreendo que, por trás de todo o sofrimento que se avizinha no horizonte, há um benefício maior, proveniente do aprendizado que a difícil prova trará a todos.

– É compreensível sua tristeza, Ethan. Nesse momento, pedimos que confie na bondade suprema de Deus.

– Eu tento. Estou me esforçando, de verdade, para

manter o equilíbrio emocional e energético conquistado a duras penas ao longo dos anos em que aqui me encontro. Mas a senhora há de convir que não é fácil.

– Tenho certeza de que não estamos diante de uma tarefa simples. Eu e seu pai podemos falar por experiência própria. Afinal, como acha que nos sentimos quando soubemos do sofrimento que você enfrentaria em razão do câncer?

Enquanto encarnado, Ethan jamais poderia imaginar que sua doença produziria algum tipo de sofrimento aos pais. Desde a descoberta do câncer, suas preocupações sempre estiveram voltadas para as consequências que sua morte traria a Cecília e ao filho Tomás. Os pais nunca foram alvo de preocupação, muito pelo contrário, afinal, já estavam "mortos", ao menos assim pensava, quando ainda fazia parte do chamado mundo dos "vivos".

– É preciso compreender, filho, que nada daquilo que nos acontece é fruto do acaso. A cada ato, a cada ação movimentada pelas engrenagens da Providência Divina, há um aprendizado, uma reparação, uma reconciliação em curso. Muitas vezes, é verdade, nosso livre-arbítrio nos permite tomar decisões capazes de provocar extensos danos não apenas a nós mesmos, mas a outros companheiros de jornada.

Nossa história não iniciou a partir da última existência. Cada indivíduo traz consigo uma carga de virtudes e de equívocos adquiridos no curso da longa jornada como Espíritos imortais. Os erros precisam ser reparados; laços perdidos, reatados – completou Zilda.

– Julião comentou que, em breve, estarei pronto para conhecer algumas nuances das existências anteriores. De posse dessas informações, terei elementos para compreender a situação de forma mais ampla.

– A explicação prestada por Julião está perfeita. Não há como realizar qualquer tipo de avaliação ou julgamento sobre determinado acontecimento sem ter em mãos todos os fatos – asseverou Félix.

– Não vejo a hora de que isso me seja revelado. A ansiedade me persegue mesmo depois de morto – sorriu Ethan.

– Acalme-se. Tudo a seu tempo.

– Ouço isso de Julião desde que cheguei aqui.

– Certamente porque você ainda não está preparado para ouvir a verdade, meu filho.

Trazer à tona recordações do passado reencarnatório não se resume à mera revelação de fatos históricos. Significa também reviver os sentimentos atrelados a essas experiências. Dor, angústia, medo, remorso, vergonha, traição, ódio. Tudo será vivenciado novamente. Posso garantir que raros são aqueles que aqui chegam preparados para reviver sua história e receber toda essa carga de sentimentos negativos atrelados, principalmente porque ainda não adquirimos a capacidade de perdoar incondicionalmente. O conhecimento do passado seria um desastre em nossa vida, porque muitas vezes fomos vítimas e, em outras tantas, algozes – sentenciou Félix.

– Compreendo sua ansiedade, mas tenha um pouquinho mais de paciência. De qualquer maneira, saiba que Zilda e eu, dentro do limite que nos for permitido, estaremos ao seu lado, ajudando-o a enfrentar mais essa tempestade. Foi assim antes, está sendo agora e será assim no futuro.

– Só tenho a agradecer a vocês.

– Não agradeça! Mais do que filho, você é um companheiro de caminhada. Estaremos sempre juntos – atalhou Zilda.

Mudando de assunto, temos conhecimento de que a carta que você escreveu tem produzido resultados muito bons, extremamente benéficos em Tomás, superando muito nossas expectativas.

– Estou muito feliz com isso. Tomás é um menino de ouro.

– Desde que surgiu a ideia da confecção da carta, sabíamos que ela teria efeito positivo na vida de Tomás e na de Cecília também.

– Vocês? Mas não foi Julião quem... – Ethan interrompeu a frase.

– Sempre estivemos ao seu lado, foi o que Félix disse anteriormente –Zilda sorriu. – Quanto a Julião, ele teve importante participação nesse processo. Puxe pela memória, Ethan. Em várias ocasiões, você foi informado de que havia outros Espíritos envolvidos nessa empreitada.

– Sim, ele falou. Mas não imaginava que fossem vocês.

– E por que não? Os laços de amor não se desfizeram só porque desencarnamos primeiro que você.

– É verdade. Pelo visto, ainda tenho muito a aprender sobre como as coisas funcionam por aqui.

– Todos temos. O aprendizado é constante. Quanto mais se aprende, maior é a necessidade de adquirir novos conhecimentos – falou Félix.

– Creio que é chegada a hora de nos despedirmos, filho – disse Zilda, olhando para Félix, por séculos seu companheiro de jornada, e que, na última passagem pela Terra, assumiu a condição de marido.

– Não demorem a voltar, por favor – implorou Ethan, enquanto abraçava os pais.

– Quem nos dera fosse tão fácil programar visitas com a frequência que gostaríamos. As tarefas são muitas; os tarefeiros, poucos. E há quem diga que todo aquele que morre descansa – sorriu Zilda.

– A morte lhe caiu bem, Dona Zilda. Fazendo até piada – brincou Ethan, achando graça da observação da mãe.

– Muito engraçado. Muito engraçado. Sempre tive um ótimo senso de humor se quer saber.

– Você ouviu isso, pai? Senso de humor, ela disse.

– Não me comprometa, Ethan. Prefiro utilizar da prerrogativa de me manter calado.

– Uma vez advogado criminalista, sempre advogado criminalista – gracejou Ethan. Pai e filho soltaram uma sonora gargalhada.

– Vocês dois, deixem de brincadeiras, precisamos ir.

– Essa é a dona Zilda que conheço – cutucou Ethan, olhando para o pai.

– Eu não disse nada – esquivou-se Félix. –– Mas sua mãe está certa. Precisamos mesmo ir.

– Até breve, filho – despediram-se com mais um abraço.

Ethan permaneceu onde estava. Acenou para os pais e depois acompanhou, com olhar terno, o casal que se distanciava a passos lentos, até que desapareceu totalmente da sua vista.

Ethan sentou-se novamente no banco. Enquanto seus olhos admiravam o multicolorido cenário da colônia, voltou a refletir sobre os acontecimentos futuros revelados por Julião. A brincadeira com os pais fizera com que se esquecesse do tema por alguns minutos. Mas agora, sozinho, o assunto retomou o monopólio de seus pensamentos.

– Serão dias difíceis – suspirou.

13
Verdade improvável

ÁVIDO POR descobrir a natureza dos graves acontecimentos adiantados pelo pai no trecho anterior da carta, Tomás não interrompeu a marcha da leitura, como fazia sempre que Ethan encerrava um "capítulo". Entretanto, sua paciência e sua ansiedade foram colocadas à prova, pois, assim como fizera muitas vezes no curso do texto, o pai não o retomou exatamente do ponto em que havia interrompido na página anterior.

✳ ✳ ✳

"Quando se está morrendo, Tomás, a vida – ou seria a morte? – força-nos a constantes, quase diários, exames de consciência. Não são poucas as teorias e histórias relacionadas ao que alguns chamam de "rever toda a sua vida" nos instantes que precedem a morte. Talvez para pessoas na minha condição, essa retrospectiva da vida possa ser feita com a tranquilidade que a outros é negada, quando a vida é reprisada em rápidos minutos, justamente porque a morte, sem aviso, bate-lhes à porta.

Nas minhas reflexões, percebo o quanto é estranho me lembrar das coisas, das pessoas, dos lugares, dos momentos que ficaram marcados no meu coração para sempre, enquanto outros eventos caem no esquecimento.

Eu sempre soube que levava uma vida diferente. E, quando era um rapaz, não via nenhum caminho traçado à frente. Eu simplesmente dava um passo de cada vez. Sempre para a frente, sempre avante, correndo em direção a um lugar que eu não sabia onde estava. Até que, um dia, olhei para trás e vi que cada passo dado correspondia a uma escolha. Ir para a esquerda ou para a direita, para a frente ou para trás, e até mesmo não ir a lugar nenhum, significava deixar para trás algo que estava à minha espera na direção que não fora escolhida. Jamais conhecerei a verdade sobre todas as coisas que deixei para trás ao longo da vida, consciente ou inconscientemente. Não saberei o quanto minha vida seria diferente se tivesse feito uma correção, ainda que mínima, no trajeto.

Todas as vezes que penso em "como seria se" da minha vida, lembro-me da história de Adolf Hitler, que ganhava a vida vendendo quadros e fazendo desenhos publicitários no início da fase adulta. Tentou ingressar na Academia de Belas-Artes de Viena, em 1907, mas teve seu pedido recusado em 1908. Suas pinturas foram consideradas convencionais demais. Frustrado e sem condições de sustentar-se, alistou-se no exército. O resto da história é conhecida. Fico a pensar no quanto o mundo teria sido diferente caso tivesse sido aprovado pela Academia de Belas-Artes de Viena. Quantas vidas teriam sido poupadas? Quantas famílias não seriam dizimadas? Quantas lágrimas deixariam de ser derramadas? Os historiadores não contam quem foi o responsável pelo mais catastrófico "Não" da história recente da humanidade.

Quanto às escolhas, todos os dias devemos optar entre o certo e o errado. Entre o amor e o ódio. Às vezes, entre a vida e a morte. O que chamamos de vida nada mais é do que o resultado da soma de todas as nossas escolhas. Infelizmente nos damos conta disso muito tarde, quando somos obrigados a conviver com as coisas feitas ou que foram deixadas de fazer. Coisas que pareciam normais na hora em que se apresentaram, mas que terminaram mal porque não tínhamos como prever o futuro. Se ao menos nos fosse possível enxergar mosa infinita cadeia de consequências que resulta das nossas pequenas decisões. Mas só percebemos tarde demais, quando perceber é inútil.

Experiência! Já falei sobre isso com você. Ela é de valor inestimável, mas o preço para obtê-la é a perda da juventude.

Hoje, conhecendo os fatos, fico tentando imaginar o que teria acontecido na minha vida caso não tivesse encontrado *Cottonland* na livraria? Ele poderia ter passado despercebido da mesma forma que centenas de outros livros passaram. Sem ele, eu não saberia que a "menina dos livros" se chamava Amanda Lins. Isso teria me poupado do que estava por acontecer. A cada escolha uma consequência.

Vamos seguir com a história?

Deixei a biblioteca satisfeito com a nova peça do quebra-cabeça, uma peça importante, diga-se de passagem. Eu, que já tinha um nome, uma cidade, descobrira o suposto local de trabalho. O cerco se fechava. Podia sentir que a verdade estava próxima, quase ao alcance dos dedos. Por outro lado, amaldiçoei o fato de ter que ir ao cemitério, justo naquele momento. O arrependimento chegou imediatamente após meu pensamento egoísta. Queria poder apagá-lo com a mesma simplicidade com que um professor apaga da lousa uma frase mal colocada.

– O que mamãe diria? – pensei, envergonhado. Era um receio estranho, já que eu não tinha nenhuma convicção sobre vida após a morte. Mas, por alguma razão, envergonhava-me a simples hipótese de ela ter ouvido o inconsequente pensamento.

A voz na minha cabeça recriminava-me, dizendo que papai nunca me pedia nada relacionado à mamãe, pois preferia cuidar pessoalmente de tudo. Ele jamais admitiria, mas aquela foi a forma que encontrou para lidar com o luto e com a saudade.

O que me envergonhava ainda mais, principalmente supondo que mamãe pudesse ler meus pensamentos naquele instante, é que eu não tinha motivos para a súbita má vontade quanto à ida ao cemitério, acompanhar um trabalho que deveria durar vinte ou trinta minutos. Tudo se resumia ao meu desejo de partir imediatamente para Santa

Cristina do Pinhal, em busca da floricultura onde supostamente trabalharia a "menina dos livros".

Realmente, eu estava sendo egoísta e só me restava esperar que mamãe pudesse compreender as diferentes camadas da minha alma, principalmente aquela mais sombria. Assim, perseguido pelo mais cruel dos tribunais, o da minha consciência, segui até o cemitério.

Quando cheguei, o funcionário da empresa estava de pé, do lado de fora do carro, à minha espera. Precisava da chave da capela para iniciar seu trabalho.

Indiquei o local onde meu pai gostaria que a placa fosse fixada. Nada muito complexo, bastava seguir o padrão de colocação das outras, afinal a que papai mandou fazer seguia o mesmo modelo estético das demais existentes no jazigo da família. Forma, cor, material e fonte das letras eram rigorosamente iguais. Ao funcionário caberia o trabalho de alinhar com as outras e fixá-la.

Enquanto Joel, o funcionário da empresa de metais, realizava seu trabalho, fiquei olhando para a direção em que eu e a "menina dos livros" caminhamos no dia do sepultamento de mamãe.

Uma brisa começou a soprar mais forte, mas chegava até mim de forma descontinuada em razão da barreira formada pelas outras capelas, bem diferente do lado de fora dos muros do cemitério, onde o capim mais alto inclinava-se como se quisesse fugir do vento. As árvores maiores balançavam seus galhos num bailado sincronizado. Nuvens escuras começaram a tomar conta do céu, que passou do azul para o cinza-azulado. A famosa bipolaridade do clima serrano começava a dar as caras.

– Está pronto! – falou Joel, colocando a cabeça para fora da capela ao perceber minha distração.

– Tão rápido? – perguntei, espantado.

– O serviço era simples – disse ele, guardando seus materiais na bolsa.

Joel despediu-se e seguiu rapidamente para a saída. Justificou a pressa alegando que tinha outros serviços externos e tentaria concluir alguns deles antes da chegada da chuva.

Olhei para a foto de mamãe na placa, depois para o relógio. Então, uma nova onda de vergonha se abateu sobre mim. Fazia pouco mais de trinta minutos que eu havia saído da biblioteca. Tudo o que perdi do meu precioso tempo foram trinta minutos – pensei, irônico. Então, como autopunição, decidi que a busca pela "menina dos livros" seria retomada somente à tarde. Minha ansiedade que aguardasse, obediente.

Impulsionado pela curiosidade, decidi caminhar até a área do cemitério velho. Já havia estado lá algumas vezes e não me recordava de nada extraordinário ou muito diferente do restante do lugar. Intrigava-me ainda o estranho comportamento da "menina dos livros" quando se recusou a seguir naquela direção no dia em que caminhamos juntos, para depois ir embora justamente pelo caminho que não quis percorrer comigo, saindo rapidamente, deixando apenas um rastro de mistérios. Foi realmente um comportamento estranho, muito embora, em questão de segundos, eu pudesse elencar uma dezena de explicações lógicas para ele.

Estava claro, em primeiro lugar, que o problema não era o local. Era eu. Por alguma razão, ela não queria ser vista comigo do outro lado. Mas, como vinha dizendo, havia infinitas justificativas plausíveis para o comportamento. Por exemplo, a pressa em razão de algum compromisso, e andar ao meu lado tornaria a marcha mais lenta. Quem sabe – essa era a teoria que eu mais temia – houvesse alguém que ela não tinha intenção de que eu conhecesse ou de que a visse comigo. Talvez um namorado visitando algum túmulo daquele lado. Isso justificaria o aviso de que teria pouco tempo para ficar comigo, a recusa de que eu a acompanhasse, além de explicar por que desapareceu tão rápido por entre as lápides do cemitério velho.

Sentia arrepios só de cogitar a existência de um namorado ou, pior, que tivesse algum compromisso ainda mais sério com outra pessoa. Não me recordo de ter visto uma aliança em seu dedo.

Na região serrana, o clima é sempre imprevisível. Mudanças bruscas ocorrem com frequência, principalmente nos locais mais altos, como é o caso da área onde o cemitério se situava. E aquele dia só confirmava o tão falado mau humor do tempo, pois o céu, de maneira radical, mudou novamente, dessa vez do cinza-azulado transformou-se em negro, e uma neblina espessa começou a tomar conta do lugar de forma lenta.

A neblina repentina consiste num fenômeno muito

comum por aqui, e os primeiros habitantes dessas terras a batizaram de viração. Isso acontece devido ao choque de correntes de ar frio e quente. Em questão de minutos, as nuvens encobrem toda a paisagem. Na maior parte das vezes, ela vai e vem rapidamente, dissipando-se em minutos, mas pode durar horas ou, em ocasiões extremamente raras, dias.

A viração sempre me encantou, Tomás. O cenário muda completamente em poucos minutos. Do nada, o dia fica totalmente coberto pela neblina, o que não tira o charme do lugar; pelo contrário, torna-o encantador, mágico, emprestando-lhe um ar de mistério e revelando outro tipo de beleza. Quando tudo começa a desaparecer em meio à bruma, o que sinto é uma sensação incrível de paz. Entretanto, aquela era a primeira vez que era surpreendido pelo fenômeno climático dentro do cemitério.

Eu disse que a viração sempre me encantou, né? Bem, melhor corrigir para "nem sempre".

A razão dizia, ou melhor, gritava, que aquele talvez não fosse o lugar mais sensato, naquelas circunstâncias, para passar meu tempo. Não me entenda mal, Tomás. Meus receios não tinham absolutamente qualquer fundamento de natureza sobrenatural, seja quanto ao lugar, seja quanto a seus "habitantes". Os mortos não representavam perigo algum, de acordo com meu sistema de crenças daquela época. O labirinto de túmulos e capelas, somado à neblina, fornecia um excelente refúgio aos vivos, estes sim dignos de temor.

Por falar nisso, nessa mesma semana recebi a visita

de Fernando e Horácio, dois amigos de faculdade, que vieram prestar solidariedade quando souberam do meu diagnóstico. Ambos eram espíritas, e como era impossível fazer de conta que ninguém sabia que eu estava morrendo, não demorou muito para a conversa enviesar para o tema "vida após a morte". Muito embora já tenha dito, no início da carta, que não possuo qualquer convicção quanto ao destino daqueles que deixam esta vida, preciso lembrar que ela está sendo escrita a conta-gotas. Algumas semanas separam a primeira página desta que agora escrevo. Poderia muito bem ter formado algum tipo de convicção nesse período, mas não foi isso que aconteceu. As dúvidas persistem, mas meu senso de lógica, somado à esperança, inclina meu pensamento na direção daquilo que defendem os espíritas, ainda que não tenha plena certeza disso.

Não suporto a ideia de que a morte seja um grande e escuro vazio, um imenso nada. A menos que você seja ateu e negue veementemente a existência de um Deus, o que não é meu caso, não há como ficar confortável com a ideia de que, após o último suspiro, simplesmente deixamos de existir. Essa não existência é incompatível com o Deus em que acredito. Seria um grande desperdício de tempo investir tanto no nosso aperfeiçoamento e, depois, desaparecermos em cinco, vinte, cinquenta, cem anos mais tarde. Além disso, limitar nossa existência apenas aos curtos anos de nossa passagem pela Terra reduziria o Criador à figura de um sádico cruel, que distribui felicidade para uns e desgraça para outros. Se o túmulo realmente põe termo à vida, prefiro acreditar que Deus não existe e que nossa passagem pela Terra é simplesmente uma experiência de natureza estritamente biológica.

Entretanto, Tomás, mesmo que analisemos a vida do ponto de vista puramente biológico, ainda assim encontraremos buracos na teoria. Se fosse possível – e não é, eu sei – pegar todo o código genético de uma pessoa, todas as experiências por ela vivenciadas durante a vida e transportá-las para um corpo clonado, ainda assim o resultado seria diferente. Teríamos apenas dois seres humanos fisicamente idênticos, totalmente distintos entre si. Existe algo mais. Acredito que há em nós um elemento que transcende a mera união entre corpo e memórias armazenadas em um cérebro. É justamente esse elemento que precisa ir para algum lugar depois da nossa morte, já que não pode ser destruído. Fernando e Horácio chamam-no de Espírito.

Posso até não compartilhar do mesmo pensamento dos dois amigos quanto à nomenclatura que os espíritas utilizam – Espírito –, mas o conceito, na essência, faz todo sentido para mim.

Não tenho a menor ideia do que encontrarei do outro lado, apenas torço para que, pelo menos, haja um outro lado. E quem sabe agora seja a esperança quem guia esse pensamento, não a razão.

O cemitério estava imerso na bruma. Olhei em volta e percebi que a névoa tinha ficado mais densa ao meu redor, a ponto de não conseguir distinguir corretamente as palavras nas lápides próximas. Definitivamente, aquele não era o lugar mais aconselhável para se estar.

A cada passo, sentia o estalido de gravetos sendo amassados ou quebrados sob meus pés; outras vezes, apenas abafado por folhas secas de pinheiro que, em determinados pontos, cobriam inteiramente o solo com uma fina camada. Evidentemente, eu sabia para onde estava indo, mas a impressão causada pela névoa era de que andava na direção do desconhecido, tão baixa era a visibilidade.

Toda aquela neblina, que chegava a umedecer meu rosto com microscópicas gotículas, trouxe-me à lembrança uma antiga lenda local, chamada de "O Gritador", uma das mais conhecidas em toda a região serrana. É possível que você já tenha ouvido falar dela, Tomás.

Como se sabe, os campos de cima da serra receberam um grande contingente de Jesuítas. Na época em que eles foram expulsos das terras brasileiras pelo Marquês de Pombal, sob a acusação de apoiarem os indígenas na resistência contra Portugal, ao partirem, muitos enterraram seus tesouros na esperança de um dia retornarem. Quando todos estavam a escavar a terra para esconder suas riquezas, um homem pedia que gritassem para saber a localização de cada um. Movido pela avareza, o homem decidiu não ir embora, permaneceria para cuidar de seu tesouro enterrado. Ao morrer, sua alma não conseguiu se libertar da riqueza enterrada e ficou presa na região, perdida em meio à brancura da viração, entre campos, coxilhas e capões de araucária. À noite, quando alguém grita por um motivo ou outro, ele acha que são seus amigos indicando o lugar de outro tesouro enterrado.

Segundo relatos – a imensa maioria em noites de

neblina –, quando tropeiros ou criadores de gado estão trabalhando à noite e gritam uns para os outros, às vezes escutam outro grito distante. Quando respondem, esse mesmo grito, que antes parecia estar longe, soa cada vez mais perto, às vezes muito perto! Claro que ninguém fica para conversar, mas dizem que, se ficar, a pessoa será obrigada a travar um duelo com o próprio Gritador e, caso ganhe, ele entregará ao vencedor todo o seu tesouro, mas, se for derrotada, ela terá que tomar seu lugar e ficará vagando pelos campos por toda a eternidade.

É uma boa história, Tomás, mas você há de concordar comigo que se lembrar de lendas sobre assombrações no meio do cemitério, imerso na cerração provocada pela viração, não foi uma boa ideia, mesmo para alguém tão cético como eu. Porém, vá entender as coisas que o cérebro nos apronta. O fato é que segui caminhando bem devagar como alguém a tatear num quarto escuro. Foi então, quando me aproximava do marco imaginário que delimita a fronteira entre o cemitério novo e o velho, que aconteceu aquilo que qualquer pessoa que conhece minimamente nossa região poderia imaginar numa situação daquelas. Com a mesma rapidez com que baixou sobre a paisagem, a viração dissipou-se. Nem precisou de um minuto inteiro para a visibilidade melhorar drasticamente e, antes do término do quinto minuto, já não havia mais nada, apenas um céu cinza-chumbo. Há quem não goste e reclame, principalmente os meteorologistas, mas eu adoro essa imprevisibilidade do clima daqui."

✳ ✳ ✳

Tomás pôs-se a pensar sobre as coisas ditas pelo pai até ali. Primeiro, achou engraçada a situação de ter sido surpreendido pela viração no meio do cemitério. Já tinha presenciado o fenômeno milhares de vezes e conhecia a sensação de ficar perdido, com o senso de direção comprometido, mesmo que estivesse no quintal de casa. Por outro lado, nunca tinha ouvido falar daquela lenda local. Então, pegou o celular, que estava ao lado, digitou "O Gritador" no site de busca e ficou surpreso com a quantidade de resultados que apareceram. Não entrou em nenhum deles, apenas quis conferir para ver se não havia sido uma invenção do pai para acrescentar uma pitada de suspense à história. Com isso, ele encerrou a curta pausa e continuou com a leitura.

✴✴✴

"Como eu havia dito, o cenário do lado velho do cemitério não diferia muito do restante, exceto pelo predomínio de lápides mais antigas, o que não significa dizer que não houvesse novas construções ou velhos mausoléus totalmente remodelados. Assim como era bastante comum encontrar, na parte nova, lápides caindo aos pedaços, tortas, com grama, arbustos e musgos ao redor, e cujos nomes não podiam ser vistos porque a inscrição já tinha desaparecido.

Minha ideia foi serpentear pelos corredores estreitos, entre túmulos e capelas, até chegar ao portão de saída no lado oposto. Depois, circundaria os muros do cemitério, retornando até o local onde meu carro estava estacionado. Certamente, não era o melhor trajeto para chegar ao estacionamento, mas, dessa forma, eu visitaria a parte antiga do cemitério e saciaria minha curiosidade sobre o que não sabia, e estava convicto de que precisava passar por aquele lado. Teria muito tempo de ir até Santa Cristina do Pinhal para procurar pela "menina dos livros", e poderia até almoçar por lá antes de iniciar a busca por floriculturas.

Seguindo meu plano, comecei a exploração do lugar. Havia sepulturas até onde a vista alcançava, uma infinitude de morte. Ao passar pelas ruelas estreitas, ladeadas de capelas, às vezes tinha a sensação de que não era eu quem andava por elas, mas elas que andavam por mim. O vento havia parado e o espaço exíguo deixava o ar estagnado e opressivo.

Havia algumas construções bem interessantes naquela ala, típicas do século XIX, como a sepultura constituída de um cercado feito com grades de ferro, com pouco mais de um metro de altura. A cor rosa estava patinada pela ação do tempo. O formato retangular deixava-o muito semelhante à estrutura de um berço de bebê. O chão que recebeu os restos mortais era nu, sem qualquer ornamento. Havia indícios de que um gramado um dia existiu no lugar, apenas indícios, porque agora tudo o que se via era o inço que crescia livre. O ano da morte, 1897, era a única inscrição legível da antiga placa presa ao gradeamento. Por dedução – estrutura de ferro pintada em rosa, formato de berço – era possível concluir que o túmulo pertencia ao corpo de uma menina com não mais de quatro anos.

Um pouco mais adiante, havia uma lápide do ano

de 1874. Ao seu lado, um grande querubim de pedra lhe servia de sentinela. Ambos estavam escurecidos pelo tempo. A lápide exibia um epitáfio com característica poética, linguagem rebuscada, escrita num português antigo – utilizava algumas palavras cuja grafia há muito foi modificada – que revelava ao visitante o nível cultural e a erudição de quem o produziu. Dizia assim:

"Calkida e pálida morte
Em macha ufana
Ao régio paço
E a pastoril choupana.
Transpôs os umbraes da eternidade,
E já dorme da morte o interminável somno."

Ainda desconheço o significado de "Calkida". Pesquisei à exaustão nos dicionários e compêndios, mas não encontrei nenhum elemento que trouxesse luz à questão. Encaminhei a dúvida para amigos e professores, mas até hoje nenhum deles conseguiu encontrar uma explicação sobre o incomum vocábulo. Talvez fosse uma daquelas palavras que, pelo desuso, deixou de existir, perdendo-se, esquecida, pelas frestas do tempo.

Encontrei muitos túmulos com epitáfios escritos em alemão, algo perfeitamente natural considerando o histórico de colonização da cidade. Notei similaridades em muitos deles, lápides com a base retangular e o topo arredondado, porém bem mais altas que a maioria, talvez com um metro e meio, alguns até dois metros. A pedra utilizada era inteira, maciça, na cor branca, com detalhes entalhados em alto relevo. O centro, no local destinado para a colocação da foto e inscrição das datas de nascimento e morte, mais a mensagem tumular, era pintado em preto, contrastando com o branco do restante da peça. A grande maioria *Fried* – quase a totalidade – dos epitáfios iniciavam com a frase *"Hier Ruht in en!"* – Aqui Descansa em Paz – seguido do nome da pessoa. Curiosamente, não encontrei muitos túmulos com inscrições na língua italiana, outro pilar da colonização local, muito embora tenha cruzado com dezenas de nomes originários daquele país.

Sabe, Tomás, quando me recordo dessas incursões pelo cemitério, impossível não pensar que, em alguns meses, haverá uma placa com o meu nome. No fim das contas, é isso que todos nós seremos um dia: uma placa num túmulo, com um nome, a data de chegada neste mundo e o dia em que partimos dele, além de algumas poucas palavras. E, por mais que a vida seja muito maior do que datas e nomes, e cada lápide guarde uma história oculta por trás de curtas frases, nessa placa não estará escrito se fomos bons ou ruins, quais atos praticamos ou deixamos de praticar, tampouco nossas conquistas materiais. Nossa bondade ou maldade durante a passagem por este planeta será medida pela quantidade de suspiros, lágrimas ou indiferenças daqueles que vierem a ler o nosso nome na lápide.

Exercito a minha imaginação tentando descobrir se a forma que escolhi viver a minha vida despertará alguns *"está fazendo falta"* ou, quem sabe, da escuridão da última morada, meus restos mortais ouvirão *"esse já foi tarde"*.

Não tenho muito tempo para mudar os rumos da minha existência, mas você, jovem, tem uma vida inteira pela frente. Valorize-a!

Saiba que a melhor forma de fazer é isso é não apequenar a existência, vivendo de forma fútil ou superficial. Fugiremos da morte quantas vezes for preciso, mas da vida, de vivê-la, jamais nos livraremos.

Só no fim da existência é que percebemos os benefícios que uma vida simples nos proporciona. O valor verdadeiro não está no que você possui, mas em quem você é. Pessoas que vão morrer sabem disso, Tomás. Meus pertences não têm utilidade de espécie alguma para mim, agora que caminho a passos largos para o fim da existência. Tudo aquilo que adquiri em termo de posses nem mesmo entra em meus pensamentos hoje.

Quer saber outra coisa que não gravita na órbita de meus pensamentos agora que estou na reta final da vida? O que as outras pessoas pensam de mim. Quantas e quantas vezes dei demasiada importância à opinião das outras pessoas. Não porque elas realmente importassem, mas pela necessidade que o ser humano tem de aceitação. Porém, hoje, lançando um olhar retrospectivo para minha vida, percebo que não tinha importância alguma e que apenas desperdicei precioso tempo tentando imaginar sua opinião a meu respeito.

Talvez meu novo modo tenha surgido porque, neste momento, eu não pense mais no futuro, mas apenas lute para viver o hoje, pois, a cada dia que acordo, preciso aceitar a realidade de que pode ser meu último despertar.

Por outro lado, o tema mais recorrente na minha mente tem a ver com a forma com que vivi e se meus atos foram suficientes para fazer uma diferença positiva na vida daqueles que ficarão quando eu me for. Por todas essas razões é que esta carta é tão importante para mim, e é por isso que me esforço tanto para concluí-la.

Saiba, Tomás, que normalmente aquilo que frequentemente acreditamos precisar não passam de coisas que, na maioria das vezes, não têm tanta importância assim, servem apenas para nos manter presos a uma vida incompleta. A simplicidade é a chave para mudar essa perspectiva.

A contagem regressiva do cronômetro da minha vida está chegando ao fim. Isso é um fato que não posso mudar. Mas nunca é demais lembrar que o relógio está correndo para todo mundo. Cabe a cada um escolher como passará o restante dos seus dias... ou seriam minutos? Quem garante?"

✲✲✲

Ao ler aquelas palavras, Tomás compreendeu as razões pelas quais, na capela da família, a placa destinada ao pai continha a inscrição "A vida é muito curta para ser pequena". Ethan não quis falar de si mesmo, mas escolheu deixar uma mensagem ao eventual leitor de sua inscrição tumular.

✲✲✲

"O vento voltou a soprar, agora um pouco mais forte. O céu cinza-chumbo tornou-se escuro no horizonte, prenunciando a chegada de chuva. Precisava finalizar minha visita ao cemitério, apertar o passo e ir para o carro. Ao menos foi isso que pensei. Que tolo!

 Hoje, quando olho para trás e penso naqueles dias, já distantes na memória, só uma palavra vem à mente: inacreditável. Mesmo para mim, que nunca acreditei em determinismos, por falta de outro termo adequado – coincidência não é a melhor expressão –, precisei valer-me muitas vezes, nesta carta, da palavra destino, para nominar a força invisível que coordenava a sequência de acontecimentos, para melhor descrever as incríveis situações envolvendo a misteriosa história da "menina dos livros".

 Pense comigo, Tomás, eu poderia ter ido embora com Joel após a colocação da placa; poderia ter seguido pela saída mais próxima quando a viração desceu sobre o cemitério; o labirinto de túmulos e capelas apresentam incontáveis possibilidades e variações de direções a serem trilhadas, mas escolhi justo aquela. Por quê? Está claro que o destino, usarei o termo novamente, estava brincando comigo, talvez com ela também, ao guiar nossos passos a caminhos distintos que, de certo modo, convergiam para locais e circunstâncias improváveis. Atualmente, depois de tantos anos, despido da emoção, do espanto e da paixão que envolviam aqueles dias distantes, estou em melhores condições para apreciar o sublime absurdo do universo, que conspirou para que eu encontrasse o que encontrei.

 Aproximava-me da saída do cemitério quando uma

pequena – e nova – capela atraiu minha atenção. Não havia nada de especial em sua arquitetura, na singela decoração ou em qualquer outro detalhe que meus olhos captavam àquela distância. Mas o fato é que ela me atraiu. De onde eu estava, podia avistar um vaso de flores artificiais em um dos cantos do interior da capela, enquanto, do outro lado, numa curta prateleira de vidro, havia um pequeno vaso, lotado de gerânios pendentes, cujas flores, nas cores vermelho, branco e cor-de-rosa, pareciam ser naturais. Ao lado do vaso, um porta-retratos completava a decoração minimalista.

Quando cheguei mais perto, pude confirmar minha suspeita sobre a flor: era natural, de fato. Seus baraços espalhavam-se por todas as direções, inclusive deitando galhos e pendões de flores sobre o porta-retratos. As folhas e flores, incrivelmente, cobriam a pequena fotografia de formato oval, bem como parte da inscrição feita logo abaixo, deixando à mostra o nome e a data da morte. A claridade dificultava-me a leitura da inscrição, pois suas letras e números foram impressos num gradiente das cores branco e dourado. Foi somente quando me postei diante do vidro, quase colando a testa nele, que consegui ler, incrédulo, o nome gravado na placa.

Empalideci instantaneamente e senti correr um frio por todo o corpo. Quis correr. Fugir. O coração começou a bater num descompasso lento, como se houvessem enfiado a mão dentro de mim e arrancado a pulsação. Os sons do mundo desapareceram. No alto, na minha direita, uma andorinha voava em câmera lenta. Fechei os olhos por alguns segundos, imaginando que, se desejasse com intensidade, o nome mudaria. Pensamento Mágico! A última fronteira, o último recurso a que a razão se agarra antes do passo à frente na direção do abismo da irrealidade. Abri os olhos e esfreguei-os. Não houve mágica. Reli a inscrição. Nada havia mudado. Não era uma ilusão de ótica. O nome gravado continuava lá: Amanda Lins!"

✳ ✳ ✳

– Como é? – perguntou-se Tomás, num tom bem mais alto do que ele realmente gostaria de ter usado, ao mesmo tempo que largava, sobre a escrivaninha, a página da carta.

Todo mundo um dia já ouviu histórias envolvendo homens que conhecem mulheres que se recusam a dizer onde moram, mas, quando seguidas, descobre-se um túmulo com seu nome. Isso não passa de uma lenda urbana batida, com milhares de nuances e variações. E agora o senhor está me contando que esteve atrás de um fantasma todo esse tempo? Um pouco difícil de acreditar – argumentou Tomás, num fictício diálogo com o pai, mas voltou, logo em seguida, sua atenção para a leitura, e percebeu que Ethan previra aquele pensamento.

✳ ✳ ✳

"É surreal demais acreditar em uma história dessas, não é mesmo, Tomás? Sua incredulidade neste momento – imagino que é isso que esteja sentindo – é compreensível. Foi essa a minha primeira reação também. Mas acalme-se. Respire. Raciocine.

Você já leu Sherlock Holmes, filho? Falo da coletânea original, escrita em 1892, por Sir Arthur Conan Doyle. Caso não tenha lido, eu recomendo.

Um dos argumentos mais recorrentes usados pelo senhor Holmes dizia que *"quando se elimina o impossível, tudo o que restar, por mais que seja improvável, deve ser a verdade"*. Reflita sobre isso. Pois o famoso detetive de *Baker Street*, há mais de cem anos, apontou o caminho para se chegar à verdade sobre o mistério que envolvia a "menina dos livros", por mais improvável que fosse. Deixe-me prosseguir com o relato do ponto em que parei.

Passou-se um trêmulo minuto, e eu permaneci com o rosto paralisado, que queimava como se estivesse sendo iluminado por mil sóis, praticamente colado ao vidro da capela. O suor escorria como uma lágrima, descendo pela testa e entrando nos olhos. Sentia como se o mundo tivesse explodido de repente e o céu despencado em pedaços à minha volta.

A minha mente não estava funcionando direito. Foram necessários mais alguns minutos para que o ritmo da respiração voltasse ao normal, ou praticamente ao normal, e a razão retomasse minimamente as rédeas das minhas ações. Não poderia me deixar levar pelo assombro, tampouco, em contrapartida, permitir que o ceticismo simplesmente negasse o que estava diante de meus olhos. Precisava, embora fosse muito difícil, manter-me aberto a todas as possibilidades. Decidi, então, que ficar firme era a única tática aceitável naquele momento. A tarefa não era simples.

Inspirando e expirando profundamente a fim de

buscar a calma, circulei toda a extensão da capela sem descolar a testa do vidro, na tentativa de encontrar um ângulo que me permitisse driblar os galhos e as flores para obter maiores informações, mas foi em vão. Da foto, os galhos de gerânio, suas folhas e flores, permitiam que se visse tão somente parte dos cabelos ruivos; a morte, pela data que estava exposta, ocorrera há pouco mais de um ano. Por fim, do nascimento era possível visualizar, por entre os galhos, apenas o dia e o mês, 17/1. O ano estava encoberto.

Não era crível que eu estivesse, esse tempo todo, seguindo um Espírito. Mentalmente, comecei a repassar os acontecimentos dos últimos tempos envolvendo a "menina dos livros". Lembrei-me da primeira vez que a vi. Ela estava no parque, durante o dia. Pensei na noite chuvosa na pracinha. Mas, acima de tudo, recordei os momentos em que estive mais próximo dela, ou seja, o dia do sepultamento de minha mãe. Em todas as ocasiões, ela me pareceu bastante tangível, mesmo na pracinha, à noite, embora eu não tenha tocado em seu corpo uma só vez.

"Tem algo muito errado nessa história. Tenho certeza!" – exclamei para mim mesmo, fingindo que não me importava com aquele nome na capela, embora não fosse verdade, pois eu me importava, e muito, com tudo aquilo.

A voz na minha cabeça despertou da longa hibernação e resolveu contra-argumentar e bombardear minhas certezas. Ela desapareceu como num passe de mágica em todas as vezes que a vi. Havia também o vestido negro e a palidez mórbida do seu rosto no dia do sepultamento de minha mãe. Não bastasse isso, alertou-me a voz da minha consciência, ninguém mais a viu depois que escreveu o livro. Talvez fosse por isso que ela não quis que você viesse até aqui, pois veria seu túmulo – completou meu subconsciente, ou seja lá quem ou o quê estivesse colocando aqueles pensamentos na minha cabeça.

Eu estava enlouquecendo. Meu ceticismo quanto a Espíritos, almas penadas, fantasmas ou qualquer seja o nome que as pessoas dão a esses fenômenos sobrenaturais gritava nos meus ouvidos, dizendo que a situação só era estranha porque eu ainda não tinha encontrado uma explicação lógica.

– Enlouqueceu por aquela a quem ama? – perguntei-me, reproduzindo a frase que ecoava dentro da minha cabeça. A voz era insistente e não me deixava em paz.

– O sabor da vida é só para os loucos – respondi, de forma firme.

Eu estava decidido a não admitir, para mim mesmo, a realidade estampada naquele nome que meus olhos viram na capela. Então, mesmo diante da improbabilidade dos fatos – um livro com sua foto dizendo chamar-se Amanda Lins e a existência de um túmulo com o mesmo nome –, eu continuaria investigando, nem que fosse para confirmar que passei mais de um mês da minha vida em perseguição ao Espírito Amanda Lins. De qualquer forma, eu queria, ou melhor, eu precisava, conhecer a história inteira, qualquer que fosse a verdade escondida por trás dela e para onde quer que ela pudesse me levar.

Olhei mais uma vez para aquele nome, Amanda

Lins. Mesmo sem oferecer respostas, ele parecia gritar seus segredos. Insistiria em manter o conto de fadas que havia começado naquele fim de tarde no parque, à beira do lago. Alimentaria fantasias nas quais as pessoas vivem felizes para sempre. Alguns certamente diriam que eu estava tentando fugir da realidade. Mas qual seria a realidade? Fantasmas e assombrações? Essa hipótese era tão absurda quanto a esperança que eu nutria, internamente, de que tudo aquilo não passava de um grande mal-entendido.

Quando deixei o cemitério, estava abatido. No caminho até o carro, eu me movia de forma cambaleante, daquela maneira típica de quem está a ponto de cair a cada passo.

No trajeto de volta, as imagens que passavam pelos meus olhos foram toldadas pela nebulosidade da descoberta. Quando cheguei a casa, fui direto para o quarto e lá me tranquei. Precisava de privacidade e silêncio para pensar. Aparentemente, a história rumou para um beco sem saída. Então, lembrei-me do estranho sonho.

O restante do dia foi de uma lentidão angustiante. As horas engatinharam, arrastadas para adiante, a contragosto. Em vão, tentei juntar as peças do quebra-cabeça que antes pareciam estar perfeitamente encaixadas, mas que se desmontaram, e agora não faziam mais sentido algum.

De certa forma, era bem mais cômodo apenas imaginar como seria a "menina dos livros", onde morava, o que fazia, em vez de enfrentar a realidade. Enquanto ela não se tornasse real, eu poderia criar situações, ideias e maneiras de agir que me fariam conquistá-la. Podemos fazer qualquer coisa quando tudo permanece na esfera do imaginário. Porém, quando a realidade se descortina, nem sempre é como se pensava, e um simples percalço, facilmente resolvível no campo das ideias, transforma-se num obstáculo intransponível ao deparar-se com o mundo real.

Quando a noite trocou de lugar com o dia, eu ainda estava no meu quarto. Na madrugada, lutei sem sucesso contra a insônia. Testemunhei a chegada das primeiras horas do novo dia, quando uma luz nova desabrochou do lado de fora. Era o brilho róseo que anunciava a chegada da aurora. Fui à cozinha, preparei o café e, com a xícara em uma das mãos e um pedaço de pão na outra, rumei para a biblioteca com a intenção de procurar algum livro sobre Espíritos, visões, aparições ou algo do gênero. A verdade, Tomás, é que não tinha a menor ideia do que procurava. Então, meus olhos começaram a percorrer os títulos nas lombadas sem qualquer critério ou rigor.

Depois de alguns minutos lendo títulos e mais títulos do extenso acervo da biblioteca de casa, encontrei um livro que mamãe me contou ter adorado: "A Autoestrada", de Richard Bachman. Quando peguei o livro nas mãos e olhei para a capa, que trazia em destaque a sombra gigante de um homem projetada no asfalto, lembrei-me da explicação que ela havia me dado a respeito daquela obra. Neste momento em que lhe escrevo, Tomás, lembro-me da conversa que tive com Fernando e Horácio, meus amigos espíritas, que falaram sobre suas teorias acerca dos princípios fundamentais da Doutrina Espírita (existência de Deus, imortalidade da alma, comunicabilidade dos Espíritos, pluralidade de existências e pluralidade de mundos habitados) e também comentaram os livros publicados por Allan Kardec, chamados de Obras Básicas. Na oportunidade, prometi a meus amigos que leria ao menos o "O Livro dos Espíritos". Farei isso, mas não agora.

Voltando ao que estava lhe contando, olhei mais uma vez para a capa de "A Autoestrada", e então tudo aconteceu de forma rápida. Foi como se o *flash* de uma potente câmera fotográfica tivesse sido disparado no interior da minha mente e preenchido com luzes a escuridão que encobria a verdade.

Richard Bachman, Allan Kardec... "quando se elimina o impossível, tudo o que restar, por mais que seja improvável, deve ser a verdade". Obrigado pela dica, senhor Holmes – falei em voz alta.

Ficou claro para mim que eu precisava urgentemente ir até Santa Cristina do Pinhal para confirmar – ou descartar – aquela teoria que surgiu como um raio numa tormenta de verão. A versão de que a "menina dos livros" era um ser humano normal ainda vivia dentro de mim. Era minha última esperança, a hipótese abrandou meu medo e trouxe ânimo para enfrentar o que estava por vir. Havia chegado a hora de colocar um ponto final, mesmo que a consequência fosse esquecê-la para sempre. Em nome da minha saúde mental e do meu amor-próprio, essa história precisava terminar."

✳ ✳ ✳

Tomás soltou a folha da carta sobre a bancada e tentou interpretar aquele enigma. Não percebia qual a relação possível do escritor Richard Bachman e Allan Kardec, que soube tratar-se, depois de rápida pesquisa, do principal nome da Doutrina Espírita, conhecido como "o codificador", com a história da "menina dos livros". Ambos pertenciam a mundos e séculos completamente distintos. Algo lhe escapava à compreensão.

Caminhou até a janela do quarto. A chuva, teimosa, recusava-se a parar. Ficou ali, sem esboçar qualquer movimento por longos minutos, até que o silêncio começou a tornar-se desconfortável. As tentativas de compreender a história da "menina dos livros", que se tornava cada vez mais estranha a cada página, falharam todas. Assim, como não chegou sequer próximo de alguma conclusão, voltou para a escrivaninha e prosseguiu com a leitura da carta. Só naquelas folhas encontraria respostas.

14

Alea Jacta Est

APROXIMAVA-SE das três horas da tarde, e Tomás até chegou a ler o primeiro parágrafo da sequência da carta, e notou que o pai iniciava o novo trecho falando novamente sobre arrependimentos. Achou melhor fazer uma pausa, sair do quarto e descer para comer alguma coisa antes de prosseguir com sua leitura. Tinha consciência de que o assunto era importante, por isso não queria distrações, principalmente vindas do estômago. Além do mais, uma parada breve não seria ruim.

Olhou para a janela enquanto descia as escadas e notou que a chuva se reduzira a pingos esparsos, notados apenas nas poças d'água que se formavam por toda a parte. Ali mesmo da escada, avistou a mãe sentada no sofá, ouvindo música e lendo um livro. Ela interrompeu a leitura, marcou a página, fechou o livro e olhou na sua direção, estampando um sorriso meigo.

– Olá para você, Tomás. Um domingo de chuva tem suas compensações. Colocar a leitura em dia é uma delas.

– É exatamente isso que estou fazendo, mas resolvi fazer uma pausa.

– Deixe-me adivinhar: fome?

– Como a senhora adivinhou? – perguntou, sorrindo.

– Porque desde ontem que você só sai da caverna, que tem habitado neste fim de semana, para comer. Isso não é uma crítica, mas a casa anda bastante quieta sem o som da TV, da música ou dos jogos eletrônicos.

– A senhora está sendo injusta. Nem sou tão barulhento assim. Sou praticamente um monge budista quando estou em casa e me movimento com a destreza e o silêncio de um ninja.

Cecília soltou uma sonora gargalhada diante da presença de espírito do filho e fez menção de desligar a música que tocava no sistema de som da casa, controlado pelo telefone celular.

– Por mim, não precisa desligar a música, pode deixar. Gostei dela. Só não sabia que a senhora também é adepta de música instrumental.

– Não é meu principal gosto, mas os longos anos de convívio com seu pai me fizeram simpatizar com o estilo. E já que você não se importa, deixarei a música, então.

– Que música é essa?

Cecília conferiu no celular antes de responder.

– *Serenade*, de... – olhou no aparelho para pegar o nome do autor – ... de Michael Maxwel. Está disposto a repetir o almoço, ou seja, outro sanduíche, senhor monge? Porque é o que temos para hoje. Confesso que, com esse tempo, não estou com a mínima disposição de ir para a rua atrás de algo diferente. Mas fique à vontade para ir, caso prefira outra coisa.

– Sanduíche está ótimo – respondeu Tomás.

– Você realmente não se importa de comer a mesma coisa, não é?

– Por que me importaria? Se é gostoso, posso comer sempre o mesmo prato.

– Definitivamente, você é filho de seu pai – disse Cecília, jogando as mãos para o ar.

Mãe e filho repetiram a mesma cena de horas atrás: sentados no sofá da sala, TV ligada em um canal aleatório, comendo o mesmo sanduíche enquanto conversavam.

– Tenho pensando muito em papai nos últimos dias.

– É mesmo? – perguntou Cecília ao mesmo tempo que largou o sanduíche no prato e passou um guardanapo nos lábios.

– Já conversamos outras vezes sobre a doença dele, mas tudo foi de forma superficial, genérica. Como foi seu último dia, seus últimos momentos?

A pergunta pegou Cecília de surpresa. Dentre as centenas de acontecimentos ocorridos no intervalo entre o diagnóstico e o falecimento do marido, não esperava que

Tomás fosse se interessar justamente pelos instantes finais da vida de Ethan. O que ela não sabia era que a carta recebida fez com que Tomás redescobrisse a figura paterna de forma mais íntima, despertando, assim, o interesse para mais e mais informações.

Ela pensou um pouco, olhou nos olhos do filho, tomou um generoso gole de suco, para limpar a garganta, e respondeu:

– Bem, Tomás, não preciso dizer a você que o câncer que seu pai teve é considerado – e foi de fato – extremamente agressivo. Ethan sempre teve um porte físico muito próximo do que se chamaria de atlético. Além disso, seu 1,92 metros deixava sua silhueta ainda mais imponente.

No curso dos meses, como era de se esperar, em virtude da rudeza do tratamento, principalmente das constantes seções de quimioterapias e procedimentos experimentais, ele começou a perder peso de forma gradual e seus cabelos caíram. Seu pai jamais permitiu ser fotografado nessa situação. Não por vaidade, porque vaidoso ele definitivamente nunca foi. Apenas não queria ser lembrado daquela maneira, debilitado, definhando lentamente, como uma planta sem água que desidrata à luz do Sol – essa analogia ele usava constantemente. Era desejo perfeitamente compreensível, que respeitei, assim como tantos outros.

– Sim – Tomás concordou.

– Pouco tempo depois de descobrir a doença, no estágio em que o tratamento ainda não o debilitava demasiadamente, principalmente enquanto eu estava na universidade, ele ocupava a maior parte do seu tempo na biblioteca da antiga casa, entre leitura e o notebook. Porém, nos últimos dez ou quinze dias de vida, seu pai mal tinha forças para sair da cama e não conseguia mais usar o computador por longo período. Passava a maior parte de seu tempo com leituras e em conversas comigo, e também com Helena, a enfermeira contratada, principalmente nos períodos em que eu não estava em casa.

Foi justamente nesse último estágio da doença que o câncer realmente tomou conta de seu corpo e sua aparência perdeu o viço de antes. No rosto, que estava empalidecido, destacavam-se as olheiras escurecidas. Além disso, todo o tônus muscular de suas pernas simplesmente desapareceu e, mesmo que tivesse energia para se levantar, as pernas não suportariam mais o peso do corpo. Veja que estou falando apenas da sua aparência, porque as dores precisavam ser contidas com medicamentos muito fortes, ministrados inicialmente de maneira pontual, mas, depois, tornaram-se de uso contínuo, com intervalos cada vez menores, à medida que os dias avançavam, e a doença também.

Em silêncio, Tomás absorvia as informações. Tentava imaginar o tamanho do sofrimento enfrentado pelo pai. Cecília, percebendo a reação do filho – era a primeira vez que a doença de Ethan lhe era pintada com cores vivas –, decidiu ficar calada, era desnecessário preencher o silêncio que tomou conta do ambiente.

– Deve ter sido difícil para a senhora, não? – perguntou Tomás, depois de alguns instantes.

– As lembranças marcam mais do que as feridas,

e eu minimizaria a situação se dissesse que não sofri ou que consegui lidar com tudo de forma serena. Foram dias muito duros, que me cobraram um preço alto, mas o meu fardo foi leve quando comparado ao que seu pai teve de carregar. Não bastasse o castigo imposto pela doença, a dor psicológica o incomodava ainda mais. A iminência do fim, as dúvidas, as incertezas que tudo isso provocava, a aproximação do momento de se despedir da família, tudo isso ele enfrentou calado, ao menos na maioria das vezes. Sabia que ele fazia de tudo para me poupar de suas dores da alma.

– E o último dia?

– Quando a situação ficou crítica, ele precisou ser hospitalizado. Depois de alguns dias, fui chamada pelo médico responsável pelo setor de oncologia do hospital e informada de que precisaria tomar uma decisão urgente. Ethan necessitava de uma cirurgia na região do intestino. O procedimento, caso corresse tudo bem, iria mantê-lo vivo por cerca de sete dias, mas seria mantido sedado talvez a totalidade do tempo. A outra opção seria a não realização do procedimento cirúrgico e mantê-lo no hospital ou levá--lo para casa. Nessa hipótese, a sobrevida cairia para cinco dias, aproximadamente.

O médico explicou-me que, caso fosse do interesse da família levá-lo para, deixe-me ser direta, morrer em casa, seria necessário cumprir alguns protocolos, como a contratação de um profissional habilitado, principalmente para ministrar a analgesia, além de assinar alguns documentos.

Quanto ao profissional, não haveria problema, porque já tínhamos Helena, qualificada, competente e diligente; assinar papéis, convenhamos, também não seria propriamente um empecilho.

A dificuldade real era tomar a decisão. Mantê-lo vivo, inconsciente, por cerca de uma semana ou reduzir a sobrevida em dois ou três dias, com consciência.

– Qual foi sua decisão?

– A cirurgia não foi realizada e voltamos para casa. Embora essa fosse a minha opinião, Ethan poupou-me de tomá-la.

Apesar do estado crítico e das horas em que os potentes remédios o sedavam, seu pai mantinha a plenitude da capacidade cognitiva. Ele decidiu, diante da inevitabilidade dos acontecimentos, que queria morrer em casa, no lugar que adorava, ao lado das pessoas que amava.

– Eu desejaria o mesmo – falou Tomás.

– Eu não desejaria a ele algo que não quisesse para mim mesma. Por isso, caso seu pai não tivesse condições de tomar a decisão que tomou, eu o teria levado para casa.

– Acabei cortando o seu raciocínio, mãe.

– Não, tudo bem. Quando a última manhã chegou, Helena me alertou da queda gradual dos sinais vitais. Em razão do alerta, eu, você e meus pais nos acercamos da cama. Meus pais despediram-se com um beijo e deixaram o quarto segundos depois. Ficamos só nós três. Eu o levantei até a altura do rosto dele, e você, mesmo sem compreender o que se passava, deu-lhe um beijo na face. Uma pequena lágrima caiu dos olhos de Ethan.

Cecília fez uma breve pausa, na tentativa de conter a emoção.

– Então, fui até a porta e pedi que seus avós ficassem com você, e retornei. Durante alguns minutos, tentando me manter serena, disse-lhe tudo o que estava no meu coração, mas que prefiro guardar comigo. Quando terminei, ele olhou para mim, sorrindo, e depois articulou a frase "Obrigado por tudo. Amo você". O som era praticamente inaudível, mas de fácil compreensão pela leitura labial. Olhando em seus olhos, retribuí o mesmo gesto de amor, mantendo um sorriso nos lábios. Por fim, dei-lhe um beijo de despedida e segurei sua mão por um momento, com ele apertando a minha. Depois disso, ele dormiu e passou o restante do dia alternando períodos de sono e semiconsciência, mas sem condições de conversar com alguém.

A cidade fazia silêncio, aproximava-se das vinte e três horas quando Ethan faleceu. Apesar do sofrimento implacável das últimas semanas, ele foi abençoado com uma morte suave, enquanto dormia, sob o efeito da medicação. Embora eu estivesse no quarto, foi Helena – a enfermeira pernoitaria conosco em razão das circunstâncias – quem percebeu que ele havia nos deixado, quando foi conferir seus sinais vitais.

Foi assim que tudo aconteceu. Quando ele fechou os olhos definitivamente, deixou para trás muitos sonhos e desejos que o câncer não permitiu que vivesse, principalmente o maior deles, o de ver você crescer.

– Desculpe se fiz a senhora se relembrar desse momento difícil.

– Não se desculpe, filho. Não sei o motivo pelo qual nunca falamos detalhadamente sobre esse dia – disse Cecília, secando as lágrimas dos olhos com um guardanapo. É sempre bom recordar os momentos vividos, mesmo que sejam tristes, porque eles também fizeram parte da nossa história.

Cecília fez uma breve pausa e continuou:

– Como não tenho o poder de ser feliz todos os dias, preciso aprender a condicionar minha mente a encontrar sentimentos positivos mesmo nas horas mais difíceis e, ainda que não os encontre, tentar fazer com que a mente se volte para um lugar de paz, abstraindo, ao máximo, toda a carga negativa.

As tristezas serão uma constante durante nossa vida, Tomás. O maior desafio é não nos deixarmos levar pelo sentimento de revolta, acreditando que somos vítimas do destino, da vida, de Deus. A vida não nos deve rigorosamente nada. Ninguém é vítima sem um dia ter sido vilão, nessa ou em outra existência.

Tomás absorveu aquelas palavras e, imediatamente, deu voz a seu pensamento:

– A senhora é espírita, mãe? Nunca falamos sobre o assunto.

– Depende do que você entende por ser espírita.

Nunca estive em um Centro Espírita, embora não me tenham faltado convites. Porém, ao longo dos anos, tenho lido muito sobre religiões reencarnacionistas, diversas, mas principalmente sobre a Doutrina Espírita. Embora acredite nos seus preceitos, não me prendo a rótulos. Apenas procuro viver a minha vida da melhor forma possível, tentando, com muita dificuldade, colocar em prática o maior exemplo que Jesus deixou ao passar por este mundo: viver uma vida dedicada ao próximo. E o magistério tem me dado muitas oportunidades de fazer a diferença na vida das pessoas.

– É uma ótima filosofia de vida essa.

– Sim, é. Porque, no fim, pouco importa o rótulo que adotemos como religião, as palavras que professamos ou as ideias nas quais acreditamos. O que fará de nós verdadeiros Cristãos, na acepção mais pura da palavra, ou seja, seguidores dos ensinamentos do Cristo, é a maneira como vivemos.

– Encontrar sentimentos positivos nas horas mais difíceis foi a expressão que a senhora usou, não foi?

– Sim, mas por que me diz isso?

– Porque é exatamente o que estou fazendo agora. Conhecer detalhadamente os momentos de maior sofrimento na vida de vocês faz com que eu veja o quanto a senhora foi especial na vida de papai.

Cecília não disse nada – nem precisou –, emocionada, desviou o olhar na direção da janela. De onde estava, Tomás podia ver o reflexo da luz em seus olhos.

– O que estou querendo dizer, mãe, é que tudo o que aconteceu só prova a existência do verdadeiro amor, aquele que não deixa de existir nem mesmo nas horas mais difíceis da vida.

A maior prova de amor que uma pessoa pode receber é quando alguém entrega tudo de si mesmo sabendo que o outro perdeu totalmente a capacidade de oferecer algo em retorno, pois perdeu seus atributos, suas qualidades... sua "utilidade". Amar, mesmo nessa situação, é amar plenamente, sem esperar nada em troca. E já que você mencionou Jesus, esse era a espécie de amor que Ele pregava e praticava; esse é o amor que Ele deseja que tenhamos uns pelos outros. Obrigado por tudo o que a senhora fez por papai.

Cecília não conseguiu mais conter as lágrimas represadas, abraçou o filho e chorou. Ambos choraram. Foi um longo abraço.

✳ ✳ ✳

No plano espiritual, Julião, dessa vez sem a companhia de Ethan, observava, emocionado, com os olhos marejados. O bondoso Espírito sabia que o abraço de Cecília e Tomás representava muito do mais do que um carinho entre mãe e filho, mas a quebra definitiva das barreiras do ressentimento e do ódio, companheiros fiéis daqueles dois Espíritos por séculos.

O trabalho de prestar auxílio e orientação a Espíritos recém-chegados era espinhoso, mas testemunhar a reconciliação de antigos desafetos era uma dádiva que fazia tudo valer a pena. Sabia, porém, que aquele era apenas o primeiro passo, um grande passo, é verdade, mas havia outros a serem dados para solidificar os laços que se reatavam. Não seriam passos fáceis, mas necessários.

※ ※ ※

Após terminarem o singelo almoço, regado pela emoção, cada um voltou para suas respectivas leituras. Sem mais espera, Tomás pegou a parte da carta não lida. Havia poucas folhas. Estava próxima do fim.

※ ※ ※

"Há algumas páginas, ou seja, há algumas semanas, dada a lentidão com que escrevo esta carta, mencionei que revelaria o maior arrependimento que carrego comigo e com o qual deixarei esta vida.

Um dos grandes prazeres de quem está morrendo é, sem medo, poder admitir seus erros, pois uma parte de si se abre para a verdade. Conforme aproxima-se o fim da existência, olha-se para trás, por sobre o ombro, para o caminho já percorrido, e enumera-se facilmente muitas coisas das quais gostaria que tivessem sido diferentes na vida. Algumas delas eu não chamaria de arrependimentos, mas as rebaixaria à condição de frustrações, exceto uma, da qual arrependo-me profundamente: o abismo que permiti fosse criado com meus amigos.

As obrigações da vida, a família, a rotina, a necessidade de mudar de cidade, e os meses, anos de intervalo sem procurá-los, ocuparam-se de fazer com que as amizades desaparecessem ou que os antigos amigos retornassem à categoria de conhecidos. É claro que, ao longo da minha caminhada, muitas pessoas chegaram, outras partiram, e os amigos, certamente, estão inclusos nessa premissa.

Não se discute que a família ocupa o topo da nossa escala de preferência, nem poderia ser diferente, mas é preciso reconhecer, com a mesma clareza, que necessitamos de pessoas da nossa própria idade, pessoas que muitas vezes nos conhecem melhor do que alguns de nossos familiares, que nos aceitam da maneira que somos e que estarão lá quando precisarmos de ajuda.

Recebi algumas visitas após o diagnóstico do câncer. Eram pessoas gentis, amáveis, que realmente demonstravam preocupação com a minha saúde. Com algumas delas cheguei a conversar por horas, rimos bastante, mas, apesar disso, nossas relações eram superficiais, não havia intimidade, simplesmente porque não eram meus amigos. Poderia qualificá-los, talvez, como "conhecidos agradáveis". Não há nada de errado nisso, que fique claro, ao contrário, essa categoria de pessoas nos faz muito bem, mas não se equiparam aos amigos verdadeiros, dos quais sinto a ausência.

A questão, Tomás, é ter os amigos certos para as ocasiões certas. Algo que não tenho mais e do que senti e ainda sinto falta. Quando Fernando e Horácio, meus antigos colegas de faculdade, vieram me visitar, involuntariamente me fizeram compreender que há diferentes graus de amizades e ligações, mas apenas uma categoria de amigos que realmente fazem falta nessa hora, os verdadeiros, cuja companhia é uma dádiva; esses são muito valiosos. Compreendi também que os amigos que me restam são recentes; todos os antigos se perderam ao longo do tempo. Eu, eles, estávamos, esses anos todos, tratando de cumprir o ambíguo objetivo de cuidar de nossa vida. Por isso nos afastamos.

Por tudo isso, Tomás, deixo mais um conselho: não permita que a vida se torne um obstáculo entre você e seus amigos. Encontre um equilíbrio de tempo que faça com que esteja regularmente com eles. E faça isso por você, não por eles. Hoje, percebo, tardiamente, com a morte nos meus calcanhares e quando já não tenho mais forças para remexer antigas feridas, que precisamos muito dos nossos amigos.

Esse é um tema que realmente me entristece. Cicatrizes deixadas por erros que não posso mais consertar, ainda que exista uma nova vida, pois gostaria de tê-los mais próximos de mim nesta existência.

Mas vamos adiante. Prossigamos com a história da "menina dos livros".

O plano original era ir logo cedo a Santa Cristina do Pinhal e testar minha teoria. Meu cérebro recusava-se a aceitar que a "menina dos livros" não passava de uma visão, uma lenda urbana, obra do sobrenatural. Meu planejamento, entretanto, sofreu considerável atraso, porque meu pai solicitou que eu tomasse a frente na busca de documentos, no pagamento de impostos e em toda a infinidade de papéis que a insensível burocracia exige para a abertura do processo de inventário de mamãe. Depois de reunir toda a papelada, precisaria deixá-la com o advogado responsável pelo inventário, Dr. Severiano Souza, amicíssimo de meu pai e um profissional exemplar em todos os aspectos, principalmente na gentileza com que tratava as pessoas. A tarefa tomou-lhe toda a manhã. Aproximava-se do meio-dia quando deixei o escritório de advocacia do Dr. Severiano. Depois disso, almocei em um restaurante próximo e, sem mais demora, segui na direção do município vizinho em busca do meu destino – desisti de renegar esse termo: "destino".

Alea Jacta Est!

Quando olhei pelo retrovisor, vi o portal da minha cidade ficando pequeno enquanto me afastava, e senti como se estivesse deixando para trás a antiga vida que levava e me lançando na direção de um mundo novo e desconhecido. A voz na minha cabeça, porém, para meu espanto, dizia que o mundo em que eu vivia finalmente encontrara a direção certa.

A paisagem mudava à medida que eu avançava. Os primeiros quilômetros foram dominados por planícies cobertas pela pastagem baixa, que servia de alimento aos incontáveis rebanhos de gado. Após, foi a vez da densa floresta de pinus com seus troncos compridos, sulcados, em formato cilíndrico, cobertos de cicatrizes deixadas pela extração da resina, chamada pelos locais de "ouro verde das florestas", e sua robusta copa verde-brilhante a monopolizar a vista. Por fim, a imagem abria-se, e até onde a vista alcançasse, tudo o que se enxergava eram coxilhas ou cerros, costurados pelos muros de taipas que desapareciam no horizonte.

Eu podia sentir a adrenalina correndo nas veias cada vez que cruzava com uma placa na rodovia informando que meu destino estava mais próximo. Sentia um misto de ansiedade, provocada pelo desejo de chegar logo e encontrar as respostas, e nervosismo, este produzido pelas incertezas. Afinal, apesar de eu me recusar a acreditar e qualificar de absurda a hipótese de ter estado a perseguir um Espírito esses dias todos, não podia simplesmente ignorar as evidências relacionadas à "menina dos livros" ou Amanda Lins: um livro e um túmulo. Deveria haver uma explicação plausível para isso. Eu já tinha minha teoria e torcia para estar correto.

Precisei de pouco mais de uma hora para chegar na ponte que servia de marco divisório entre os municípios. A partir daquele ponto, eu já estava geograficamente no território de Santa Cristina do Pinhal.

Mais alguns quilômetros adiante, encontrei o portal de entrada da cidade. Ele delimitava o exato ponto em que iniciava a área urbana. Tratava-se de uma obra bastante original. Da rodovia, podia-se avistar uma locomotiva do século XIX posicionada na margem direita da pista. Do interior de um de seus vagões – fruto de ilusão arquitetônica –, partiam trilhos de trem que formavam o arco, em cujo interior aparecia o letreiro "Santa Cecília do Pinhal". O monumento, vim a saber mais tarde, faz referência à primeira estrada de ferro do lugar, ao redor da qual se instalou o povoado que deu origem ao município.

Pouco tempo depois, uma grande rotatória introduziu-se no coração da cidade, que contava com menos de sessenta mil habitantes, quase três vezes mais que a minha. Restava-me agora encontrar uma maneira de descobrir quantas floriculturas havia na cidade e visitar cada uma delas. A falta de planejamento prévio e a total entrega às circunstâncias do momento incomodavam-me, porém uma pequena dose de sorte mudou aquele cenário.

Tão logo penetrei nos domínios urbanos de Santa Cecília do Pinhal, avistei uma casa que exibia a placa "informações turísticas". E foi nela que descobri – por isso usei a expressão pequena dose de sorte – que na cidade havia, ao todo, onze floriculturas, de acordo com a memória de Clara, a funcionária do centro de informações turísticas que anotou no papel o nome de cada uma delas à medida que ia lembrando.

Eu não tinha motivos para reclamar de ter ficado refém das suas lembranças para a identificação das floriculturas, afinal aquela não era propriamente uma informação turística. Ela não tinha obrigação de conhecer cada um dos estabelecimentos comerciais da cidade. A boa notícia foi que cinco floriculturas se situavam nas duas principais avenidas, enquanto as outras se encontravam espalhadas pelo restante do território, sendo que uma delas, a mais distante, localizava-se na área rural, pois, apesar de também trabalhar com a venda de flores, seu foco principal era o serviço de paisagismo. À exceção das floriculturas da área central, as demais dariam um pouco mais de trabalho para encontrar.

Clara fez a gentileza de marcar, de forma improvisada, no mapa turístico da cidade, o nome e a localização aproximada de cada uma das floriculturas. E, então, teve início minha romaria em busca de informações sobre a "menina dos livros". Acompanhava-me na jornada a esperança de que minha teoria, baseada no ponto de convergência das histórias de Richard Bachman, Allan Kardec e Amanda Lins, eliminasse a hipótese de que sua atual residência fosse uma capela de cemitério.

Abri o mapa no banco do carona e iniciei a busca pelas floriculturas mais próximas. A primeira delas chamava-se "Casa da Flor". Como a indicação mostrava que o endereço ficava próximo, estacionei o carro e continuei minha procura a pé. Não precisei andar muito, pois o primeiro pedestre que abordei apontou para a direção da galeria de lojas situada a alguns metros de onde eu estava. Casa da Flor era o único estabelecimento comercial da galeria que não era loja de roupas. O espaço era pequeno, e a atendente me abordou tão logo cruzei a porta.

– Boa tarde, em que posso ajudá-lo?

– Boa tarde, qual seu nome?

– Manuela!

– Manuela, uma amiga – menti – pediu que pegasse um arranjo de flores que deixou encomendado.

– Qual o nome dela, para que eu possa conferir as encomendas?

– Zilda – o nome da minha mãe foi o primeiro que me veio à cabeça.

– Desculpe, senhor...

– Ethan!

– Desculpe, senhor Ethan, mas não há nenhuma encomenda reservada para alguém com esse nome – respondeu, depois de folhear algumas notas de pedido.

– Estranho – simulei perplexidade –, será que a solicitação não foi feita com alguma colega sua?

– Sou a única funcionária. Talvez seja melhor o senhor conferir com ela. Quem sabe fez a encomenda no nome de outra pessoa?

– É possível. Desculpe o transtorno, Manuela.

– Imagine, não se desculpe por isso. Qualquer nova informação, estarei à disposição.

Minha mentira improvisada fez com que eu riscasse a primeira floricultura da lista. Decidi, então, adotar aquela abordagem para as demais, afinal, mostrou-se rápida e eficaz.

Pouco a pouco, entre gentis informações e indicações equivocadas, fui encontrando cada uma das floriculturas da lista. O processo de localização tomava bem mais tempo que a conversa com as atendentes.

Passaram-se duas horas, e eu já havia riscado com um enorme "X" no mapa, além da Casa da Flor, as floriculturas *Garden*, Ponto Verde, Jardins, Santa Cristina, Bela Flor, Encanto das Flores e *Petalus*.

A próxima da lista, chamada Lótus Flora, pela localização anotada no mapa, ficava nas proximidades da igreja matriz, que encontrei facilmente por ser um dos principais pontos turísticos da cidade. Trata-se de uma das igrejas mais antigas da região, pela informação constante do guia turístico na parte de trás do mapa que recebi de Clara. O templo católico foi construído em 1853, mas já era uma capela em 1847.

A igreja de Santa Cristina do Pinhal recebeu o nome em homenagem à santa católica Cristina, nascida 288 d.c., na região da Toscana, na Itália. Ela era filha de um oficial do exército romano chamado Urbano, destacado na região da Etrúria, um dos grandes líderes na perseguição a cristãos. Cristina, mesmo conhecendo a luta do pai, abraçou a fé cristã por influência de uma escrava da casa. Desconfiado de seu comportamento, Urbano pressionou a filha a cultuar ídolos romanos, quando, então, a menina confessou seu credo. Furioso, o oficial romano torturou-a com a mesma crueldade com que tratava outros cristãos. Reza a lenda que Cristina teria sobrevivido ao fogo de uma pira; do afogamento, após ter sido amarrada à pedra de um moinho, supostamente salva por anjos. A fúria de Urbano foi tão forte, que seu coração não suportou e ele morreu. Porém, em 24 de julho do ano 300 d.c., Cristina acabaria sendo morta a flechadas pelo oficial romano sucessor do pai. O acréscimo da expressão "do Pinhal" ao nome oficial "Santa Cristina" ocorreu por influência da principal cultura da região à época, os pinheiros. Como você pode perceber, Tomás, sou apaixonado por história.

A igreja matriz não foi difícil de encontrar, como eu disse, mas não havia sinais da floricultura. Estacionei no próprio pátio da igreja e saí à procura da loja, e, como não a encontrei nas redondezas, precisei novamente do socorro dos transeuntes. As duas primeiras pessoas que abordei não souberam me informar sobre sua localização. Foi a terceira, uma senhora idosa – Toninha, como se apresentou –, quem esclareceu minha dúvida, muito embora eu não tenha gostado nem um pouco da resposta.

– Essa floricultura funcionava naquela sala ali – ela apontou na direção de uma loja que consertava celulares e eletrônicos –, mas fechou depois que a proprietária faleceu.

– Que pena! – foi a frase que saiu da minha boca de forma automática.

Não pode ser. É insano! Apesar de o meu lado cético recusar-se a aceitar explicações de natureza sobrenatural, estava cada vez mais difícil fugir dos fatos, das coincidências – pensei, enquanto sentia correr um frio por todo o corpo.

– Moço, o senhor está ficando pálido. Está tudo bem?

Assustada, Toninha, num arroubo hipocondríaco, quis saber onde me doía: cabeça, peito, estômago ou se eu sentia tonturas. Ela abriu a bolsa e puxou uma sacola de remédios, oferecendo-me alguns itens.

– Estou bem – ela guardou a sacola de medicamentos. – A palidez deve ser do calor – improvisei. – Além disso, fiquei com o pensamento distante depois que a senhora falou que a proprietária faleceu.

– Não sei, não. Acho bom o senhor procurar um médico ou uma farmácia para medir a pressão.

– Está tudo bem mesmo, obrigado por sua preocupação.

– Se o senhor diz. Ah! Antes que me esqueça, próximo da rodoviária, tem outra floricultura, a *Fleur-de-Louise*. Não sei o que essas pessoas têm na cabeça para colocar nomes tão difíceis – reclamou a gentil senhora após enrolar-se um pouco com a pronúncia.

Caso precise de algo, pode ir até lá. Apesar de o nome não ser dos melhores, o trabalho deles é maravilhoso. Fazem uns arranjos que dá gosto. O senhor precisa ver! E o preço é baratinho. Outro dia, encomendei um grande arranjo de margaridas para a capela de minha mãe, porque minha mãe adorava margaridas, na casa dela era obrigatório um vaso com margaridas, mas meu pai não gostava muito.

– Sério? – perguntei, mostrando falso interesse.

– Muito sério. Meu pai não gostava de margarida. Na verdade, ele não gostava de flores, mas minha mãe, sim. Não só de margaridas, mas de rosas também.

– Entendo...

– Isso mesmo, ela adorava rosas também, mas não era de qualquer cor, não senhor; quando o assunto eram rosas, minha mãe exigia que fossem amarelas, e o senhor sabe que não é fácil encontrar rosas amarelas, porque a maioria das pessoas prefere as vermelhas e as brancas, mas não mamãe. Com ela, só amarelas, nada de brancas e vermelhas.

– Que interessante – falei olhando para o lado, tentando desvencilhar-me.

– E não é? Mas tem outra coisa...

— Tem?

— Sim, ela só gostava de rosas grandes, nada daquelas pequenininhas. Aquilo nem rosa é. As pessoas até chamam de rosa, mas o senhor sabe, rosas de verdade são grandes. Nisso minha mãe estava certa. Mas só nisso, porque não gosto de margaridas nem de rosas amarelas. Prefiro orquídeas. Inclusive...

— Muito obrigado pela gentileza, senhora Toninha, mas preciso realmente ir — interrompi o falatório, esforçando-me para segurar o riso.

Ela ficou em silêncio por um momento, e meu cérebro, ainda aturdido com a história da morte da proprietária da floricultura, agradeceu o breve instante de paz.

— Não por isso. Tchau!

A falante e gentil idosa cortou o assunto abruptamente e saiu antes que eu pudesse dizer alguma coisa. Engoli as palavras que diria e observei-a enquanto se afastava. Então, virou-se e ficou olhando para mim, talvez estivesse desconfiada da minha condição de saúde e achasse que eu fosse desmaiar ali na calçada. Por fim, acenou, e eu devolvi o cumprimento, mas ela não chegou a ver, pois já tinha me dado as costas e seguido seu caminho.

Caminhei até a sombra da marquise de uma loja. Respirei por alguns segundos para levar oxigênio ao cérebro, que ainda estava desnorteado com a quantidade de palavras recebidas nos últimos minutos. Depois, olhei no mapa e constatei que, por esquecimento ou desconhecimento, Clara não havia incluído *Fleur-de-Louise*.

Apenas por desencargo de consciência, decidi, após a pausa para um lanche rápido, procurar a floricultura indicada, mas o entusiasmo do início do dia havia desaparecido por completo e levado consigo minhas esperanças. Por mais absurdo que possa parecer, talvez tivesse chegado a hora de considerar a possibilidade de que tenha passado o último mês correndo atrás de uma jovem morta. Pior do que isso: havia me apaixonado por ela.

Eu bem que poderia ter desistido daquela busca insana e voltado para o conforto da minha casa, mas, se fizesse isso, nunca saberia o que havia perdido. Persistiria a dúvida, e não conseguiria conviver com ela. A curiosidade venceu a batalha, e já que minha opção desde o princípio foi mergulhar de cabeça na história que se transformou numa grande aventura, que fosse até o fim, ainda que as esperanças quanto à "menina dos livros" chegassem a ser definitivamente sepultadas, por uma lenda urbana sobre Espíritos. Estava conformado com os elementos sobrenaturais que gravitavam em torno da situação.

"Não bastasse ter descoberto que Amanda Lins era o nome da "menina dos livros" e que esse mesmo nome fazia parte da inscrição na capela de um cemitério, situada no setor em que ela própria me impedira de segui-la, uma das floriculturas da cidade encerrou suas atividades após a morte da proprietária, sem esquecer que Amanda Lins trabalhava numa floricultura. Até mesmo o senhor Holmes se renderia às evidências, por mais absurda que fosse a conclusão" – pensei, desanimado, enquanto buscava pela indicação da senhora Toninha, aproveitando que era próxima. Ainda tinha algumas, mais distantes, para visitar.

Encontrei facilmente a estação rodoviária de Santa Cristina do Pinhal. Em geral, sou um desastre quando o tema é senso de direção, mas, para meu próprio espanto, estava me saindo bem.

A floricultura *Fleur-de-Louise* ficava na esquina oposta da estação rodoviária. Visto de fora, o lugar parecia agradável. Tratava-se de uma pequena casa, aparentemente erguida com material pré-moldado sobre um considerável aclive existente no terreno, o que a deixava numa posição bem mais alta que os demais estabelecimentos à sua volta, pintada na cor branca, circundada, em toda a sua extensão, com um gramado bem aparado, decorado impecavelmente com diversas espécies de flores. Um caminho de pedras fazia a ligação entre o portão de entrada e a porta. Um bom cartão de visitas para uma floricultura. Mas aparentava estar fechada, o que era estranho, pois, considerando o horário, ainda faltavam onze minutos para as dezessete horas.

Quando me aproximei da entrada, a brisa começou a dar lugar ao vento uivante, que levantou poeira e areia pelas ruas. Instintivamente, olhei para o alto. O céu escurecia rapidamente, advertindo a todos que o tempo mudaria de forma abrupta.

No exato momento em que coloquei a mão no portão de entrada, além de os vidros da floricultura, meus olhos captaram uma silhueta que cruzou rapidamente o perímetro da janela. Uma ilusão. Minha mente, perturbada pelas recentes revelações, pregava-me uma peça. Mas, então, a mesma silhueta que passara como um raio havia segundos, dessa vez postou-se com o corpo ereto, olhar fixo, braços para baixo, colados à cintura, ao menos a parte que eu conseguia ver através do vidro, no quadrilátero da janela,. Agora não havia nenhuma dúvida. Era ela, a "menina dos livros", ou seria melhor chamá-la de o fantasma de Amanda Lins? Estava lá, estática, encarando-me. E, como num filme de terror, um relâmpago cortou o céu, agora escuro, e, milésimos de segundos depois do grande clarão que iluminou tudo ao meu redor, um grande trovão ribombou pelos quatro cantos. Dei um pulo, assustado, assim como meu coração, que pulava no lugar de bater.

O relâmpago iluminou os vidros da floricultura, e sua imagem na janela, por um átimo, exibiu uma cor prateada, tornando-se ainda mais fantasmagórica. Por um curtíssimo instante, olhei para o céu, cada vez mais escuro. Depois, voltei os olhos rapidamente na direção dela, mas havia desaparecido.

"Você precisa manter a calma e pensar, Ethan" – alertei-me em voz alta, com a respiração sôfrega. Então, pingos do tamanho de bolinhas de gude começaram a acertar meu rosto. Abri o portão e corri na direção da casa. A voz no fundo da minha cabeça, que parecia tensa e estrangulada, dizia que aquela não havia sido uma decisão sábia. Um arrepio trespassou minha espinha com a mesma velocidade do novo relâmpago que cruzou o céu, seguido de mais um estrondo.

A chuva caiu forte. Uma típica tempestade de verão. Protegido, tomei mais uma decisão que a voz qualificaria como insensata. Meu instinto imediato concordaria com ela, pois mandava-me recuar. Entretanto, inconscientemente, num corajoso ato de rebeldia, eu queria mesmo confrontar o fantasma daquela que, havia um mês, assenhorara-se da minha mente, dos meus pensamentos, da minha alma. Encostei o rosto no vidro e comecei a explorar o interior da floricultura, que estava realmente vazio. A iluminação interna era leve, mas permitia que eu enxergasse as estantes onde estavam expostos vasos, pequenos arranjos, além de exemplares maiores, estes no chão. Do meu ângulo, mesmo com o rosto pressionando o vidro da janela, não era possível ver muito mais, mas não precisaria de maiores elementos para concluir que o lugar estava fechado.

Distraído, não percebi o vulto que, silenciosamente, aproximava-se, e foi só quando chegou mais perto que não tive dúvida quanto à sensação de uma presença às minhas costas. Um calafrio atravessou meu corpo. Eu podia sentir claramente que havia algo, ou alguém, parado atrás de mim. E eu sabia quem era.

Cuidadosa e vagarosamente, fui me virando, como se estivesse em câmera lenta, mas, antes que o rosto daquela presença entrasse no meu raio de visão, senti o toque de suas mãos... Ainda hoje, estremeço ao lembrar-me da sensação daquela mão fria no meu pescoço e do som aveludado de sua voz, que reverberou nos meus ouvidos.

– Olá! – cumprimentou ela.

Aquela voz. Eu sabia a quem pertencia. Segui-a com o movimento de cabeça para olhar para sua dona. No curto espaço de tempo que levou para que me virasse totalmente, tentei imaginar como seria estar frente a frente com a face de um Espírito...

– Desculpe-me se assustei você – disse a "menina dos livros", sorrindo, a centímetros de mim.

Ela era real, não um Espírito. Enquanto me maravilhava com a visão do seu rosto, lentamente meu nervosismo começou a arrefecer. Com certeza, eu não a vira por detrás da janela, mas, sim, a sua imagem refletida pelo vidro da janela.

– Tudo bem – retruquei admirado. A voz saiu seca e o sorriso que acompanhou as palavras, sem jeito.

O vento soprou um pouco mais forte e a chuva começou a nos alcançar.

– Venha. Vamos entrar para nos proteger dessa chuva – convidou ela.

Aceitei o convite sem dizer nada e, com sorriso no rosto e coração disparado, acompanhei-a.

Ela fechou a porta atrás de nós e dirigiu-se até uma sala contígua, atrás do balcão de atendimento.

– Preciso de um minuto, por favor – disse ela, falando de dentro da sala.

– Todos que quiser – respondi, sem deixar de reparar em como ela era verdadeiramente linda e atraente.

Pouco tempo depois, ela voltou com um grande arranjo de rosas nas mãos e depositou-o sobre o balcão. Certamente, a sala de onde veio era utilizada para o preparo das encomendas.

– Pronto! – ela exclamou, voltando-se para mim.

– Estou atrapalhando você? Notei que a loja estava fechada.

– Não, tudo bem. Precisei fechar um pouco antes do horário, pois estou sozinha e tenho de finalizar algumas encomendas para amanhã cedo.

– Posso voltar em outro momento. Não gostaria de atrapalhar seu trabalho.

– Não se preocupe com isso. Precisava mesmo fazer uma pausa. Fiquei surpresa ao vê-lo aqui.

– Era a minha vez de surpreendê-la com um encontro inusitado.

Ela olhou nos meus olhos com um sorriso gracioso. Depois, em silêncio, caminhou até a janela. Além dos vidros, via-se a chuva, compacta e prateada sob a luz dos postes, que acenderam diante da escuridão produzida pela tempestade.

– Não me parece que tenha andado tanto apenas para comprar flores – disse ela, voltando o olhar novamente na minha direção.

– Certamente que não. Mas espere! – cortei a conversa de forma abrupta – Esta é a quarta vez que a vejo....

– Você contou? – havia ternura na sua voz.

– Com certeza! Mas o que quero dizer é que, apesar dos encontros fortuitos, ainda não fomos apresentados. E não deixarei a oportunidade passar desta vez. Meu nome é Ethan. E o seu, seria Amanda? – estiquei a mão.

— Muito prazer, Ethan.

Olhei nos seus olhos até o momento em que ela apertou a minha mão de forma delicada. Senti o calor do seu toque e pensei, feliz: "ela é real, não há dúvida".

— O prazer é meu, Ethan. Mas não me chamo Amanda.

— Não? – perguntei, espantado.

— Não – confirmou ela, calmamente. – O que o fez pensar que fosse?

— *Cottonland* – respondi.

— Você tem o livro?

— Sim, encontrei-o no Casarão.

— O que achou? Seja sincero.

— Gostei, principalmente da forma serena como você contou a história, triste.

— Fico feliz – ela corou.

— Por falar nele, gostaria que autografasse meu exemplar. Acompanhado de uma dedicatória, de preferência.

— Será um prazer – ela sorriu. – Espero que não faltem oportunidades para que eu possa autografá-lo para você.

— Não faltarão, no que depender de mim.

Ela sorriu novamente, ligeiramente encabulada. Seus olhos diziam que ela também gostaria de ter novas oportunidades para estar comigo.

313

– Então, você não se chama Amanda Lins? – perguntei, antes que acontecesse algo e eu ficasse novamente sem resposta.

– Não. Amanda Lins era minha irmã. Ela faleceu. Usei seu nome como pseudônimo. Foi a maneira que encontrei para homenageá-la – explicou com voz suave, carregada de sentimentos.

– Sinto muito por sua perda.

– Obrigada. Não foi e não está sendo nada fácil, mas não gostaria de falar sobre isso. De qualquer forma, está desfeito, então, o mal-entendido – disse ela, mudando o rumo do assunto.

– Richard Bachman, Allan Kardec! – exclamei, mas não era para ter feito em voz alta.

– Não entendi...

– Pensei alto, desculpe – devo ter enrubescido naquele momento.

– Agora fiquei curiosa.

– Pseudônimos, os dois. Richard Bachman foi o pseudônimo adotado por Stephen King para testar se o sucesso de seus livros ocorria em razão do texto ou de seu nome consagrado. Allan Kardec, por sua vez, foi o pseudônimo escolhido por Hippolyte Léon Denizard Rivail.

"Minha teoria estava correta. Ela adotou um pseudônimo para escrever o livro. Agora, o nome no túmulo fazia sentido – pensei, em silêncio desta vez, dando vazão à torrente de informações que meu cérebro processava com incrível rapidez."

– Vejo que estou bem acompanhada, então.
– Com certeza! Mas espere. A conversa prosseguiu, e eu sigo sem saber seu nome.
– Achei que não perguntaria – brincou, exibindo um largo sorriso, sem desviar o olhar do meu.
– Perguntei a mim muitas vezes; a você, algumas.
– Não sabia que meu nome havia ganhado tanta importância.
– Talvez porque eu ainda não saiba.
A "menina dos livros" sorriu, então falou seu nome pausadamente."

✳ ✳ ✳

Tomás interrompeu imediatamente a leitura e, apressado, saiu do quarto. Desceu a escadaria correndo e entrou na biblioteca.

"Onde estará? Onde estará?" – repetia a pergunta sem parar, como uma antiga cantilena, enquanto procurava pelo livro.

A biblioteca da casa foi organizada pela mãe, e, organizada como ela era, os livros não eram guardados de forma aleatória, havia uma lógica na disposição das prateleiras, mas era a lógica dela. Tomás só precisava entender qual. Algumas categorias eram óbvias; outras, nem tanto.

Tomás procurou, sem sucesso, em meio aos livros de literatura nacional, romances, autoajuda, religiosos. O imenso acervo de livros da família seria digno de orgulho em qualquer circunstância, exceto naquela.

Não havia uma seção para livros locais, nem de ficção, porque a categoria não despertava o interesse em ninguém da família, inclusive de seu pai, afinal, uma quantidade considerável dos exemplares foram adquiridos por ele.

Tomás remexeu, mais um pouco, as prateleiras, mas não teve sucesso. Depois, interrompeu a busca, sentou-se em uma poltrona afastada da estante e pensou com mais calma, analisando o contexto. Não procurava um livro qualquer, muito pelo contrário, tratava-se de um exemplar muito especial.

"Se é um livro especial, parece óbvio – falou para si – que não seria colocado junto aos demais, pois, para papai, ele tinha um valor sentimental muito grande."

Então, seus pensamentos começaram a acelerar. Tomás levantou-se, mas não saiu do lugar, apenas esquadrinhou a extensão da biblioteca, lançando um olhar investigativo por toda parte. O foco deixou de ser o livro e passou a ser o lugar.

Foi então que seus olhos foram levados para a ingênua caixa de madeira, despretensiosamente colocada sobre a mesa principal. O objeto era tão integrado ao ambiente, que passava despercebido. Tomás pegou-a nas mãos, passou os dedos pelos logogramas gravados na parte superior – dias depois soube que significavam amor e verdade. Ansioso, abriu a caixa e lá estava ele: *Cottonland*, de Amanda Lins. Tomás retirou cuidadosamente o exemplar do refúgio de anos e notou que o livro estava muito bem conservado. A ansiedade impulsionou-o a ir direto para a orelha do livro, na contracapa. Tomás sorriu da situação, da sua ingenuidade.

A foto não deixava dúvida. A carta que Ethan escreveu antes de partir, além de todos os ensinamentos que trazia, era também uma longa e inestimável declaração de amor àquela que foi o grande e único amor da sua vida, Cecília, a "menina dos livros".

Antes de devolver o livro ao seu casulo, Tomás folheou-o e constatou que o pai havia conseguido o autógrafo da autora. Havia também uma dedicatória.

"Desde a primeira vez que nossos olhares se cruzaram, algo muito valioso havia partido: meu Espírito. Procurei-o, em vão, por toda a parte. Descobri, tempos depois, que ele havia ficado com você."

Cecília, a "menina dos livros".

O amor à primeira vista havia sido recíproco – pensou Tomás, enquanto voltava ao quarto para ler o fim da carta.

✳ ✳ ✳

"– Cecília. Finalmente conheço seu nome. Ele foi um dos motivos que me trouxe até aqui hoje.

Cecília corou, seu rosto fez-se cor de pitanga, como diria Machado de Assis.

– Mas é uma longa história. Talvez você esteja disposta a ouvi-la após finalizar seu trabalho, em alguma cafeteria? – O convite saiu sem aviso prévio, vencendo a timidez. Só me dei conta da proposta quando as palavras já haviam sido lançadas no ar.

– Sim – respondeu ela, monossilábica, mas com força suficiente para agarrar meu Espírito pelo coração e levá-lo consigo, para sempre. Dias depois, ela usaria um texto muito parecido com esse meu pensamento quando autografou meu exemplar de *Cottonland*.

Depois de ter aceitado o convite, Cecília pediu-me a gentileza de esperar por no máximo trinta minutos enquanto finalizava os trabalhos programados para o dia.

Dessa vez, quem concordou de imediato fui eu. Depois de todo o esforço para encontrá-la, esperaria por toda a eternidade, se fosse necessário.

O que Cecília não sabia quando aceitou meu convite era que, com o seu singelo "sim", acabaria se transformando na única mulher que eu realmente amaria em toda a minha existência e que eu não conseguiria, nunca mais, imaginar uma vida que não fosse ao seu lado.

Ela pediu licença e foi para a sala atrás do balcão. Eu fiquei admirando o seu caminhar, os cabelos deslizando suavemente nas costas enquanto ela se afastava.

Quando a "menina dos livros", ainda não havia me acostumado a chamá-la pelo nome, terminou seu trabalho, seguimos até uma cafeteria próxima, onde conversamos longamente. A tempestade de verão, depois de cumprir seu papel, foi embora rapidamente. O horário de verão nos concedeu uma hora extra de luz natural. Aproveitamos para caminhar por um grande parque arborizado, onde topamos com uma pequena ponte, construída com grossas tábuas de madeira sobre o córrego que serpenteava pelos domínios do parque.

Paramos sobre a ponte e observamos alguns pássaros fazendo giros no ar, num bailado sem coreografia definida. Um deles desceu num voo rasante, roçou seus pés na água, certamente agarrando algum besouro ou outro inseto parados no córrego, depois tornou a subir. Foi nesse momento que minha mão tocou levemente seu braço. Então, paramos e nos olhamos em silêncio. O rosto dela tinha adquirido a inocência de uma criança. Estremeci quando nossos dedos se procuraram, também sem coreografia definida, até que os dela tocaram meu pulso e desceram para se entrelaçarem aos meus, apertando-se, fundindo-se. E, antes de nos darmos conta do que estava acontecendo, coloquei uma das mãos em volta de seu quadril e puxei-a lentamente na minha direção. Olhei fixamente para seus olhos verdes, reluzentes, suplicantes. Então, eles se fecharam e nossos lábios se tocaram suavemente, no primeiro de muitos beijos que trocaríamos ao longo da vida.

O resto você já conhece, Tomás. Mas não pense que essa história acabou. No momento em que essas palavras são lidas, ela continua sendo escrita, e você é uma das mãos que a escreve, ao lado daquela que foi e sempre será o único amor da minha vida: sua mãe, a "menina dos livros".

Essa foi a história que escolhi contar, agora que minha vida chega ao fim. Nunca, jamais, eu poderia explicar adequadamente o quanto o amo, meu filho, mas espero, por essas palavras, ter deixado uma pequena ideia desse sentimento tão sublime, que é o amor de um pai pelo filho.

Pensava eu que sabia de tudo. Sabia que ter um filho seria um grande desafio. Sabia que acompanharia seus primeiros passos. Sabia que o veria pronunciar as primeiras palavras. Sabia que o veria crescer. Sabia que o veria adulto. Sabia que envelheceria ao seu lado. Sabia... na verdade, Tomás, eu não sabia de nada!

A morte faz parte da vida, muito embora nem sempre seja justa. Hoje, é assim que a vejo, injusta e cruel, pois rouba-me a oportunidade de vê-lo crescer. Resta-me, então, torcer para que a morte não seja o fim de tudo. Assim, manterei a esperança do reencontro. Até um dia, Tomás. Assim espero!"

15
Mãe e filho

NOS DIAS ATUAIS...

Durante o retorno para casa, após a visita ao casarão, quando Tomás revelou a existência da carta deixada pelo pai, Cecília manteve-se circunspecta. Seus pensamentos vagavam pelo passado. Compreendia, agora, o motivo pelo qual Ethan ficava no escritório, em frente ao notebook, praticamente todos os dias, por longas horas, mesmo diante das dores e do desconforto.

Chegando a casa, Cecília largou a bolsa sobre a mesa e deixou o corpo cair no sofá. Seu olhar estava distante.

"Uma carta, depois de tantos anos... você não para de me surpreender, Ethan. É mesmo espantosa a sua criatividade. Engendrar um plano para que a carta chegasse às mãos de Tomás. Sabia que não ficaríamos no casarão depois que você se fosse e também que eu não teria coragem de me desfazer daquele lugar pelo tanto que você o amava." – Cecília pensou na imagem do marido, enquanto lhe dirigia mentalmente as palavras.

Olhando discretamente para a mãe, Tomás achou melhor não preencher a quietude que dominava o ambiente. Era mais um daqueles momentos em que as palavras não devem importunar o silêncio.

– O desejo de permitir que eu leia a carta está mantido? – Cecília perguntou, colocando um ponto final ao silêncio.

Tomás sorriu. Sentou-se ao lado da mãe e, sem dizer nada, entregou o envelope contendo o maço de papel.

– Ela é grande.

– Acredito que papai optou por chamar esse material de carta apenas para usar um termo mais lúdico, considerando que seria lida muitos anos após a sua morte. Mas, na verdade, isso é um livro.

– Seu pai sempre teve jeito com as palavras. Escrevia muito bem.

– Sem querer adiantar o que está escrito, mas como não deve ser nenhuma novidade para a senhora, mãe, posso falar. Na carta, ele diz o mesmo de você.

– Sim, Ethan sempre me dizia isso.

– Não sabia que a senhora era escritora. Nunca mencionou isso a mim. Sempre a vi como professora.

– Não mencionei porque não me considero escritora. *Cottonland* foi o primeiro livro, teve razões específicas, pessoais, para ser escrito, por isso foi também o último. Não escrevi mais nada com essa finalidade, nem tive vontade de repetir a experiência.

– Importa-se que eu leia? Meu pai falou tão bem do livro.

– Ethan sempre foi exagerado em seus adjetivos com relação a mim. Mas, se você deseja, é claro que pode lê-lo. Esse é o objetivo dos livros: serem lidos. Tenho um exemplar no meu quarto. Pego e deixo com você. Na biblioteca, há um que prefiro preservar. Tem um valor sentimental muito grande.

– Por mim, tudo bem. Sei que o exemplar de papai é de valor inestimável. Ele foi o principal responsável por estarmos aqui neste momento. Podemos dizer que ajudou a dar origem à nossa família.

– Nunca havia pensado dessa forma. Pela carta, você fez essa construção? Está me deixando curiosa sobre o que Ethan andou escrevendo.

Tomás não respondeu, apenas exibiu um sorriso malicioso.

– Importa-se de me deixar sozinha para ler a carta? Confesso que estou muito ansiosa e morrendo de curiosidade para descobrir o que Ethan aprontou dessa vez.

– A senhora vai se divertir muito com ele. Tenho certeza disso, "menina dos livros".

– O quê? Ele falou sobre isso?

– Não me aguentei! – respondeu Tomás, com uma sonora gargalhada.

– Meu bom Deus! Ethan tinha alma de escritor e o dom de contar histórias. A "menina dos livros"...

– Você não faz ideia do quanto achei engraçado quando ele me contou que essa era a maneira que se referia a mim.

– Mais engraçado até do que achar que a senhora fosse um fantasma?

– Ele falou disso também? – Cecília colocou as mãos no rosto.

– Estou falando demais já.

– Sobre eu ser um fantasma, certamente essa visão que seu pai criou a meu respeito é imbatível, sem concorrentes. Sempre brincávamos com o assunto.

Certa vez, já muito doente, ele me chamou no quarto. Quando o encontrei, percebi que seu rosto estava fechado. Imaginei que falaria de algo muito sério. Então, ele disse:

"Que ironia do destino. Passei muito tempo acreditando que você fosse um Espírito. Agora, em pouco tempo, o fantasma serei eu."

Na hora, não achei graça nenhuma. Mas, depois, compreendi que o bom humor foi uma das maneiras que ele encontrou para encarar a proximidade da morte. Então, se me der licença, Tomás.

– Aproveite a carta. Quando terminar a leitura, voltaremos a conversar. Tenho muitas coisas para perguntar.

– Devo me preocupar?

– Talvez!

– Preciso ler esta carta com urgência.

– E eu, *Cottonland*.

Cecília foi até o quarto, pegou o livro prometido, entregou-o a Tomás e retornou rapidamente. Não queria perder mais nenhum segundo. A casa, então, foi engolida pelo silêncio candente da noite, enquanto seus habitantes se entregavam, de corpo e alma, ao mundo das palavras.

Impulsionada pela emoção e pela saudade, a leitura da carta varou a madrugada e só foi interrompida, a contragosto, porque, no dia seguinte, Cecília daria aulas nos dois períodos e precisava dormir ao menos algumas horas, mesmo que poucas. Passaria o dia na universidade e lá aproveitaria as horas vagas para continuar lendo o material deixado por Ethan.

No dia seguinte, a tarde caminhava para o fim quando Cecília chegou da universidade e encontrou Tomás na sala às gargalhadas. Ele estava com um livro nas mãos.

– Boa tarde, Tomás. Ouvi sua risada de longe.

– Olá, mãe. Estava rindo com o livro. Esse Érico Veríssimo tem histórias impagáveis.

– Histórias e personagens. O que está lendo?

– O Arquipélago, continuação da saga "O Tempo e o Vento". Ele narra uma conversa entre duas senhoras, quando uma delas teve o sobrinho recrutado para mais uma das inúmeras revoluções em que o Rio Grande do Sul se envolvera ao longo de sua história. O autor reproduz o pensamento da tia – Tomás procurou a passagem no livro com o dedo e leu para a mãe.

Ouça isto – disse ele:

"*Não lhe passava pela cabeça a ideia de que seu querido sobrinho pudesse ser morto. Preocupava-se um pouco, isso sim, com a possibilidade de o "menino" apanhar algum resfriado, a senhora sabe, as marchas forçadas nessas estepes do Rio Grande, nos dias hibernais que se aproximam, as geadas branquejando as campinas infinitas... enfim, todas essas contumélias da sorte, inclusive o perigo de comer alguma fruta verde e ter algum distúrbio intestinal, Deus queira que tal não aconteça*[1]."

Acho muito engraçada a forma como ele pinta o povo do Rio Grande do Sul. Há um fundo de orgulho por trás do humor do escritor. Mas me conte como foi seu dia?

– Érico tem umas tiradas ótimas, gosto muito do personagem Liroca, dessa mesma saga. Concordo com você, ele coloca em seus livros todo o orgulho que sente pelo povo da sua terra, sempre pronto para dar a vida por seus ideais e por seu país, como foi na Guerra do Paraguai.

Quanto ao meu dia, eu diria que diferente, talvez, seja a palavra que melhor o defina.

– O que aconteceu?

– Ethan me fez companhia.

– A carta?

– Sim, terminei-a – Cecília entregou o envelope ao filho.

– Já? – indagou Tomás, espantado.

---

[1] O Tempo e o Vento (parte 3). O Arquipélago, Vol. I. Editora Companhia das Letras.

– Passei praticamente toda a noite lendo. Não conseguia largá-la. Finalizei a leitura durante o dia, na universidade, no horário livre entre as aulas.

– Quer falar sobre ela?

– Vamos caminhar um pouco lá fora? – convidou Cecília.

– Claro! Mas antes gostaria de dizer que meu pai não exagerou quando disse que você escreve muito bem. Gostei muito do livro.

– Já terminou também?

– Sim, a leitura fluiu bem. Terminei hoje pela manhã.

– Escrever esse livro me ajudou muito, mas podemos falar disso depois. Vamos lá fora?

– Sim – respondeu Tomás, levantando-se.

Mãe e filho andaram pelo caminho de pedras que dava acesso à parte dos fundos da propriedade, onde árvores – algumas frutíferas – ofereciam proteção contra o sol do verão, que mostrava uma intensidade bem acima do normal naquele ano, castigando, de forma inclemente, os campos de cima da serra.

Com um leve sinal de cabeça, Cecília apontou para a direção do banco de madeira, localizado sob a sombra rodada da árvore, conhecida na região como chapéu-de--praia, em alusão ao formato de sua copa. Naquela hora da tarde, o calor do sol atenuava-se pela sombra, tornando a tarde um pouco mais fresca, exceto nos locais em que os raios solares venciam, não sem dificuldade, a copa das árvores.

– Fiquei muito emocionada com o gesto de Ethan ao escrever a carta, mesmo com toda a dificuldade e o sofrimento impostos pela doença. Seu objetivo era que você realmente o conhecesse como pessoa e, principalmente, como pai. Construir lembranças, esse sempre foi seu maior desejo.

– A carta também é uma declaração de amor, mãe.

– Isso me emocionou muito também. Ethan nunca me contou sobre todos os detalhes da saga em que se transformou a sua procura por mim. Uma verdadeira prova de persistência... e de amor.

A tarde estava caindo e a conversa foi interrompida pelos sons dos pássaros. Dezenas – talvez uma centena – deles, voando em formações coreografadas. Uma revoada de andorinhas, buscando o descanso noturno, pousou bem em frente de mãe e filho, nos galhos do enorme jamelão, aproveitando a proteção de suas grandes folhas elípticas. A árvore ainda tinha o atrativo extra de estar carregada com seus frutos, similares à miniatura de uma berinjela.

– Ethan sempre dizia que você era o melhor amigo dele – continuou Cecília, aumentando o tom de voz para se fazer ouvir diante da algazarra produzida pelo chilrear coletivo das andorinhas.

– Fico feliz que ele me via dessa forma, como seu melhor amigo. Mas saiba que a senhora era o grande amor da vida dele. A carta deixa isso muito claro. Ambos temos bons motivos para recordar dele com carinho.

– Boas lembranças. Ethan conseguiu. Atingiu seu

objetivo! – Cecília levantou seus olhos para o alto e sorriu docemente.

– Fiquei com algumas dúvidas sobre a história da carta. Até achei que papai contaria, depois que descobriu a verdadeira identidade da "menina dos livros" – Tomás ergueu as mãos num gesto teatral exagerado. Cecília riu. – Mas ele não esclareceu. Talvez a senhora possa fazer isso.

– Quem sabe ele não estivesse em condições de seguir adiante, por isso preferiu finalizar a carta.

– É possível – concordou Tomás.

– E quais são suas dúvidas?

– Não foi à toa que ele a chamou de "meninas dos livros", afinal, nas vezes em que a viu, a senhora sempre estava com livros nas mãos. Fiquei muito curioso com esse detalhe, especificamente quanto à primeira vez, no lago. Ele fala de uma pilha de livros. Por quê?

– Como eu disse, Tomás, Ethan tinha a mente de escritor, romancista. Diverti-me muito com as narrativas dos encontros ocasionais que tivemos, mas a explicação é tão simplória, que certamente não renderia um bom romance. A versão da carta é bem mais interessante que a real, isso posso garantir.

Bem, como você sabe, sou apaixonada por literatura. Foi essa característica que me colocou no caminho do magistério, como professora de língua portuguesa. A paixão pelos livros e o desejo de lecionar são antigos. Na faculdade, encontrei amigos que compartilhavam dos mesmos gostos que eu, principalmente o amor pelos livros. Então, resolvemos unir nossas paixões e criamos uma espécie de grupo de leitura e de estudos, mas que chamávamos pomposamente de Sociedade Literária, muito por influência do filme Sociedade dos Poetas Mortos. Nesse grupo, líamos obras em conjunto, discutíamos sobre assuntos relacionados à literatura, compartilhávamos textos. Naquele dia, no parque, nosso grupo, com algumas ausências – estávamos apenas em três –, resolveu reunir-se sob a imensa árvore chorona, a espécie mais famosa do lugar e um de nossos lugares prediletos. Quando o encontro terminou, levamos tudo para o carro. Eu fiquei encarregada de levar os livros que discutimos naquela tarde. Ethan, como você pôde perceber na carta, prestou somente atenção em mim, mas não notou que, antes, Sandro havia passado por ele carregando nossas bolsas e mochilas, nada leves, é bom que se diga. Seu pai também não notou que, logo atrás de mim, Maria Eduarda trazia nossa cesta de piquenique, já que, assim como os livros, a comida era um item indispensável em nossos encontros.

 Isso explica, Tomás, por que eu carregava tantos livros de uma só vez, e que não eram tão pesados como ele imaginava. Também explica por que ele não me encontrou – essa parte ele nunca me falou – quando foi atrás de mim na saída do parque. O carro estava estacionado muito próximo, e Sandro, tão logo guardou as bolsas, voltou para me ajudar com os livros.

 – Acho que prefiro a versão, digamos, mais misteriosa da carta.

– *"Quando a lenda for mais interessante que a realidade, publique-se a lenda"*, disse o cineasta John Ford.

– É verdade.

– A carta apresenta a cena de maneira romanceada, que foi como os olhos de seu pai captaram os acontecimentos. Ethan criou uma aura de mistério em torno de mim que só existia na sua imaginação. Não que eu não tenha gostado disso quando ele me contou.

– Foi amor à primeira vista o que ele sentiu por você.

– Foi recíproco. Algo aconteceu quando nossos olhares se cruzaram. De alguma maneira, que não consigo explicar, os olhos de Ethan transmitiam uma sensação de familiaridade, de segurança, como se já o conhecesse a vida inteira.

– Pensei que isso só acontecesse nos livros e filmes.

– Eu também, até aquele dia.

Ethan não mencionou na carta, mas ele não foi o único a sair em busca de alguém desconhecido. A diferença é que eu sabia onde ele morava, estudava, trabalhava, mas tinha poucas oportunidades de sair para procurá-lo, em razão do meu trabalho na floricultura e da faculdade.

– Você também o procurou?

– Muito! Descobri seu nome, que ele era filho de um respeitado advogado da cidade, que estudávamos na mesma universidade, mas que não nos cruzávamos em virtude de o bloco da turma de Direito situar-se do lado oposto ao meu no campus. Entrávamos por lugares diferentes.

– E o episódio ocorrido na praça?

– Uma variação da história do parque, Tomás. Dos membros da nossa sociedade literária, apenas eu e Patrícia morávamos em Santa Cristina do Pinhal. Por conta da distância, nossa preferência era marcar as reuniões para o fim das tardes, nos dias de semana em que não tínhamos a primeira aula na faculdade. Porém, algumas vezes, encontrávamo-nos aos domingos, revezando a cidade em que a reunião aconteceria.

Naquele domingo, especificamente, eu e Patrícia chegamos mais cedo. Ela quis ir até a igreja, e eu fiquei na praça, esperando a hora passar enquanto lia um dos livros que pegara por empréstimo na biblioteca e que discutiríamos mais tarde. Foi então que o destino, por coincidência, cada um que chame da forma que quiser, colocou Ethan no meu caminho. Fiquei muito feliz e estava pronta para iniciar a conversa quando a chuva começou do nada.

– Por que você correu?

– Por ter comigo livros que não me pertenciam. Corri para protegê-los. Natural, não? Meu carro estava estacionado ali próximo. Portanto, não desapareci no ar, como um fantasma.

– Uma explicação simples – Tomás falou.

– Foi o que eu disse. Apesar da casualidade dos encontros, a explicação não tinha nenhuma relação com o lúdico ou com o sobrenatural, como Ethan imaginou – Cecília olhou para o céu. O crepúsculo começava a dar lugar à escuridão, e os pequenos postes de iluminação do jardim, alimentados por energia solar, acenderam automaticamente.

– A história de vocês estava predestinada a ser escrita por encontros casuais e inusitados. Por falar nisso, a parte que mais me intriga é o episódio do cemitério. Como a senhora soube da morte da minha avó? Por que não quis que ele a acompanhasse até o outro lado do cemitério, e a aparência fantasmagórica do seu rosto que ele descreveu na carta?

– Quantas perguntas – Cecília sorriu –, mas todas elas com explicações que o decepcionarão pela simplicidade. Fruto de uma conjugação de fatores envolvendo coincidências, tristezas mútuas e a imaginação aguçada de seu pai.

– Como assim?

– Vamos em partes: Ethan pintou, com contornos um pouco fortes, a imagem do meu rosto naquela tarde, que talvez tenha sido fruto do seu estado emocional e da aura de mistério idealizada em torno da minha figura. Quando uma hipótese nos prende a atenção em demasia, acabamos enxergando aquilo que nosso cérebro idealiza sobre o tema. Lembra de Dom Casmurro? Desconfiado de que Capitu o traíra, Bentinho via traição onde não havia. Assim fez Ethan.

A perda da minha irmã abalou-me demais. Foi muito difícil para todos da família lidar com sua morte e ultrapassar o luto. Escrever *Cottonland* me ajudou muito nesse processo. O livro tornou-se um poderoso instrumento de desabafo. A dor em si é comunicativa, por isso usei páginas para extravasá-la e botar para fora tudo o que ela me dizia.

Na minha difícil batalha contra o luto, tive altos e baixos, mas, nos piores momentos, cheguei a enfrentar um quadro de depressão aguda. Algo dentro da minha cabeça, de maneira que não sei explicar, apontava-me como culpada por tudo o que aconteceu a ela.

– Mas ela não faleceu em razão de uma doença rara? Que culpa você poderia ter nesse quadro?

– Sim, foi de uma doença degenerativa muito rara em crianças. Mesmo assim, não me pergunte como, nem o porquê, eu cultivava esse inexplicável e complexo sentimento de culpa e não conseguia me livrar dele. Tinha pesadelos horríveis em quenos quais pessoas me acusavam de sua morte.

Lembra-se de que Ethan descreve na carta um período em que ficou muito tempo sem me encontrar?

– Sim.

– Fazendo uma análise cronológica dos fatos, cheguei à conclusão de que o afastamento coincidiu com uma das piores fases da depressão. Passei semanas trancada em casa, sem fazer nada, sem querer ver ninguém.

– Grave assim?

– Mais do que possa imaginar. A depressão, associada à perda, ao luto, transforma-se num quadro patológico extremamente delicado.

Aquele dia, no cemitério, foi a primeira vez que me convenci de que deveria sair de casa e visitar o túmulo de

Amanda após a reclusão forçada pela doença. Eu estava consideravelmente debilitada, fisicamente falando. Todo esse abatimento certamente refletia-se no meu rosto.

Cada um enxerga aquilo que quer ver, Tomás. Ethan, como eu disse, criou ao redor de mim um campo enigmático. E, ao me ver naquele estado, certamente seu cérebro relacionou o que via à imagem que idealizava em sua cabeça: uma garota misteriosa, que tinha o poder de evaporar-se no ar, como um Espírito.

Cecília interrompeu a explicação por alguns instantes e olhou para o alto novamente. A lua nova deixava a noite escura, destacando ainda mais o céu, onde as estrelas haviam perdido a timidez e decidiram adornar a escuridão, tornando ainda mais belo o espetáculo da noite. Aquelas eram as mesmas estrelas que cintilavam na longínqua noite em que Amanda partiu rumo à sua nova vida – pensou.

Tomás olhou para os cabelos da mãe. Havia discretos indícios de que alguns fios começavam a ficar esbranquiçados. Essa é uma vantagem de se ter cabelos ruivos naturais, pois eles levam muito mais tempo que os demais para ficarem brancos. Percebendo a emoção estampada em seu rosto, ele passou o braço sobre seu ombro e acompanhou-a no silêncio. Cecília, por sua vez, recostou-se no filho, sentindo-se aconchegada.

– Desde que minha irmã faleceu, passei a visitar sua capela com regularidade. Ficava lá por horas. Conversava com ela, contava-lhe as novidades ou lia-lhe histórias, como fazia quando ela era menor, por mais bobo ou sem sentido que isso possa parecer hoje. Lembra-se de quando conversamos sobre a analogia da escadaria e da rampa?

– Sim – Tomás respondeu com voz baixa.

– Muitos, talvez, não precisem fazer coisas desse tipo para vencer o luto. Essas pessoas são as que conseguem subir as escadas sem dificuldade. Naquele momento da minha vida, eu necessitava de tudo aquilo para enfrentar a dor da perda. Aquela era a rampa de que eu necessitava para poder encontrar meu caminho. Ainda não tinha condições de subir sozinha pelas escadas.

– Agora, compreendo com muito mais clareza essa comparação.

– Perceba que seu pai – continuou Cecília – descreve a cena do cemitério falando sobre um livro em minhas mãos.

– Sim, ele fala. Um dos motivos que contribuiu para que chamasse a senhora de "menina dos livros".

– Uma mera obra do acaso. Saí de casa, naquele dia, determinada a deixar a escuridão do meu quarto e visitar o túmulo de Amanda, e contar-lhe uma história que havia no livro. Essa foi a razão para eu ter dito a Ethan que tinha pouco tempo para conversarmos e para não querer que ele fosse comigo até o outro lado. Embora não devesse, por algum motivo senti vergonha de que ele visse o túmulo dela e, de alguma forma, percebesse a minha fraqueza, o meu estado depressivo, a fragilidade emocional em que me encontrava a ponto de sentar por horas do lado de fora de uma capela de cemitério e ficar lendo para minha irmã morta. A conclusão de Ethan – não o culpo por ela quando me ponho em seu lugar – está fora de contexto.

– Considerando o contexto, como a senhora disse, é provável que eu também não gostasse de que alguém a quem eu amasse me visse daquele jeito.

– Como tudo na vida, é bem mais fácil avaliar determinada situação quando devidamente contextualizada, Tomás.

– Sendo assim, o encontro com papai no dia do sepultamento de vovó foi uma coincidência?

– Cá estamos nós novamente: coincidência, destino, determinismo. O fato foi que, quando entrei no cemitério, percebi a grande movimentação de pessoas. Concluí, obviamente, que se tratava de um sepultamento. Nesse momento, vi Ethan de relance e notei que recebia condolências dos presentes, o que me fez deduzir que havia perdido alguém de suas relações. Então, misturei-me à multidão e acompanhei o momento da despedida. Foi só nesse instante que tomei conhecimento de que ele havia perdido a mãe, sua avó. Depois disso, aguardei discretamente a cerimônia terminar e, quando notei que Ethan permaneceu no local, mesmo após todos irem embora, tomei coragem para prestar-lhe minha solidariedade. Não preciso dizer que toda a espera pelo fim da cerimônia me tomou muito tempo, e eu ainda precisava visitar Amanda e ler para ela. Natural que estivesse com pressa.

Compreende agora, Tomás, quando digo que tudo foi fruto de coincidências e tristezas recíprocas?

– Perfeitamente. Mas nem tudo foi obra do acaso e de situações tristes. Apesar das explicações simples para acontecimentos que meu pai achou estranhos, é preciso admitir que toda a história envolvendo vocês dois é completamente fora do comum.

– Com certeza, filho. Vivemos algo ímpar, arrebatador, iniciado com uma curta e despretensiosa troca de olhares. Era como se nos conhecêssemos desde sempre, apenas esperando o momento do reencontro.

– A senhora está insinuando algo relacionado a vidas passadas?

– Por que não? Quando nos beijamos pela primeira vez, senti como se tivesse sido levada para outro mundo, outra dimensão, talvez outra época. É complicado de explicar.

Já lhe falei, Tomás, sou adepta de teorias reencarnacionistas, principalmente as da Doutrina Espírita. Por isso, não tenho motivos para desconsiderar a hipótese de que eu e seu pai tenhamos uma ligação muito forte, construída ao longo de outras existências.

– Pois eu não duvido de mais nada. Tudo o que sei é que foi algo muito forte e impactante, a julgar pelo relato dele e pelo que a senhora está me dizendo agora, com uma boa pitada de encontros, desencontros e coincidências; muitas coincidências, por sinal.

A senhora sempre disse que meu pai tinha por característica ser extremamente objetivo, metódico, desenvolto. Percebi algumas dessas características no curso da carta, mas, por outro lado, estranhei o quanto ele foi, digamos, atrapalhado nos primeiros encontros com você.

— Você há de convir que aquele sentimento abrupto, avassalador, tirou seu chão, desnorteando-o, como fica claro no relato. Comigo não foi diferente.

— Sério?

— Sim, Tomás. Saiba você que também perdi o norte naquele primeiro encontro. Meus amigos até acharam que eu estivesse passando mal, porque apenas meu corpo entrou no carro; a mente, não sabiam eles, ficara em algum lugar no Lago São Francisco.

Aquilo que Ethan escreve na carta sobre seu dilema por não ter dito nada ou não ter feito nada para me ajudar com os livros, ele me contou durante nosso primeiro encontro. Eu o absolvi completamente do episódio, pois, quando me lembrei do sentimento que cresceu instantaneamente dentro de mim, no exato instante em que o vi pela primeira vez, tirei de Ethan essa culpa. Ele não precisava dizer absolutamente nada. Poderia, inclusive, nunca ter falado coisa alguma para mim, que mesmo assim eu saberia o que seu coração pensava. Nossa ligação, posso assegurar, transcendia a tudo isso. Para o essencial da vida, para os sentimentos, as palavras tornam-se dispensáveis muitas vezes.

— Vidas passadas — teorizou Tomás.

— É uma explicação lógica, você há de convir.

Apesar de concordar com a mãe na lógica, o rapaz preferiu não comentar e, imediatamente, mudou de assunto.

– Vocês brigavam?

– Sim. Tivemos nossas diferenças ao longo da vida, como qualquer casal. Ethan, porém, era uma pessoa rara. Nada o incomodava por mais de um dia. Mesmo quando tinha razão em determinada discussão, deixava o orgulho de lado e tomava a iniciativa de colocar fim à discussão. Meu gênio já é um pouco mais complicado, digamos assim. Por isso, eu o considerava meu ponto de equilíbrio.

Sabe chuvas de verão, Tomás? Chegam fazendo muito barulho, duram pouco tempo, vão embora e, depois, o sol abre. Assim eram nossas brigas – enquanto falava, Cecília olhava fixamente para a aliança de casamento, que mantinha no dedo. Depois, voltou seus olhos para as estrelas.

A noite estava agradável, deliciosamente bela, assim como a conversa entre mãe e filho, que prosseguiu mantendo a carta como tema central. Depois disso, Cecília contou novas histórias de sua vida, de antes e depois de conhecer Ethan, a um Tomás cada vez mais impressionado com a forte ligação existente entre ambos. Passava das vinte e duas horas quando mãe e filho, felizes, recolheram-se a casa. A noite, permeada por saudade e lembranças, seria longa para ambos.

❋ ❋ ❋

As areias da ampulheta do tempo escorreram rapidamente, e os dias tornaram-se semanas.

Desde a descoberta da carta, a relação entre Tomás e Cecília passou a se estreitar a cada dia, não que o relacionamento fosse conturbado antes dela, mas, depois da morte de Ethan, ficou claro que a nova casa tinha espaço suficiente, o que fazia que ficassem muito tempo longe um do outro.

Apesar de o mundo em comum que ambos desfrutavam ser tão pequeno, restrito a poucos cômodos de uma grande casa, a solidão de Cecília parecia infinita antes da carta, e isso a afastava involuntariamente do filho.

Agora, com o presente inestimável deixado por Ethan, mãe e filho pareciam tentar recuperar um longo tempo perdido. Depois que o conteúdo da carta foi dividido com Cecília, Tomás passou a ter mais assuntos em comum com a mãe, e isso fazia com que ficassem horas conversando, algo impensável antes. Esse foi o ponto de partida para que passassem mais tempo juntos, compartilhando passeios, momentos, acontecimentos da rotina, problemas.

Cecília sentia-se leve. O sentimento era de que a felicidade lhe virara as costas nos episódios da morte de Amanda e Ethan, mas, agora, voltava-lhe a sorrir. Ela, então, traçou muitos planos e roteiros para essa nova fase da vida, incluindo viajar com o filho. A lista de destinos de viagem, de atividades e passeios era extensa e incluía lugares que o próprio Ethan desejou um dia levar Tomás, mas foi impedido pela doença.

A empolgação era visível na alegre mãe. Havia muito tempo que não vivia momentos tão felizes. A vida, porém, às vezes, tem seus próprios planos e traça mudanças inesperadas.

16
Pai e filho

PASSAVAM TRÊS minutos das seis horas quando Cecília levantou-se da cama sem vontade, depois de mais uma noite péssima. Dormira muito pouco, pois sua mente não conseguia se desligar dos problemas. Noites assim viraram regra nas últimas três semanas. O enredo era sempre o mesmo: deitava na cama e sentia o cansaço emergir de todos os músculos, a pálpebra pesava e os cílios ameaçavam unir-se, mas bastava ajeitar a cabeça no travesseiro, colocar-se na posição mais confortável e inspirar profundamente para que sua mente começasse a trabalhar de forma incessante, unindo, de forma acelerada, fragmentos de imagens reais e fictícias, formando uma cena desconectada da realidade. Não conseguia fechar os olhos sem imaginar que estivesse suspensa no ar, envolta na escuridão, sob uma espécie de abismo negro. Esse trabalho contínuo de sua mente mantinha o sono afastado. Só depois de longas horas, vencida pelo cansaço físico e mental, o corpo entregava-se ao esgotamento.

Caminhando como autômata, foi até o banheiro, ligou o chuveiro, ajustou a temperatura e deixou correr pelo corpo a água mais fria que pôde aguentar. Apoiada com as duas mãos na parede, curvando-se levemente para a frente, permitia que os fios de água batessem na parte de trás da cabeça e escorressem pelo restante do corpo. O choque térmico ativou as células ainda adormecidas e a fez estremecer.

O banho frio deixou seu corpo suficientemente dormente para acalmar a mente. Cecília vestiu uma roupa leve, calçou os tênis e seguiu pelo corredor até a escada, arrastando os pés sobre o piso, sentindo-se quase incorpórea. Olhou-se rapidamente no espelho. O reflexo mostrava uma expressão vazia e cansada, de quem esperava pouco da vida e entregara pouco a ela naquele dia.

A casa silenciosa cheirava a solidão. Deu um profundo suspiro do alto da escada, pois sabia que mais um dia havia começado e, com ele, a mesma rotina do anterior, e do anterior ao anterior, e do outro. Não teria aula, estava licenciada de suas atividades; uma colega, professora Marilva, prontificou-se a substituí-la pelo tempo que julgasse necessário.

Cecília reuniu a réstia de coragem que sobrara em seu corpo e desceu. Sentia as pernas levemente trêmulas enquanto vencia, passo por passo, os degraus da escada, como se quisesse prolongá-la. Então, veio a dor de cabeça, que martelava, com seu latejar inconveniente e de forma insistente, na região da nuca, semelhante ao canto agudo, ritmado, da araponga-branca, também conhecida como pássaro ferreiro. No fundo, ela sabia que precisava de descanso, de um profundo sono que abafasse a torrente constante de pensamentos.

Na cozinha, passou em frente à geladeira, mas não teve vontade de abri-la. Em vez disso, pegou duas bananas que estavam na fruteira sobre a mesa e começou a teclar no celular, chamando por um carro por meio do aplicativo. Não se sentia em condições de dirigir. Até tentou, uma única vez, mas era penoso demais. Então, desistiu.

Desejava, do fundo da alma, que houvesse alguma forma de restaurar o equilíbrio em sua vida, mas aquilo era como tentar desafiar a lei da gravidade. Já havia sentido essa sensação antes, duas vezes, quando a morte levou Amanda e Ethan.

Enquanto acompanhava, pela tela do telefone, a posição do carro solicitado, pegou um copo d'água e engoliu um analgésico na tentativa de amainar a dor. Feito isso, começou a comer, sem entusiasmo, uma das bananas. As frutas provavelmente seriam sua única refeição do dia. Emagrecera quase sete quilos nas últimas semanas. A perda de peso refletia-se de forma mais acentuada na face – as maçãs do rosto estavam mais pronunciadas – e na região do pescoço e dos ombros, onde os ossos da clavícula estavam mais proeminentes. Seu aspecto físico era reflexo do estado de espírito, dominado pela melancolia. Nos últimos dias, nem chorar conseguia mais, talvez porque já tivesse esgotado todo o estoque de lágrimas existente em seu corpo.

Cecília conferiu no celular, mais uma vez, a posição do carro e constatou que o veículo se aproximava da entrada da propriedade. Acionou o controle que abria o portão e caminhou até ele para ganhar tempo. Chegaram praticamente juntos no portão de entrada.

O motorista cumprimentou-a e abriu, gentilmente, a porta de trás do carro para ela entrar. Cecília devolveu o cumprimento apenas por educação, pois não tinha o menor ânimo para qualquer tipo de conversação.

No interior do veículo, ele solicitou a confirmação do destino, muito embora fosse uma informação conhecida, pois o aplicativo exige a indicação prévia do trajeto para realizar a busca dos carros disponíveis. Cecília respondeu à pergunta com um monossilábico "sim", quase sussurrado, com altura apenas suficiente para se fazer ouvir.

No trajeto, começou a conferir as mensagens no celular. Havia algumas, principalmente dos pais, todas tentando trazer-lhe ânimo para escapar da tristeza que a dominava naquele momento. Apesar da boa vontade, as palavras de incentivo não surtiam qualquer efeito.

Seus pensamentos foram interrompidos pelo motorista, que emitiu um comentário sobre o tempo e a previsão de mudança durante o dia. Cecília fingiu-se distraída com o celular e não respondeu. No estado em que estava, qualificava como criminosa a ação de alguém que falasse qualquer coisa simplesmente para puxar assunto. Pelo retrovisor, o condutor do carro certamente percebeu que ela não estava disponível para conversa, como se, em sua testa, piscasse um letreiro em neon amarelo fluorescente com a expressão "cale-se". Então, para alívio de Cecília, ele, compreendendo a situação por trás do péssimo humor da passageira, respeitou o silêncio durante todo o percurso e só voltou a falar quando chegaram ao lugar solicitado, desejando com sinceridade:

– Que Deus a acompanhe e interceda pela senhora e por sua família – esticou a mão e entregou um cartão.

Ao ouvir aquelas palavras, Cecília sentiu-se envergonhada pelo seu comportamento. Não olhou com atenção para o cartão, apenas viu um número de telefone nele e guardou-o na bolsa.

– Muito obrigada. Desculpe-me – foi tudo o que conseguiu dizer.

– Não se preocupe com isso. Tenha um bom dia – disse ele, entrando no carro.

Cecília levantou os olhos e fixou-os na fachada do Hospital Universitário Arcanjo Miguel, uma construção de quatro andares, cujo padrão arquitetônico seguia uma espécie de versão moderna do século XXI, em alvenaria, do antigo estilo alemão *fachwerk,* ou enxaimel, que predominava na maioria dos prédios públicos da cidade e em algumas construções particulares. Enquanto olhava, pesarosa, para o prédio, uma multidão de pensamentos invadia sua mente, a maioria inoportunos, dos quais gostaria de livrar-se para sempre.

O céu estava claro, sem nuvens, com um sol intenso, cenário que remetia seu pensamento às longínquas manhãs de sua infância. Estivesse vivendo outros tempos, diria que se parecia muito com um céu de sonhos ou de conto de fadas, o oposto de seu estado de espírito atual, que condizia mais com a escuridão dos pesadelos.

Quantas vezes havia passado pela frente do hospital, caminhado apressadamente pela calçada em frente, como uma pessoa comum. Hoje, sentia raiva ao ver os pedestres passando pelo local, felizes, conversando distraidamente em seus celulares, estampando um sorriso no rosto.

"Individualistas!" – exclamava ela em pensamento, imaginando que o único objetivo daquelas pessoas se limitava a cumprirem o egoístico papel de cuidar de suas próprias vidas, ignorando todos os dramas familiares e sofrimentos, ocultos do mundo exterior pela frieza insensível das paredes brancas do hospital. Por quase toda a sua vida, Cecília também fora uma dessas pessoas a quem hoje adjetivava de egoístas.

Toda aquela revolta advinha do sofrimento atroz das últimas semanas. Não se justificava, mas era compreensível.

Na recepção do hospital, a agitação de pessoas era grande. Duas filas haviam se formado em frente à mesa da recepção. Cecília passou por elas e cumprimentou a recepcionista ao mesmo tempo que mostrou o crachá de acompanhante que lhe dava acesso aos quartos. A jovem atendente olhou de soslaio e devolveu o cumprimento com discreto e rápido olhar, seguido de um ainda mais discreto movimento de cabeça. Sua prioridade eram os próximos da fila. Além disso, as entradas e saídas de Cecília eram rotineiras, e a funcionária estava acostumada com elas.

Enquanto avançava a passos lentos pelo silêncio frio dos corredores do hospital, a cansada mãe pensava no quanto a felicidade pode ser fugaz. Pegou o elevador, apertou o número três e, assim que as portas se fecharam à sua frente, o medo crescente voltou a tomar conta do seu ser. Foi assim nas últimas semanas. O receio avolumava-se à mesma proporção que se aproximava do quarto 317, onde estava Tomás.

Na metade do trajeto pelo corredor que chegava ao quarto, Heloísa, uma das enfermeiras do setor, cumprimentou-a com um sorriso triste, quase esmagando o que restara do coração de Cecília.

A calma reinava absoluta naquela ala do hospital, um silêncio de cemitério. Ela prosseguiu temerosa e, assim como nos outros dias, a angústia tornou a se repetir: passos... medo... passos... medo, até que chegou.

Cecília olhou com raiva para o número 317, insculpido em ferro, fixado no centro da porta do quarto. Ela segurou a maçaneta com força, esmagaria a peça se pudesse, a fim de descontar todos os sentimentos negativos que trazia no peito no inerte e inofensivo artefato. Ela contou mentalmente até três, inspirou longamente, soltou o ar e abriu a porta. A cena era a mesma desde que Tomás deixara a UTI, para onde fora levado após o acidente, e depois removido para o quarto, permanecendo, desde então, em coma profundo, ligado apenas a um monitor multiparâmetro de sinais vitais, que apresentava informações sobre seus batimentos cardíacos, pressão arterial, frequência respiratória, saturação de oxigênio e temperatura corporal, uma precaução adotada pelo corpo médico a fim de liberar o leito da Unidade de Tratamento Intensivo, uma vez que o jovem conseguia respirar sem auxílio de aparelhos.

Após inúmeros exames para avaliar a capacidade motora, verbal, ocular, constatou-se que Tomás não reagia a nenhum estímulo. Cecília fora informada pelo médico de que só seria possível avaliar o real estado neurológico do rapaz quando ele acordasse – "se é que acordará" – frisou o médico, para desespero da mãe, que manteve, de toda a longa explicação dada pelo doutor, apenas aquela insensível frase gravada em sua mente e em seu coração.

– Sua condição é grave. A melhora leva tempo nesses casos. O agravamento, porém, pode ser repentino. Nossa prioridade é estabilizar o paciente durante uma semana ou pelos próximos dez dias, quando deve apresentar algum sinal de melhora. Estamos diante de muitas variáveis, mas a maioria delas dependerá da área que foi afetada no cérebro e da gravidade. As três costelas e o punho fraturados são os menores dos nossos problemas agora – disse o médico, quando Tomás ainda se encontrava na UTI.

Quando Cecília perguntou ao médico sobre eventuais sequelas, ele foi taxativo:

– É muito cedo para prever quais serão as sequelas, caso haja alguma. O mais comum, dependendo do tempo que levará para acordar, são sequelas ortopédicas decorrentes do desuso muscular, mas elas são contornáveis com fisioterapia. Entretanto, podem ocorrer danos de natureza neurológica, leves ou graves. Tudo dependerá de como, quando e onde o cérebro foi atingido, pois, nessas circunstâncias, efetivamente, cada caso é um caso.

 Agora, passadas pouco mais de três semanas do acidente, apesar de estável, Tomás não manifestou nenhum sinal indicativo de evolução no quadro, para o terror de Cecília. O coma a deixava em pânico, pois sabia que a morte rondava, bem de perto, aquele quarto de hospital. Depois de levar Amanda, Ethan, lá estava ela, assombrando sua vida mais uma vez.

 A angustiante espera convertera-se em medo, um medo adiantado do que poderia acontecer, um medo silencioso que a devorava lentamente por dentro. Ela passara as últimas semanas no hospital, ao lado da cama do filho. Dispensara, inclusive, o auxílio dos pais, que se ofereceram para revezar nos cuidados do neto, pois sabia que eles não tinham condições físicas para suportar um quarto hospitalar, tendo apenas um sofá-cama para repousar. Além disso, não achava o ambiente adequado para idosos. Uma coisa era realizarem visitas rápidas; outra, seria passarem horas a fio em vigília.

 Cecília postou-se de pé ao lado da cama, fez um carinho no rosto do filho – a pele estava pálida –, depois segurou sua mão direita e realizou uma oração silenciosa.

 Quando terminou a rogativa, começou a conversar com Tomás. A rotina era pesarosa e solitária, mas a sofrida mãe não abria mão de praticá-la.

 – Como passou, Tomás? Você sabe que não consigo ficar aqui todas as noites ao seu lado. Preciso ir para casa a fim de ver como as coisas estão por lá. Também preciso, de vez em quando, de um banho decente. Aqui é muito complicado. Além disso, meu corpo clama por uma cama mais confortável. Esse sofá é horrível e está acabando com as minhas costas. Perdoe minha fraqueza, mas preciso deixá-lo sozinho em algumas noites. Mas não se preocupe, as enfermeiras são bem atenciosas e sabem exatamente o que é preciso fazer.

O dia hoje está maravilhoso, filho. O céu exibe um azul brilhante, sem nuvens. Vou abrir a janela para que você veja com seus próprios olhos. Cecília fez subir a persiana. A luz do sol invadiu o quarto instantaneamente e revelou o céu azul de brigadeiro, como ela havia descrito.

A cada frase, a arrasada mãe nutria um fiapo de esperança de que, inesperadamente, receberia a resposta do filho, mesmo que isso fosse extremamente improvável.

– Ontem, quando cheguei à nossa casa, dei uma caminhada pelos lados do pomar. Lembra-se da macieira? As pequenas maçãs encorparam e estão belíssimas. Os galhos chegam a envergar com o pendão das frutas. Mais alguns dias e estarão no ponto para serem colhidas. Vou esperar por você para iniciar a colheita.

Cecília pôs a mão no braço do filho, conferiu a temperatura e concluiu que ele não estava com calor. Depois, puxou o sofá para mais perto da cama, sentou-se e disse:

– Mamãe estará aqui ao lado, filho. Qualquer coisa que precisar, pode me chamar. Chame mesmo, por favor. A voz, na última frase, soou como uma súplica. No fundo, ela esperava que ele abrisse os olhos ou fizesse algum movimento, qualquer ação indicativa de que ficaria melhor.

Mas nada diferente aconteceu. O silêncio e a sensação de vazio mantinham-se inalterados.

Embora o médico tergiversasse sobre o assunto, Cecília leu relatos divulgados pela mídia sugerindo a estimulação da audição nos pacientes em estado de coma, e, em alguns deles, haveria, inclusive, a ocorrência de estados de consciência diferentes daqueles a que estamos habituados.

Paralelamente, tomou conhecimento de alguns livros e trabalhos científicos envolvendo experiências de quase morte. Neles, as pessoas descrevem, dentre outros acontecimentos, a projeção para fora do corpo e a consciência do que acontecia ao seu redor durante o período em que estiveram na fronteira entre a vida e a morte. Toda essa carga de informações, mesmo distante da unanimidade científica, foram suficientes para que Cecília decidisse manter a conversação diária com o filho, como se ele estivesse efetivamente ouvindo.

Na pior das hipóteses, ainda que Tomás acordasse e revelasse não ter captado nada do que acontecia ao seu redor durante o coma, aquela conversa solitária tornara-se um breve alento para Cecília, fazendo com que ela própria se sentisse ligeiramente melhor.

Sentada, em silêncio, fitando o nada, representado pela parede branca do quarto de hospital, Cecília não conseguia pensar em outra coisa que não fosse na culpa pelo acidente sofrido pelo filho.

Isolada, aquela situação já carregava, por si só, uma natural carga de tristeza, mas a culpa, que o tribunal de sua consciência atribuía-lhe com o dedo em riste, tornava seu fardo ainda mais pesado e doloroso, quase impossível de carregar.

Cecília recapitulava, a todo instante, intrincada cadeia de eventos que culminaram no acidente. A cena que surgia em sua mente era formada por centenas de *frames* que avançavam quadro a quadro. De forma simplista, era como se pegasse um bloco de papel e desenhasse em cada página um movimento em sequência com as imagens seguintes. Depois, ao passar as páginas rapidamente, as cenas ganhavam movimentos. Era dessa forma que enxergava os acontecimentos daquele fatídico dia que, por ironia, iniciara-se feliz.

O acidente propriamente dito foi fruto de imperdoável imprudência de sua parte – recriminava-se, com veemência. Um erro isolado, uma ação inconsequente, com resultados desastrosos. Entretanto, atrelada ao fim trágico, havia uma sequência de atos que se desenrolaram até desembocar naquele horrível desfecho. Pequenas atitudes poderiam ter escrito uma história completamente diferente e, muito provavelmente, Tomás não estivesse preso a uma cama hospitalar, em coma profundo.

Tudo iniciou numa manhã ensolarada de sábado. Cecília e Tomás partiram na direção do litoral para visitar umas das principais praias da região. Chegaram cedo e desfrutaram, na primeira parte do dia, das benesses que o sol e o mar ofereciam, acompanhados de um bom livro. Mais tarde, almoçaram em um restaurante especializado em frutos do mar, situado na avenida localizada em frente à orla. A partir de então, iniciaram-se as amistosas divergências de natureza turística que poderiam ter mudado completamente o evento final.

Na parte da tarde, o vento estava mais forte, levantando areia e guarda-sóis, e Cecília, então, sugeriu uma visitação ao farol, um dos principais pontos turísticos da cidade, mas Tomás preferia conhecer a antiga vila açoriana, um dos muitos marcos históricos da região. No fim, a persistência da mãe suplantou o desejo do filho, mas não sem antes ela prometer, sob a forma de juramento, que iriam até o vilarejo no retorno do passeio ao farol.

A visita ao ponto turístico, sugerida por Cecília, mostrou-se um passeio muito agradável. O farol, com vinte e cinco metros de altura, construído por franceses em 1891, foi fixado em cima de um monte que avançava sobre o oceano. Sua luz possui uma lâmpada com alcance geográfico de vinte e oito milhas, pouco mais de quarenta e cinco quilômetros. Entretanto, com o auxílio de equipamentos, o gigante de luz pode ser visto à monstruosa distância de noventa e um quilômetros.

Cecília e Tomás ficaram encantados com a beleza da paisagem que se descortinava diante de seus olhos quando subiram em um ponto de observação mais elevado, disponível para visitação. Conseguiram captar fotos espetaculares com a câmera dos celulares. Entretanto, no caminho de volta, o intenso fluxo de veículos, somado à pista simples, sem duplicação, gerou um considerável e imprevisto atraso, inviabilizando o cumprimento da promessa feita mais cedo e, consequentemente, o programa idealizado por Tomás.

Frustrado o passeio à antiga vila, e como o meio da tarde já se aproximava, Tomás sugeriu que parassem em alguma cafeteria para lancharem. Sem muita fome, Cecília perguntou se não seria melhor seguirem viagem e pararem em um dos muitos quiosques à beira da rodovia, onde poderiam pedir algo para viagem. Então, comeriam durante o retorno para casa, ganhando precioso tempo. A oferta não encontrou objeção por parte do filho. Poucos quilômetros adiante, avistaram um quiosque, estacionaram e abasteceram-se de alguns salgados, além de água e refrigerante.

Durante a parada, um ambulante chamou a atenção de Cecília. Ele oferecia roupas de praia, redes, chapéus. Ela lançou o olhar para o filho como se estivesse pedindo algum tipo de permissão para vasculhar o estoque do vendedor. Tomás, em resposta, devolveu-lhe uma expressão enfadonha, movendo os olhos para cima. A mãe ignorou sua discordância e retornou para o carro cerca de dez minutos mais tarde, trazendo nas mãos um chapéu de praia, com longas abas, confeccionado com palha de arroz. Sem trocarem qualquer palavra, não era necessário, eles seguiram viagem.

Tomás devorou seu lanche em minutos. Cecília, por sua vez, como não compartilhava da mesma fome do filho, limitou-se a bebericar sua água enquanto dirigia.

A viagem seguiu tranquila. Os dois conversavam alegremente sobre o dia. Tomás dava ênfase ao fato de que a mãe estava em débito por não terem visitado a vila histórica e fez com que ela empenhasse sua palavra de que voltariam para fazer o roteiro adiado.

Uma estatística pouco divulgada, relacionada ao trânsito, diz que mais de um terço dos acidentes acontecem nos primeiros quinze minutos do trajeto, normalmente em trechos urbanos, conhecidos de quem dirige, ou muito próximo do destino final. A explicação para esse número é de assustadora simplicidade: motoristas e passageiros relaxam a atenção e os cuidados nessa zona de risco, principalmente após uma viagem longa, com período superior a uma hora. Esse era um dado que Cecília e Tomás certamente desconheciam, do qual, infelizmente, passariam a fazer parte.

A placa de trânsito indicava que restavam três quilômetros para chegarem ao acesso da cidade. Naquele ponto, a rodovia era ladeada por algumas árvores. Cecília e Tomás conversavam animadamente, quando a mãe, sentindo a fome começar a apertar, desviou o olhar, por um segundo, na direção da sacola em que estava o lanche comprado no caminho. Tomás, distraído, olhava para o celular. Então, o silêncio no interior do veículo foi quebrado de maneira abrupta e, antes que Cecília pudesse raciocinar, o som de uma buzina explodiu em seus ouvidos, trazendo seu olhar de volta na direção da pista. Foi nesse átimo que ela percebeu que estava invadindo parte da contramão de direção e viu crescer, rapidamente à sua frente, a imagem de um caminhão. Instintivamente, na ânsia de evitar a colisão frontal, Cecília deu uma guinada brusca para a direita e, depois, à esquerda, a segunda manobra visava corrigir a posição do veículo, evitando que saísse da pista no lado oposto, mas isso não foi possível, e ela perdeu totalmente o controle, e também se tornou passageira no carro.

Por um instante, Cecília observou que o mundo se movia em câmera lenta, sem som, como em um angustiante pesadelo no qual se tenta correr e gritar, e não consegue. Então, veio o estrondo. O carro chocou-se lateralmente, com grande violência, contra um centenário eucalipto, justo no ponto onde Tomás estava sentado. Sua última lembrança, antes de perder a consciência, foi o som do vidro estilhaçando-se e do grito do filho. Foi o pior som que ouviu em toda a sua vida.

Cecília havia passado muitas noites em claro e, em cada uma delas, revisava, por horas, os acontecimentos daquele dia até o momento da fatídica tragédia. A conclusão era a de que bastaria uma decisão diferente, uma mísera mudança de planos, por mais simples que fosse, para que toda a cadeia de eventos fosse quebrada e, por fim, alterada; e essa ideia causava-lhe um sofrimento moral intenso, que a atormentava dia e noite. Perdera as contas de quantas vezes havia reconstruído aquela tarde, como um escritor que modifica o roteiro do livro e reescreve um novo fim.

Tudo poderia ter sido diferente – dizia ela. – Caso tivesse escolhido visitar o vilarejo da cidade, como queria o filho, e não o farol; ter aceitado a sugestão de Tomás para lancharem em uma cafeteria ou percebido, pelo seu filho, que realmente não era uma boa ideia parar para comprar um maldito chapéu. Todas as decisões foram dela. Tivesse atendido apenas a um dos desejos de Tomás, a sequência de acontecimentos teria mudado consideravelmente e os teria tirado da rota de encontro com o caminhão que fez com que saíssem da pista.

Os pais de Cecília até contestaram a conclusão da filha, argumentando que ela estava diante de fatos corriqueiros, imprevisíveis, coincidências inocentes, e que não fazia o menor sentido martirizar-se por conta deles, mas todo o discurso caía no vazio criado pela culpa. Havia, porém, um elemento do qual ela não admitia, sob qualquer hipótese, que tentassem minimizar sua responsabilidade, o fato de ter se distraído, tirado os olhos da estrada por um motivo tolo.

– Coincidências inocentes, mas o resultado foi inexorável.

– Fatalidade – insistia a mãe.

– Estávamos tão perto de casa, e eu me descuidei – ela respondia, usando a frase que repetia sempre que alguém tentava consolá-la ou reduzir sua culpa.

Era inútil, naquele momento, tentar resgatá-la do "inferno" pessoal que criara para si, assim como era extremamente difícil dizer qual fator maltratava Cecília com maior intensidade: o estado do filho ou a culpa pelo acidente.

A verdade é que a conjugação desses dois elementos torturavam-na de forma inclemente, sem cessar, desde o instante em que retomou a consciência após o acidente e recebeu a informação sobre o grave estado de Tomás.

Sentada diante do filho imóvel naquela cama de hospital, solitária, Cecília relembrava a quantidade de sofrimento que a vida já lhe havia imposto. Sentia-se cansada, como uma antiga árvore que, ao longo de sua jornada, foi duramente castigada pela chuva, pelo granizo, pelas tempestades, pelos raios, pelo vento, pelo tempo. Estava realmente cansada.

Ela suspirou longamente, recostou a cabeça na poltrona e fechou os olhos.

Ao seu lado, o Espírito Julião aproximou-se, estendeu as mãos e começou a aplicar-lhe passes na região superior da cabeça, na tentativa de trazer algum tipo de conforto físico para a combalida mãe. Da sua mão, partia uma luz azulada. A energia proveniente daquele amigo espiritual, aliada ao cansaço físico acumulado das últimas semanas, fez com que Cecília caísse em sono profundo.

Ethan, que acompanhava tudo a distância, acercou-se da esposa e sussurrou em seu ouvido:

– Não carregue essa culpa. Tudo aconteceu da forma e no momento em que deveria acontecer. Nada do que você fizesse mudaria o resultado.

Julião juntou-se ao pupilo, pousou a mão em seu ombro e explicou:

– Infelizmente, Ethan, o sentimento de culpa que Cecília carrega e nutre criou uma espécie de campo de proteção que repele nossos conselhos. Por ora, nossa tarefa resume-se a ofertar-lhe energias revigorantes para o corpo físico e esperar que ela decida, por si mesma, a modificar o padrão vibratório.

Precisamos ir, Ethan, há muito o que fazer. Nosso trabalho por hoje ainda não acabou.

Ethan foi pego de surpresa, afinal desconhecia os planos mencionados por Julião. Por isso, não teceu qualquer comentário e limitou-se a acompanhar o amigo e mentor. Certamente, ele o poria a par de tudo no momento adequado.

De volta à colônia Luzes do Amanhã, os dois sentaram-se no mesmo bosque em que dias atrás Ethan conversara com os pais.

– Como você está, Ethan?

– Apesar de você ter me alertado previamente sobre a prova que minha família enfrentaria, confesso que está sendo bem mais difícil do que eu imaginava acompanhar Tomás e Cecília no estado em que se encontram.

– Natural que se sinta assim, Ethan. Quero dizer-lhe, meu amigo, que a serenidade que demonstrou no hospital, diante do sofrimento de Cecília, é um sinal de maturidade espiritual. Mais do que isso, a forma com que você lidou com a situação denota que está pronto para conhecer os detalhes do passado. Acredito que entenderá melhor como funcionam a bondade e a misericórdia divina. Muito em breve, começaremos a revolver os escaninhos do tempo.

– Você, mais do que ninguém, sabe o quanto quis ter acesso às informações do meu passado, porém minha maior felicidade hoje é saber que você, meu orientador e amigo, avalia que reúno condições para receber ensinamentos tão preciosos, sinal de que estou melhorando minha condição espiritual.

Sei também que só estou recebendo essa benesse porque ela me adicionará novas ferramentas que poderão ser utilizadas no auxílio daqueles que ainda se encontram na experiência da matéria, Cecília e Tomás.

– Perfeita avaliação, Ethan. Mas agora me diga, você tem compromisso para hoje à noite?

– Importa-se que eu consulte minha agenda? Aqui está! – falou Ethan, de forma teatral. – O restante do dia de hoje, assim como dos outros, está totalmente reservado para o senhor Julião. Creio que não poderei ajudá-lo.

– Que pena, porque hoje o convidaria, quando a noite cair, caso estivesse com a agenda livre, a me acompanhar até um lugar para visitar alguém muito importante. Seria um encontro breve, mas acredito que gostaria muito de trocar algumas palavras com essa pessoa – sorriu Julião.

– Posso saber de quem você está falando?

– Falo de Tomás.

Ethan arregalou os olhos, incrédulo.

– Você está me dizendo que verei meu filho e poderei falar com ele?

– Sim, quanto à primeira pergunta, você verá Tomás; brevemente, terá a resposta à segunda.

– Isso seria maravilhoso, Julião.

– Saiba, porém, que terá que fazer isso sozinho. Por isso, seja honesto consigo mesmo e avalie – para seu próprio bem e o de seu filho – se terá equilíbrio emocional suficiente para fazer isso.

– Eu consigo, Julião. Confie em mim.

– Não tenho por que duvidar da honestidade de suas palavras, Ethan.

361

– Onde ele está? Falo do seu Espírito.

– Você sabe que o estado de coma, do nosso ponto de vista, assemelha-se muito ao sono, momento em que a alma se liberta parcialmente do corpo, ganhando relativa liberdade, mas mantém-se conectada ao organismo físico pelo cordão energético, enquanto seu corpo tiver vida orgânica.

Devido ao forte trauma sofrido no corpo físico, o perispírito de Tomás tem sido mantido, a maior parte do tempo, em repouso junto ao corpo e, quando em desdobramento, não tem se distanciado em demasia. Porém, hoje, trabalhadores espirituais o auxiliarão, a fim de que reúna condições para alçar distâncias maiores. Então, conduziremos ele para um lugar energeticamente mais adequado, onde ocorrerá o encontro.

– Por que somente à noite, Julião?

– Porque, durante o repouso noturno, a condição energética da atmosfera terrestre está mais leve, com reduzida carga de miasmas decorrentes de toda espécie de energias negativas emanadas pelos encarnados em seu estado de vigília. Durante o dia, a grande concentração de energias deletérias se tornaria um obstáculo desnecessário. Não queremos correr nenhum risco, pois entendemos que o encontro será benéfico também ao jovem Tomás.

– Mal posso esperar para encontrá-lo, Julião – disse Ethan.

Aproximava-se das duas horas da madrugada – uma hora, não fosse o impulso dado pelo horário de verão no

Sul do país – quando Tomás teve a sensação de que seu corpo estava saindo do chão e de que cada célula queria libertar-se e subir, como plumas de dente-de-leão sopradas ao vento. Quando atingiu a altura do teto, confuso, observou seu corpo ligado ao monitor do lado da cama. No lado oposto, avistou a mãe que dormia, inquieta, no sofá, que se transformou em uma cama adaptada. "O que estou fazendo aqui no teto? Como posso estar na cama também?" – perguntou-se, mas suas palavras perdiam-se no vazio à medida que as paredes do quarto foram desaparecendo, até que sentiu um leve empuxo e, então, seu perispírito atravessou as barreiras físicas da construção. Em questão de segundos, Tomás viu-se a uma altura que reduziu o complexo hospitalar ao tamanho de uma caixa de sapatos. Após, em centésimos de segundo, seu corpo espiritual foi transportado para um local arborizado, nas proximidades de um lago, que Tomás identificou imediatamente: o Lago São Francisco.

Ele caminhou pelo gramado à beira do lago. A silenciosa noite de verão recebia a iluminação de uma lua cheia, dessas que surgem nas florestas encantadas dos livros de fantasia. O satélite natural da Terra atingia o seu ápice e lançava um brilho prateado sobre as águas calmas do lago. O lugar trazia-lhe a lembrança do pai, afinal, conforme havia lido na carta, aquele fora o cenário que testemunhara o nascimento do amor entre Ethan e Cecília.

O silêncio da madrugada era cortado pelo estridular dos grilos em alvoroço e pelo guincho de um socó. A ave emitia uma estrofe prolongada que os ouvidos humanos descrevem pela onomatopeia "róko", um som grave, crescente, que, decrescia aos poucos, até terminar com uma espécie de gemido "o-a". Tomás desconhecia a explicação para o fenômeno que fazia com que estivesse caminhando ao redor do lago, em plena madrugada, enquanto seu corpo jazia inconsciente no hospital, vigiado pela mãe. Tinha plena consciência da situação, mesmo sem compreendê-la.

– Será que morri? – perguntou-se em voz alta, enquanto olhava para um punhado de vagalumes luzindo à sua frente.

– Não, você não morreu – disse a voz às suas costas.

"Essa voz..." – pensou – apesar de desconhecida, havia algo de familiar nela.

O rapaz virou-se para conhecer a identidade de seu interlocutor e, então, seus olhos arregalaram-se, e uma lágrima formou-se instantaneamente.

– Pai...? – perguntou, reticente.

– Sim, filho, sou eu.

Os olhos de Tomás brilhavam, num misto de felicidade e incredulidade. A lágrima agora descia pelo rosto, passando pelo contorno do nariz. Aquele era realmente seu pai. Por anos, admirou seu rosto pelas fotografias, mas agora ele estava ali, à sua frente, tão jovem como nas imagens que guardava como recordação.

– Mas... como? – havia tanto espanto e tanta emoção por trás da fala entrecortada, que mal teve força para chegar ao seu interlocutor.

– A explicação é simples – disse Ethan –, porém

longa. E eu não gostaria de gastar o pouco tempo de que disponho para estar com você falando dela. O que posso dizer, para resumir a história de maneira simplista, é que ninguém morre.

Tomás ficou estático, encantado com a figura paterna.

– Mas venha cá me dar um abraço, filho – disse, estendendo os braços e estampando um largo sorriso.

Tomás correu na direção de Ethan. Pai e filho abraçaram-se longamente e entregaram-se por completo à emoção represada, materializada naquele carinho, adiado por longos treze anos.

– Senti muito sua falta, filho – falou Ethan, emocionado. – Olhe para você agora – e deu dois passos para trás. – Apesar de ter se transformado num homem, consigo ver, nos seus olhos e nas feições do seu rosto, aquele menininho que eu carregava no colo e com quem brincava pelo casarão.

– Queria muito me lembrar disso, mas não consigo.

– Não se preocupe, filho. O que importa de verdade é que estamos nós dois aqui, juntos novamente.

– Tem certeza de que isto não é um sonho, pai?

– Parece um sonho para você?

– Não – Tomás olhou ao seu redor para responder.

– Hoje, pertenço a outro mundo, o dos Espíritos, o que não faz dessa experiência um sonho. Ela é bem real, pode acreditar.

– Onde você estava esses anos todos, pai?

– Moro em uma colônia espiritual chamada Luzes do Amanhã.

– É como uma cidade?

– Podemos dizer que essa é a melhor analogia possível.

– Como é morar em uma colônia espiritual?

– Muito similar à vida com que estamos acostumados na Terra. Muito estudo, trabalho e momentos de lazer.

– Você nos via de lá?

– Talvez você tenha cristalizada em sua mente uma visão lúdica de vida após a morte, com nuvens, harpas e anjos que tudo sabem e tudo veem. Na prática, Tomás, as coisas não são bem assim. Saiba que, por muito tempo, necessitei de cuidados especiais em razão das condições difíceis em que deixei o plano material. A doença, aliada à revolta por não querer deixar você e sua mãe, agrediram impiedosamente meu corpo espiritual, deixando cicatrizes profundas, difíceis de serem curadas. Só depois de longos anos, sempre acompanhado de meu amigo e mentor Julião, foi que pude fazer algumas incursões rápidas à Terra, quando pude rever você, sua mãe, sua nova vida. Foi muito difícil resignar-me diante da ausência das pessoas que eu mais amo. Somente agora, mais equilibrado espiritual e emocionalmente, obtive autorização para ter esse encontro com você.

– Quem poderia imaginar que a vida após a morte seria dessa maneira.

– Como falei antes, as explicações são bem mais

complexas e não tenho tempo para elas, mas posso dizer que há uma continuidade. Não será um quadro simples de ser aceito para aqueles cujas crenças negam a existência do mundo dos Espíritos. Esses serão surpreendidos quando a vitalidade do corpo físico esgotar-se definitivamente. No fim, todos, mais dia menos dia, com mais ou menos dificuldades, acabam se adaptando.

– Sobre a carta, pai. Muito obrigado por ela.

– Não me agradeça. Saiba que a carta foi uma ideia de seus avós, Zilda e Félix, com meu amigo Julião.

– Pensei que tivesse sido ideia sua.

– Pois minha também. Mas, quando cheguei aqui, fiquei sabendo que apenas executei a ideia, que chegou a mim sob a forma de inspiração.

– Gostaria muito de conhecer meus avós.

– Oportunidades não faltarão para que isso aconteça, filho. Tenho certeza de que eles gostarão muito de conhecê-lo.

– Quem é Julião, pai?

– Julião é um grande amigo que encontrei no plano espiritual. Mas também é meu mentor.

– Uma espécie de anjo da guarda?

– Pode-se dizer que sim.

– E como ele é?

– Nem eu mesmo consigo defini-lo, Tomás. Julião tem sido, além de amigo, um irmão. Ora criança, ora adulto, ora alegre, ora rigoroso, mas sempre sereno. Ele está aqui, em algum lugar, só não sei onde – Ethan olhou à sua volta para tentar localizar o amigo espiritual.

Mas, voltando à carta, você não tem a menor noção do tamanho da minha felicidade por ter conseguido atingir meus objetivos com ela.

– Não sei quais eram exatamente as razões quando escreveu a carta, mas posso dizer que, por meio dela, pude conhecer melhor você e mamãe.

A carta também me fez pensar no quanto eu gostaria de ter passado mais tempo com você. Foi uma pena ter partido tão cedo.

– Por muitos anos, alimentei esse pensamento, Tomás, mas hoje compreendo que, apesar do sofrimento imposto pela distância e pela revolta em razão do desejo de permanecer encarnado por mais tempo, que o afastamento temporário serviu a um propósito muito maior, a evolução de nós todos.

– Não entendo como, pai, mas essa realmente não é a melhor hora para debatermos esse assunto. E o que está acontecendo comigo? Eu não morri então?

– Ninguém morre, Tomás, mas entendi o que quis dizer. Não, você não morreu, mas sofreu um grave acidente. Seu corpo está no hospital, em coma.

– Acidente?

– Exatamente. Aconteceu quando você e sua mãe voltavam do passeio na praia.

– Puxa vida! – exclamou Tomás – Foi tão legal

aquele dia. Quem poderia imaginar que acabaria de forma tão trágica.

— Tudo tem uma razão. Nada escapa da Providência Divina, filho. De alguma forma, há um aprendizado em curso neste momento.

— Mas, se estou no hospital, como posso estar aqui, conversando com você?

Ethan riu da ignorância — no melhor sentido do termo — sincera do filho. Então, respondeu:

— Seu corpo espiritual, o perispírito. Esse corpo, para explicar de forma bem simples, já que você o percebe na prática, envolve o Espírito e o liga com o corpo físico. É uma espécie de corpo intermediário entre a matéria densa do corpo físico e a matéria sutil que forma o Espírito. Está vendo esses fios? — Ethan apontou para os laços energéticos.

— Não tinha percebido.

— Eles o ligam ao seu corpo físico. É a prova de que você não "morreu" — Ethan fez sinal com os dedos, indicando entre aspas.

— Se estou em coma no hospital, significa que posso morrer. Será que isso vai acontecer?

— Essa é uma pergunta para a qual não tenho a resposta. Vamos deixar que o tempo cumpra seu papel. Não se preocupe com o dia de amanhã. Quem sofre por antecipação terá sofrido sem necessidade caso sua previsão não se confirme; ou terá sofrido duas vezes, caso esteja correto.

— Fico preocupado com a situação da mamãe se isso acontecer.

– Não subestime a força de Cecília. Esqueça isso, repito. Pensar em demasia num futuro incerto, ainda desconhecido, impede que o presente seja vivido em toda a sua plenitude.

– Tudo bem – falou Tomás, resignado, com um fiapo de voz.

– Vamos caminhar mais um pouco? – convidou Ethan.

Tomás aceitou a sugestão. Queria aproveitar cada instante ao lado do pai, ainda que o encontro fosse fruto de circunstâncias que desafiavam o senso lógico, características mais condizentes com a vastidão infinita do mundo dos sonhos, um mundo sem barreiras, onde nada é impossível. Entretanto, o que ele ainda não havia compreendido era que estava diante da realidade, não de um sonho.

Em função da lei do esquecimento, criamos, ao reencarnar neste planeta de provas e expiações, a ilusão de que essa é nossa verdadeira casa. Crer nessa premissa seria equivalente à pessoa que, depois de um tempo admirando-se em frente de um espelho, comece a acreditar que sua verdadeira essência, o seu verdadeiro eu, é a imagem nele refletida.

Pai e filho circundaram toda a extensão do lago. A conversação era alegre. Tomás estava em êxtase pela oportunidade do encontro com Ethan, mesmo ainda se questionando se tudo aquilo não passava de um lindo sonho, embora realmente parecesse uma experiência real.

Então, à distância, oculto pela escuridão da madrugada, Ethan notou a presença de Julião, um sinal de que seu tempo esgotara.

– Creio que chegou a hora de dos despedirmos, Tomás. Meu tempo está terminando.

– Não gostaria que fosse embora – falou o jovem, com pesar, abraçando o pai.

– É necessário.

– Verei você novamente? – perguntou Tomás, no mesmo instante em que uma ave noturna sobrevoou o lago num seco ruflar de asas.

– Não tenho certeza quanto a isso, mas, depois do nosso encontro de hoje, é bem possível que nos vejamos com mais frequência, pode ficar tranquilo. Não tenha receio de nada, saiba que estarei com você, sempre – ao dizer aquela frase, Ethan olhou, por sobre os ombros de Tomás, para a figura do mentor. Julião balançava a cabeça positivamente, referendando a promessa feita pelo pupilo.

Pai e filho trocaram mais um longo e apertado abraço, porém, antes de se despedir, Ethan pediu um pequeno favor a Tomás. Incumbiu-o de transmitir uma mensagem à Cecília, caso tivesse a oportunidade. Tomás sorriu, concordando em atender ao pedido do pai, muito embora tivesse receio de não conseguir passar à mãe as exatas palavras que ouviu, mas Ethan tranquilizou-o.

– Que Deus o proteja, filho – disse Ethan, afastando-se de Tomás, que ficou parado, observando a figura paterna desaparecer lentamente na escuridão da noite.

Tomás, então, sentiu um novo empuxo e, num piscar

de olhos, viu-se novamente no teto do quarto do hospital. Seu corpo espiritual desceu vagarosamente e acoplou-se ao físico. Ao seu lado, Cecília seguia dormindo. O cansaço acumulado e a carga de energia recebida pelos passes aplicados por Julião, que repetiu suas ações durante aquele mesmo dia, concederam-lhe uma noite inteira de profundo sono, como não tinha havia semanas. Na manhã seguinte, ao acordar, a zelosa mãe se recriminaria por ter dormido tanto.

Ethan foi recebido por Julião com um fraterno abraço. Emocionado, ouviu elogios de seu mentor pela serenidade com que conduziu a conversa com o filho, demonstrando mais um sinal de equilíbrio, um passaporte para novos encontros espirituais com Tomás.

– Vamos? – convidou Julião, pondo o braço sobre o ombro de Ethan.

– Este lugar sempre me trouxe boas recordações e, depois de hoje, terei mais uma – Ethan olhava admirado para a Lua, refletida em meio à escuridão das águas do lago.

– Todo este parque tem uma energia maravilhosa.

Os dois Espíritos partiram de volta para Luzes do Amanhã no exato instante em que um vento suave começou a soprar na região do Lago São Francisco, remexendo discretamente as folhas secas no chão.

17
Esperança, de quem não espera

SENTADA NO alto da colina, com visão privilegiada do antigo casarão da Fazenda Ouro Verde, Cecília contemplava no horizonte o momento em que o Sol, como que impulsionado por uma mão misteriosa, ergueu-se lentamente no céu, banhando todo o vale com sua luz revigorante.

Os aromas do campo, o ar fresco e limpo, reforçados pelo sol da manhã, preenchiam os sentidos e traziam tranquilidade, ao menos por um mísero hiato, porque sua paz interior desaparecera havia quarenta dias, estilhaçada com os vidros do carro no fatídico acidente. Desde aquele dia, Tomás permanecia em estado de coma profundo, sem qualquer alteração.

As palavras do médico no dia em que o filho foi para a UTI, "se é que acordará", repicavam na cabeça de Cecília como o sino do campanário de uma igreja que anuncia a chegada da décima segunda hora. Quando foi pronunciada,

Cecília qualificou como insensível a frase do médico, mas agora, quarenta dias depois, ela causava-lhe verdadeiro pânico.

Havia uma semana que decidira não dormir mais no hospital, onde passava seu tempo em vigília do filho. Estava preocupada, pois, em pouco mais de duas semanas, sua licença na universidade chegaria ao fim e teria de voltar ao magistério. Cansada, dormira como uma rocha na noite anterior, mas isso fez com que acordasse muito antes de o Sol raiar. Assim, para fugir do silêncio insuportável que se instalara na casa, decidiu pegar o carro – era a segunda vez que dirigia desde o acidente – para visitar a antiga propriedade e esperar pelo nascimento do Sol, um hábito esquecido desde os tempos em que o marido era vivo.

Daquele ponto do relevo, podia ver as outras propriedades, além das ruas desertas que serpenteavam por entre coxilhas, parreirais e plantações de maçãs. O silêncio era profundo, Cecília ouvia a própria respiração – contínua, ritmada ––, sentindo, mais do que nunca, a solidão aguda, o vazio da vida.

Seus pensamentos eram direcionados a Ethan naquele instante. Desejava, das profundezas de sua alma, que o marido estivesse ao seu lado naquele momento, para apoiá-la, auxiliá-la, e para que, juntos, enfrentassem o sofrimento de ver o filho, inconsciente, entre a vida e a morte, na cama de um hospital há mais de cinco semanas.

O vento soprou às suas costas, ela olhou para trás e viu algumas flores brancas de alissos, o tom mais comum daquela espécie. Aproximou-se, pegou algumas delas e sentiu, imediatamente, o perfume similar ao mel, por isso muitos a conhecem como flor-de-mel. Cecília pensou novamente no marido e dedicou a ele aquela pequena e delicada flor.

Depois disso, retornou ao lugar onde estava sentada e, repentinamente, o pensamento se voltou para o acidente, vindo-lhe à mente a culpa e o remorso pela sequência de acasos que desencadearam a infortunada cadeia de acontecimentos que terminou no acidente: o passeio ao farol, preterindo o desejo de Tomás; o veto à sugestão do filho para tomarem um lanche em uma cafeteria; a pausa junto ao vendedor ambulante; a distração quando se aproximava de casa. Novamente, aquelas ações passavam a assombrá-la.

Um passo mais lento, mais uma foto, um sinal vermelho no semáforo, qualquer segundo a mais ou a menos e tudo seria diferente – martirizava-se a sofrida mãe.

Cecília fechou os olhos e não esboçou nenhum esforço para impedir que as lágrimas fossem se acumulando nos cílios, até que transbordaram em queda livre pela face. Ela se entregou totalmente ao choro, um pranto ondulante, dolorido como um tapa. Os olhos agora derramavam lágrimas grossas que, ao receberem o brilho do sol, pareciam pequenos cacos de vidro. A dor na alma era imensa. A poderosa descarga emocional produziu um frêmito por todo o corpo, a ponto de doer-lhe a musculatura.

Atraído pelos pensamentos da companheira de jornada terrena, Ethan, sempre acompanhado de Julião, acercou-se dela e acariciou seu rosto. Em meio ao choro, ela sentiu a sensação de uma estranha corrente elétrica a transitar pelo corpo de cima para baixo. Em seguida, o coração começou a desacelerar, voltando a pulsar cadenciadamente, no mesmo compasso da veia que saltava em sua têmpora direita. Cecília encolheu-se, juntou as pernas, abraçou-as, baixou a cabeça e encostou a testa nos joelhos. Passaram-se rápidos minutos até que ela se desfizesse da posição, enxugasse os olhos com a gola da camiseta; outros minutos correram até que se levantou, respirou fundo e, com os olhos fechados, sentiu o toque dos raios solares como fosse um amigo acarinhando toda a extensão de sua face.

Cecília, aos poucos, tentou recompor-se. Agachou-se e enfiou a mão na bolsa à procura de um lenço de papel, mas, além da caixinha de lenços, sua pegada trouxe um cartão. Ela o examinou e logo descobriu tratar-se do cartão que o motorista do aplicativo, a quem tratara com desproporcional rudeza, entregou-lhe no dia em que a deixou no hospital. Naquele momento, cega pelas circunstâncias, achou que se tratava apenas de um cartão comercial comum, mas agora, examinando-o detidamente, notou que, no verso, havia um pequeno texto. Já nas primeiras palavras, ela engoliu em seco e sentiu nova onda de vergonha por sua atitude com o desconhecido motorista. Dizia o cartão:

"Que a estrada se abra à sua frente, que o vento sopre levemente às suas costas, que o sol brilhe morno e suave em sua face, que a chuva caia de mansinho em seus campos... E, até que nos encontremos de novo, que Deus lhe guarde na palma de Suas mãos" (Prece Irlandesa).

Sem perder tempo, para evitar esquecimento, Cecília pegou o celular e, verificando o número impresso no cartão, enviou uma mensagem ao motorista. Nela, após se identificar, pediu novas desculpas pela forma rude com que o tratou, dizendo que estava abalada em razão do estado de saúde do filho, embora reconhecesse que o fato não justificaria a ausência de educação. Depois, agradeceu pela gentileza da prece impressa no verso do cartão.

Ethan e Julião continuavam ao seu lado.

– Ao vê-la carregar a culpa pelo acidente e repelir qualquer tipo de ajuda, consigo compreender melhor as dificuldades que vocês tiveram comigo para fazer com que eu me libertasse da revolta e de todos os sentimentos nocivos que eu trouxe do plano físico por ter deixado precocemente o convívio com minha família.

– Nosso auxílio vai até o exato limite do livre-arbítrio do auxiliado. Não podemos forçar ninguém a receber ajuda, ainda que a negativa ocorra de forma inconsciente. Nesses casos, auxiliamos através de transferência de energia ou outra técnica eventualmente necessária. Depois disso, deixamos que siga o caminho escolhido e que assuma as consequências desencadeadas em razão da via eleita, até que se resolva, por si só, a modificar suas intenções e reúna condições de pedir a ajuda que a ninguém será negada, desde que, repito, seja consentida. Por isso, meu amigo, o que nos resta neste momento é esperar – explicou Julião.

– Cecília precisa compreender que nem tudo do que aconteceu foi sua culpa. Nem tudo é sua responsabilidade.

As coisas simplesmente são como devem ser. Não há o que fazer ou consertar, apenas aceitar.

– Perfeito, Ethan. Mas ela precisa compreender isso sozinha. Não temos o poder e o direito de forçar a aceitação.

Há dores que carregamos no coração que não podem ser removidas facilmente. Apreender a livrar-se do passado como forma de não se afogar no presente é uma tarefa complexa. Muitas vezes, precisamos exercitar a paciência para não invadir a esfera do livre-arbítrio do auxiliado.

– Cecília é forte, determinada, e se reergueu mesmo diante das grandes provações que teve de enfrentar na vida. Tenho certeza de que não se entregará sem lutar – afirmou Ethan.

– A alma é cheia de mistérios, principalmente quando há reminiscências de vidas passadas. O comportamento é um espelho em que cada um vê a sua própria imagem – Julião deu dois tapinhas nas costas do amigo espiritual.

Ethan ficou sério depressa com aquela frase enigmática.

– Ela precisa reencontrar o seu ponto de equilíbrio. Aliás, a quietude e o equilíbrio da alma são necessários e determinantes para a saúde física. A inquietação contínua é fator de doença. Quem encontra equilíbrio encontra saúde. Vamos deixá-la com seus pensamentos.

Ethan assentiu, mas, antes de sair, aproximou-se e beijou-lhe a face. Instantaneamente, ela sentiu um leve formigamento e levou a mão ao rosto.

Feita a catarse pelo choro, Cecília sentou-se novamente. Consultou as horas no celular e constatou que ainda era cedo para voltar ao hospital, então abriu a bolsa e retirou uma pequena encadernação, a versão modernizada do que poderia ser considerado um antigo diário.

O texto íntimo, confessional, autobiográfico, nopor meio do qual se acompanha o recorte da passagem de um período de tempo, assemelhava-se muito ao estilo de escrita de diários, como se conhece na atualidade, porém fora escrito de forma romanceada, e suas páginas ou capítulos não eram datados, como comumente são escritos os diários que conhecemos. O texto – descobriu-se mais tarde –, fornecia indicativos de que os fatos nele narrados datavam do fim do século XVIII.

Havia alguns anos, Cecília encontrara o material, que era mantido em cativeiro na prateleira mais alta da austera estante de livros, escondido entre os exemplares de uma antiga enciclopédia, encarcerada na tristeza da escuridão de suas páginas fechadas, cada vez mais esquecida após a difusão da internet e dos mecanismos de busca. Quem hoje ainda consulta uma enciclopédia para tirar dúvidas?

A capa de couro, encarquilhada pelo tempo, exibia, em letra cursiva, dourada, o título *Memoirs*. Estranhamente, o material foi produzido em escrita taquigráfica. Como acreditava tratar-se de um antigo diário, movida pelo amor à literatura e à história, Cecília contratou um especialista para decifrá-lo e mandou imprimi-lo em formato de livro. Na época da descoberta, como estava imersa em suas aulas e nas bancas de trabalhos de conclusão de curso, não conseguiu dar a devida importância ao material e postergou sua análise, até que ele caiu no esquecimento, promovido pela rotina, e veio a ressurgir das sombras da memória após a leitura da carta deixada pelo marido ao filho.

Por alguns momentos, pôs-se a ler aquele antigo manuscrito que contava a história de uma fazenda do período do Brasil colonial, cujo enredo era similar a muitas outras: produção de café, escravos, ideias abolicionistas, com a peculiaridade de que o proprietário das terras, Barão Boaventura, alforriava seus escravos, mesclava-os com imigrantes italianos, concedia-lhes casas para moradia e pagava-lhes salário.

Depois de um tempo absorta na leitura, ela consultou novamente as horas no celular e achou por bem seguir para o hospital. Notou também que havia recebido uma mensagem, era a resposta do motorista.

"Imagino que, neste momento, a senhora tenha preocupações maiores com seu filho, que espero já tenha deixado o hospital. Esqueça o ocorrido. Não há ressentimentos. Que Deus abençoe a senhora e a sua família."

– Muito obrigada! Que Deus abençoe você e sua família também – ela respondeu.

"Envergonhe-se novamente" – gritou a consciência, pois o episódio, apesar de prosaico, foi uma verdadeira lição para Cecília, ensinando-lhe muito.

De volta ao hospital, repetiu-se o ritual de sempre. Sentada ao lado da cama de Tomás, a mãe efetuou o relato pormenorizado dos acontecimentos das últimas horas.

Dessa vez, porém, ela levou algo de que o filho certamente gostaria. Na noite anterior, reticente, foi até o quarto de Tomás, vasculhou seu celular e encontrou a *playlist* criada pelo filho no aplicativo de música. Nela, Tomás inseriu todas as músicas sugeridas por Ethan na carta, além de outras de que gostava. Cecília, então, acomodou a pequena caixa de som na cabeceira da cama do quarto de hospital, ajustou o volume, deixando-o em altura que não ultrapassasse as fronteiras do quarto, e se pôs a tocar as músicas, criando uma atmosfera reconfortante. Quando Jonas, o enfermeiro responsável pela ala, entrou para verificar os sinais vitais, trocar o soro e aplicar a medicação em Tomás, reverberava pelo quarto *"I'm Forrest"*, de Alan Silvestri. Ele olhou para a pequena caixa de som, encarou Cecília na sequência e sorriu.

– Excelente ideia, mãe – assim os enfermeiros a tratavam.

– Ele adora esse tipo de música.

– Um gosto inusitado para a idade.

– Herdou do pai – respondeu Cecília, orgulhosa.

– Tenho certeza de que fará muito bem a ele.

– Que Deus o ouça!

– Ele ouve. Sempre! Às vezes, demora um pouco para responder, mas, na maioria das ocasiões, Ele "fala", e não percebemos sua resposta.

Jonas despediu-se e saiu. Suas palavras, entretanto, permaneceram, pairando no ar.

Cecília lembrou-se dos tempos em que participava

da sociedade literária, do debate em torno de um trecho do livro "O Morro dos Ventos Uivantes", de Emily Brontë, uma perfeita analogia, na sua visão, para o momento em que vivia. Escreveu a autora:

"*Não era o espinho que se retraía ante as madressilvas, e sim as madressilvas que ocultavam o espinho. Não havia concessões mútuas; o espinho mantinha-se ereto e as madressilvas se curvavam.*"

Deus não se curva às nossas vontades. Ele mantém-se firme diante de suas imutáveis leis naturais; a nós cabe a tarefa de exercer a humildade e aprender a fazer concessões, curvando-nos diante da inevitabilidade das circunstâncias, aprendendo com elas e adaptando-nos a elas, como fazem as madressilvas diante dos espinhos.

Com a saída do enfermeiro, a rotina voltou a reinar no interior do quarto 317, do Hospital Universitário Arcanjo Miguel. Cecília seguia, resoluta, na sua dolorosa espera, ao lado da cama do filho.

Enquanto aguardava pelo lento escorrer das horas, continuava a leitura do diário encontrado na biblioteca de casa. Permaneceu assim por cerca de trinta minutos, depois fechou a encadernação e refletiu sobre o que lera. Maus-tratos a escravos não é uma informação inédita, infelizmente. Qualquer livro de história traz esse tipo de relato. Inusitado certamente era o comportamento do senhor da fazenda narrado no diário, pois destoava completamente do padrão da época.

"Quando tudo isso acabar, vou pesquisar mais sobre esse tal Barão Boaventura" – pensou ao mesmo tempo que largou o diário sobre a pequena mesa existente no quarto.

Cecília levantou-se, olhou fixamente para o rosto pálido do filho e iniciou seu monólogo costumeiro:

– Você vai adorar o diário que encontrei. Na verdade, eu já sabia dele, apenas havia me esquecido. Ele conta a história de uma escrava fugitiva e de um barão abolicionista que tratava os escravos de forma humanitária. Não tenho dúvida de que você gostará de ler esse material. E pensar que estava perdido em nossa biblioteca esse tempo todo, mas precisei mandar decifrá-lo, porque ele estava taquigrafado. Mas, se você não se importa, enquanto ainda não tiver condições de lê-lo, adiantarei alguns trechos.

Cecília interrompeu a fala e fixou o olhar em Tomás. Esperançosa, aguardava que sua conversação produzisse alguma reação. Disciplinada e incansável, fazia isso várias vezes ao dia.

Nada!

Ela aguardou. Conversou mais um pouco com o filho e voltou a olhar para o seu rosto.

Os segundos gastavam-se em angustiantes minutos. A espera continuava. A ansiedade somava-se ao desânimo; a esperança subtraía-se; o pavor multiplicava-se; solitária, não tinha com quem dividir a complexa carga de sentimentos.

Ela apertou os olhos e fixou o olhar na direção do rosto de Tomás. Evitava piscar para não perder um minúsculo espasmo muscular que fosse.

Nada!

Temporariamente vencida, Cecília relaxou o corpo, sentou-se na poltrona ao lado da cama, jogou a cabeça para trás e fechou os olhos. Uma lágrima desceu vagarosamente pela face. O silêncio triste foi quebrado apenas pelos acordes suaves de *"Honor Him"*, de Hans Zimmer, que ecoava pelo quarto.

Apesar das batalhas perdidas continuarem enfileirando-se, Cecília mantinha a fé resoluta de que a guerra contra o coma seria vencida. Ela se sustentava obstinada na ideia de construir alternativas, por isso levou adiante o desejo de tentar fazer algo pelo filho, visando sua melhora, mesmo que a contribuição fosse irrisória. Esperança não lhe faltava: tanto aquela do verbo esperar, de quem espera por algo, quanto à esperança, substantivo cognato do verbo esperançar, que diz respeito à ação, da pessoa que sai da inércia e constrói alternativas. Pratica ações em prol de um objetivo.

"Há que se ter esperança, mas jamais deixar de esperançar" – pensava ela.

18
Escuridão e luz

CECÍLIA ACORDOU num sobressalto. Sentou-se, ofegante, na cama e inspirou longamente com a boca aberta, na tentativa de buscar o ar que parecia ter desaparecido dos pulmões. No rosto, gotas geladas de suor desciam pelas têmporas.

"Mais um pesadelo" – falou consigo depois que alguns minutos transcorreram.

Era a terceira vez na semana que se repetia aquele sonho desconexo, sem sentido. O pragmatismo que sempre a acompanhou no enfrentamento das questões diárias mostrava-se inútil naquela fase da vida.

Atribuía a recorrência do sonho às exasperações decorrentes da nova rotina, imposta pela retomada das aulas na universidade, reduzindo, considerável e abruptamente, o tempo disponível para ficar ao lado de Tomás no hospital, cujo quadro permanecia inalterado, e ele já completava cinquenta e nove dias com os olhos fechados para o mundo.

A situação era desesperadora e só não estava pior em razão da presteza e da competência do quadro de enfermagem do hospital. Cecília tornara-se amiga da maioria dos profissionais e confiava nos cuidados que dispensavam ao filho, inclusive nas situações que, para muitos, poderia soar como supérfluas, como a manutenção da música sempre tocando na cabeceira da cama, mas que ela julgava de fundamental importância.

E havia outra questão que lhe causava verdadeiro tormento psicológico: a rotina de espera, a impotência diante da batalha travada entre a vida e a morte, que não era inédita na sua vida. Experimentara antes, junto aos pais, é verdade, o gosto amargo de ver a vida desfazendo-se em meio à frieza insípida das paredes do hospital. Assim foram os últimos meses da curta existência de Amanda.

Recordava-se, com cruel riqueza de detalhes, da última vez em que foi visitar a irmã no hospital. Toda a família foi chamada às pressas porque o quadro de Amanda piorara consideravelmente na madrugada anterior, e a vitalidade esvaía-se quase totalmente de seu combalido corpo. Restava-lhe um fio de vida.

Imaginava que, ao chegar ao hospital, encontraria a irmã com muito medo em razão da morte que se avizinhava e da inevitável despedida, mas não foi o quadro que se descortinou quando a viu consciente pela última vez.

Amanda estava incrivelmente serena. Não tinha força para exprimir uma mísera sílaba, mas seu olhar irradiava sentimentos de paz e resignação. E foi com aquele olhar que ela se despediu de todos. Depois disso, vencida pelo cansaço, dormiu. Sua vida foi mantida com a ajuda de aparelhos por mais três dias. Ela nunca mais acordou. Então, seus órgãos, como um conjunto de luzes, foram se desligando um a um, até que ela deixou este mundo e partiu, talvez para *Cottonland*, como sua irmã contou em seu livro.

Não bastassem as dificuldades naturais que a situação impunha, Cecília ainda precisou enfrentar dissabores com o plano de saúde, que colocou objeção quanto à continuidade do custeio das despesas hospitalares de Tomás em razão do quadro inalterado e da possibilidade de o tratamento prolongar-se indefinidamente. A crueldade da burocracia e a frieza comercial acrescentaram altercações desnecessárias à sua rotina, tornando mais grave o sofrimento imposto pelas circunstâncias. A solução só veio à custa de decisão judicial de urgência, obrigando a operadora do plano de saúde a manter o custeio da internação prolongada diante da inexistência de cláusula contratual limitadora do tempo de internação, um detalhe pouco investigado quando da aquisição de um plano de saúde. Cecília também não o fez, mas foi beneficiada, para a sua sorte, pela omissão contratual.

Todo o desespero e o nervosismo – acreditava ela – estavam sendo canalizados para os momentos em que o corpo relaxava em busca de repouso. A situação, porém, era bem mais complexa do que supunha e transcendia às fronteiras da matéria.

Quanto ao sonho propriamente dito, que reduzia o já reduzido período de repouso, Cecília desistiu de decifrá-lo, tamanho o emaranhado sem sentido de imagens, vozes, pessoas e frases. Ele se dividia em duas fases bem definidas: escuridão e luz.

Iniciava-se com Cecília caminhando, na verdade arrastando os pés devido ao cansaço, pela charneca coberta por descolorida e áspera relva. Um verdadeiro descampado solitário sem um mísero casebre à vista ou outro indício de vida. A solidão sufocante era amplificada pelo céu negro de filme de terror e pelo ar pesado que prenunciava a proximidade do perigo.

À medida que avançava, pouco a pouco era envolvida pela completa ausência de luz e começava a ouvir vozes distantes. Seus passos, então, ficavam lentos diante do breu denso e profundo. O som começava a crescer até transformar-se em gritos. O horripilante e atordoante coro era formado por vozes infantis e adultas, femininas e masculinas, mas todas gritavam em uníssono: "assassina, assassina!".

Depois disso, mãos erguiam-se do solo e tentavam agarrá-la. Cecília corria, ou tentava, pois os pés pareciam feitos de chumbo e não obedeciam ao comando da mente, e o máximo que produziam eram passos lentos.

A angustiante cena prosseguia por alguns minutos, até que ela desfalecia. O coração aparentava ter cessado de pulsar. O corpo ficava ali onde estava, imóvel, pregado ao chão, mas, inexplicavelmente, continuava de olhos abertos, enxergando tudo, apesar de continuar presa ao solo. Era quando vultos surgiam ao redor e começavam a se aproximar. Cecília via quando eles assumiam formas humanas, se é que poderiam ser chamados assim. Aquelas criaturas avançavam lentamente e fechavam o cerco ao redor de seu corpo, estrangulando o ar à sua volta. Ela debatia-se ou pensava estar se debatendo, pois seu corpo permanecia imóvel, vendo tudo, incapaz de mover um dedo, de pronunciar uma palavra.

Em pouco tempo, as criaturas estavam tão próximas, que Cecília podia sentir o calor de cada respiração. Os gritos davam lugar a sussurros incessantes de "assassina, assassina!".

"Saiam daqui", ela gritava, mas os gritos não tinham força suficiente para reverberar pelas cordas vocais e ultrapassar a fronteira da boca. Ao exterior, chegavam apenas murmúrios abafados, em vez de palavras.

Aqueles seres, então, começavam a proferir insinuações resmungadas e ameaças privadas. Cecília chorava e implorava a eles que a deixassem em paz, já não escutava conscientemente, mas sua situação só piorava, até que eles paravam por um segundo e, quando ela imaginava que teriam ouvido suas súplicas, as criaturas gritavam todas ao mesmo tempo e pulavam sobre seu corpo. Cecília também gritava.

Seguia-se, então, um silêncio longo e inquietante, até que a tristeza pesada começava a se dissipar lentamente e, aos seus ouvidos, chegavam novos sussurros, que diziam:

"O que você precisa, minha jovem, é de descanso, de uma boa noite de sono para asfixiar aqueles pensamentos negativos."

Cecília, então, acordava em um quarto de hospital. A decoração era franciscana. Chamava-lhe a atenção um livro aberto no peitoril da janela, cujas páginas eram agitadas pela brisa delicada. Não havia ninguém ao seu redor. Ela saía da cama e, de repente, via-se em um jardim, ao anoitecer. Os sinos de uma capela próxima tocavam calmamente para não machucar o silêncio. O correr melodioso de um riacho chegava aos seus ouvidos como um doce murmúrio.

Cecília deixava o jardim e olhava à sua volta. Nem uma luz brilhava nas casas, perto ou longe, todas estavam apagadas. Ela sentia a aproximação de algo, alguém, mas a energia emanada desse misterioso ser não lhe provocava medo, muito pelo contrário, trazia paz. Ele, então, dizia:

"Erros são portais para descobertas. Toda queda traz um aviso. Cabe a você saber interpretar o que cada queda quer lhe dizer. Quando conseguir aprender com seus erros, eles se tornarão um farol a guiar seus passos.

Ninguém está imune à dor. Todos aprendemos com ela. É na queda que as sementes da humildade são plantadas e precisam brotar em nosso coração.

Eis que o semeador saiu a semear, disse Jesus. As sementes lançadas precisam encontrar solo fértil para crescer e começar a produzir frutos. Só, então, perceberemos que a humildade nos abre os olhos para a nossa fragilidade e pequenez diante das forças do universo.

Seja uma luz para você mesma – continuava voz. – Acredite, o amanhã trará novas oportunidades de regeneração. Basta você ter vontade para agarrar essas oportunidades."

Cecília não compreendia o que seu interlocutor queria dizer com aquelas palavras e mostrava preocupação com um franzir de testa que lhe escurecia o rosto. Então, surgiam as imagens de Ethan, Tomás, Amanda, todos com um sorriso acolhedor, um sorriso de avó.

Era nesse instante que Cecília acordava. O desejo inicial era voltar a dormir para compreender melhor a última parte do sonho, mas, então, vinha-lhe à mente a primeira parte, o pesadelo, e preferia manter-se desperta. Ela deixava a cama, dirigia-se até a janela e olhava através do vidro. Ficava alguns minutos admirando a chuva que caía violenta, em pingos grossos. Depois, deitava-se e ficava a pensar. O cansaço retornava, e o sono, silencioso, pisando leve como um felino, apossava-se de seu corpo novamente. Na mesma hora, ela entregava-se ao sono profundo e sem sonhos.

Na manhã seguinte, Cecília acordou cansada, como se tivesse vagado pela noite toda. Foi até a janela, olhou para o lado de fora e viu que o ar estava parado. A forte chuva da madrugada deu lugar à garoa teimosa, que apagava o horizonte ao redor e unia céu e terra numa única imagem cinzenta. Nas árvores, os galhos e as folhas estavam cobertos de gotículas que produziam um brilho tímido em razão da precária iluminação.

À luz do dia, quando a razão, via de regra, retoma seus domínios, o sonho fazia ainda menos sentido, embora continuasse intrigante. Cecília deu de ombros para aquela experiência e fez, com a mão, um gesto de quem atira o assunto para o lado, pois o dia seria longo, ocupado integralmente pela universidade; inteiro longe de Tomás. Sentia na pele o que Shakespeare quis dizer com a frase "não importa em quantos pedaços o seu coração foi partido, o mundo não para para que você o conserte".

Cecília deixou o carro no estacionamento dos professores, abriu a sombrinha branca que estampava, em preto, a silhueta do personagem "o vagabundo", de Charles Chaplin, para proteger-se da chuva que mais parecia uma névoa, e seguiu calmamente até a sala de aula. No caminho, percebeu que alguns alunos viravam a cabeça na sua direção e cochichavam entre si. Esforçava-se para ignorar a todos, inclusive os olhares penosos a cada vez que cruzava com um novo grupo de estudantes. Um e outro dirigiam-lhe um sorriso terno, compassivo; em outros, porém, a expressão era nitidamente forçada. Cecília retribuía com um sorriso protocolar, fosco. Às suas costas, as pessoas a viam como um objeto digno de pena. Tudo o que não queria era toda aquela atenção indesejada, justo quando necessitava apenas de paz para reunir as parcas forças que restavam e cumprir, da melhor forma possível, o compromisso profissional com seus alunos, uma tarefa hercúlea diante das circunstâncias. Todo aquele sussurrar de olhares e bocas ecoava alto demais em seus ouvidos.

Quando se aproximava da sala de aula, encontrou-se com a amiga Lorena, que perguntou:

– Oi, Cecília. Alguma novidade sobre Tomás?

— Nenhuma, Lorena.

— Os médicos, o que dizem?

— Nada de diferente do que vêm dizendo há quase dois meses.

— E como você está?

— Vivendo um dia após o outro. Tento apenas sobreviver. Minha vida virou de pernas para o ar. De repente, num piscar de olhos, tudo se tornou estranho e adverso.

— E está conseguindo? – perguntou Lorena.

— Depende do que você entende por sobrevivência. Tenho que continuar tentando enfrentar meus medos, meus fantasmas, encarando tudo de frente. Só assim terei uma chance de sobreviver a esse turbilhão de sentimentos, pois, se optar por me esconder e me esquivar dos problemas, vou acabar sendo atropelada por eles.

— É uma ótima forma de encarar as coisas, amiga. Tenho certeza de que voltar às aulas lhe fará bem. Ajudará a preencher seu tempo. Ocupará sua mente.

— Isso certamente é o que eu diria para alguém na minha situação, Lorena, mas não tenho tanta certeza disso. Não bastasse todos os problemas, não me agrada os olhares das pessoas quando passo por elas, tanto os penosos quanto os curiosos. Virei uma espécie de subcelebridade. Não preciso da piedade de ninguém, consigo encarar os problemas da minha vida sozinha.

— Não seja tão dura com os outros e com você também. Compreendo que dispense a piedade das pessoas, mas olhe para dentro de si e permita-se um pouco de autopiedade. Você precisa livrar-se da culpa que carrega, ela a está levando na direção errada. Você está virando uma espécie de expectadora da própria vida.

Cecília silenciou por alguns segundos. Em seu íntimo, não gostou da fala da amiga, mas tentou não demonstrar. Então, usou alguns segundos para digeri-la.

– Sei que são palavras cruéis e que não deve estar gostando de ouvi-las – continuou Lorena –, mas sou sua amiga e não posso apenas dizer o que gostaria de escutar. Você está imersa demais no problema para perceber o que está acontecendo. Essa é a verdade.

Cecília queria desaparecer da frente da amiga, mas a repreenda a deixou vacilante.

– E quanto a esses aí – Lorena apontou com a cabeça na direção das pessoas espalhadas pela universidade –, conhecemos um pouco da natureza do ser humano, não é mesmo? Por isso, é natural que se torne alvo dos curiosos, daqueles que se alimentam da dor e do sofrimento alheio, mas, em meio a esses, há os que nutrem um sentimento sincero e que desejam efetivamente o seu bem e o de Tomás. Não puna os bons por conta da atitude dos maus.

– Talvez você tenha razão, Lorena. Desde o primeiro dia, optei por apresentar aos meus alunos o problema que me acompanha. Falar sobre o acidente e o estado de saúde de Tomás tem evitado perguntas, sussurros e comentários, ao menos em sala de aula.

– É uma boa estratégia. Você tem algum compromisso para o almoço? Talvez possamos almoçar juntas e colocar a conversa em dia.

– Claro, ficarei por aqui durante todo o dia.

– Ótimo. Quando a coisa aperta, os fortes vão almoçar – brincou Lorena, aplicando uma pitada de descontração na conversa. – Qual matéria está na pauta para seus alunos hoje?

– Coisas simples como assíndeto, polissíndeto, anacoluto, hipérbato, silepse, zeugma.

– Jamais faltará trabalho a vocês, professores de língua portuguesa. Estudam-se regras, exceções, exceções das exceções por toda uma vida, mas não se consegue aplicar, sem titubear, tudo aquilo que se aprendeu numa reles frase.

Boa sorte com suas figuras de sintaxe, pois prefiro estudar a teoria da precessão dos equinócios, a função das organelas citoplasmáticas ou, talvez, responder à grande pergunta que assola o universo: por que preciso saber que a soma de seno ao quadrado de *theta* e cosseno ao quadrado de *theta* é igual a 1?

Cecília esboçou um sorriso tímido diante da observação de Lorena.

– Não disse que as aulas lhe fariam bem? Deixou escapar até um sorriso.

– Cinquenta e nove dias depois do último – suspirou Cecília, retomando a modorra.

– Tudo isso? Não me dei conta de que já se passaram quase dois meses desde o acidente. Parece que foi ontem.

– Pois, para mim, parece que faz um ano. A lacuna existente entre o tempo presente e a última vez que vi Tomás consciente só cresce, e não posso fazer nada para impedir que aumente.

Lorena preferiu ficar em silêncio. Nem todas as frases precisam de respostas. Algumas se acomodam melhor no silêncio e foram feitas apenas para serem ouvidas.

– Preciso ir – disse Cecília.

– Eu também. Até o almoço, amiga. Diante de um bom prato de comida, não seremos almas tristes, severas, resignadas. Isso é um assíndeto, correto?

– Você hoje está muito espirituosa, Lorena.

As amigas despediram-se e seguiram para suas respectivas salas de aula. O que ambas desconheciam é que o almoço ajustado não aconteceria, pois aquele não seria um dia comum.

Cecília escreveu no quadro branco a frase "Dolores brigava, e gritava, e falava", depois explicou:

– Esse é mais um exemplo de frase em que encontramos o polissíndeto. Percebam que, diferentemente do assíndeto, cuja característica é ocultar a conjunção, como vimos no exemplo anterior "Daiana comprou uvas para comer, limões para fazer suco", no qual o "e" de "e limões" está oculto na oração; no polissíndeto, a conjunção coordenativa é repetida "e brigava, e gritava, e falava". O polissíndeto tem a peculiaridade de aceitar a vírgula mesmo com a utilização do "e". Como falamos na aula de pontuação, trata-se de uma espécie de exceção da exceção à regra, como vocês devem se recordar.

Cecília iniciava a escrita de outro exemplo quando foi interrompida por leves batidas na porta, que se abriu imediatamente e revelou a presença de Telmo, diretor administrativo do campus.

– Perdoe-me a interrupção, professora, mas preciso falar com a senhora em particular.

– Importa-se de eu terminar a explicação? – perguntou, com gentileza.

– Receio que seja urgente – redarguiu o diretor.

Aturdida, Cecília deu dois pequenos passos vacilantes à frente, na direção dos alunos. Do novo ângulo de visão, conseguiu enxergar, pela abertura da porta, atrás do diretor, Marilva, a professora que a substituiu quando estava de licença. Seus olhares se cruzaram, mas nada foi dito.

O cenário estava posto, como naqueles dias em que se sabe que choverá muito. As nuvens escuras aproximam-se no horizonte; ao longe, ouve-se o rimbombar de alguns trovões e um relâmpago distante corta o céu. A chuva está chegando, ninguém precisa dizer nada. Então, fica-se quieto, espera-se um instante, até que raios e trovões, antes distantes, surgem no céu sobre nossa cabeça e a tempestade desaba com força.

Quando Cecília avistou Marilva postada atrás do diretor, não foi preciso dizer mais nada. A tempestade estava chegando.

Na sala de aula, todos perceberam a mudança

repentina do comportamento da professora. O nervosismo escapou da débil tentativa que fez para escondê-lo, e, como eram conhecedores da situação de Tomás,; alguns por lógica, outros, por pensamento dedutivo, adivinharam a verdade, ou parte dela, quando Cecília saiu e a professora Marilva assumiu seu posto.

– O que houve com Tomás? – perguntou Cecília ao diretor, seu amigo, já do lado de fora da sala, depois de ter pego sua bolsa.

A tempestade, então, chegou.

– Não tenho essa informação, Cecília. Há pouco, recebemos uma ligação do hospital informando que tentaram contatá-la pelo telefone celular, mas não tiveram sucesso. O recado recebido pede que você compareça ao hospital imediatamente, mas não posso informar detalhes simplesmente porque eles se recusaram a passá-los devido à política de sigilo adotada pelo hospital, uma atitude correta, você há de convir.

– Sim, compreendo. Meu celular estava desligado. Preciso ir ao hospital o mais rápido possível.

– Imaginei que faria isso, então me antecipei e pedi a Marilva que terminasse suas aulas hoje. Por sorte, ela estava no campus.

– Obrigada, Telmo. Você tem sido um verdadeiro anjo na minha vida – agradeceu Cecília, com as mãos trêmulas.

– Não agradeça. Sabemos da gravidade e da delicadeza da situação. Você tem condições de dirigir?

– Para ser sincera, não. Estou muito nervosa.
– Levo você até o hospital. Vamos no meu carro.
– Obrigada por isso também.

Cecília exalava aflição pelos poros. As mãos mexiam-se de forma frenética. Intimamente, temia pelo pior. Novamente surgiu na cabeça o dia em que a família foi até o hospital para se despedir da irmã. Aquele triste momento também começou com uma ligação.

A incerteza e o medo trouxeram ao seu rosto uma tristeza que emanava em todas as direções e podia ser sentida dentro do carro. Caso fosse possível dar cor aos sentimentos, certamente a tristeza seria cinza, como aquele dia, pois a chuva continuava a cair fina e mansa.

Ansiosa por chegar ao hospital, pediu a Telmo que fosse mais rápido. Mesmo sendo professor de Filosofia e Sociologia, renomado pesquisador de Genealogia e apaixonado pelo estudo do comportamento humano, foi nas predições precisas das ciências exatas, mais especificamente nas equações de física, que Telmo encontrou o argumento definitivo para frear o ímpeto da amiga.

– Restam cerca de cinco quilômetros até o hospital – iniciou ele. – Estou dirigindo a uma velocidade de noventa quilômetros por hora, isso indica que chegaremos em pouco mais de três minutos. Posso aumentar a velocidade para cento e dez quilômetros por hora, porém, considerando a distância que nos separa do destino, nossa chegada seria adiantada em menos de trinta segundos, isso se tivermos pista livre até lá. Não posso dimensionar sua angústia, Cecília. No seu lugar, eu também gostaria de chegar o quanto antes ao hospital, mas vamos seguir com calma, porque o benefício não compensa o risco.

O silêncio fez-se presente. Nesse caso, ele indicava que a angustiada mãe concordava com o amigo. Profundo conhecedor das ciências humanas, Telmo sabia ser persuasivo, aproveitando-se justamente das características de seu interlocutor. Cecília viu isso acontecer inúmeras vezes nas reuniões da universidade. Nada mais persuasivo do que utilizar de lógica cartesiana com quem é uma pessoa sabidamente metódica e racional.

Quando desceram do carro, após estacioná-lo em uma vaga bem próxima à entrada da recepção, toda a premência desapareceu, e Cecília diminuiu seus passos até estagnar diante da porta. Parecia que, no interior do hospital, alguma coisa muito grande e assustadora a esperava, algo que a fazia desejar que as portas se mantivessem definitivamente fechadas. Mas elas, desobedientes, abriram-se.

– Vamos? – disse Telmo, colocando as mãos em suas costas como forma de encorajá-la a prosseguir.

Cecília mordeu o lábio, sentindo um instante de indecisão.

– Vamos – a voz saiu trêmula e baixa.

Os dois caminharam até a recepção, onde Telmo precisou fornecer seus dados para a confecção de etiqueta de identificação, que foi colada em sua camisa, e só então puderam prosseguir.

Cecília havia mudado novamente a postura e agora caminhava rapidamente – quase correndo –, buscando chegar o quanto antes até o quarto do filho. Telmo dava passadas largas na tentativa de acompanhá-la. O posto de enfermagem estava vazio, mas ela não deu muita importância ao fato e seguiu firme na direção do quarto 317, o último do corredor. Tão logo alcançou a porta, não pensou duas vezes e abriu-a de forma intempestiva, sem pensar nas eventuais consequências que sua ação poderia gerar. Avançou dois passos na direção do interior do cômodo, mas parou logo em seguida. Espantada, a mão direita espalmada sobre a boca, abafou a exclamação "meu Deus!".

A cama estava vazia. As lágrimas encheram-lhe os olhos e desceram, incontidas, pela face. O medo apossou-se de sua alma. Eles voltaram até o posto de enfermagem do setor. Diferentemente de quando chegaram, dessa vez o enfermeiro Jonas encontrava-se no local e, tão logo avistou o casal através da janela de vidro, fez sinal com a mão direita para que viessem até ele. A expressão séria e o semblante cansado ligaram novo sinal de alerta em Cecília, que caminhava na sua direção, notando que o rapaz segurava, na mão esquerda, uma prancheta construída em acrílico transparente, na qual estavam alguns prontuários médicos.

Os olhos verdes aflitos de Cecília examinaram a fisionomia do enfermeiro na tentativa de adivinhar o que estava por vir. Ela seguiu em sua direção, mas voltou a caminhar bem devagar, como se andasse em câmera lenta e não quisesse chegar até ele, com medo do que ele tinha para contar. Rápidas, agora, somente as batidas do seu coração.

Por várias vezes, a temerosa mãe voltou o olhar na direção da saída. A voz na sua mente dizia que tudo ficaria pior e que precisava fugir dali, mas não havia como recuar.

Telmo colocou novamente a mão direita nas costas da amiga para incentivá-la a seguir em frente. Cecília hesitou, as pernas vacilaram, indecisas. Foi então que Jonas, mesmo através do vidro, notou a palidez em seu rosto, largou a prancheta e veio em seu auxílio.

– A senhora está se sentindo bem?

– Tomás – o nome do filho foi tudo o que ela conseguiu pronunciar, mas, mesmo assim, a palavra saiu como um suave murmúrio.

– Sente-se aqui – disse o enfermeiro, apontando para uma série de três cadeiras geminadas encostadas na parede

– Não quero me sentar! – o tom de voz aumentara.

– Fique calma – Telmo e Jonas falaram simultaneamente.

Cecília encarou-os. Seu olhar dizia que estavam pedindo o impossível.

– Precisamos conversar – acrescentou o enfermeiro –, mas a senhora precisa manter a serenidade.

– Não me peçam calma ou qualquer outra coisa. Apenas me diga, Jonas, o que aconteceu com meu filho? Por que ele não está no quarto?

– Sente-se para que possamos conversar – insistiu o enfermeiro, calmamente.

– Sente-se, Cecília – falou Telmo, colocando a mão no ombro da amiga.

Vencida, ela sentou-se no banco do meio, enquanto Jonas e Telmo postaram-se um de cada lado.

Por alguns segundos, ninguém falou nada, criando, involuntariamente, um clima de suspense, até que Jonas quebrou o silêncio.

19

Luzia

O CÉU AZUL sem nuvens da tarde que se iniciava encontrou os Espíritos Julião e Ethan caminhando à beira-mar. O cenário foi escolhido por Julião em razão das propriedades benéficas da atmosfera da orla marítima, pois a água salgada retira íons, ou seja, átomos carregados de eletricidade, que circulam em nossa aura e ao nosso redor. Esse processo revigora, capta e remove, ainda que de forma momentânea, energias mais densas, os miasmas. Em resumo, era o ambiente ideal para a conversa que teriam.

– Sou apaixonado pelo mar e pela beleza das cores desse cenário – comentou Julião.

– Prefiro a aurora à beira-mar. A aurora... que tem esse nome em homenagem à deusa romana do amanhecer que se renovava todas as manhãs, é incomparável – filosofou Ethan. – Julião, perdoe-me, mas creio que não foi para falar do mar ou da paisagem que você me trouxe aqui. Não que eu esteja reclamando.

– Você tem razão, Ethan. Viemos a este lugar porque gostaria de falar-lhe sobre Tomás.

– Desde o acidente, tenho lutado internamente e me esforçado para não entrar nesse assunto com você, Julião. Não queria parecer invasivo com questões que dizem respeito somente aos Espíritos Superiores, mas tudo o que diz respeito a Cecília e Tomás me deixa inquieto. Talvez, esse seja meu ponto fraco.

– Não existem pontos fracos, Ethan, apenas potenciais que ainda não foram completamente trabalhados e desenvolvidos.

Tenho notado seu desassossego. Eu mesmo gostaria de ter tido essa conversa antes, mas é necessário compreender que você, Tomás, Cecília e Amanda têm existências entrelaçadas por circunstâncias pretéritas. Cecília é portadora de extensa lista de débitos, máculas indeléveis que lhe renderam longo período nas zonas umbralinas. Após seu resgate, passou também considerável tempo nos setores de refazimento e de aprendizado, para só então embarcar – com conhecimento prévio – em uma encarnação recheada de provas e desafios de natureza expiatória, tudo com o objetivo de estreitar definitivamente os laços com aqueles a quem feriu no passado.

– Não imaginava que a situação dela fosse tão grave assim.

– A situação dela não difere muito da nossa. Todos

temos débitos a saldar, perdão a pedir ou a conceder. Ela está tendo a oportunidade de fazer grandes progressos nesta encarnação.

– Compreendo – Ethan falou, com olhar distante.

– O que o incomoda?

– Tomás. O que acontecerá com ele? Como Cecília reagirá a mais uma perda, caso seja essa a programação prevista para ele? São questões que não consigo deixar de pensar.

– Suas dúvidas são compreensíveis. Não posso responder a todas elas neste momento. Não porque você não esteja pronto para ouvir, mas porque são perguntas para as quais não tenho as respostas. Entretanto, questiono se você está disposto a ouvir uma história, Ethan.

– E que tipo de história seria?

– A história de uma escrava fugitiva chamada Luzia.

– Por que você quer me contar essa história?

– Ouça apenas. Deixemos as explicações para depois.

– Tudo bem. Sou todo ouvidos.

– Ótimo! O ano era 1877, ainda imperava a escravidão no Brasil. Luzia, dentro do contexto da época, conseguiu uma proeza, uma rara exceção, afinal, era incomum, para não dizer impossível, uma escrava obter sucesso na fuga de seu senhorio, despistando o implacável capitão-do-mato. Dias após ter fugido, teve a sorte de ser encontrada em meio aos cafezais de uma das poucas fazendas do país que era comandada por um abolicionista que não apenas alforriava seus escravos, como pagava-lhe salários, além de tratá-los com dignidade.

Francisco Antônio Lima e Silva, Barão Boaventura, viúvo havia catorze anos, era uma dessas criaturas ímpares, inconfundíveis pela raridade dos predicados que possuía. Orientava-se pelos princípios da tolerância, da paciência, da compaixão e do perdão, elementos que o tornavam um exemplo maiúsculo de personalidade, características incomuns numa época em que, nas fazendas, a tirania impunha seu domínio sobre o caráter e onde, constantemente, seres humanos, em razão de sua cor, eram tratados como coisas.

Era visto como um bom homem, respeitado por escravos, fazendeiros e nobres, muito embora alguns dos membros da sociedade quisessem vê-lo pelas costas em razão de sua postura para com os escravos e por suas virtudes perante a sociedade, talvez constrangidos pela inevitável comparação de que eram alvos. Nutria especial compaixão pelos mais desafortunados.

Ethan ouviu atentamente o início da história. Seus olhos não desviaram um milímetro da direção de seu interlocutor.

– Luzia foi encontrada gravemente ferida e doente sob um cafeeiro, por isso o senhor da fazenda mandou colocá-la em um dos cômodos da casa-grande, onde seria cuidada e medicada.

Após alguns dias lutando contra uma pneumonia, Luzia, consideravelmente restabelecida, foi questionada pelo barão acerca dos motivos que a levaram a fugir de sua antiga fazenda e sobre o nome do lugar. A jovem relatou que era escrava na fazenda Santa Maria. Lá seus pais foram mortos pelo antigo senhor, o mesmo homem que a levou para uma cabana no meio dos cafezais e tentou estuprá-la, mas, durante o ato, sofreu um mal súbito e faleceu, deitado sobre ela. Foi assim que a oportunidade de fuga se apresentou, e ela agarrou-a com unhas e dentes.

Ethan lançava um olhar desconfiado na direção de seu mentor, pois, na fazenda de seus antepassados, os escravos também eram alforriados e tratados de forma digna, sem violência, como trabalhadores.

– Continue, Julião – pediu.

– Depois da conversa com Luzia, pensativo, o senhor da fazenda Rio das Flores retornou para seu quarto com dúvidas a repicar na mente. Um dos motivos que o fizeram desfraldar a bandeira da abolição da escravidão foram os inimagináveis maus-tratos e abusos a que os escravos eram submetidos. Logo, nesse aspecto, a história de Luzia, infelizmente, não trazia nenhuma novidade. Por outro lado, nunca ouvira falar da fazenda Santa Maria nas redondezas. Tudo levava a crer que a jovem escrava escondia o real nome do lugar de onde fugira.

Francisco estava diante de um dilema, priorizado em seu pensamento: manter uma escrava fugitiva em sua fazenda ou devolvê-la ao antigo dono. Caso fosse verdadeira a história de Luzia quanto aos maus-tratos e à morte do senhorio, sabia que a jovem seria morta assim que fosse devolvida. Por outro lado, acolher uma escrava fujona importaria na quebra de uma regra áurea vigente entre os fazendeiros. Um ato dessa natureza geraria revolta e retaliações de consequências inimagináveis. Ninguém o apoiaria, nem mesmo seus companheiros da causa abolicionista.

No dia seguinte, Francisco procurou pelo amigo João Dias Coelho, Capitão-mor da Vila de Santa Fé, profundo conhecedor da região. O amigo certamente conhecia a fazenda Santa Maria.

Após longa conversa, o Capitão-mor informou ao barão que não havia, em sua jurisdição, uma fazenda com esse nome. Entretanto, lembrou-se do recebimento de uma missiva informando-o do falecimento do senhor Joaquim Duarte de Almeida, proprietário da fazenda Sant'Ana, assassinado por uma escrava.

"Talvez, essa tenha sido a fazenda da qual Luzia fugiu" – disse-lhe o Capitão.

De posse da primeira pista, Francisco e João rumaram até Sant'Ana para investigar a história.

Assim que avistaram a fazenda, foram recepcionados por uma faixa retangular preta pregada no portal de entrada da propriedade, um aviso silencioso de que o luto reinava entre os moradores e trabalhadores do lugar.

No local, foram recebidos por Eulália, a viúva de Joaquim, e, após conversarem com os empregados e com a própria viúva, chegaram à conclusão de que Luzia falava a verdade quanto a ter sido atacada pelo senhorio, muito embora os empregados, num último ato de lealdade à memória do patrão, difundiam a história de que ela o havia matado, pelas costas, com uma faca, versão que a própria Eulália confidenciou não acreditar.

Francisco, então, informou a viúva de que a escrava fugida fora encontrada doente e muito machucada em seus cafezais. Porém, diante das circunstâncias, estaria disposto a comprá-la, mas a devolveria imediatamente caso não houvesse interesse na venda.

Justamente por conhecer a crueldade e os abusos do marido com as escravas e por não acreditar na versão apresentada pelos empregados, Eulália aceitou vender Luzia, mas não quis dinheiro por ela, apenas impôs ao Barão Boaventura a condição de mantê-la bem longe de suas terras e destinar metade do preço da escrava para obras de caridade, com o que concordou Francisco, empenhando sua palavra. Quando deixaram Sant'Ana, ele era legalmente o novo proprietário de Luzia.

No dia seguinte, Francisco comunicou aos filhos, Santiago, Joaquina e Helena, a compra de Luzia. A escrava seria imediatamente alforriada, assim como foram os outros, e passaria a morar na casa-grande, ajudando Justina, a primeira escrava alforriada por Francisco, nos serviços domésticos.

A decisão foi questionada pelo primogênito Santiago, apoiado pela caçula Joaquina. Helena, a filha do meio, ao contrário, concordava com as decisões do pai. Mais do que dever de obediência, Helena herdara do genitor todos os seus predicados e não tratava os negros da fazenda como seres inferiores, diferentemente de seus irmãos, cujo comportamento era condizente com o pensamento da sociedade da época, ou seja, de que os negros não passavam de seres inferiores, uma mera "coisa" que, como tal, poderia ser vendida, trocada ou castigada.

Com o passar do tempo, a discordância dos dois filhos transformou-se em perseguição a Luzia, mas os atos eram praticados sempre distante dos olhos de Francisco, que não admitia hostilidades dirigidas a qualquer empregado. Aos poucos, a tensão na mansão dos Lima e Silva cresceu, e Luzia transformou-se no principal motivo de discórdia. Santiago chegou a ameaçá-la de morte.

Francisco foi informado por Justina das perseguições que Luzia vinha sofrendo por parte dos dois filhos. Afeiçoando-se cada vez mais à ex-escrava, o Barão admoestou publicamente Santiago e Joaquina, ameaçando-os com toda a sorte de punições caso descumprissem um dos pilares mandamentais da família, do qual Francisco não abria mão: obediência à hierarquia paternal. A justificativa dos filhos descontentes era de que o pai estava enganado quanto à índole de Luzia e à história contada por ela. Argumento que Francisco rechaçava veementemente.

A reprimenda acirrou ainda mais o ódio por Luzia, que crescia a galope no coração dos dois filhos. Ambos, longe da vista do pai e também de Justina, impingiam a Luzia toda a sorte de humilhações. Ela, contudo, recebia as imprecações cabisbaixa, em silêncio, sem delatar a ação dos filhos ao Barão. Então, a desgraça abateu-se sobre a família.

Em um dia comum, após o almoço, Joaquina aproveitou-se de uma situação banal ocorrida na cozinha e dirigiu toda a sua raiva na direção de Luzia. A empregada manteve-se calada, aceitando, como de costume, os impropérios e humilhações. Depois da cena na cozinha, Joaquina, aos gritos, ordenou que Luzia, a quem ela seguia chamando de escrava, levasse uma jarra de limonada e alguns quitutes até o balanço montado no antigo carvalho, nos fundos do casarão, pois passaria a tarde lá, aproveitando a sombra produzida pela imponente árvore, não sem antes ameaçá-la de muito se aborrecer caso o lanche não fosse preparado a contento.

Inicialmente, Luzia temeu por uma emboscada, já que o lugar era isolado. Chegou a manifestar seu medo a Justina, mas a antiga empregada deu de ombros. De fato, nada aconteceu a ela, a ordem foi cumprida, e Luzia retornou aos seus afazeres na casa-grande.

A tarde prosseguiu silenciosa. Somente com a chegada de Santiago, momento em que o pôr do sol se aproximava e banhava o vale em tons de amarelo e ocre, que a falta de Joaquina foi sentida. A princípio, imaginou-se que a menina estivesse com o pai, que supervisionava de perto os trabalhos da fazenda. Entretanto, quando a última réstia de luz natural brigava com a aproximação da noite, e Francisco chegou a casa, foi que o sumiço de Joaquina se tornou um fato.

Justina e Luzia informaram ao patrão que, no início da tarde, Joaquina havia pedido que levasse lanche e deixasse junto ao grande carvalho, o que foi feito, mas, depois disso, não a viram mais.

Francisco e Santiago caminharam rapidamente – quase em marcha de corrida – na direção dos fundos do casarão. Cada um levava nas mãos um pequeno lampião. Com a aproximação da noite, a luminosidade natural esvaía-se com grande rapidez, transformando as árvores em contornos escuros, sob um fundo fosco, levemente alaranjado, dificultando a visão, pois não havia iluminação suficiente para que os olhos pudessem divisar as formas de maneira clara, nem escuridão a ponto de permitir que a luz dos lampiões pudesse melhorar a visão do caminho. A busca, entretanto, não demorou muito, pois, assim que chegaram no carvalho, a cena que se descortinou era dantesca: caída, com a cabeça em posição antinatural em relação ao corpo, olhos esbugalhados, vítreos, fitando o vazio, rosto arroxeado, Joaquina jazia, sem vida. A tragédia havia se consumado. Nada poderia ser feito.

Pai e filho rodearam o corpo de Joaquina e, diante da inevitabilidade das circunstâncias, abraçaram-se e choraram amargamente.

Depois de alguns instantes, Francisco e Santiago olharam para o galho bem acima de onde Joaquina estava caída e concluíram que ela deveria ter subido na árvore e caído de cabeça. O médico chamado pelo barão confirmou que a morte da menina ocorreu em decorrência de uma lesão nas primeiras vértebras da coluna, fruto, muito provavelmente, de uma queda. "Quebrou o pescoço, para usar uma expressão popular" – disse o médico.

O Barão ficou inconsolável. O casarão da família tornou-se um imenso mausoléu. Todas as cortinas foram fechadas com tecido negro. O mesmo tecido foi pendurado sobre cada um dos espelhos, como uma pálpebra fechada por cima do olho, (corria entre os escravos uma história – que depois chegou às casas-grandes – de que espelhos sugam a alma da pessoa que morreu, por isso devem ser cobertos por algum tempo).

Os dias correram lentos, assim como lentas eram as agonias dos moradores da fazenda Rio das Flores. O lugar agora estava pesado. Cada um enfrentava o luto à sua maneira. Francisco mantinha-se taciturno; Santiago somatizara a dor da perda da irmã e a transformara em ódio, canalizado totalmente para Luzia, por ter sido ela a última pessoa a ver a irmã viva. As perseguições multiplicaram-se e começaram a ficar mais sérias. Justina temia pela vida de Luzia.

Sempre que olhava para Luzia – e fazia isso com frequência –, Francisco tentava racionalizar a estranha e inexplicável atração que sentia por ela. Algo havia acontecido desde a primeira vez que a viu, desacordada em meio à plantação, seminua por conta das roupas rasgadas, machucada, desprotegida. Ela o atraía mesmo contra a sua vontade. Queria compreender que estranha força invisível era aquela que o empurrava em sua direção, mas não conseguia explicar. Achava-a bela. A pele negra, as feições bem-proporcionadas, os olhos escuros como uma noite sem estrelas, os cabelos cacheados que deslizavam até um pouco abaixo do pescoço. Silenciosa, a paixão avolumava-se no coração do barão, algo que sentiu pela última vez quando cortejava a esposa falecida.

À medida que a história evoluía, o semblante de Ethan foi ficando mais sério, soturno. A morte de Joaquina, sua despedida – o enredo como um todo começava a mexer com seu emocional.

Julião prosseguiu:

– Os meses passaram e a vida, aos poucos, foi retomando seu curso normal, não obstante os sentimentos e a atmosfera enlutada do casarão.

Desde a morte de Joaquina, Santiago adotou o hábito de, após o almoço, trancar-se no quarto e exigir que Luzia – somente ela – levasse um refresco, imitando a última ordem dada pela irmã falecida. Uma homenagem sombria, pois aquela era uma das maneiras que encontrara para maltratá-la distante dos olhares do pai e de Justina. Qualquer acusação de Luzia passaria, obrigatoriamente, pela situação que Santiago não se cansava de repetir: "é a palavra do filho do barão contra a de uma escrava. Em quem você acha que acreditarão?".

Luzia, entretanto, não reclamava a tortura emocional imposta por Santiago. Em determinado dia, após ela deixar sobre o criado-mudo a bandeja com o refresco, pedido pelo primogênito da família Lima e Silva, ele levantou-se da cama e postou-se à sua frente, detendo o olhar na altura dos grandes olhos negros de Luzia, para, em seguida, baixar a visão levemente, fixando-a na direção de seus seios. Ela estremeceu. Santiago levantou a mão direita, alisou levemente um dos cachos de seu cabelo, passou o dedo em sua orelha e começou a descer lenta e delicadamente pelos ombros, seguindo na direção do colo.

A empregada – escrava para Santiago – permanecia imóvel, lutava para controlar o medo e manter a respiração o mais próximo do normal. Um finíssimo fio de suor desceu-lhe pela face, enquanto uma onda de náusea percorria seu corpo, pois veio à mente a imagem de Joaquim, seu antigo dono. Então, quando Santiago introduziu a mão sob o vestido dela e roçou levemente o seio, ouviu seu nome sendo chamado pelo pai, em tom alto e imperativo, interrompendo o movimento de forma abrupta, para alívio de Luzia.

Nos dias seguintes, para a sorte de Luzia, os afazeres da fazenda não permitiram que Santiago permanecesse no quarto por muito tempo, mas ele não abriu mão de que ela o visitasse para deixar o suco, bebido sempre com sofreguidão. Em todas as oportunidades, fazia questão de deixar claro que, muito em breve, terminaria o serviço que o pai interrompera. A promessa, entretanto, não se cumpriu, porque, dias mais tarde, ele foi acometido por uma doença misteriosa.

Nos primeiros dias, Santiago relatou indisposição e

leves dores abdominais. O médico da família concluiu que se tratava de mero distúrbio estomacal, decorrente de alimentação, e prescreveu apenas a modificação do cardápio por alguns dias. O quadro, porém, não regredia; ao contrário, piorava lentamente. Aos poucos, a perda de peso começou a tornar-se visível, e a palidez do rosto contrastava com as olheiras roxas. O primogênito queixava-se de dificuldade e dor ao engolir, inclusive a saliva, além do aumento dos batimentos cardíacos. Então, surgiu a febre, e ele ficou acamado.

Todos os esforços médicos mostravam-se inúteis. Por ironia, sua alimentação diária resumia-se às sopas feitas por Justina e aos sucos trazidos por Luzia, mas não eram suficientes para nutri-lo adequadamente. Seu corpo definhava.

Desesperado, Francisco mandou buscar outros médicos, mas nada parecia funcionar, e o estado de saúde de Santiago só se agravava. Por mais uma dessas peças pregadas pelo destino, Luzia foi designada para cuidar do rapaz. A jovem permanecia ao seu lado em tempo integral.

Então, o inevitável aconteceu. Em uma noite escura, sem estrelas, apenas com uma lua desfalecida que brigava em meio às nuvens, o médico foi chamado às pressas ao casarão. O coração do rapaz batia lento, fora do ritmo, e ele respirava com extrema dificuldade.

"O fim está próximo" – sentenciou o médico a um pai incrédulo quanto ao diagnóstico. Infelizmente para os Lima e Silva, o experiente médico estava correto e, naquela mesma noite, Santiago expirou.

A morte do primogênito foi um duro golpe na vida de Francisco. Era o segundo filho que perdia em menos de um ano. Por cerca de um mês, ele delegou a supervisão do trabalho nos cafezais a um empregado de confiança e mal saía de casa. Foi nesse período que a proximidade com Luzia aumentou consideravelmente, pois Justina determinara que a jovem cuidasse do patrão, temendo que viesse a sofrer de algum desequilíbrio físico e mental depois da perda dos dois filhos.

O tempo moveu novamente suas engrenagens e, havendo decorrido um ano da morte de Santiago, o Barão Boaventura não conseguia mais esconder o sentimento que nutria por Luzia. Então, chamou a ex-escrava para uma conversa na qual abriu seu coração. Depois disso, para a surpresa da filha Helena e de Justina, noticiou que desposaria Luzia, mas, para evitar os comentários e os atritos com os demais fazendeiros, mudar-se-iam todos para o Sul do Brasil, onde assumiria pessoalmente o controle da fazenda que comprara havia alguns anos. Nela, cultivava-se uvas e produzia-se vinhos. Também lá não havia escravos. O trabalho era realizado exclusivamente por imigrantes italianos.

Em seu novo habitat, Luzia pôde assumir o título de baronesa, algo impensável entre os cafeicultores da antiga cidade. Esses jamais reconheceriam o título nobiliárquico em uma escrava alforriada, embora a situação não fosse inédita.

A vida de luxo como senhora da propriedade não era propriamente uma novidade para Luzia, pois em Luanda, seu país de origem, sua família pertencia à classe nobre, condição que não foi suficiente para poupá-la dos traficantes de escravos.

Os anos passaram, e Helena, a filha sobrevivente, transformou-se numa bela moça. Assemelhava-se muito à mãe. A jovem aceitou pacificamente a mudança de vida imposta pelo pai, inclusive ter Luzia como madrasta. Porém, desde que foi elevada à condição de baronesa, Helena percebeu a mudança no comportamento de Luzia. Gradativamente, a ex-escrava tornava-se cada vez mais autoritária e prepotente com os empregados, principalmente quando estava longe dos olhares do marido.

Helena decidiu relatar a mudança de comportamento ao pai, mas Luzia, sempre atenta a tudo e a todos, ouviu a conversa e passou a tê-la como adversária. O que Luzia não sabia era que o próprio Francisco, havia muito, vinha percebendo a mudança nas atitudes da esposa, e o relato da filha apenas confirmou suas impressões.

Diante dos fatos, o Barão Boaventura foi ter com Luzia, alertando-a de que ela, mais do que ninguém, deveria saber que, em suas propriedades, humilhações, maus-tratos ou qualquer tratamento indigno dirigido aos empregados não eram permitidos.

Cega pelo ódio, Luzia arquitetou um plano para tirar Helena de seu caminho. Em sua mente, as intrigas de Helena jogaram Francisco contra si e não poderia admitir que ninguém atrapalhasse o plano arquitetado desde a morte dos pais.

Ainda na fazenda Sant'Ana, quando se viu só, sem

os pais, engendrou um intrincado e perigoso plano. O primeiro passo de suas maquinações era livrar-se dos grilhões da escravidão. Foi quando tomou conhecimento, ao ouvir uma conversa na senzala, da existência da Fazenda Rio das Flores e da fama adquirida pelo barão de alforriar seus escravos. Desde então, precisou vencer e eliminar cada um dos obstáculos para chegar até a fazenda, considerada um oásis no deserto de sofrimento dos escravos.

O primeiro deles foi seu antigo senhor, a quem passou a insinuar-se com a ideia de seduzi-lo. Até que conseguiu atraí-lo um dia à velha choupana existente nas proximidades dos cafezais, onde o assassinou com uma facada certeira pelas costas. Luzia sabia que os empregados não importunariam o patrão por algumas horas, e isso lhe deu a vantagem necessária para afastar-se da sede da fazenda. O próximo passo era chegar até Rio das Flores, o que conseguiu a duras penas. Lá chegando, conseguiu convencer o barão a não devolvê-la, atingindo, assim, sua primeira meta.

Vencidos os dois primeiros obstáculos, já alforriada, começou a notar os olhares do Barão. Esperta, Luzia viu, nessa nova circunstância, a chance de tornar-se a senhora de todas aquelas terras, transformando-se na Baronesa Boaventura. Entretanto, surgiram novos e delicados obstáculos: Joaquina e Santiago. Os filhos do barão mostraram-se contrários à sua permanência na fazenda. Aqueles novos empecilhos precisavam ser eliminados do seu caminho. Decidiu, então, que a primeira peça retirada do tabuleiro seria Joaquina.

A filha do Barão a humilhava constantemente, o que tornou sua ação prazerosa. No dia em que exigiu que Luzia levasse um lanche junto ao antigo carvalho, não foi difícil para a empregada, com seus braços fortes, acostumados à lida nos cafezais, quebrar o pescoço da frágil criança num golpe rápido e, depois, colocar o corpo em posição que fizesse parecer uma queda da árvore.

Santiago, o filho mais velho, peça importante do jogo, exigiu-lhe uma boa dose de paciência. O ódio que o rapaz nutria, a ponto de atraí-la diretamente para seu quarto a fim de humilhá-la e abusar dela, serviu aos seus propósitos. Bastou a dose certa e diária de veneno no suco que levava, e ninguém desconfiou que a estranha doença era fruto de envenenamento lento e contínuo, técnica que aprendeu ouvindo a conversa das outras escravas da Fazenda Sant'Ana.

Por último, já baronesa, quando a vida parecia assentada e tranquila, surgiu-lhe mais um obstáculo, Helena, a quem Luzia afeiçoara-se no primeiro momento. A baronesa decidiu envená-la, não como fizera com Santiago. Utilizaria uma dose única e fatal, ministrada também no suco, durante o café da tarde, quando Francisco estivesse fora, pois assim poderia arrumar o cenário e fazer parecer algo natural.

Luzia determinou que as empregadas fossem até a cidade comprar provisões para a casa – montou uma lista que as manteria fora por algumas horas. Caprichou na mesa do café com pães, bolos, biscoitos, salgados e uma jarra com o suco preferido de Helena. Foi nela que depositou o veneno. Então, chamou a enteada para o café.

Planejou tudo nos mínimos detalhes. O plano teria dado certo não fosse um contrato da vinícola que Francisco esquecera no escritório de trabalho que mantinha na casa e precisou voltar para buscá-lo.

Chegando a casa, ao deparar-se com a mesa posta, a esposa e a filha preparando-se para tomarem café, recebeu o convite de Helena para juntar-se a elas.

– Não posso, filha. Estão esperando por mim na vinícola. Preciso apenas pegar um documento que esqueci no escritório.

– Coma alguma coisa rapidamente, pai – insistiu a filha, segundos antes de tomar alguns goles do suco que tinha nas mãos.

– Tudo bem, Helena. Tomarei um pouco desse suco.

Francisco sentou e se serviu de um copo. Foi quando Luzia gritou:

– Não tome isso!

Francisco nem teve tempo de perguntar o motivo da reação da esposa, pois Helena começou a passar mal. Então, ele percebeu o que estava acontecendo. Tentou acudir a filha, mas era tarde.

A verdade surgiu-lhe à mente com a velocidade de um relâmpago que corta o céu escuro durante a tempestade. Luzia havia envenenado Helena. Aquele ato, de alguma maneira, fez com que imaginasse que ela também havia sido a responsável pela morte de Santiago e Joaquina.

Tomado pelo ódio, avançou sobre a esposa, dominou-a, apertou o pescoço até que a boca se abrisse e deitou todo o conteúdo do copo de suco que servira a si. Relutante, Luzia cuspiu parte do líquido fora, mas ele, com força descomunal, alimentada pelo ódio, segurando-a com apenas uma das mãos, esticou o braço, pegou o restante do suco que estava na jarra e despejou-o em sua boca. Muito do líquido perdeu-se no rosto e pelo chão, mas uma quantidade significativa entrou pela garganta. Luzia tossiu, engasgou-se, jogou mais um pouco do conteúdo fora, mas havia ingerido o suficiente para não escapar da morte. Em poucos minutos, a filha e a esposa jaziam no chão, enquanto Francisco chorava copiosamente, abraçado à jovem Helena.

Quando Julião terminou a história, Ethan estava em lágrimas.

– Agora você consegue lembrar, meu amigo? – Julião colocou a mão em seu ombro.

– Sim, agora me lembro de tudo, inclusive da dor que senti pela morte de Helena. Por muito tempo, fiquei chorando ao lado do corpo. Não que o sofrimento pela perda de Joaquina e Santiago fosse menor, mas foi pela morte de Helena que percebi que Luzia era a causa de toda a desgraça que se abateu sobre minha família. A razão de todas as minhas dores. Como pude ser tão ingênuo?

– Luzia enfrentou muitas dificuldades no plano espiritual. O rastro de mortes que deixou pelo caminho trouxe-lhe muito sofrimento. Sua recuperação levou quase dois séculos. Ela mudou completamente, mas ainda precisava reencarnar ao lado daqueles a quem fez sofrer para reatar cada um dos laços partidos.

— Eu a perdoei. Depois de muito tempo, eu a perdoei.

— Sim, você fez isso. Também aceitou voltar ao seu lado para ajudá-la na difícil jornada que teria pela frente e no complexo processo de reabilitação diante daqueles a quem fez mal.

— Cecília! Eu me recordo disso. Aceitei reencarnar ao lado de Luzia, novamente como marido e mulher. Não só para ajudá-la como você disse, Julião, mas para sedimentar o perdão concedido, pois, no fundo, eu a amava.

— Cecília é a prova de que a Justiça Divina não desampara ninguém. Regenerou-se, transformou se em um Espírito bem diferente daquele que um dia envergou a roupagem carnal de Luzia.

— E os demais, Julião? Não me recordo deles.

— Santiago e Joaquina também retornaram.

Joaquina retornou ao lado de Cecília, como sua irmã, Amanda, a quem ela amou muito. A inesperada e rara doença de Amanda aproximou as irmãs. Enquanto pôde, Cecília dedicou-se, de corpo e alma, aos cuidados dela, e sua partida foi um golpe muito duro.

O livro que Cecília escreveu, *Cottonland*, nada mais é do que lembranças do tempo em que estava no plano espiritual depois de sua desencarnação como Luzia. Aqui, ela reencontrou a jovem Joaquina, a quem assassinara e de quem também recebeu o perdão.

Cottonland é a lembrança distante que Cecília trouxe do lugar onde ela visitava Joaquina, o Espírito que, no futuro, como já disse, retornaria como Amanda, a irmã que inspirou o livro.

– E Helena?

– Helena é um Espírito que se encontra em um estágio maior de evolução. Sua missão era estar ao seu lado, incentivando os ideais abolicionistas, mas foi vítima do livre-arbítrio de Luzia. Após seu envenenamento, passado o necessário período de refazimento, Helena assumiu com Luzia papel idêntico ao que exerço com você. Tornou-se sua mentora espiritual e, desde então, acompanha Luzia, agora Cecília, em sua jornada terrena. Helena tem trabalhado muito ao lado de Cecília, principalmente por intermédio dos sonhos, agora que Tomás encontra-se hospitalizado.

– Tomás, nosso filho, seria Santiago?

– Exatamente. Luzia e Santiago, hoje Cecília e Tomás, retornaram como mãe e filho. Esse era o laço mais complexo de ser reatado. Suas desavenças vêm de longa data. O retorno do Espírito Santiago foi conturbado. Sua revolta era muito grande. Muitas décadas foram necessárias para que perdoasse aquela que lhe foi algoz.

A relação de Tomás com a mãe sempre foi mais fria e distante. A aproximação maior ocorreu após a sua desencarnação, Ethan, e por intervenção da carta.

– Cecília, a minha eterna "menina dos livros", perdeu todos aqueles a quem causou mal na vida anterior – observou, pesaroso.

Ethan calou-se após a observação inicial. O olhar perdeu-se no vai e vem constante das ondas do mar.

– Isso significa que perderá Tomás também, Julião? – perguntou ele, por fim.

– O planejamento reencarnatório original é esse, Ethan. Sinto muito.

20
O retorno de Tomás

CECÍLIA não tinha certeza se havia ouvido corretamente as palavras do enfermeiro Jonas. Chegou a iniciar um movimento para interromper sua fala, mas Telmo a fez desistir, segurando levemente seu braço. Por alguma razão, achava que Jonas escondia-lhe a verdade sobre o real estado do filho, mas precisou de poucos segundos para perceber, pelo jeito como ele a olhava, que sua fala era sincera.

– Onde ele está? – perguntou, comovida.

Contagiado pela emoção do momento, Telmo, agora em pé, postado ao lado da amiga, com a destra pousada em seu ombro, acompanhava a tudo com lágrimas nos olhos.

– Tomás foi levado para outra sala. Está sendo preparado para os procedimentos protocolares – respondeu Jonas, com voz suave e tom sereno.

– Posso vê-lo?

– Receio que, neste momento, não lhe seja permitido. Não há nada que a senhora possa fazer agora. Deixe o corpo médico realizar seu trabalho. É preciso compreender o que aconteceu. Sei o quanto é difícil o que estou lhe pedindo, pois posso imaginar como a senhora esteja se sentindo, e que a reação natural é querer vê-lo imediatamente, mas é meu dever pedir-lhe que aguarde um pouco mais. Então, terá todo o tempo que precisar para vê-lo. Eu prometo.

Cecília levantou-se, caminhou até a janela do lado oposto e ficou olhando para a rua. Do lado de fora, as folhas dos bordos e plátanos, existentes no canteiro central, voaram com o vento da madrugada e foram pousar sobre toda a extensão do gramado do hospital, salpicando-o nas cores vermelho, marrom e amarelo. Muitas coisas desfilavam ao mesmo tempo em sua mente. Passara os últimos dois meses da sua vida praticamente dentro do hospital, sentada ao lado da cama de Tomás. O tempo, que para muitos é o bálsamo que a tudo cura, para a sofrida mãe tornou-se um carrasco, intensificando sua própria morosidade, arrastando os segundos e transformando a vida num infinito mar de esperas.

Nesse período, a mãe leu para o filho, contou-lhe histórias, atualizou-o das novidades, colocou suas músicas preferidas a tocar para que pudesse ouvi-las. Em vão, implorou que realizasse um mísero movimento ou desse qualquer sinal de reação ao coma. Bastou, porém, que as conjunturas da vida a obrigassem a voltar a dar aulas e abandonasse a vigília diária para que o estado de Tomás fosse alterado, justo no momento em que ela não estava presente.

– Eu tinha que estar aqui com ele – suas mãos tremiam.

– Você não pode estar em todos os lugares ao mesmo tempo, Cecília. O que aconteceu foi coincidência – falou Telmo, com expressão bondosa, tentando acalmá-la.

– Coincidência é a maneira que Deus encontrou para permanecer anônimo. Não foi Einstein quem disse isso? – replicou ela.

A conversa foi interrompida pela entrada de uma enfermeira que Cecília não conhecia. Ela chegou através da porta que trazia o aviso "acesso restrito a funcionários" e sussurrou algo a Jonas, sem desviar o olhar do casal. O enfermeiro fez um discreto movimento de concordância com a cabeça.

– A senhora é a mãe de Tomás, suponho?

– Sim.

– Pode me acompanhar, por favor?

Telmo levantou-se e fez menção de segui-los, mas a enfermeira lançou um olhar proibitivo em sua direção. Ele interrompeu seus passos imediatamente. Jonas interveio, fazendo sinal de positivo com a cabeça.

– Tudo bem, pode vir – ela disse.

Eles seguiram pela mesma porta por onde a enfermeira chegou. Depois, percorreram um longo corredor no qual Cecília nunca estivera. Ela acreditava que conhecia todo o labirinto de corredores do hospital, mas, pelo visto, enganara-se.

Enquanto caminhavam, ela montava, em sua mente, uma rápida retrospectiva de sua vida até chegar àquele instante: a perda da irmã, o encontro com Ethan, o casamento, a chegada de Tomás, a doença do marido, a partida de Ethan, a nova casa, a vida com Tomás, a carta, os breves momentos felizes ao lado do filho, o acidente, o coma e, agora, o corredor do hospital que parecia infinito, mas que a levava na direção do primeiro passo ao último ato da saga vivida no Hospital Universitário Arcanjo Miguel.

– É aqui – apontou a enfermeira na direção de uma porta fechada.

Cecília respirou fundo, tentando controlar suas emoções.

A enfermeira abriu a porta e ficou parada sob o marco, dando passagem para Cecília e Telmo. Os dois deram passos lentos e sincronizados na direção do interior do cômodo. O quarto tinha metade do tamanho do anterior, algo esperado para um lugar de passagem.

A primeira visão de Tomás que Cecília teve foi de seus pés. Ao redor da cama onde o filho estava, havia dois médicos, além de outros dois profissionais. A enfermeira que os guiou dirigiu-se até um deles e falou algo próximo ao seu ouvido. Ele, então, virou-se e pediu que ambos se aproximassem, Telmo, entretanto, preferiu ficar para trás, entendia não ter o direito de intrometer-se naquele momento íntimo, exclusivo da amiga.

Com os olhos rasos d'água, Cecília caminhou na direção da cama, abriu caminho entre os profissionais que encobriam sua visão – todos deram dois pequenos passos para trás –, então, ela, emocionada, finalmente pôde olhar para o filho.

Tomás estava com os olhos abertos, estagnados na direção do teto.

– Tomás? – chamou Cecília.

O rapaz movimentou os olhos na direção da voz da mãe, mas não mexeu a cabeça.

– Quase não acreditei quando o enfermeiro Jonas me contou que você tinha acordado. Que alegria vê-lo assim, meu filho. Em breve, poderá voltar para casa. Tenho muitas novidades para contar.

Cecília continuou conversando com o filho por alguns minutos, mas sua reação limitava-se ao movimento dos olhos. Depois, ele voltou a fechá-los.

– O que houve? – perguntou Cecília, aflita.

– Está tudo bem. Ele apenas dormiu. Está cansado – respondeu um dos médicos.

– Como ele está?

Os médicos afastaram-se da cama e foram para o lado oposto do quarto, seguidos por Cecília e Telmo.

– Meu nome é Samir, sou neurologista. O quadro de Tomás pode ser considerado excelente para as circunstâncias. Desde o início da madrugada, ele começou a dar sinais de saída do estado de coma.

– Achei que o encontraria desperto, mais ativo – Cecília falou.

– Esse é um equívoco comum. As pessoas estão acostumadas à visão romanceada do coma. Na vida real, ao contrário do que acontece nos livros e nos filmes, dificilmente se desperta como se tivessem ligado um interruptor. O botão "liga e desliga" só existe na ficção. Na realidade, o que temos é um despertar gradual, quando o cérebro vai, aos poucos, saindo do estágio de silêncio em que se fechou devido à agressão sofrida, seja por um trauma mecânico, seja por uma hemorragia, etc.

Tudo começou com alterações positivas nos sinais vitais, confirmadas pelas atividades cerebrais. Por meio deles, percebemos a mudança do quadro, que evolui a cada hora. Quando mandamos chamá-la, logo cedo, ele ainda não abria os olhos.

– Imaginei que as coisas aconteceriam de forma diferente. Qual o próximo passo?

– Trouxemos ele para cá para fazer uma série de exames. Logo em seguida, ele retornará para o quarto e começará, imediatamente, o trabalho de fisioterapia. Depois disso, aguardaremos a evolução e avaliaremos eventuais sequelas. Os exames preliminares não apontaram indícios de complicações futuras graves, mas é muito cedo para qualquer conclusão a respeito. Precisamos, como eu disse, aguardar a evolução do despertar – o médico fez sinal com os dedos indicadores e médios das mãos, simbolizando "entre aspas".

– O que posso fazer para ajudar?

– Ótima pergunta. Aja de forma natural com ele. Faça o mesmo que fez quando chegou. Converse. Estimule os sentidos. Isso trará benefícios ao processo de recuperação. Acredito que, em poucos dias, ele estará muito próximo do normal.

Algum tempo depois, Tomás voltou ao quarto 317. A bateria inicial de exames confirmou a previsão do médico. A princípio, salvo mudança radical e inesperada no quadro, a única sequela seria de ordem ortopédica, facilmente contornável.

Cecília voltou a ficar sozinha com o filho no quarto. Telmo havia retornado para a universidade. Ela colocou para reproduzir as músicas preferidas de Tomás – *La Califfa*, de Ennio Morricone, começou a tocar – e seguiu conversando com ele.

Tomás alternava momentos de consciência, em que mantinha o olhar parado na direção de algum ponto do quarto, com longos períodos de sono, por vezes interrompido por Cecília, após apertar levemente o braço do filho. O trauma de vê-lo deitado, imóvel naquela cama por quase dois meses, causava-lhe verdadeiro pavor, por isso, quando percebia que o rapaz dormia por muito tempo, dava-lhe leves beliscões, esperando sua reação. Precisava condicionar-se a não agir daquela maneira, pois o repouso proporcionado pelo sono também era parte do tratamento de Tomás.

Apesar da esperada melhora, o quadro de Tomás manteve-se praticamente inalterado por dois dias. O início do terceiro marcou a volta da fala, e, nesse caso, foi como se um interruptor tivesse sido ligado durante o sono noturno. Antes de dormir, ele não emitia nenhum som; ao despertar, falava normalmente.

As últimas estrelas derreteram-se no céu quando a luz do sol se espreitou no oriente. Os primeiros raios escorreram pelas encostas mais altas do relevo. Pouco tempo depois, o astro-rei deitou seu clarão dourado sobre as construções mais baixas. No quarto do hospital, a luz coada pelas persianas acariciou o rosto de Tomás. Ele abriu os olhos, virou a cabeça com dificuldade e viu a mãe dormindo na poltrona ao lado da cama. Por alguns minutos, ficou olhando para ela, tempo suficiente para constatar que estava muito magra. O rosto macilento dava a impressão de que tinha envelhecido alguns anos.

– Mãe? – chamou ele, mas a voz débil não foi suficiente para acordá-la.

Ele esperou alguns segundos, respirou fundo e chamou novamente:

– Mãe!

Cecília deu um salto, como se tivesse sido acordada no meio de um sonho. Foram necessários alguns segundos para conseguir orientar-se, só então seus olhos viram o rosto do filho virado em sua direção.

– Mãe – repetiu ele.

– Tomás, você falou!

– O que houve? Por que estou no hospital?

– Acalme-se, meu filho, você não pode se esforçar demais.

– Estou me sentindo bem, mãe. Como vim parar aqui?

Cecília hesitou, mas decidiu que seria melhor contar-lhe sobre o acidente.

– Acidente? Lembro-me de termos ido à praia, da visita ao farol, depois... depois só me recordo de abrir os olhos, uma luz infinitamente forte cobriu minha vista, e, quando consegui adaptar meus olhos à luminosidade, vi-me neste lugar. É estranho não me recordar de mais nada do passeio, porque isso foi ontem.

– Filho, o acidente não foi ontem.

– Não? Quando foi?

Cecília hesitou novamente.

– Há quanto tempo estou aqui? – insistiu ele, com voz pausada.

– Você permaneceu cinquenta e nove dias em coma, mas já está no hospital há sessenta e dois dias – respondeu, receosa.

Tomás ficou em silêncio. Precisou de um minuto para processar a informação. Dois meses... era como se a percepção de tempo tivesse simplesmente desaparecido

– Como você está se sentindo de verdade, Tomás? O que os médicos dizem eu sei, mas quero ouvir de você.

– Estou bem, como lhe disse. Sinto uma leve dor no corpo. Tenho dificuldade para movimentar os braços e as pernas, principalmente as pernas. Parece um daqueles dias em que a gente acorda depois de ter dormido muito além da conta. Mas não sinto nenhum outro desconforto.

Novo silêncio e Tomás assumiu uma postura reflexiva.

– Essa música – disse ele, por fim.

– O que tem ela?

– Lembro-me de tê-la ouvido.

– Coloquei música a tocar no quarto enquanto você estava inconsciente. Além da música, você se lembra de mais alguma coisa?

– Acho que sim. Está tudo muito confuso, embaralhado, mas percebo que, aos poucos, as lembranças vão chegando. É como se houvesse uma neblina em minha mente, mas ela, como lhe disse, aos poucos vai se dissipando e os pensamentos ficando mais claros.

Tomás calou-se por um curto espaço de tempo. Cecília percebeu, pela fisionomia, que ele buscava por lembranças.

– Lembro-me da sua voz, mãe, das histórias que me contou. Recordo também das palavras encorajadoras da equipe de enfermagem. Com os médicos foi diferente, eles conversavam como se eu não tivesse condições de ouvi-los, mas eu podia, muito embora não compreendesse por que falavam sobre mim. Lembro, inclusive, de um deles ter dito "tenho dúvida se ele vai voltar".

– Espere, deixe-me ver se entendi. Você estava consciente todo o tempo?

– Minhas lembranças ainda estão um pouco turvas, mas acredito que não. Era como dormir, acordar, voltar a dormir e acordar novamente. Lembro-me nitidamente, nos mínimos detalhes, de algumas situações, mas não tenho certeza quanto a outras.

Não ria, mas houve momentos em que senti ter ficado livre do corpo e flutuei pelo quarto. Do alto, podia me ver dormindo na cama e a senhora ao meu lado.

– Como nos relatos de experiências de quase-morte.

– Não entendi. Do que a senhora está falando?

– Experiências de quase-morte, EQM. São histórias contadas por pessoas que estiveram clinicamente mortas, mas sem o diagnóstico de morte cerebral. Várias delas, ao "retornarem à vida", relatam ter deixado o próprio corpo e flutuado até o teto do quarto. Algumas dizem ter viajado para outros lugares ou mantido contato com pessoas que já morreram.

Tomás não disse nada. A memória estava confusa, as lembranças emaranhadas. Mesmo assim, tudo parecia se encaixar com a explicação dada pela mãe.

– Já tive a oportunidade de ler os principais argumentos daqueles que não acreditam nisso e confesso que todos são muito frágeis. Não se pode fechar os olhos para a semelhança das muitas histórias de experiência de quase-morte, algumas idênticas em seus detalhes, nem para o fato de que são produzidas por pessoas diferentes, com idades diferentes, religiões distintas, com diferentes graus de instrução, culturas completamente opostas, naturais de outros países. Muito difícil sustentar que um universo tão heterogêneo em indivíduos possa produzir relatos fictícios similares, com tamanha riqueza de detalhes em comum, e atribuir isso a uma ilusão produzida pelo cérebro.

O silêncio tomou conta do quarto outra vez. Tomás pôs-se em reflexão novamente, até que uma lágrima correu de seu olho.

– O que houve? – perguntou a mãe.

– Talvez eu tenha realmente tido uma experiência de quase-morte, como você explicou.

– Você fala sobre ter deixado o corpo e flutuado?

– Também, mas não só isso. Teve mais coisas.

– Mais? Do que você está falando, Tomás?

– De sair do quarto, viajar para outro lugar. Papai...

Imediatamente, veio-lhe à mente o rosto do pai refletido nas águas do lago. Sua imagem permaneceria gravada na sua mente para sempre.

– O que tem Ethan?

– Ele esteve comigo. Não me deixou só. Não permitiu que eu sentisse medo.

– Não estou entendendo, filho, nem de brincadeira – Cecília ajeitou-se na poltrona. Havia lágrimas em seus olhos.

– Não brincaria com isso.

– Sei disso. É que estou nervosa. Desculpe.

– Tudo bem, mãe. O que eu dizia é que estive com ele, mais de uma vez.

– Conte-me tudo sobre esses encontros com seu pai e não me poupe dos detalhes.

– A primeira vez que nos encontramos foi à noite, no mesmo lugar onde vocês se conheceram.

– Você fala do lago?

– Sim. Nesse dia, senti meu corpo flutuar, subi até o teto e, depois, quando me dei conta, estava lá. Nas outras vezes, ele me visitou aqui mesmo no hospital. Conversamos por algum tempo, e ele foi embora.

Nos minutos seguintes, Tomás passou a relatar à mãe os detalhes dos encontros que tivera com o pai durante o período em que esteve em coma. Ela ouvia a tudo com muita atenção, em meio ao pranto incontido.

* * *

A conversa de mãe e filho era acompanhada atentamente por Julião e Ethan.

– Observe, Ethan, e deleite-se com a bondade divina em ação. Dois Espíritos separados por séculos de discórdia, mas que encontraram, no amor maternal e filial, o caminho para o perdão – Julião falou, exultante.

Enquanto houver vontade de perdoar, vontade de enxergar o melhor do outro e vontade de caminhar juntos, seremos sempre testemunhas do amor reatando laços, consertando erros e sepultando diferenças. Parafraseando Simão Pedro, é o amor corrigindo a multidão de erros.

Como conhecedor do passado de Cecília e Tomás, Ethan ouviu emocionado as palavras do amigo Julião. Havia uma atmosfera de paz no quarto.

– Em nossa última conversa, Julião, você falou que o

planejamento reencarnatório de Tomás previa o seu retorno ao plano espiritual. O que houve?

– Já esperava por essa pergunta, Ethan. Sem me estender em demasia com pormenores, posso dizer que houve, na esfera espiritual superior, a decisão sobre a aplicação de uma pequena correção de curso no planejamento originalmente traçado.

A lei de Ação e Reação – Causa e Efeito como chamam alguns – não pode ser vista como uma reedição da Lei de Talião, cujos preceitos determinam que se deve pagar por seus atos com a mesma medida e severidade da ação praticada. Olho por olho, dente por dente.

Desde o seu retorno ao plano espiritual como Luzia, a agora Cecília vem sendo confrontada por seus atos e enfrentando as consequências decorrentes deles. Com isso, já teve início, há muito tempo, o processo de correção dos erros.

A perda de Tomás, aquele a quem ela um dia assassinou quando ele encarnou como Santiago, certamente constituir-se-ia num aprendizado de grande valia para Cecília, porém ter Tomás ao seu lado, pelos longos anos que ainda lhe restam, após tudo o que aconteceu, produzirá frutos muito mais saborosos para a jornada de ambos. A proximidade da perda amplificará o amor maternal de Cecília e despertará, com força incontrolável, o amor filial, ainda retraído.

A evolução é o principal objetivo da Lei Divina de Ação e Reação. Qualquer outra consequência é de natureza secundária, pois nossa meta áurea, ao reencarnar neste planeta de provas e expiações, é nos tornarmos Espíritos melhores do que um dia fomos. Por tudo isso, Ethan, decidiu-se que Tomás deveria retornar do coma para a continuidade da vida ao lado da mãe.

– A decisão me agrada. Cecília precisa de Tomás. Temia por sua reação caso o perdesse.

– Faz parte do processo aprender a lidar com o quinhão de sofrimento que a vida nos oferece. A principal característica desse planeta é ter a imperfeição como o traço mais marcante de seus habitantes. Estamos aqui para burilar nosso Espírito, mas também para conviver e aprender com a imperfeição alheia. Não por acaso os Espíritos responderam a Allan Kardec, quando este perguntou acerca do real sentido da caridade, tal como Jesus a entendia, que a real caridade decorre da indulgência para com as imperfeições alheias, a benevolência para com todos, indistintamente, além do perdão das ofensas.

※ ※ ※

Embora não duvidasse da veracidade do relato de Tomás, intimamente Cecília mantinha relativo ceticismo quanto à realidade da experiência narrada pelo filho. O fato de ele qualificá-la como real, de tê-la vivido, não significava, necessariamente, que efetivamente tivesse acontecido. Lá estava ela assumindo a posição daqueles que desqualificam os relatos de experiências de quase-morte, atribuindo-os a uma condição especial do cérebro que culmina com a produção de supostas lembranças que, no fundo, não passavam de uma criação mental produzida pelo cérebro. Ironicamente, usava o argumento que ela mesma taxava como débil para colocar em xeque a história de Tomás. Foi quando o rapaz se lembrou de um novo detalhe que implodiu, de forma definitiva, suas últimas defesas.

– Tem mais uma coisa, mãe. Na primeira vez que encontrei papai no Lago São Francisco, ele me pediu, antes de ir embora, que transmitisse uma mensagem à senhora.

– Uma mensagem? Que tipo de mensagem?

– Espere, me deixe-me tentar recordar-me das palavras certas. Eu disse a ele que seria difícil me lembrar de tudo, repetir a mensagem com exatidão de palavras, mas papai não me ouviu, apenas riu e disse para não me preocupar, pois, na hora certa, eu lembraria.

Tomás pediu que a mãe erguesse um pouco a cabeceira da cama, deixando-o levemente sentado. Fechou os olhos e ficou em silêncio, concentrando-se para não se atrapalhar com o recado. Foi nesse momento que Ethan, recebendo sinal positivo de Julião, postou-se ao lado do filho e colocou as mãos espalmadas sobre sua cabeça. Tomás sentiu um frêmito que o fez puxar a respiração. Então, o pai, em Espírito, começou a sussurrar as palavras em seu ouvido, e o jovem, mantendo os olhos fechados, repetiu-as, textualmente:

Cecília, meu amor. A saudade é um verdadeiro paradoxo: ao mesmo tempo que aperta o coração, estrangulando-o, preenche-o de amor à medida que nos faz reviver momentos e sentimentos felizes. No plano em que me encontro, a ausência física dói com a mesma intensidade que no seu. No início, a saudade vem acompanhada de muita dor, mas, com o passar do tempo, transforma-se numa doce e prazerosa lembrança que tem o poder de nos fazer sorrir, de nos fazer suspirar. Sinto falta de tudo o que se relaciona a você.

A vida não foi fácil, é verdade. Enfrentamos muitas dificuldades, mas superamos todas elas, mesmo aquelas ditas insuperáveis, pois escolhemos nos amar, sempre. Amar é uma escolha diária. Ainda hoje, escolho amá-la todos os dias, e o farei por toda a eternidade.

Quando a morte se avizinhava, um dos meus maiores temores era nunca mais reencontrá-la. Agora, conhecedor da verdadeira realidade, de que a morte não existe e de que a vida será eternamente vida, você não faz ideia da paz e da tranquilidade que isso me traz.

Será que é possível determinar o instante exato em que se inicia o amor por alguém? Já fiz essa pergunta na carta.

Inicialmente, achava que o preciso instante do desabrochar do meu amor por você havia sido o momento em que meus olhos cruzaram com os seus em frente ao lago. Mas hoje, tendo a eternidade diante dos meus olhos, percebo que nosso amor é atemporal, existiu desde sempre.

Lembra-se da última vez em que esteve em nosso lugar preferido, na antiga propriedade? O Sol nascia quando você chorou, sentindo-se só, engolida pela tempestade que se abateu sobre nossa família. Saiba que, naquele momento, eu estava ao seu lado e acariciei sua face. A pequena flor-de-mel que me foi oferecida eu não pude pegar, mas recebi, emocionado, o carinho do seu gesto. Há um provérbio chinês que diz que o perfume de uma flor sempre fica nas mãos de quem as oferece.

O que é essencial é o amor. E eu a amei... Eu a amo... Eu a amarei... Carrego comigo todos os sentimentos, pois a morte é apenas uma perda física e a consciência não depende do cérebro.

A realidade sutil deste plano me fez ver que você tinha razão: – Amar não acaba –.

Ethan afastou suas mãos de Tomás e voltou para o lado de Julião. O rapaz abriu os olhos vagarosamente. Cecília estava entregue ao pranto silencioso.

– Queria poder abraçá-la – falou Tomás.

Cecília levantou-se e, sem dizer nada, envolveu o filho em um longo e emocionado abraço.

– Tudo bem, mãe?

– Está tudo bem, não se preocupe – disse Cecília, sentando-se novamente. Os lábios trêmulos dificultavam a fala.

Sua experiência foi real, Tomás, esse é o motivo das lágrimas. Quando você estava inconsciente no hospital, alguns dias, quando eu perdia o sono ou acordava muito cedo, passava na velha casa, caminhava até o topo da pequena colina existente nos limites da propriedade e lá ficava esperando o Sol nascer. Eu e Ethan fazíamos isso sempre, até que as fases mais agudas da doença impediram que voltássemos ao nosso lugar predileto.

Na última vez em que lá estive, há poucos dias, realmente eu estava muito triste. Sentia como se toda a minha vida estivesse em ruínas, meu mundo desmoronando.

Você corria perigo, estava próximo de completar dois meses em coma, e me sentia incapaz de cumprir a promessa que fiz quando você nasceu, de protegê-lo para sempre. Ao contrário, fui a responsável por colocá-lo naquela situação, pois o acidente foi minha culpa.

Chorei muito nesse dia. Minhas forças estavam acabando, e desejei, com toda a minha alma, que seu pai surgisse em meio aos escombros da minha vida e ficasse ao meu lado. Precisava de alguém para dividir todo aquele sofrimento. O episódio da flor é verdadeiro.

Tudo isso confirma, sem deixar qualquer dúvida, que Ethan estava lá comigo, quando eu mais precisava dele. Porém, é impossível segurar a emoção quanto à última frase. Porque é algo muito íntimo.

– "Amar não acaba" – Tomás repetiu, pausadamente. – Papai falou que, ainda que não me lembrasse de nada, bastaria repetir essa pequena frase que você compreenderia.

– Ele tinha razão – confirmou Cecília, com lágrimas nos olhos.

– Qual o significado dessa frase?

Ela respirou fundo e depois complementou: *"amar eu posso até a hora de morrer. Amar não acaba. É como se o mundo estivesse à minha espera. E eu vou ao encontro do que me espera".*

Esse texto recitei a ele na cerimônia do nosso casamento. Não é meu, é de Clarice Lispector, minha escritora favorita. É o trecho final da crônica chamada "As Três Experiências".

Cecília chorou compulsivamente.

Impressionado, Tomás manteve o silêncio e, somente quando percebeu que a mãe estava recomposta, voltou a falar.

– Você não precisa se culpar pelo que aconteceu. Apesar de não me lembrar de nada, acidentes acontecem. Foi uma fatalidade, tenho certeza.

– Não, Tomás, a culpa foi minha.

As lágrimas teimavam em correr. Ela, então, complementou, em um sussurro, sobretudo para si mesma:

– Não gostaria de falar disso agora. Por ora, focaremos apenas na sua recuperação. Depois, quando tudo isso não passar de uma página triste, mas virada, conversaremos sobre minhas culpas e remorsos. Prometo!

Tomás respeitou o desejo da mãe e encerrou o assunto.

– Eu disse à senhora que papai havia escrito uma longa carta de amor. Apesar de ter destinado a mim, no fundo aquele material é uma declaração de amor à "menina dos livros". Ele amava, ou melhor, ainda ama muito a senhora, porque está vivo. Estamos diante de um amor de livros de romance, pouco visto na vida real.

– Pode ser que eu nunca mais reencontre seu pai, que eu acorde toda manhã e toque o travesseiro vazio em que ele dormia, mas saber que nós dois escolhemos o amor e que fizemos tudo o que podíamos para sermos felizes me traz paz e tranquilidade.

Por algum motivo, ele precisou partir tão cedo. Não

foi o que desejei para nós, mas só porque algo não tenha sido tão perfeito como gostaríamos, não o torna menos digno de amor. Eu amei Ethan por inteiro. Mesmo que ele tivesse partes sombrias e vergonhosas, eu também as amaria, pois o amava por completo.

Com seu pai, fui envolvida por um sentimento desconhecido, um amor verdadeiro, arrebatador. Quanto mais ficávamos juntos, maior era a percepção de que seria duradouro no futuro. E estava certa, pois ainda o amo, mesmo na ausência.

Despedir-me dele um pouco a cada dia foi difícil, doloroso. Perdê-lo para o câncer foi como perder uma parte de mim. Hoje, porém, você me deu o maior presente que eu poderia querer, a certeza de que ele está vivo e que seu amor por mim continua o mesmo. Não há remédio maior que esse para a alma. É consolador e trará a paz necessária para continuar, mesmo quando a saudade invadir o coração.

– E pensar que um ingênuo e despretensioso passeio no parque nos trouxe até este momento – filosofou Tomás.

Cecília sorriu, mas não disse nada. E, então, o silêncio abraçou o quarto e envolveu a todos. Ninguém ousou pronunciar uma mísera sílaba. Perceberam que estavam diante de um daqueles momentos em que seria herético ferir o silêncio com palavras, intrometendo-se no espetáculo produzido a quem sabe apreciá-lo e absorver as benesses de sua eloquência.

Epílogo

CINCO MESES passaram-se desde que Tomás deixou o hospital. Cerca de quarenta dias de fisioterapia, além do trabalho de fortalecimento muscular, foram suficientes para que ele voltasse a ter uma vida praticamente normal.

Nem tudo, porém, foram amenidades no processo de recuperação. As primeiras noites de volta a casa foram bem conturbadas. Bastava apagar as luzes para que o pânico repentino o invadisse. A solução era acender uma pequena luminária no quarto e destinar alguns segundos do tempo para encontrar o equilíbrio entre a intensidade do brilho que incomoda e a escuridão que amedronta.

Acomodado novamente na cama, sob a luz desmaiada da luminária, o sono custava-lhe a chegar, e, mesmo quando adormecia, o descanso não era linear, pois a intranquilidade ditava o tom.

Tomás tinha visões mescladas de lugares onde nunca estivera, pessoas com quem nunca conviveu, sons noturnos plangentes, gemidos lancinantes. Constantemente acordava, no auge da madrugada fria, arfando, com a gola do pijama empapada de suor. Então, toda a dificuldade para dormir reiniciava.

O neurologista diagnosticou-o com transtorno de estresse agudo, efeito colateral do acidente. O médico explicou tratar-se de quadro temporário que desapareceria em torno de um mês, mediante alguns cuidados e a utilização de medicação específica. Estava correto em sua avaliação, pois, ao cabo de quatro semanas, os problemas foram se arrefecendo, até desaparecerem por completo dias depois.

Vencidas as dificuldades noturnas, sob o manto da rotina das fisioterapias, consultas médicas e atividades físicas supervisionadas, um após o outro, os dias foram desfilando por entre os meses, e o inverno, sorrateiro, camuflado nas madrugadas de maio, trouxe seu frio em plena noite outonal.

O amanhecer gelado no cimo da serra do sul do Brasil encontrou Cecília e Tomás sentados sob o cume da pequena coxilha existente na antiga propriedade da família. Tomás insistiu com a mãe para visitar o lugar preferido dos pais.

Tomás reconheceu que a vista daquele ponto do relevo era realmente muito bonita. Até onde a vista alcançava, os campos estavam tingidos com a brancura da geada e a beleza vítrea dos sincelos.

– Agora entendo por que vocês gostavam tanto

deste lugar – falou Tomás, esfregando as mãos e observando a própria respiração. O frio parecia tornar visíveis suas palavras.

– Este é realmente um lugar muito especial. Nosso refúgio nos dias tristes; ponto de contemplação nos momentos de tranquilidade; templo de conexão com Deus nos instantes em que agradecer era necessário. Essa é, sem dúvida, a única parte da propriedade da qual eu realmente sentia saudade – Cecília confessou.

– Diga-me uma coisa, mãe. Olhando para trás, para tudo o que a senhora... vocês passaram, acha que valeu a pena?

– Certamente que sim. Tudo o que vivemos aqui e todo o sofrimento pelo qual passamos tiveram um propósito. Ainda que eu não saiba qual.

– Não foi isso que eu quis dizer. Vou reformular a pergunta: imagine que tivéssemos a certeza de que a morte é realmente o fim. Sem vírgulas, reticências, mas apenas um grande ponto final. Caso tivesse escolha, mesmo assim optaria por enfrentar tantos sofrimentos para viver um grande amor, ainda que por pouco tempo?

– É difícil responder a isso, porque não posso simplesmente apagar da minha mente o conhecimento de que a morte não é o fim e de que a vida realmente continua. Mas posso dizer, Tomás, que aceitaria qualquer tipo de sofrimento apenas para ter a oportunidade de viver um grande amor, mesmo que fosse por um único dia. Padecimento maior seria passar toda uma existência sem conhecer esse sentimento.

Um dia, você amará alguém dessa forma e compreenderá o tamanho e a força que o amor exerce em nossa vida.

O amor esconde-se na simplicidade do dia a dia, essa é sua roupagem preferida, meu filho. Nos sorrisos, na compreensão quando o companheiro não teve um dia bom. O amor está camuflado na ida despretensiosa ao supermercado, no almoço do fim de semana, nas gentilezas, nas sutilezas, na gratidão.

– Mesmo com todo o sofrimento envolvido?

– Toda dor nos ensina alguma coisa e nos traz algum aprendizado. As dificuldades da vida nos ensinam o valor da dignidade, do respeito e do amor.

Queria ter tido a oportunidade de envelhecer ao lado de seu pai, mas não foi esse o desejo de Deus. Entretanto, ainda que minha vontade não tenha sido atendida, não tenho o direito de me revoltar contra isso. Hoje, agradeço a Ele por ter colocado Ethan na minha vida, ainda que por menos tempo do que eu gostaria. Sou grata por cada um dos momentos felizes vividos ao seu lado; por ele ter me dado você. Mas também tenho gratidão por cada imperfeição, por cada cicatriz adquirida durante os anos em que estivemos juntos.

É preferível sofrer traçando um caminho, mesmo repleto de obstáculos, a ser feliz sem ter percorrido caminho algum. Por isso, não lamento pelos espinhos na nossa estrada, mas pelo prazer da jornada como um todo.

Tomás ficou olhando a paisagem, pensativo. Cecília sorriu.

451

– Quanto a este lugar – disse ele, mudando de assunto –, é possível que seu sentimento mude a partir de agora, mesmo estando repleto de recordações.

– Não tenho dúvida quanto a isso. Só espero que Ethan compreenda o que estou fazendo. Ninguém mais do que eu sabe o quanto ele amava essa propriedade.

– Papai não só aprova, como deve estar aplaudindo sua ideia.

– Não tenho tanta certeza assim. Esse lugar era parte da vida dele – ela apontou na direção da vasta propriedade.

– A senhora usou corretamente o tempo verbal, no passado. Era! Papai hoje está em outro plano, certamente com outras prioridades. Além disso, justamente por amar tanto tudo isto aqui, é que não gostaria de ver o casarão se deteriorando pelo abandono, além de todo esse espaço sendo desperdiçado. Você mesma disse que ele sabia – e entendia – que nos mudaríamos após a sua morte.

– Olhando por esse ângulo, creio que tenha razão.

– Vamos até lá? – convidou Tomás, iniciando a descida.

– Espere por mim. Vá devagar, há muito tempo que não tenho a sua idade.

Tomás estava parado na frente da entrada do casarão quando Cecília o alcançou.

– Vamos lá dentro?

– Espere um minutinho, preciso recobrar o fôlego.

Ofegante, ela apoiou-se no selim do esqueleto de uma bicicleta antiga, ferrugenta, com pneus furados, encostada no tronco da grande aroeira-salso. A peça, que pertencera ao avô de Ethan, havia sido retirada do porão do casarão para ser restaurada.

– Vamos entrar logo, mãe – disse Tomás, impaciente.

– Tudo bem – concordou Cecília, dando de ombros.

Assim que cruzaram a porta do casarão, perceberam a mudança radical no ambiente, mesmo sem o término da reforma. A aparência decadente havia desaparecido. Tudo estava limpo. Os antigos móveis foram restaurados e dividiam espaço com a mobília que chegou para adequar o lugar à nova finalidade. As paredes internas, agora pintadas em tons claros, trouxeram brilho e vida ao lugar.

Cecília ficou feliz com o que viu. Tomás, por sua vez, subiu as escadas correndo e seguiu até a imensa sacada existente no andar superior. De lá, chamou pela mãe.

– Veja como tudo está lindo! – exclamou tão logo a mãe o encontrou.

– Parece que estamos em outro lugar, tamanha a mudança – disse ela.

– Daqui conseguimos ver a nova entrada da fazenda, mãe. Não tem como papai não aprovar isso.

Cecília olhou para a direção em que o filho apontava. Na entrada principal, o muro de grandes blocos de pedra--ferro foi reformado, aumentando a sua altura. O antigo portão, uma verdadeira relíquia, foi mantido intacto, mas, sobre ele, um novo portal foi construído, todo em ferro, para não destoar do restante do lugar.

— *Cottonland* — pronunciou Cecília, lendo a inscrição inserida no novo portal. A ideia do nome foi dada por Tomás. Ela adorou-a.

— Quando o orfanato poderá receber crianças, mãe?

— Em breve, Tomás. Muito em breve — os olhos verdes da "menina dos livros" brilhavam de alegria.

— *Cottonland* — Cecília repetiu, deixando cair uma solitária lágrima de felicidade, mesclada com saudade.

Seu coração estava em paz.

Sua alma sorria.

Fim

O autor, carinhosamente, elaborou um playlist. Posicione a câmara do seu celular sobre o QR *code*.

Meus filhos

DEDICO ESTE LIVRO a meus filhos, Isabela e Arthur, 16 e 2 anos, respectivamente (completados na data em que esta narrativa foi produzida), a quem meus pensamentos foram muitas vezes dirigidos durante o processo de escrita.

Coincidentemente – ou não –, enquanto a "Mais que um presente" era escrito, fui agraciado com dois singelos atos que, em razão do enredo, emocionou-me sobremaneira, motivo pelo qual peço licença ao eventual leitor para compartilhá-los, também como forma de externar todo o amor que sinto por eles.

O primeiro fato aconteceu com o pequeno Arthur, que me interrompeu o trabalho, em uma das centenas de vezes que me viu em frente ao computador, e disse "Atu tovê". A princípio, não compreendi, mas ele pediu para subir em meu colo e repetiu "Atu tovê". Sentei-o no meu lugar, e Atu (Arthur) pôs-se a "tovê" (escrever) seu primeiro texto, imitando a ação do pai.

Na mesma semana, minha filha Isabela surpreendeu-me ao relatar seu gosto por poemas e pela escrita deles. Então, presenteou-me com uma de suas criações.

São esses dois momentos que gostaria de eternizar por meio deste livro, como quem grava, de forma indelével, uma doce memória no fundo do coração. Afinal, utilizando-me do pensamento deixado pelo personagem Ethan, as boas lembranças são nosso maior patrimônio.

O primeiro texto (ARTHUR)

Mmmmmmmmmmmmmmmmd;c;;cc.lll chj

Hfgjdyfubjdgdsa
Arthur
/kjnnnnnnnnnnmm,,,,,,,, eeeeeeeeee c mmmmmmmmmmmmmmmmqqqw-wpaaaaaaaaaAAAAAAABBBNMPHHNAAQQQA\ZZ VJJJJJJKKKKKKKKMM99UYUIOPOPOKOOPPPPWWW-WWWWWWWWWWWWWFFWWWWWWWWWW-WMMMMMMMMMMMMMMJJJJJJJJJJJJJJJJJJJJJJJJJJ GJ FFF
]~ÇLKJNBV ZZZXXXXDDDDDDDDDDDF-VGHYYYYYYYCCCCCCCVVVVVVVVVVVVVVVVV-VVVVVVVVB

''OZZZ~,,FFFV,,,,M
]

XZ VCDFFFFJB V B\G\\\\\\\\\\\\\\\\\\\\\\\\\\\\\\, ssssu

~]]fgnnn M CCGG G YTYYF55RDRRRasw5[xyFFMMMM

ý[OPPPPMWWWWwMMNNMMMMMMMPOPOOO-
P,GGGGGGGGGPPPyPPYSA BX   AWWHC NMKMMMM/
WMRP4YYYUU777F7   qvvfffffffffffffc\,a cbghz , xzv-
kijfkkkkkkkkkkkkkkkkkkkkkkkkkkkkkkkkj   nu ucucjj   jc j

Imagina Flores (ISABELA)

Durante o dia eu me esqueço da minha existência.
A minha mente filtra somente livros
o espaço que resta eu guardo
para as noites que clareiam o dia
esse é o único momento que eu retiro
da minha garganta
o peso que está no meu estômago.
Eu deixei de beber.
Porque o lamento transparente hidrata meu corpo.
Eu deixei de comer.
A rigidez é difícil de mastigar.
Eu apenas penso.
As paredes brancas que contrastam
com janelas de madeira escura
acumulam só mobílias
brancas, sem detalhes, com linhas retas
que retêm um fundo vazio
O vazio é um cômodo
O vazio não alimenta as prateleiras
Apenas afoga.
O seu lugar preferido da casa é o quarto

A cama tem marcas de joelhos
O desgaste mostra o seu tempo de uso
A devolução são os rasgos em seus pulsos
Deitar é seu entretenimento
Porque ele consegue mirar
o que os seus olhos não conseguem visualizar
A sua vontade é trocar seus olhos por outros
Então ele imagina
Imaginar faz esquecer
A realidade se torna frágil
para pensamentos longos.
Por isso ele imagina flores
tocá-las lhe custa caro
tocá-las lhe custa a sua vida.
A sua morte.
Mas pensar na Rosa
que possui pétalas de pontas onduladas
e olhos de espinho
a felicidade retorna a sua vida
Por isso imaginar se torna seguro.
Por isso amar se torna seguro.
A vida não consegue pagar.
A vida cobra os juros de morrer infeliz.
A infelicidade é continuar imaginando.
É ser um vaso de barro.
Sem adubo.
Sem água.
Somente cacos.
A saudade passou na minha casa
com passos largos.

Eu fico ofegante quando o ar passa nos meus pulmões.
A minha voz se cala.
Quando eu puder olhar para os olhos castanhos
quase verdes
que se apagam quando a chuva transforma nas suas pupilas.
Em função disso eu não consigo descrever
em poucas palavras
O que é imaginar flores.

Leia também

Inspirado em acontecimentos reais

Segredos do Tempo

Valdinei de Freitas

Leia também

A noite do perdão

Valdinei de Freitas

IDE | Conhecimento e edução espírita

No ano de 1963, Francisco Cândido Xavier ofereceu a um grupo de voluntários o entusiasmo e a tarefa de fundarem um periódico para divulgação do Espiritismo. Nascia, então, o Instituto de Difusão Espírita - IDE, cujos nome e sigla foram também sugeridos por ele.

Assim, com a ajuda de muitas pessoas e da espiritualidade, o Instituto de Difusão Espírita se tornou uma entidade de utilidade pública, assistencial e sem fins lucrativos, fiel à sua finalidade de divulgar a Doutrina Espírita, por meio de livros, estudos e auxílio (material e espiritual).

Tendo como foco principal as obras básicas de Allan Kardec, a preços populares, a IDE Editora possui cerca de 300 títulos, muitos psicografados por Chico Xavier, divulgando-os em todo o Brasil e em várias partes do mundo.

Além da editora, o Instituto de Difusão Espírita também se desenvolveu em outras frentes de trabalho, tanto voltadas à assistência e promoção social, como o acolhimento de pessoas em situação de rua (albergue), alimentação às famílias em momento de vulnerabilidade social, quanto aos trabalhos de evangelização infantil, mocidade espírita, artes, cursos doutrinários e assistência espiritual (passes).

Ao adquirir um livro da IDE Editora, além de conhecer a doutrina espírita e aplicá-la em seu desenvolvimento, o leitor também estará colaborando com a divulgação do Evangelho do Cristo e com os trabalhos assistenciais do Instituto de Difusão Espírita.

idelivraria.com.br

leia estude pratique

Conheça mais sobre a Doutrina Espírita por meio das obras de **Allan Kardec**

ide ideeditora.com.br

# ide | Conhecimento e Educação Espírita

Pratique o "Evangelho no Lar"

Aponte a câmera do celular e faça download do roteiro do **Evangelho no lar**

idelivraria.com.br

Ide é o nome fantasia do Instituto de Difusão Espírita, entidade sem fins lucrativos.

📷 ideeditora   ƒ ide.editora   𝕏 ideeditora